中公文庫

神を統べる者（一）

厩戸御子倭国追放篇

荒山　徹

中央公論新社

目次

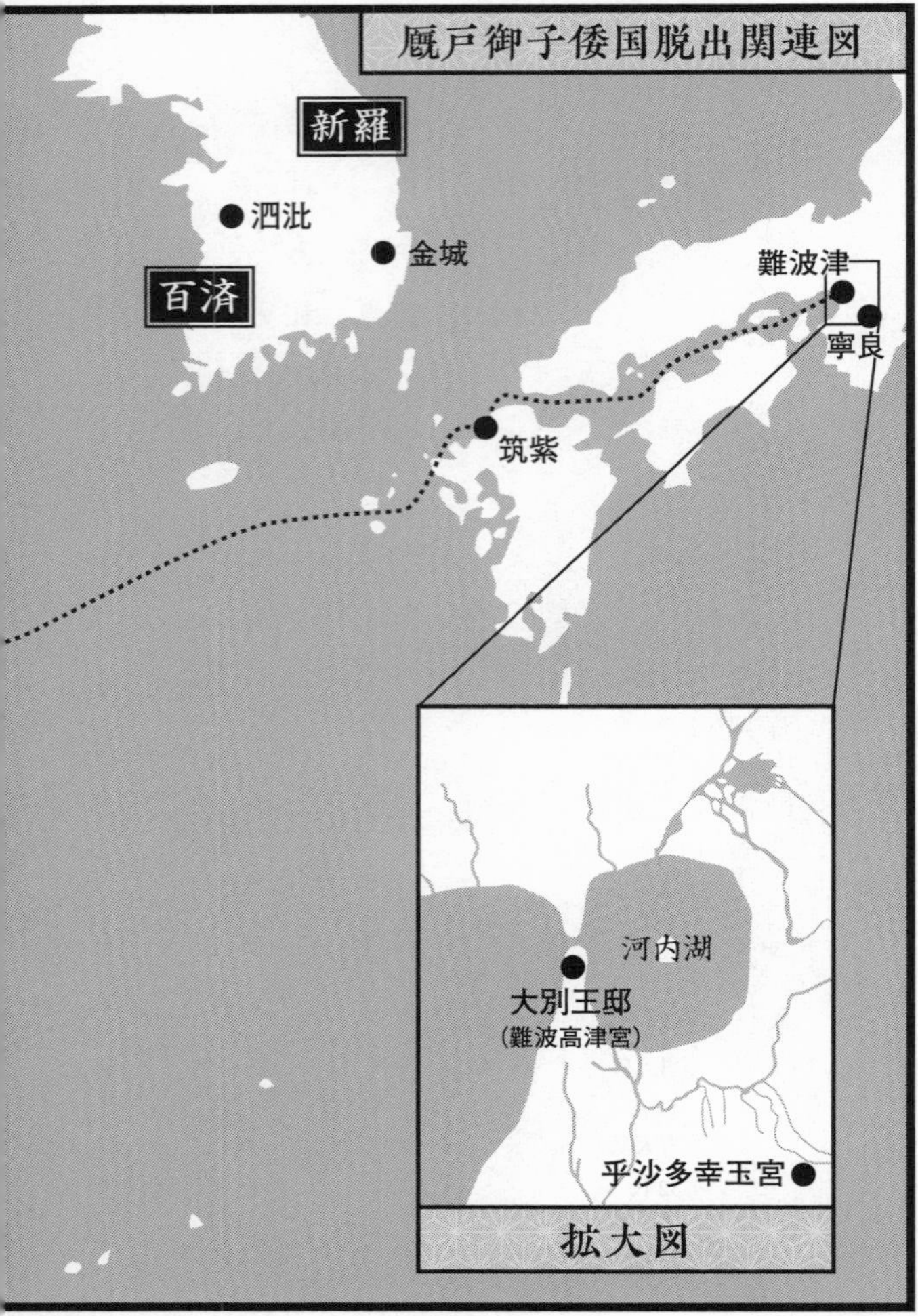

厩戸御子倭国脱出関連図
新羅
泗沘
金城
百済
難波津
寧良
筑紫
河内湖
大別王邸
（難波高津宮）
平沙多幸玉宮
拡大図

年表

日本

552年 百済王が仏像、経典を献じる。
574年 厩戸御子誕生。
585年 物部守屋　仏像を投棄。
敏達天皇崩御。用明天皇即位。
587年 用明天皇崩御。
皇位継承をめぐり争いが起こる。
蘇我馬子を始め、
諸豪族連合軍と物部氏争う。
守屋、迹見赤檮によって殺される。
物部氏滅ぶ。崇峻天皇即位。
593年 推古天皇即位。
622年 厩戸御子薨去。

中国

557年 南に陳建国、北に北周建国。
574年 北周で仏教弾圧。
577年 北周、北斉を滅ぼす。
581年 北周を滅ぼして隋建国。
589年 隋、陳を滅ぼす（中国統一）

天皇家系図

- 第29代 **欽明天皇**
  - 第30代 **敏達天皇**
    - **押坂彦人大兄皇子**
    - **春日皇子**
    - **大派皇子**
    - **難波皇子**
  - 第31代 **用明天皇**
    - **厩戸皇子**
    - **来目皇子**
    - **当麻皇子**
    - **殖栗皇子**
  - 第33代 **推古天皇**
  - 第32代 **崇峻天皇**
  - **穴穂部間人皇女**

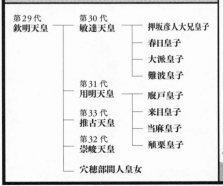

主な登場人物

厩戸御子《うまやとのみこ》　尋常ならざる力を持つ少年。後の聖徳太子。
大淵蜷養《おおぶちのになかい》　池辺皇子《いけのべのみこ》家に仕える剣士。厩戸の傅役《もりやく》。
細螺田葛丸《さになのたくずまる》　同じく厩戸の従者。
柚蔓《ゆづる》　厩戸を護衛する物部の女性剣士。
虎杖《いたどり》　同じく蘇我の剣士。
物部守屋《もののべのもりや》　大連《おおむらじ》。排仏派の首魁《しゅかい》。
物部布都姫《もののべのふつひめ》　守屋の娘。強力な霊力を持つ。
蘇我馬子《そがのうまこ》　崇仏派の筆頭。守屋と対立する。
渟中倉太珠敷天皇《ぬなくらのふとたましきのすめらみこと》　敏達《びだつ》天皇。伊勢神宮の神託により厩戸排除を決意。
橘豊日皇子《たちばなのとよひのみこ》　池辺皇子。後の用明《ようめい》天皇。厩戸の父。
大別王《おおわけおう》　敏達天皇の叔父《おじ》。

真壁速熯《まかべのはやひ》　物部宗家の九州担当連絡官を統括する。
筑紫物部灘刈《ちくしもののべのなだかり》　筑紫物部の惣領息子。
筑紫物部鷹嶋《ちくしもののべのたかしま》　筑紫物部の当主。灘刈の父。
物部鷲城《もののべのすりき》　広陵《こうりょう》の物部商館の主《あるじ》。
曽根眞史《そねのさねふみ》　薬司《くすりのつかさ》。
狭比《さひ》　薬司。曽根眞史の娘。

中臣勝海《なかとみのかつみ》　敏達天皇に仕える貴族。
細矛《さほこ》兄弟　勝海配下の暗殺者。

倍達多法師《ばいたったほうし》　本名ヴァルディタム・ダッタ。インド人僧侶。
九叔《きゅうしゅく》道士　陳で道教を隆盛させるべく、厩戸を引き入れようとする。
楊広《ようこう》　九叔たちに囚《とら》われている、北周の将軍の息子。

神を統べる者㈠　厩戸御子倭国追放篇

第一部　大和

「姫さま」男装の女剣士が主《あるじ》の娘に呼びかける。「もうお戻りになりませんと」

少女は足をとめたが、なおも左手の繁みに気をとられているふうだった。はるか西のかなたでは、降下を速めた太陽が二上山《ふたかみやま》の稜線《りょうせん》に迫り、空は濃淡の具合も細やかな茜色《あかねいろ》に染まっている。夕暮れ時の穏やかな空気は、熟《う》れた果実を思わせて甘く、細い道に長々と伸びる主従の影。前方の丘を越せば、繋《つな》ぎ留めてきた馬が二人の帰りを待っているはず。

女剣士の呼びかけに布都姫《ふつひめ》は反応しない。繁みの奥にじっと目を凝らすばかり。

「引き返す時刻です。館では皆、姫さまのお帰りが遅いのを案じておりましょう」

「心配なんて誰がして？」主の娘は、顔を向けずに応じる。「あなたがついているのだもの、柚蔓《ゆづる》。剣を把《と》っては右に出る男は一人もいないそうね」

「剣士にとって」柚蔓は控えめな口調で意見する。「最も危険な敵は人でも獣でもありません。夜の闇なのです。さあ、陽が沈む前に馬のところへ」

「まだ見つからないものがあるのよ」少女の声に懇願の響きが加わる。

「見つからないもの？」柚蔓は、左手に提《さ》げた丸籠《まるかご》を高く掲げてみせた。山葡萄《やまぶどう》の細い蔦《つた》で細かく編み込《あ》《こ》んだ籠は一抱えほどの大きさがあって、たっぷり一日かけて採集した薬草であふれている。「ほかに何があるとおおせですか」

「蛭藻《ひるも》の花よ。またの名を蛭蓆《ひるむしろ》」

「蛭——花の名にしては」姫のほうへと歩を進めながら女剣士は眉《まゆ》をひそめた。「あまり素敵な名前とは申せませんね」

主の娘はようやく顔を向けた。抜けるような白い肌が今は夕陽に赤く染まって見える。あるいは終日の野遊びで日焼けしてしまったのだろうか。柚蔓の聞くところでは、布都姫は十四歳ということだった。繊細な美貌は雅《みやび》やかで、肉身を超越した霊的なものが感じられる。菜《な》の花色《はないろ》をした薄絹の衣が、ほっそりとした身体《からだ》によく似合い、言葉遣いと挙止とには名家の姫君に相応《ふさわ》しい気品と威厳とが備わっている。だが、この時の姫は齢《とし》相応の無邪気な少女に戻ってしまったかのようだった。「柚蔓は、蛭藻を知っていて？」

「わたしは、剣にのみ生きる身」女剣士は首を横に振る。「草花のことなど何も。ただ、変わった名前に思えましたので。……蛭に似た花でしょうか？」

「似ているのは茎のほうね。群れで生えるの。細い茎が水の中で絡まり合っているところが、蛭で編んだ蓆に見えるのでそう呼ばれるのだわ。蛭藻の花びらを搾《しぼ》った油を御香に練り入れると、気分を落ち着かせる効果があるのよ」布都姫は、柚蔓に場所を譲るかのように一歩横に退《ど》いた。「ね、あれが見えて？」

姫の指差すほうに柚蔓は目をやった。

「何かが光っているのだけれど、わかるかしら？」

灌木《かんぼく》の生《お》い茂《しげ》る繁《しげ》みの向こうに、なるほどチラチラと輝くものが見透《みす》かせた。「夕陽の反射でしょうか。この先に池があるのです。この柚蔓と――」

「やっぱり」少女の声が弾んだ。「蛭藻は池辺《いけのへ》に生える草花なの」

声とともに布都姫は袖を翻《ひるがえ》し、さっと繁みの中に身を投じた。

「お待ちくださいませ、姫さま」

布都姫は振り返りもせず奥へ奥へと進んでゆく。野遊びには向かない長い袖、ゆったりとした裾《すそ》が、風に吹き流される霞《かすみ》にも似て、たなびく優雅さで枝葉の間を通過してゆくさまは、あたかも天女の出現を見るかの趣だ。不覚にも柚蔓は一瞬そのような思いにとらわれ、呆然《ぼうぜん》と姫の後ろ姿を見送っていた。すぐに気を取り直し、薬草の籠を抛《ほう》り捨《す》てると、繁みに足を踏み入れた。筒袖に筒袴《つつばかま》、さらに袖口も裾口も紐《ひも》で結わえ、動きやすい装いのはずが、樹間は見た目よりも狭いうえ、太い根がうねうね、ごつごつと地表を這《は》いまわり、思いのほか足をとられた。腰に吊《つ》った剣が幾度も幹にぶつかって耳障《みみざわ》りな音をたてる。そのたびに彼女は小さく罵声《ばせい》をあげた。吊り紐をほどいている時間はなく、鞘《さや》に手を添え、剣をできるだけ身に沿わせようとした。それでも反り返った鞘の先端が前進の邪魔だてをするのは如何《いかん》ともしがたい。

枝葉の重なりは次第に粗くなり、視界が開け、池面が照り返してよこす夕陽の矢にまぶしく目を射られた。大規模な開墾《かいこん》が進行する大和盆地《やまとぼんち》には無数の溜《た》め池《いけ》が点在し、数をなお増やしつつあるが、これはそのような人工の池ではなく、窪地《くぼち》の湧水《ゆうすい》を源泉とする自然池だった。南北に長く伸びた三日月の形状を呈しているためか弓弦ヶ池《ゆづるいけ》と呼ばれている。弓に喩《たと》えれば弓弭《ゆはず》の部分にあたる南北の池畔《ちはん》に、石の鳥居《とりい》が立っていて、とりわけ南側の鳥居は深く苔生《こけむ》し、遠目にも神秘的な青黒さに沈んで見えることから「青の鳥居」の異名がある。目を前方に投げやれば、いち早く繁みから脱け出した布都姫が青の鳥居の鎮座する池端に向かって駆けてゆくのが視野に入った。

「ええい、このっ」柚蔓が毒づいたのは布都姫に対してではなく、最後の最後にまたしても剣先を木に引っかけてしまい、体勢をくずした己の粗忽《そこつ》さに対する悪態だった。繁みを抜けると　柚蔓は足を速め一気に池辺を目指した。

――姫は、いずこに？

青の鳥居は、利鎌《とがま》のように細い幅となった池をまたぐようにして立っている。見るからに年を経た石鳥居で、いつの大王の時代に建立《こんりゅう》されたものであるか、知る者は誰もいないらしい。伝承によると磐余彦尊《いわれびこのみこと》が日向《ひゅうが》から東征して大和入りを果たした時には、この石造りの鳥居はすでに立っていたともいう。今、表面を完全に覆った苔の神《かん》さびた深い青と、夕陽を照り返して黄金色に燦然《さんぜん》と煮えたつような輝きを見せる水面《みなも》との対比は、見惚《みほ》れるばかりの美しさだ。

柚蔓は顔を左右にめぐらせた。鳥居の近くに姫の姿はない。足を急がせ、池の縁《ほとり》に立って水面を見下ろした。波紋一つない。凪《な》ぎの時間。ひっそりと風が吹きやみ、磨きあげられた巨大な一枚鏡のような池。ふと、布都姫にまつわる噂《うわさ》を思い出した。いずれ石上《いそのかみ》の斎宮《さいぐう》となるべき姫の身辺には、時折り不思議なことが起こるのだという。柚蔓は後ずさりすると、「姫さま」と呼んだ。その声は、咽喉《のど》に痰《たん》が絡んだようにかすれていた。息を吸い、もう一度声をあげる。「布都姫さま」

二度目の呼び声は、自分でも驚くほど大きく周囲に響き渡った。耳を澄ませたが、答えは返らない。凪ぎの時間。風がとまり、空気がよどみ、時間の流れもゆるやかになったような――その時、池の輝きが消え失せた。黄金色の光が一瞬にして水中に吸いこまれてしまったかのように、あとは黒い水が不気味にたたえられているだけとなった。太陽が、二上山に沈みきったのだ。

「姫さま」三度目のその叫びは、暗い池の水をむなしく渡ってゆくばかり。

布都姫は身をのりだして池をのぞきこんだ。光が眼の中にあふれたが、すぐに慣れた。

「あれよ、あれが蛭藻」楕円形の緑葉が群れるように浮かぶあたりを指差して告げる。水面下では、細い茎が複雑に絡み合って蛭の大群のようだ。「でも残念、花は咲いていないわ。まだ早いのね、きっと。――柚蔓？」

返事がないのをあやしんで、布都姫は背後を振り返った。護衛役の女剣士がいない。背の低い雑草がまばらに生い茂っているだけだ。

「柚蔓？」呼びかけに応える声はない。

姫はすっと背筋を伸ばした。身構えるように両手を握り、軸足を左に定めると、ゆっくり周囲を見まわす。周囲が急速に翳《かげ》り、水面からは夕陽の輝きが完全に失われていた。

少女の唇が動く。声は出さず、形だけ。くる――来る、と。自分に云《い》い聞かせるように。どこから？　どこから来る？　足元を慎重に見つめ、次いで頭上を振り仰ごうとした姫は、池に視線を向け戻した。異変はそこに生じていた。黒々と沈みこんだ水面のあちらこちらが揺れ動いている。波？　いいや、風によるものではない。大気は相変わらずそよとも動いてはいなかった。水底から湧きあがる気泡が水面を不規則に揺り動かしているようでありながら、それにしては泡粒ひとつ立たない。油のようにねっとりとした水の動き――粘りけのある水が、次第に姿形を変化させてゆく。

強い臭気が押し寄せてきた。布都姫の典雅な眉がひそめられる。またたくまに池は、数知れぬ異形《いぎょう》のものたちの騒然と蠢《うごめ》く妖《あやかし》の坩堝《るつぼ》と化した。池底で腐乱していたのであろう魚や蝦《えび》、蟹《かに》、貝らの奇怪な融合物だ。不浄の化身、蠢動《しゅんどう》する汚穢《おじょく》。姫は思わず後ずさりした。出現それ自体が久しぶりだったが、かくも図抜けた規模で現われるのは、かつてないことだった。

一体化した異形のものたちは、不気味な伸び縮みを繰り返しながら池畔へと迫ってくる。それは周濠《しゅうごう》をめぐらせた太古の巨大墳墓が突如生を得て、妖々と形を変えつつ動き出したかにも見える。

布都姫は、すぐにも落ち着きを取り戻した。なぜまた性懲《しょうこ》りもなく現われたのだろう。融合したとて同じこと。所詮は彼女に勝てぬと思い知ったはずなのに。

不浄の化身たちは池畔に押し寄せた。苔生《む》した鳥居の向こう側だった。彼女のことなど眼中に入らぬかのように、上陸を果たした融合物は、別の方角に〝進撃〟を始めた。鳥居を挟んで池の向こうに、子供がいた。あり得ない。この世界は、異形のものたちによって外界から遮断された彼女自身の意識の一部なのだ。齢の頃は十歳ばかり。一日やんちゃに遊びまわっていたような、泥だらけの姿で立ちつくしている。恐怖に歪《ゆが》んだ表情で。あの男の子の目にも、異形の者たちは映じているのだ。自分にしか見えないはずのものを、あの子も見ている？

男の子は大きく息を吸った。素早くその場に胡坐《あぐら》をかくと、胸前で両手を合わせた。どこかの祭祀《さいし》一族の子だろうか。つづいて彼は〝祝詞《のりと》〟を唱え始めた。その音の響きは、布都姫の耳に馴染《なじ》みがなかった。

――言葉が、違う？

祝詞の効き目は発揮されなかった。男の子は、押し寄せる異形のものたちによって今にも圧《お》し拉《ひし》がれようとしていた。声は途切れ、目が吊《つ》り上がり、上体が傾いた。布都姫はあわてて口を開いた。

「よろづのもののために、ふるへのかんことを――」

異形のものたちの動きが止まった。おぞましい動きで蠕動《ぜんどう》していたあらゆる部位が硬直し、反り返り、首を斬られた蛇のように猛然とうねり始めた。

「――いくたま、まかるがへしのたま、たるたま、みちかへしのたま、をろちのひれ――」

汚穢と腐乱の融合物は男の子から離れた。左右の耳に入り込んでいた細い管が抜かれ、幼い手足に巻きついた触手が後退する。これまでと同じく彼女の祝詞は効果覿面《てきめん》だった。

「――ふるべ、ゆらゆらと、ゆらかしたてまつることのよしをもちて――」

異形のものたちが引き返してゆく。彼女に恨みがましい一瞥《いちべつ》をだに呉《く》れる余裕もなく、その融合体を自ら解体し、吐瀉物《としゃぶつ》のようにばらばらになり、算を乱すという言葉が相応しい狂奔ぶりを晒《さら》しながら、先を争って池に逃げ戻っていった。出現時と同じく水面が激しく沸騰する。最後の一匹が飛び込むと、次の瞬間には、陽の落ちて黒々とした池面がひっそりと広がっているだけだった。

「――たひらけくきこしめせと、いのちながく――」

視線を感じ、姫はそちらに顔を向けた。苔生す鳥居が池をまたいだ対岸で、男の子が立ち上がり、こちらを食い入るように凝視していた。泥だらけの顔の中から、大きく見開いた目がのぞいている。

「退散したわ」訊《き》きたいことは後にまわし、彼を怖がらせないようそっと声をかけた。

「もうだいじょうぶ」

男の子は力をこめてうなずいた。彼女に向かって駆け出そうとした足はすぐに止まった。その先は池だ。鳥居をくぐる池は、幅が狭まっているとはいえ、飛び越せる距離ではない。男の子はためらいを振りきるように口を開く。「見えるの？」出てきたのは、おそるおそるといった調子の声だ。「あれが見えるの？」

「ええ、見えてよ」

「じゃあ、ほんとにいるんだね、禍霊《まがつひ》は？」

「禍霊？」一瞬、首をかしげる。「ああ、そんなふうに呼んでいるのね」

「ねえ、どうなの」

「いるわ」

彼女の返答を聞いて男の子は勢いづいたように見えた。「何なの、あれは」

「わからない」布都姫は首を横に振る。「でも、実在のものだっていうことは確かよ」答えながら、男の子が自分に対して少しも物怖《ものお》じしないことに奇異なものを覚える。それくらいの分別《ふんべつ》はきく齢だろうに。

「おねえさんが唱えていたのは何？　ぼくのはちっとも効き目がなかったんだ」

「坊やこそ何を唱えていたの」

「お経だよ」

「お経？」

「仏典。金光明経《こんこうみょうきょう》っていうんだ。四天王が守ってくれるはずなのに。悔しいなあ」

「仏典って、坊やはいったい……」

「おねえさんなんでしょ、禍霊を追い払ってくれたのは？」

さまざまな疑念がわきあがり、布都姫は開きかけた口を閉ざした。この不思議な子をもっとよく見ようと、彼女もまた池の端に歩を進めた。

男の子は焦《じ》れたような声で答えを求める。「ねえ、そうなんでしょ、何を唱えていたの？」

「坊や、あなた……どこの子？」

その時、背後で大きな声がした。

「姫さま！　いったい、どちらにお隠れでした」

振り返ると、柚蔓の顔が間近に迫っていた。その目は吊り上がっていたが、すぐに頰の硬さがとれ、女剣士はほっとした溜め息を洩《も》らした。

対岸でも大きな声が上がった。「おお！　こちらにおわしましたか」

驚きと、安堵《あんど》の入り混じった——男の声。

布都姫と柚蔓は揃《そろ》って顔を振り向けた。男の子の後ろに二人の男が出現していた。一人は三十歳前後と思われる齢で、背は低く、ずんぐりと太っているが、腰に剣を吊っているのを見れば武人であると知れた。もう一人は、布都姫と同い年と見える少年で、少女と見まがうような可愛らしい顔立ちをしている。二人の素衣《しろぎぬ》は泥だらけだ。

「どちらにお隠れでしたか」武人が声を続けた。「いきなりお消えになり、いやはや、どれほど心配したことか」

その問いかけに、男の子は答えないどころか振り返ろうとさえしなかった。「あの呪文、ぼくにも教えてくれる？」

武人は瞭《あき》らかに途惑《とまど》っているようだった。「何とおおせです？」前進して男の子の顔をそっとうかがい、その視線の先をたどっていたが、次の瞬間、「やっ」と鋭く叫ぶや、少年を背にかばって身構えた。右手は、腰に佩《は》いた剣の柄《つか》を握っている。「何やつか」

この武張った動きは当然、柚蔓の素早い反応を誘わずにおかなかった。まばたきするかしないかの間に女剣士は布都姫の前に躍り出ていた。彼女の右手も、剣の柄にかかっている。柚蔓は凛乎《りんこ》とした声を返した。「おまえたちこそ何者」

青の鳥居を挟んで、緊迫した空気が流れた。

「その問いは」武人が、体勢は崩さないまでも、どこか面食らった態《てい》を隠さずに応じた。「こちらのほうが先なんだがな」

「何！」

布都姫は柚蔓の後《おく》れ毛《げ》が逆立つのを目にした。からかわれていると怒気を発したに違いない。

「無礼者め」柚蔓は肩を傲然とそびやかし、武人に応じた。「ここにおわすは、大連《おおむらじ》が御息女――物部《もののべの》布都姫さまにてあらせられる」

「あ」男の子の口から小さな声があがった。

「大連の姫君ですと？」武人の手が、ためらいつつも剣の柄から離れてゆく。

「頭《ず》が高い、下郎《げろう》ども」女剣士は勝利を宣するように云った。

「ちょっと、柚蔓」布都姫は囁《ささや》く。「あなた、言い過ぎよ」

「この場はどうか、お任せになってください」柚蔓は揺るがぬ声で答え返した。「かの下郎たちには、まず膝を屈させてやらなければ――」

対岸で、この場の空気にそぐわない陽気な笑い声が弾《はじ》けた。「やれやれ、下郎か」もう一人の少年が笑いの合間に声を出した。「でも仕方がない。おれたちの形《なり》ときたら泥まみれなんだから。ねえ、御子《みこ》さま」

その言葉に促されるように男の子は自らの着衣を見下ろした。すぐに布都姫に視線を戻し、照れ隠しのつもりだろうか、顔を手でこすると、乾いた土がボロボロと剝がれ落ちた。

「もっともでございますな」つられて武人が笑い出した。「いかさま、われら野良《のら》仕事の帰りとでも見られているのでありましょう、御子」

「御子？」柚蔓の声に一気に困惑の響きが加わった。

武人は笑いをおさめると、「これは物部の姫さまとも知らず、無礼の段はお許しくださ い」礼儀正しく一礼し、「謹《つつし》んで御意を得ます。我ら両名は池辺皇子《いけのべのみこ》家に仕えはべる者にて」

そこまでを荘重な口調で云い、次に泥だらけの男の子を恭《うやうや》しくかえりみてから、「これなるお方は、皇子《みこ》さまのご次男にておわします」

布都姫と柚蔓は急ぎ片膝をついた。

「――厩戸《うまやと》の御子さま」

灘刈《なだかり》は話し終えた。「何かご不明の点は――」

「いや」守屋《もりや》の顔がきびきびと横に振られる。「よくわかった」

守屋は天井《てんじょう》から垂れ下がった吊り紐に手を伸ばす。瑞々《みずみず》しい草木色に染められた平紐《ひらひも》で、その先に親指ほどの大きさの翡翠《ひすい》が取りつけられている。これを引けば、紐のもう一方の先に吊るされた風鐸《ふうたく》が鳴り出すという仕掛けなのであろう。ついで守屋は椅子から立ち上がると、西側の引き戸をさっと開け放った。手入れのゆきとどいた広い中庭が灘刈の目に跳びこんでくる。整然と植えられた灌木の影が長く伸び、枝葉の複雑に絡み合った抽象的な興趣を地面に描き出している。天井に設けられた採光用の小窓との間に風の経路が通じたことで、四方を閉めきられていた離れの中に新鮮な外気が流れこんできた。夕暮れの気配をかすかに含んで甘く感じられる空気。嗅ぎなれた汐《しお》の香《か》のないのが灘刈にはいささか物足りない。

守屋が縁側に立つ。待つほどのこともなく摩牟田常磐《まむたのときわ》が中庭に姿を見せた。榑縁《くれえん》の前で片膝を折り、手をつかえる。この三輪《みわ》の別宅を取りしきる家宰とのことだった。雪のような白髪白髯《はくはつはくぜん》、厳《おごそ》かな雰囲気を漂わせる初老の男。石上の神官団の中から擢《ひきぬ》かれたのかもしれない、と灘刈はそんなことを意識にのぼらせる。

「お呼びで？」

「速熯《はやひ》はいるか」

「先ほど遠乗りから戻って参りました。今は弓場かと」

「寄越してくれ」

一礼して常磐は中庭を後にする。

灘刈は遥か彼方《かなた》に目を向けた。鮮《あざ》やかな茜色を帯びた夕空の一部を、黒い影絵となった二上山がくっきり切り取っている。稜線上で、たなびく雲の群れをきらびやかに荘厳さながら太陽の降下が始まっていた。「あの二つこぶの山を見ると、大和に来たという気がいたします」

守屋は応じた。「筑紫《ちくし》では陽は海に沈むからな」

「海が目に入らないのは、どうにも落ち着きません」

「海を見ないほうが安穏《あんのん》でいられる、そう考える人種もいる。我らが祖、櫛玉饒速日命《くしたまにぎはやひのみこと》は哮峰《いかるがのたけ》に降臨した。河内《かわち》と大和の境だ。西には海、東に盆地。択《えら》んだのは東の大和だった」守屋は縁側から室内に戻ってくると、元の通り椅子に腰をおろした。「父上は息災かな」

「寄る年波には何とやらで、さすがに足腰があやしくなって参りました。物覚えのよさは相変わらずですが」

「記憶力こそすべての知的営為の根本。こたびの件でそなたを使者として遣わしたのは賢明だった。判断力も衰えておらぬ証拠だよ。そういえば、おれがまだ十歳になるやならずの頃、こういうことがあったな――」

守屋は、灘刈の父との昔話を披露しながらも、折りに触れて問いを差し挿み、筑紫物部の現況を聴き取っていった。灘刈は、自分の知らなかった父の一面を興味深く聞き、守屋に問われるがまま答えた。そうこうするうち、二人の間に卓を裂くように細い影がすうっと射した。

真壁《まかべの》速熯が中庭に立っていた。栗皮色《くりかわいろ》の寛衣《かんい》を羽織《はお》るように身にまとい、巾《はば》のある革帯を締めていた。左手首には鞆《とも》が巻かれたままになっている。

守屋が云った。「入って座れ」

「失礼いたします」槍《やり》のように痩身の真壁速熯は離れに上がると、後ろ手に引き戸を閉めた。薄暗かった室内が一気に暗くなる。天井の採光窓では光量の足りない時間になっていた。

「お久しぶりです、灘刈どの」

「こちらこそご無沙汰をしております」灘刈は一礼を返した。「もう三年になりますか、速熯どのが最後に筑紫へお見えになられたのは」

かつて速熯は物部本宗家から地方に派遣される連絡官の職にあり、筑紫の専任だった。その頃は大和と筑紫の間を往復すること年に四、五回に及んだ。父の死で宗主を継いだ守屋は、速熯の手腕を高く評価し、より上位の職に抜擢《ばってき》した。九州諸国を担当する連絡官は全部で十八人おり、速熯はその統括者となった。自らは大和に腰を据えて、連絡官からもたらされる報告をまとめあげ、分析を加え、九州の情勢について守屋に具申するのが仕事である。引き継ぎのため筑紫に下向したのが三年前。それ以来の再会ということになる。

筑紫物部の惣領息子《むすこ》である灘刈は、齢が同じせいもあって本宗家の連絡官という以上の親しみを速熯に抱いた。一日の仕事が終わった後に誘い、ともに野山に馬を走らせて狩りを楽しみ、沖合いに漕《こ》ぎ出しては遊泳に興じた。海のない大和に生まれ育った速熯は、筑紫での遊びに夢中になった。二人の間には友情が育《はぐく》まれていった。

灘刈が久しぶりで目にする旧友は、その役職に相応しく、三十代の半ばとは思えない貫禄を身につけている。ただし身体の細さだけは変わっていなかった。

「久闊《きゅうかつ》を叙すのは後にしろ」守屋が割って入った。「時間はたっぷりくれてやる。さっきの話をもう一度」

先ほど守屋に報じたばかりの案件を、灘刈は始まりから終わりまで正確に繰り返した。聞いている間、速熯は終始無言で、反応らしい表情も見せなかった。

「起こるものだとは思わんか、図らざることというやつは」灘刈が話を終えると、守屋は含み笑いして口を開く。「不明な点はあるか」

「いいえ」速熯は首を横に振った。「しっかりと呑《の》みこめました」自らに言い聞かせるようなその口吻《こうふん》は、内心の驚きを物語るものだった。

「おれの考えを云う」灘刈と速熯は背筋を伸ばした。「珍客ではあるにせよ、彼は招かれざる客と云わねばならん。我が国には有害このうえなき御仁だからな」守屋は皮肉を隠さない。「傷が癒え次第、ただちにお引き取りいただく」

二人はうなずく。守屋の持論からいえば、そうなって当然の結論だ。

「全快するまで、二か月ほどかかると申したか」

「二か月余りです」

「その間」守屋の声がわずかに険しくなった。「この件は断じて余人に知られたくない。わけても大臣《おおおみ》には。知れば、あの男のこと、涎《よだれ》を垂らさんばかりに飛びついてくるは必定。あらゆる手段を弄《ろう》して引っさらおうとするだろう」

「その点はご安心ください」守屋に目を向けられ、灘刈は答えを返した。「筑紫の蘇我《そが》が気づいた気配はございません。今のところは、ですが」

「うむ、今のところはな」守屋は自戒するように云った。「蘇我の情報収集力を侮《あなど》ってはならんぞ。必ず嗅ぎ当てられるものと覚悟しておかねば」

「帰国船、揚州《ようしゅう》に到らず」速熯は口を開いた。「いずれ百済《くだら》はそれを知りましょう。遭難したのではあるまいか、と。その観測は我が国にも伝わるはず。その一方で、筑紫物部が謎の漂着者を厳重に保護しているという噂、これも遅かれ早かれ広まって、筑紫蘇我から大和の大臣の耳に入る。大臣はこの二つを結びつけて考える――そのような展開となりましょう」

「まさしく」守屋の頭が縦に振られる。「そうなっては面倒至極」

「二か月余、つとめて持ちこたえてみせまする」灘刈は応じた。「たとえ大臣の知るところとなっても、手を出して来る前に百済に送り返せばよいのです」

「しかと頼んだぞ。筑紫物部には、くれぐれも万全の態勢で臨んでもらいたい。ただしな、百済に返送はいたさぬ。漂流者の本懐を遂げさせてやろう」

灘刈と速熯は同時に声を発した。

「――揚州に？」

「――何のためです？」

二人は顔を見合わせる。百済までなら壱岐《いき》から対馬《つしま》と島づたいに海を渡り、針路を西にとればすむ。しかし漢土は南朝陳《ちん》の揚州までとなると、大海原《おおうなばら》を幾日もかけて横断しなければならない。招かれざる客、有害このうえなき御仁に、どうしてそこまでの便宜《べんぎ》を図ってやる必要がある。

「恩というものは誰に対しても売っておくものだ。いつ、如何《いか》なる形で返ってこぬとも限らぬからな」守屋は真顔で云った。「よい機会だ、揚州へ交易船を仕立てることとしよう。臨時のものゆえ、差配は筑紫物部に一任する。二か月あれば準備は整おう」

「それはもう」予期せぬ指示に、灘刈はうわずった声でうなずいた。

「速熯は灘刈とともに筑紫へゆけ。我が名代《みょうだい》として交易船の指揮を執るのだ」

「承《うけたまわ》ってございます」

諸外国との交易は本宗家の専管である。筑紫物部に一任するにせよ、責任者は本宗家の直臣から擢いて乗船させなければならない。それが古来より八十《やそ》物部の不文律であった。

「大連さま」灘刈は身を乗り出した。「わたしも揚州に行ってよろしゅうございましょうか。半島には何度も渡っておりますが、まだ大陸には縁がないのです、北朝、南朝ともに」

「筑紫物部に一任すると云ったではないか」守屋が好もしげな目で自分を見やったのを灘刈は感じた。「人間には二種類ある。海を恐れる者とそうでないものだ。あとは指揮官の一存だ」

「灘刈、一緒に来てくれ」力を込めた口調で速熯が肯《うべな》う。

「ありがたい」灘刈は思わず椅子を蹴倒し立ち上がってしまうところだった。「揚州、揚州か――」全身の血が熱く騒ぎだす。

「二人して大陸を見て参れ」若者の熱を煽《あお》りたてる声音《こわね》で守屋は云った。「斉《せい》が昨年、周《しゅう》に滅ぼされたのはおまえたちも知る通りだ。それ以上の巨大な変動がいずれ起きるだろう。大陸で荒れ狂う嵐は海を越え、我が国にまで吹きつけてくる。それも誓って遠い日ではあるまい。その日に備《そな》うべく、あらゆる物事を見聞してきてほしいのだ」

灘刈はうなずいた。それでなくとも倭国《わこく》の玄関口ともいうべき筑紫に暮らす彼にとって、風雲急を告げる大陸の情勢は看過できない問題である。

「となれば、急いだほうがよろしいかと」あくまで冷静に速熯が云う。「今夜のうちに出立《しゅったつ》いたしたく。さすれば明朝、難波津《なにわづ》から漕ぎ出せますので」

「無事を祈っている」守屋の声には速熯への信頼が籠もっている。遠路を参じた灘刈にはねぎらいの言葉をかけた。「とんぼ返りをさせて相すまぬな。せめて月の出まで身体を休めているがよかろう。風呂を用意させる」

灘刈は頭を下げた。筑紫からの長旅で蓄積しているはずの疲れは、ついに大陸に渡れるという予期せぬ歓《よろこ》びで、どこかに霧散したようだった。

「今一つある」椅子から立ち上がりかけた速熯を守屋は手ぶりで制した。「かの御仁《ごじん》から、帰国の理由を詳しく聴き取れ。あくまで勘に過ぎぬが、さまでの高齢で布教地を去ろうとするのは、よほど深い考えあってのことに違いあるまい。仏道一筋に生きてきた者が、晩年を迎えて里心を起こした、と？　そんな理由、とても信じられぬ。古くは安息国《あんそくこく》の安世高《あんせいこう》、月支国《げっしこく》の支婁迦讖《しるかせん》にはじまり、近く西天竺《にしてんじく》の真諦《しんだい》にいたるまでの勇猛な渡来僧どもが、望郷の念やみがたく母国に帰ったなど、聞いた例《ためし》がない。一人として異国に骨を埋《うず》めなかった者はないのだ。なぜか。親も子も、故郷も、ありとあらゆるものを捨て去るのが僧侶というものだからだ――およそ理解しがたいことながら」

「まったくもって」速熯が相槌《あいづち》を打ち、灘刈もうなずき返す。

「不鳥ハ旧林ヲ恋ヒ、池魚ハ故淵ヲ思フ。百済王の前で述べたという帰国の辞は、口実に過ぎぬとおれは思う。となれば真の理由は何か。それが仏法の弱点につながるものであれば」守屋の目が炯々《けいけい》と戦闘的な光を放った。「おれ自身が筑紫に足を運ぶこともあり得るだろう」

夕暮れの赤みが一掃され、星々が競うように出現する夜空の下を三つの馬影が進んでいた。曲がりくねった道は幅が狭く、縦列での騎行。月はまだ昇らず、三騎のたどる夜道は星明かりによってかろうじて白く浮かび上がっている。

「しかし、御子」先頭をゆく大淵《おおぶちのなかい》蜷養は納得しきれぬ思いで問いを重ねた。「我ら両人、よくお探し申しあげたのですが」

後ろから厩戸の声が返ってきた。「ちょうど暗くなったところだったから」

実に屈託のない声。いや、屈託がなさ過ぎる。蜷養は語を継いだ。「あの時ちょうど日没で、辺りが一気に翳ったのは確かでございます。なれども、探して探せぬ暗さではありませんでした。それこそ神隠しにでも遭われたのではないかと、肝精《かんせい》を焼《や》く思いだったのです。御子のお名前を何度もお呼びしました。それも聞こえなかったと仰せですか」

「川獺《かわうそ》はどこにいるんだろうって、それどころじゃなかったんだよ」

川獺――そう、それが発端だった。三人が館を出たのは夜明け前のことで、お日さまが出るのなんか待っていられるかと、厩戸が急《せ》かしに急かしたのである。兎《うさぎ》を追って野山を駆け、木に攀《よ》じ登《のぼ》り、幾つ鳥の巣をのぞいたことだろう。川で泳ぎ、潜って魚を捕らえ、河原《かわら》で塩焼きにして食べた。それからまた野山を駆け、木に登り、子育てで気が立っている親鳥に追いかけられて笑い声をあげながら逃げた。れんげ畑では相撲《すもう》に打ち興じた。蜷養も童心に返ったようで、傅役《もりやく》であることも忘れ夢中になっているうちに、時間はあっという間に過ぎてしまった。

帰り道を急いでいると、弓弦ヶ池の横を通りかかった。そうだ、あの青の鳥居の辺りで、と田葛丸《たくずまる》が指差しながら、ふと口にしたのだ。去年の今ごろ、全身緑色をした川獺の親子を見た、と。

好奇心旺盛な厩戸はたちどころに反応した。蜷養があっと思った時には、馬の背から飛びおり、池に向かって駆け出していた。制止の声など耳に入らない。何かに興味を引かれると厩戸は夢中になってしまう。要《い》らざることをと蜷養は田葛丸を怒鳴りつけ、慌てて後を追った。そして青の鳥居まで来ると、御子の姿はかき消すように見えなくなっていたのである。二人して辺りを隈《くま》なく探し回ったが、どこにも見当たらない。呼びかけても返事はない。腹に氷塊を詰め込まれたような感じで、ふとした拍子にふりかえると、厩戸は鳥居の柱のそばに立っていた――。

「川獺を探しておいでのようには思えませんでしたぞ。それに、あの女人たち……鳥居の向こう側に誰かいると気づいたのは、御子が声をかけておいでになられたからです」返答を待ったが、背後で厩戸は沈黙を決め込んでいる。やむなく蜷養は続けた。「最初、わたしにお問いになったのかと思いました」

「………」

「――あの呪文、ぼくにも教えてくれる？　呪文とは何のことです。川獺をお探しになっていたのではないのですか」

「ええと、それはね……」か細い声が聞こえてきた。

厩戸の答えを待たず、さらなる問いを重ねたのは蜷養の失敗だった。厩戸に、話を逸《そ》らすきっかけを与えてしまった。「物部の姫さまとは前からのお知り合いでございましたか？」

「初めてだよ。向こうだって、ぼくのこと知らなかったじゃないか」

あのとき、二人の女の面上に走った驚きの色、非礼を詫《わ》びる恐懼《きょうく》の声を蜷養は思い出した。その隙を衝《つ》いて厩戸は質問者に立場を転じた。「物部大連の屋敷って、確か河内にあるんじゃなかった？」

「よくご存じで。河内の渋河《しぶかわ》と阿都《あと》に大きなお屋敷をお持ちでございます」

「ぼく、まだ河内には行ったことがないんだ」

「いずれ機会が訪れましょう」

「布都姫はこれから河内に帰るのかな？」

「布留《ふる》かと」

「布留？　石上《いそのかみ》の？　あの大きな神宮のある？」

「布留の石上神宮は」蜷養はやむをえず説明にかかった。神隠しの謎から話の筋が逸れてしまうが、機会をとらえて七歳の幼君に世間の知識を授けるのも、傅役に求められる責務というもの。「物部一族の氏神を祀《まつ》っております。御祭神は布都御魂大神《ふつのみたまのおおかみ》と申しまして、磐余彦尊の大和平定に先立ち、天照大神《あまてらすおおみかみ》が剣のお姿でお授けになられたものと聞いております。神剣、いや剣の形をした神、いわば剣神にございますな」

剣神――男の子が喜んで飛びつきそうなその言葉に、厩戸は反応を示さなかった。「――ふうん。布都姫と布都神か。布都姫は神さまの名前を名乗っているってこと？」

「物部一族でその名を襲名する姫君は、石上の斎宮職を継ぐことになっているのだとか。あの姫さまも神宮に入られるのでありましょう」

「え？」思いがけず厩戸は大きな声を出した。「斎宮って、いつのこと？」

「そこまでは。石上斎宮は今、先の大連尾輿《おこし》さまの妹君がお務めのはず。布都姫さまにとりましては大叔母《おおおば》にあたられるお方で、詳しいことは存じませんが、なんでも物部のおばさまと呼ばれているとか。かなりのご高齢で、非常な霊力の持ち主と洩れ伝わっております。それよりも御子――」蜷養は後ろを振り返った。厩戸は手綱を握りながら、何かに気をとられた顔になっている。「馬を急かしてもよろしゅうございますか。皆、我らの帰りが遅いのを心配しておりましょう。皇女《ひめみこ》さまにおかれましては、なおさらかと」

「うん」厩戸は素直にうなずき、仔馬の耳に口を近づけた。

七歳で乗馬するということ自体、蜷養にとっては驚きだが、そのうえ厩戸は鞭《むち》を使わずして馬を操ることができた。摩沙加梨《まさかり》は、まるで厩戸の言葉がわかるようにその命令に従うのである。御子を乗せた仔馬に追突されそうになり、蜷養は馬腹を軽く蹴って、速度を上げた。

「石上も遠いよ」厩戸が云った。「河内よりは近いけど、今から戻ったら夜中になってしまわない？」

「御子はおやさしゅうございますな」蜷養は満足の笑みで口元をほころばせた。「夜道を騎《ゆ》く姫の身をお案じなのでしょう。ご心配は無用。柚蔓と申しましたか、あの侍女。我が目の品定めによると、剣士としてかなりの遣い手にございますぞ。薬草狩りとのことでしたが、確かに石上からとは、また遠出をしたものですな」

「三輪からじゃないでしょうか」しんがりの田葛丸が口を開いた。

「三輪？」

「大連の別邸、三輪にもありましたよね」

「おお、そうだった。これはうっかりしていた。よく知っているな」

「こないだ、使いの途中にそのお屋敷の前を通ったんです。ちょうど守屋さまが出仕するところで……ええと、知っているのはそれだけですけど」

その後は蜷養が引き取った。「先帝の金刺宮《かなさしのみや》は磐余《いわれ》の磯城嶋《しきしま》にございましたので、尾輿公は参朝の便をはかって三輪に別業を構えたのです。三輪氏は物部氏と親しく、磯城嶋と三輪なら目と鼻の間ですからな。三輪の別邸からとすると、物部の姫さまはもう戻っている頃やも」

「だといいな」厩戸が云った。「さっきも話に出てきたけれど、尾輿公って誰？」

「先帝の御代《みよ》に大連を務められたお方で、今の守屋公の父君です」

「布都姫のおじいさん？」

「そうなりますな」蜷養は微笑した。目下のところ厩戸の心は布都姫に占められているらしい。「御子の伯父《おじ》に当たられます現帝は、位を継がれた時、宮を磐余の磯城嶋から、葛城《かつらぎ》の百済大井《くだらおおい》にお遷《うつ》しなされました」

「ぼくが生まれた年だ。宮殿は、代替わりのたびに別の土地に新しく造るんだよね。この磐余に遷ってきたって聞いたけど？」

「乎沙多《おさだ》の幸玉宮《さきたまのみや》にございます。葛城の百済大井宮は帝のお気に召さなかったのですな。三輪から乎沙多宮まで多少離れてはおりますが、通って通えぬ遠さではございません。大連は乎沙多に別業を建てるより、三輪の別業を再び使うことにしたのでしょう」

「だから布都姫も三輪に？」

「河内の本宅から大連が呼び寄せたのではありますまいか。いずれ斎宮になる身となれば、今は少しでも長く手元に置いておきたいと思うのが父親としての心情でしょうから」

蜷養の声に知らず力がこもる。三年前に五人目の子を授かり、待ち望んだ女児をようやく抱くことができた。家に帰ると飛びつくように出迎えてくれ、その日のたわいもないことを舌足らずの言葉で話し、朝ともなれば父がいなくなるのが悲しいと涙ぐみながら手を振って見送ってくれる。娘とはこれほど可愛いものかと思わぬ日はない。

「そうか。ともかく三輪に戻るのなら安心だね」

「それにいたしましても」話が一段落したので、蜷養は話柄《わへい》を神隠しに戻そうとした。暗くなったからという説明で納得しては、傅役の名に恥じようというものだ。次の瞬間、大きな音が響き渡った。ぎょっとして周囲を見回し、自分の腹が鳴ったのだと知って、苦笑した。


厩戸の住まう池辺双槻《いけのべのなみつき》の館は、磐余の市磯池《いちしのいけ》のほとりに建つ。父の橘《たちばなの》皇子《みこ》が世に池辺皇子と通称される所以《ゆえん》はこれである。市磯池は、百四十年ほど前に造られた巨大な溜め池で、東西の尾根が形成する谷筋の南に堤を築き、谷を貫流する川の水を堰《せ》き止《と》めた。去来穂《いざほ》別大王《わけのおおきみ》の御代のことという。厩戸の聞くところでは、父は子供の頃から土木工事に度外れた関心を寄せていたそうだ。皇子の身でありながら自ら木や石を削って珍奇な工具を作り、溝を掘って川の水を庭に引き込んだり、石を敷き詰め道を作ったりするのを好んだ。長ずるに及び筆をとって図面に線を走らせ、建築の現場に出向いて作業の指揮まで執るといういれこみようを見せた。設計の腕前は、専門職の伴部《とものみやつこ》たちが舌を巻くほどのものであるらしい。これまた厩戸が生まれる前のことだが、磐余池の堤が歳月の経過で傷み甚《はなは》だしく、補修の要が喫緊《きっきん》の課題に持ち上がった時、父は志願して工事を引き受け、立派に完遂した。それは補修ではなく新造というのが当たっていた。元の堤からさらに南に下がったところに、より高く頑丈な大堤を最新の工法を用いて築き、池を拡張したからである。結果、貯水量が増して、潤す田の数が倍近くなった。父帝はこれを嘉《よみ》し、去来穂別大王ゆかりの池を望む場所に館を建てるのを特別に許したのだという。池辺双槻という館名は、中庭に槻《つき》の大樹が二本、双子の兄弟のような立ち姿で太い幹を伸ばし、百足《ももだ》る枝を広げている奇観からつけられた。厩戸の父は、館の設計、建設にあたって、この地にもとより生えていた樹齢何百年とも知れぬ神聖な巨木を館内に取り込んでしまう趣向を見せたのだ。

　月が昇り、夜道を騎行する厩戸たちの目に槻の木が望まれた。館があるのは東の尾根の中腹だ。生い茂った槻の葉が月光を淡く照り返し、夜空に彩りを添えている。三人はゆるやかな勾配《こうばい》の坂道に馬を乗り入れた。左手には池が見下ろせたが、闇が落ちた今は果てなき暗黒が広がっているだけ。小門に近づいてゆくと、蛍火のようなものが幾つも飛び交っている。闇の布地に複雑な光跡が綾なされているかのようだ。馬上の三人は顔を見合わせた。目を凝らせば、それは炬火《たいまつ》の炎とすぐにわかった。

「おお、お戻りじゃ」大きな声が六月の夜気をふるわせた。群れていた炎が、彼ら目がけて一斉に群がり寄ってくる。厩戸の騎《の》る仔馬が脅え、前脚を大きく振り上げようとした。

「安心おし」厩戸は仔馬のたてがみを優しく撫《な》でつける。仔馬の動揺はすぐにおさまった。

「よしよし、いい子だ」

炬火を手にしていたのは館の家人たちだった。阿《あ》禽楯撞《とりのたてつき》が進み出た。「何しておった、蜷養」

炎に炙《あぶ》り出《だ》された皺《しわ》の多い顔には、叱責口調とは裏腹の、見るからにほっとした色がにじみ出ていた。「皆でお探しに参ろうとしていたところだわい」

「申しわけございませぬ」蜷養は鞍《くら》から降りて低頭した。「このわたしとしたことが、今日に限って心弛《こころゆる》びを起こしてしまい」

「心弛びとな？　何か大事でもあったのではないか？」

楯撞は探るような目を三人に走らせる。皇子家を差配する家宰として何事も揺るがせにしてはおけないのだ。見かけは冴《さ》えない風采の猫背の老人だが、職掌への能力の高さと義務意識の強さは誰しもが認めるところである。

「面目次第もありませぬ」蜷養は首を横に振る。「どうしたものか傅役であることを忘れ、気がつけば日没間近となっておりました」

厩戸が叫ぶように云った。「蜷養を責めないで」仔馬の背から飛び降りると、口綱を田葛丸に預けて語を継ぐ。「ぼくが緑色の川獺を見たいって云い出したからなんだ」

「はて、緑色の川獺ですと？」楯撞は小首を傾《かし》げたが、たちまち諒解《りょうかい》した表情を浮かべた。「そうでしたか。いや、なるほど、そうでありましょう」蜷養に向かい一転して心得顔でうなずき、厩戸に視線を戻した。「見たところ、お怪我《けが》もなされていないご様子。安心いたしました」

「あのね、楯撞」話の先を聞かれないのが心外でならないとばかり厩戸は声を高めた。「青い鳥居があるお池でね――」

「厩戸、こんな遅くまで何をしていた」

新たな声がした。皆がそのほうに顔を振り向けると、馬を引いた青年が従者を連れて門から出てくるところだった。熊の毛皮の乗馬用袴を穿《は》き、左腰に護身用の短刀を差している。青年は馬を従者に任せると、勢いよく走り出した。

厩戸はひるんだような顔になった。「兄上」

「心配させて」駆け寄った田目《ため》は厩戸の前に片膝をつき、両手で肩をつかんだ。齢が十歳も離れているうえに人並み外れて長身の異母兄は、その姿勢をとることでようやく厩戸と目の高さを同じにできる。「怪我はないか。どこか切ったり、ぶつけたりしてないか。どうなのだ、厩戸」頭のてっぺんからつま先まで視線がせわしなく上下する。

「だいじょうぶだよ」厩戸は大人しく答える。「怪我なんてしてない。ちょっと遊びすぎちゃっただけ。兄上は、これからどちらへお出かけ？」

「ばか、おまえを探しにゆこうとしていたのだ」田目は憮然《ぶぜん》として語気を強めかけたが、安堵の笑みを浮かべて続けた。「ともかくよかった。一日遊び倒して、お腹《なか》が空いたろう。夕餉《ゆうげ》の支度はできている。お義母《かあ》さまもお待ちかねだ」

田目の口ぶりは、兄というより父性を感じさせる。夕餉という言葉を聞くや、厩戸のお腹は正直に反応した。さきほど蜷養がたてたのにも負けない大きな音が辺りに鳴り響いた。

厩戸は田目の腕をかいくぐって駆けだそうとし、手首をつかまれて引き戻された。

「こら、だめじゃないか。その前によく身体を洗って汚れを落とさないと」

浴舎は独立して建てられ、母屋とは別棟になっている。張りきった田目は、厩戸を侍女まかせにせず、自ら洗い役を買って出た。湯浴《ゆあ》みの間じゅう厩戸のお腹はぐうぐう、ぴいぴい鳴き続けた。厩戸はいさぎよく抵抗をあきらめ、田目にすべてをゆだねた。異母兄の過保護ぶりはいつものことで、うっとうしくはあるけれども、本気で心配してくれているのは確かなことなのだ。

父が設計したこの浴舎は天井が高く、湯気が立ちこめない。四隅には高脚の燈籠が配され、浴房内は明るく照らし出されている。田目は桶《おけ》の湯を根気よく厩戸に浴びせ、身体のあちこちに撥《は》ねついた泥を洗い布で落としてゆく。髪に注がれた湯は、大雨の翌日の小川のような色になって流れ落ちた。

「なんて汚れっぷりだ。一日遊んだぐらいで、どうしてこんなに泥だらけになれるのか」

大げさに云いながらも田目は楽しそうだ。次々に頭にお湯をかけ、指で髪をしごいた。

「兄上こそ」厩戸は不思議に思って訊いた。「どうやって遊んでいたの？」泥だらけにならない遊びなんてあるのだろうか。

「わたしか？　そうだな、わたしは――」田目の声が低くなる。「うん、おまえほどには野遊びが好きじゃなかったのだろうな。田葛丸のような遊び相手もいなかったし」

「じゃ、書物を読んで過ごした？」

「書物か」田目は声をたてて笑った。「それこそおまえにはとても及ばないよ」また声が小さくなり、厩戸の髪を洗う指の動きまで止まってしまった。「まったく、どうして時間を過ごしていたんだろうな、あの頃は。空ばかり見上げていたような気もする。雲を目で追ったり、風の行方を気にしたり、まあ、そんな子供だったたよ、今思うと。それから――」

その続きを厩戸は待ったが、声は途切れたままだった。促すように訊いた。「空を見て面白かった？」

その途端、ばしゃりとお湯を頭からかけられた。髪から流れ落ちる湯は透明で、もう泥の色は少しもなかった。

「さ、これで終わりだよ」田目の声は元にもどっていた。厩戸の全身に最後のかけ湯をすると、肩を押して浴房を出た。

若い侍女が二人、脱衣房に控えていた。湯浴みの終わった気配を察して、乾いた布を手にしている。田目がうなずいてみせると、二人の侍女はかしこまった様子で前後から厩戸の身体を拭きはじめた。その間に田目は下帯一つの半裸身に手早く着衣をまとってゆく。侍女たちが手だけは熱心に動かしながら、その目はチラチラと田目に向けられるのを厩戸は察した。どちらも頰にうっすらと朱をにじませている。

元通りに結装《けっそう》を終えた田目は、棚に置かれた乾布を手に取った。「髪はわたしがやろう。もう退《さが》っていい」

ためらう素振りを一瞬だけ示し、二人の侍女は頭を下げて去った。

田目は幅広の乾布で厩戸の頭を裹《つつ》み、長い髪を勢いよく拭いてゆく。そのやり方は侍女のような遠慮がなく、厩戸には爽快だった。途切れた話を続ける気はなくなっていた。

「そろそろ美豆良《みずら》にしてはどうだ」田目が云った。「それでなくともおまえは年齢より大人びて見えるのだから」

「またその話？　めんどうくさいんだもの」

「うっとうしいだろう。顔にかかったり、目に入ったり、首筋にまとわりついたりして」

「ぜんぜん。紐で束ねておけば気にならない。それにね、馬を走らせると後ろになびいて、とっても気持ちがいいんだ。自分も風になったみたいで」

「馬か」田目の口辺に笑みがそよいだ。「おまえは馬が好きだからな。わたしはね、おまえがうらやましくてならないよ」

厩戸は無意識のうちに身構えた。兄上は身分差を云おうというのだろうか。館の誰も口にしないが、田目と厩戸の間を隔てる乗り越えられない壁を。

「その齢で大人顔負けに馬を騎《の》りこなせる。わたしなぞ乗馬を始めてまだ数年だ。毎回ひやひやして騎っている、振り落とされるんじゃないかと」

「ぼくがどこで生まれたか、兄上も知ってるでしょ」緊張をそっと解く。「馬と心が通い合うのは生まれつきなんだよ、きっと」

「うらやましいのはそれだけじゃない。時間が経《た》つのも忘れるほど野遊びができるのも、実は大した才能だぞ」

「だけど——」厩戸は反論の口を閉ざした。田目は自分がどれだけ心配したか口にしただけで、遅くなったことへの叱責や非難めいた言葉ではなかった。

「しかも、おまえときたら」髪を乾かす手を休めずに田目は続ける。「書物が読める。何と七歳で。驚くべきこと、いや、信じ難いことだよ。わたしなんかよりよほど読んでいるのだろう？」

「ええとね、それほどでもないと思うよ」

異母兄のいう通り、それが他の人にとっては驚異なのだと厩戸自身もこの頃になってようやくわかってきた。そのことで騒がれるのは、しかし気持ちのいいものではない。

「おまえがうらやましい。おまえのあり余る才能が。だけど誤解するな。妬《ねた》んではいない。よくできた弟を持って、素直に誇らしいのだよ」

「ふうん」

兄上だって、と心の中でつぶやく。あの禍霊を見たら、ぼくをうらやましいなんて思わなくなるよ。

＊

月が三輪山の峰に昇ると、灘刈と速熯は馬首を並べて出立した。一筋の銀糸を思わせて闇の大地をほっそりと縫う街道に、二頭の馬はまもなく溶け込むように見えなくなった。荷馬は不要だった。難波津からは船旅となる。自ら門に出て見送った守屋は踵《きびす》を返した。折りから生暖かい夜風が吹きはじめ、神域である山麓にたちこめた霊気が薄まってゆくように感じられた。

彼の足は屋敷の入口で止まった。布都姫が控えていた。飾り気なしの白衣をまとっただけの姿。清らかな美貌が際立ち、他を寄せつけぬ白百合《しらゆり》が一輪、気高くも孤高に咲き誇っているかに映じる。

「思いの薬草は見つかったか、布都」娘の顔を目にすると、今日の公務がようやく終わったという思いが頭を擡《もた》げ、自然と守屋は肩の力を抜いていた。

「阿都では見当たらなかった草々を」布都姫の顔が縦に振られる。「幾つも摘むことができました」

「それはよかった。おまえを呼び寄せた甲斐《かい》があるというものだ。初瀬《はつせ》へ参ったのか」

「磐余に」布都姫は声を低めて、「実はお父さま、そのことで少しお話があるのです」

「中へ入ろう」

屋敷の前半部は守屋の執務室、応接の間、氏族会議や宴会に用いられる大広間など、いわば公的な空間を構成し、後半部が私的な居住空間となっている。河内の渋河と阿都、大和の布留の本邸に倣《なら》ったものだ。守屋の居室は最も奥まったところに位置する。部屋に入ると、守屋は手にしていた燭盞《しょくさん》を傾けて、三つ脚の燭台《しょくだい》に火を移した。

小さな炎が揺らめきながら伸びあがった。微弱な光の輪の中に照らし出された室内の調度は簡素なもので、窓側の壁に机と椅子が寄せられ、書棚には梁《りょう》、陳との交易を通じて直接入手した夥《おびただ》しい数の古今の典籍が並んでいた。部屋の中央に六角形の小卓を囲んで鹿の毛皮が敷き延べられ、父と娘は向かい合って腰を下ろした。

布都姫は守屋が十四歳の時の初子だ。父親になる気構えも準備もできていないうちに生まれてきた。娘というより齢の離れた妹ができたようで、十四年を経た今も思いは当時と変わっていない。その齢ともなれば女としての成熟が目に見えて始まる頃だが、石上の斎宮となる己の運命を体現してか、肉体の香りよりは霊的な気配を深沈と漂わせている。

「夕方、弓弦ヶ池のほとりで、池辺皇子さまのご子息にお目にかかりました」

口を開いた布都姫が、いつもは見られない微妙な熱っぽさを帯びた目をしていることに守屋は気づいた。「田目の御子さまに?」

孤独の翳りで味付けされた田目の甘い美貌は、乎沙多幸玉の宮中で官女たちの熱い話題となっている。では、この娘も結局のところは年頃の女だったというわけか。

「いいえ」守屋を見返した布都姫の目に、ほんの一瞬、もの問いたげな色が閃《ひらめ》いた。すぐに彼女は首を横に振って、厩戸との偶然の出会いを語っていった。ごく手短に、淡々と。

「厩戸の御子さまも」守屋は感歎を抑えかねる声をあげた。「それが見えるというのだな、おまえの目にだけ映るそれが」

「見えること自体が力、そうお気づきのご様子は見受けられませんでした。ただ怯《おび》えているだけで」

「かつてのおまえのように」

「ええ、昔のわたしを見るようでしたわ」

「仏典を唱えて祓《はら》おうとしたわけか」

「仏典など、どうして?」

「馬子《うまこ》だ」守屋の声が尖《とが》った。「出過ぎた真似《まね》を。早いうちから御子を仏法に馴染ませようという魂胆だろう。しかし如何せん、御子は父君母君ともに蘇我の腹」顔つきに苛立《いらだ》ちの色が顕《あら》われる。守屋は息を吐き出し、肩をすくめた。「それにしても野遊びにまで仏典を持ち歩いているとは」

「何もお持ちでは。諳《そら》んじていたようにお見受けしました。わたしが祝詞を暗誦《あんしょう》するように」

「まだ七歳にておわすはずだぞ、あの御子は」

「そんな」今度は布都姫のほうが目を大きく見開く番だった。「十歳ほどかと」

「間違いない。間人皇女《はしひとのひめみこ》が初子をお生みあそばされたのは、現帝即位の年のこと」守屋は断言してから、自問するように声を落とした。「わずか七歳にして仏典を読むだと？それも諳んじて？　にわかには信じ難いが……では、あの噂、本当なのか」

「噂？」

「厩戸の御子は」守屋の目が細められる。思索の態勢に入りこんだ顔つき。「生まれながらにして能《よ》くものを云う。聖《ひじり》の智慧《ちえ》ありて、三歳より漢籍に親しみ、読む先から諳んじてゆく――つまり、一種の天才児だという噂だ」

　布都姫は声をあげて笑った。「とてもそんなふうに見えなかったわ」顔の前で手をひらひらと振ってその印象を強調する。「だって、頭の上から足の先まで泥だらけで、腕白な男の子そのものなのよ。皇族と聞かされて柚蔓と二人でもうびっくり。喋《しゃべ》り方だって年相応に幼くて、わたしのことをおねえさんって呼んで」笑いが消えた。「そういえば、ちゃんと仏典の名前をあげていました」

「何という仏典だ」

「難しそうな名前の……こん、こんこう何とかって」

「こんこう？　金光明経、御子はそう云われたのではないか？」

「どうだったかしら」布都姫は答えをためらった。「そんな名前だったような気もしますけど」

「金光明経とは、四天王という護衛四神の加護を得んとする仏典だ。神、とはいっても、仏に仕える郎党も同然の位置づけだがな。それなる経典なれば、護身の呪言とするに相応しかろう。――や、何がおかしい」

「だって、お父さまがこれほどまでに仏法にお詳しいって蘇我の大臣が知ったら、どんなにか驚くことでしょうね」

守屋は不機嫌そうに遮った。「あの男のことなどどうでもよい」

「厩戸御子は仏法を信仰なさっている。それを憂えておいでなのね」

「我が国古来の天神地祇《てんじんちぎ》を祀るべき皇族が、異国の教えに染まり、蝕《むしば》まれるかもしれぬ。それほどの天才児となれば、見て見ぬふりをしておかれぬのはなおのことだ。その才が、仏法ごときに費やされるのは、国家的な損失というもの」

「まだ七歳なのよ。国家的だなんて、ずいぶんと大げさな期待だわ」

「おれは先の先、その先の、さらに先を読む。そうでなくては大連の職は務まらぬ」

「だったらご安心になって。御子はおっしゃったもの、仏典の効き目はなかったって」

端折《はしょ》って話した御子とのやりとりを、思い出せる限りの正確さで布都姫は再現した。

守屋の顔に思索の色がいっそう濃くなった。「あの呪文、ぼくにも教えて、か」

「御子が仏法に関心を寄せたのは、蘇我大臣に仕向けられたというより、あれを祓いたい一念からではないかしら。だとしたら、お父さま。仏典の効力に疑問を抱いた今が、御子を仏法から引き離すいい機会ではなくって？　御子は我が物部神道の祝詞に関心をお寄せ、必ずわたしを訪ねてくるはず」


厩戸は田目の後から餐寮《さんりょう》に入った。

餐卓についていたのは間人皇女だけで、給仕係の侍女が二人、傍らに控えて話し相手をつとめていた。あちこちに燭台が燈《とも》され、室内は明るい。いつもならば館の主である池辺皇子と間人皇女、それに三人の御子を加えた五人が夕餉の席を囲む顔ぶれだ。父が不在なのは、神宮造替工事を陣頭指揮するため伊勢《いせ》へ下向中だからであった。

「義母上、たいへん遅くなりました」田目が自分の責任であるかのような畏《かしこ》まった顔をして、間人皇女に頭を下げる。

「お母さま、ごめんなさい」義兄に倣って厩戸も謝った。ほんとうは、すぐにも席について箸を手にしたかったのだが。

湯上がりの肌を火照《ほて》らせた厩戸を見て、皇女はおかしそうに笑い声をあげた。厩戸が泥だらけになって帰ってきたことを察したのだ。「待ちくたびれて、先にすませてしまったわ」

彼女の前に置かれた御膳は空になっている。皇女は玻璃《はり》製の盃《さかずき》を手にしていた。白濁した葡萄色の液体がなみなみ湛《たた》えられている。夕食後に浴びるように酒を呑むのは皇女の習慣だ。「緑色の川獺は見つかって？」

厩戸はぱっと顔を輝かせた。が、聡明《そうめい》そうな眉根《まゆね》はすぐに曇《くも》り、懇願の口調で云った。

「蜷養を叱らないでね。悪いのはぼくなんだ。もう戻らなきゃって蜷養は何度も云ってくれたのに――」

「叱らないわ。これからは、わたしの大切な息子をお日さまが沈む前に戻ってこさせてねって云っただけ」

「蜷養を替えたりはしない？」

「そんなに心配なら、蜷養の云うことをちゃんと聞くのよ」

「うん、そうする」

「緑色の川獺のことは楯撞から聴いたのですよ」皇女はそう云って、田目と厩戸を促した。

「席にお着きなさい。お腹がすいたでしょう」

　大皿に盛られた鯉の丸焼きを目の当《ま》たりにして厩戸は声をあげた。頭と尾が皿からはみ出している。大きく開いた口に、彼の拳《こぶし》がすっぽり収まりそうだ。

「来目《くめ》が釣ったのだよ」厩戸の向かいの席に腰を下ろした田目が微笑《ほほえ》みながら云った。

「まさか？」

「正確に云うと、釣り上げたのはわたしだが、来目の竿《さお》にかかったのは確かだからね」

「今日は田目が舟遊びに誘ってくれたのです」盃を豪快に呑み干した皇女は、ちょっとはしゃいだ感じで、両手で釣竿を握る仕種をしてみせた。

「お母さまも？」

「舟遊びといっても」田目が目の前で左手を振る。「磐余池に舟を浮かべただけさ。桜の季節はとうに過ぎている。ただ漕いでるばかりじゃつまらないから釣り糸を垂れたのだ。するとどうだ、面白いように釣れ始めたじゃないか。その中でいちばんの大物がそれだ」

「来目も大喜びでしたけど、わたしもとても楽しかったわ。また誘ってね」

「はい、いつでも」田目は少し顔を赤くして云った。

　侍女が皇女の盃に新たな酒を注いだ。

　厩戸は餐寮の中を見回した。「来目は？」

「さっきまでわたしたちと一緒だったのだけれど」皇女はくすりと笑った。「ぼくの釣った鯉を兄上に食べてもらうんだって、眠い目をこすりながら頑張っていたの。でも、そのうちに眠りこんでしまって」

塩焼きにされた鯉の肉は、冷めてしまっても舌鼓を打ちたくなるほどの美味《おい》しさだった。

「来目には悪いことをしたな。よし、明日は朝一番であいつをほめてやろっと」

「きっと喜ぶわ」

侍女が煮汁を厩戸と田目の前に運んできた。具は蜆《しじみ》だった。

「あれ?」厩戸は、義兄の膳がもうかなり減っていることに気づいた。

「田目は中座したのですよ」皇女が答えた。「楯撞がおまえを迎えにゆくというので、それならばと箸を置いて厩舎に向かったのです。とても頼もしいお兄さまぶりだわ。田目、あなたに来てもらって本当によかったと思っています」

半年前まで厩戸は自分がこの家の長男だと信じて疑わなかった。だが母にとっては初めての生みの子でも、父には第二子だった。

「大したことではありません」田目はますます顔を赤くした。「ずっと一人でいたから、弟が二人もできて嬉《うれ》しくてならないのです」照れた口調で云い、落ち着きなく動かした視線が、皇女の手にする盃にふと止まった。「おや、今夜は変わった色のお酒をお召し上がりですね」

皇女は満足の色を見せた。「やっと気づいてくれたわね。搾って濾《こ》した葡萄の液汁を、いつものお酒に混ぜ合わせてみたの。ほんの思いつきだけど」

「お味はいかがです」田目自身は下戸《げこ》だった。池辺皇子も体質的に酒が合わないので、この点は父譲りだといえる。

「おいしい。そう云いたいところだけれど」皇女の口元に微苦笑が浮かぶ。「お米の匂いと葡萄の香りがどうしても上手《うま》く溶け合ってくれないのよ」言葉とは裏腹に、盃を干す皇女は心地よさそうだった。差し出された空盃に侍女が酒瓶を近づける。鷺《さぎ》を象《かたど》った容器。青と白の彩色《さいしき》が施され、細長く曲がった首の先に頭部があって、鋭い嘴《くちばし》の先から白濁した葡萄色の液体がトロリと流れ出た。

「見た目にも濁っているのがわかるでしょ」皇女は盃を燭台にかざしてみせた。「海の向こうには、葡萄だけで作るお酒があるそうよ。わたし、いつかは口にしたいと念願しているの。この盃だって海を越えてもたらされた。葡萄のお酒が渡ってくる日も夢ではないわ」

　厩戸は蜆の椀から顔をあげた。「海の向こうって、百済国のこと？」

「百済にあるのなら」皇女はもどかしい思いを声に響かせながら諭《さと》すように答える。「もうとっくに入ってきています。聞くところでは、漢土《かんど》でさえ皇帝も貴族も葡萄のお酒を手に入れるのに苦労するのだとか」

「では漢人にも作れない酒なのですか」田目が訊く。

「葡萄の種類が違うのね、きっと。漢土では育たない品種なんだわ。遥か西方にある国々から、背中に大きな瘤《こぶ》が二つも生えた馬に乗って運ばれて来るそうよ。だからとても貴重なお酒なの」

「背中に瘤のある馬？　見てみたいなあ、騎ってみたいなあ」厩戸は心から云った。彼のその反応に皇女も田目も愉快そうに笑い返してくれたが、残念なことに話題はすぐに馬からお酒に戻ってしまった。厩戸は食事に専念することにした。

時折り母の明るい笑い声が響くと、目をあげて二人の様子をうかがった。今夜のお母さまは、いつにもまして楽しそうだ。それが厩戸には不思議だった。父上がいないのに、どうしてだろう。昼間身につけている皇女に相応しいきらびやかな装身具の類いは一つ残らず外し、高々と結い上げていた髪も下ろして、たっぷり布を使った素衣を優雅に着こなしている。その姿はいかにもくつろいで見え、のびやかな若々しさが際立っていた。間人皇女は十八で厩戸を産んだ。今は二十五歳で、田目との差は八歳に過ぎない——などということは、厩戸の意識するところではない。

「でも、わたしね」皇女の声が厩戸の耳に流れ込んできた。「葡萄だけのお酒は、この倭国でも作れると思っているの。葡萄の種類をあれやこれや調べて、いろいろと試してみるつもりよ。外から来るのを待っているだけではつまらないもの」

お母さまらしいや、と厩戸は思った。間人皇女は威厳の衣をまとって周囲を睥睨《へいげい》しているだけの女ではない。何か命じると、家人たちの先頭に立って汗を流していることが多かった。土木工事が大好きな夫に感化されたのかもしれない。それはともかく、外から来るのを待っているだけではつまらないという言葉は、不思議と厩戸の心をとらえた。彼はその言葉を胸の中で幾度か反芻《はんすう》した。


「どう思っているのだ、実のところ」

「何ですか、いきなり」田葛丸は口にしたばかりの麦飯を咽喉に流し込み、向かいの席に胡坐をかいた大淵蜷養に問いを返した。

「だから――おかしくはないかと訊いている。絶対におかしいだろうが」

「だから――何のことを云ってるんです」

二人は家人専用の餐寮で遅い夕食を摂っていた。餐寮とはいっても、実のところ厨房《ちゅうぼう》に付属した空間で、調理台や大竈《おおがま》、流しなどに隣接して広い卓と椅子が置かれている。池辺双槻館の使用人たちは食事の時間になると各自ここにやって来て、供されるものにありつくという仕儀だ。他の者たちは疾《と》うに食べ終え、今は彼ら二人だけだった。

「あの池での出来事だ」蜷養は声を低める代わりに卓上に身を乗り出した。「どう考えても解《げ》せん。短い間だったが、御子は消えていた。確かに消えていた。消失だ、そうとしか思えん」

「またその話？　そりゃ、おれだって腑《ふ》に落ちないこともないですよ。けど、御子があおっしゃってるんだから」

「川獺を探して腹這いになっていた。だからおれたちの目につかなかった——そんなことを信じるのか。二人揃って見落としたと？」

「あり得ないことじゃないでしょう」

「ふん。おまえはそうかもしれんが、おれは断じて御子から目を離すような男ではない。そうでなくては傅役は務まらんのだ」

「実際そうだったんですから、仕方ないじゃないですか。御子のお言葉を信じるしか」

「何かを隠しておいでのご様子だ」

「疑い出せばきりがない。御子は我々とは違うんですよ」

田葛丸の一言は、蜷養をしばし黙らせた。ややあって彼は口を開いた。「確かに御子は常人と違っている」妙に声がかすれていた。「七歳で漢籍を自由自在に読みこなす。とりわけ仏典をお好みのようだ、大きな声では申されぬがな。誦経《ずきよう》を日課のようになさっていらっしゃる。ともかく神童といっていいだろう。ところが部屋に閉じこもりきりで書物を読みふける日が続いたかと思うと、今日のように我らを従え、馬を駆って野遊びに打ち興じられる。そのお姿ときたら腕白な少年そのものだ。泥だらけになるのも厭《いと》わない。仔馬とはいえ七歳であの騎りこなしは驚異的だ。成長もお早く、十歳には見える。同じ顔をした御子が二人いらっしゃるようで、最初は面食らうことがしばしばだった。いや、実をいうと今も慣れてはおらん」

「おれは慣れました」田葛丸は肩をそびやかした。「なんてったって御子の遊び相手の役に擢かれて三年ですからね。傅役になって半年の蜷養さまとは年季が違います。そりゃ、初めはびっくりしましたよ。御子より七歳年上のはずなのに、おれのほうが年下なんじゃないかって思わされることがしょっちゅうだったし」

「こいつめ、先輩風を吹かせる」蜷養は盃をあおって苦笑したが、真顔になって訊いた。「今回のようなことが前にもあったと云うのか」

「とんでもない。さすがにこんなの初めてだ。いきなり目の前からいなくなってしまうなんてのは。おれが云《い》うのは、あくまで御子が神童だってこと。そんなこんなで、今じゃ、御子をあるがまま受け容れることにしてるんですよ。受け容れるなんて言葉、ちょっと不遜だけど」

「御子が消えたのも、さもありなんと受け容れるわけか」

「おれたちなんかの矩尺《ものさし》で神童は計れませんよ。そのうちわかってきますって、蜷養さまにも」

「だとしても」蜷養は低いうなり声をあげ、盃を卓上に置いた。「解せないのはあのお言葉――ぼくにも呪文を教えてくれってやつだ」

「物部のお姫さまも」田葛丸は言葉を択ぶように慎重な顔つきになった。「不思議な感じのする人でしたね」

「斎宮になろうというお方だ、どこかしら世間離れしているのかもしれん。お綺麗《きれい》な方ではあったがな」蜷養は椅子の上で胡坐を組み直し、腕組みした。「呪文で思い出した。おまえも呪文を唱えることがあったな、細螺《さになの》田葛丸」

「呪文ってほどのものじゃ」田葛丸は肩をすくめた。「おれたち細螺一族のそれは、あくまで術を使う前に心を鎮めるため唱えるんです。蜷養さまが考えているような、文句それ自体に神秘的な力があるわけじゃない」

「怪しいものだ。変な術をお教えしたんじゃないだろうな」

「それを使って、おれたちの目から姿を晦《くら》ましたっていうんですか」田葛丸は呆《あき》れた目で蜷養を見返し、肩を揺らして笑い始めた。「そんな便利な術があったら、おれのほうこそ伝授してもらいたいくらいですよ」

「御子が木にお登りになったさまときたら、猿《ましら》でも見るかのようだった。走り方にしても、綿毛が風に乗って飛んでゆくような軽やかさだ。あれはおまえの仕業だろう」

田葛丸は笑いをおさめ、ばつの悪そうな顔になって頭をかいた。「木登りと早駆けの方法をどうしても教えろと仰せで、断りきれなかったんです。これほどすぐに熟達なさるとは。七歳であれだけのことができる子は、細螺一族にだって一人もいやしない」

「認めたな」

「木登りや早駆けのことですって、おれが云ってるのは。確かにおれたちは異能の衆って目で見られてるけど、姿を消したり、空を飛んだり、壁を通り抜けたり、馬や牛に変身したりなんてことは絶対にできないんです」

「思い悩んでいても始まらんか」蜷養は天井を見上げて嘆息すると、甕《かめ》から酒を注《つ》ぎ足した盃を一息に呑み干し、大あくびを洩らした。「ようし、今日のところは眠るとしよう。同じことが起こったなら、その時にもう一度考えればよいわ」


田葛丸は食事を終え、自室に戻った。彼の部屋は館の使用人たちの起居する棟割り建物の一室だ。薄い壁の両側からは、もう鼾《いびき》や寝言が聞こえていた。床《とこ》を延べ、布団に入ると、たちまち睡魔に捕まった。と、眠りの世界から彼を強引に引きずり出すものがあった。肩をつかんで揺すぶり続ける小さな手が、闇の中にぼうっと白く浮かんでいる。明かり採りの小窓から月光が射し込んでいた。

「御子さま？」

「しっ」厩戸が唇の前に人差し指を立てる。

田葛丸は素早く起き上がると、寝床の横に正座し、できるだけ声を低めて訊いた。「いったい何事でございます？」

夜の深い静寂が辺りを包み込んでいる。聞こえてくるのは相変わらずの鼾と寝言だけだ。

「大連の家に行きたいんだ」

「何ですって？」

「遠くないよね、三輪だもの」

「ご冗談を」思わず声が高くなり、彼は慌てて両手で口を押さえた。「今は夜中ではありませんか」

「日付は変わってない。月を読んだから。今なら三輪に行ってきて、また眠れるよ。こないだ教えてくれたあの走り方ならね」

「いったい全体、何しに大連の別宅へなど？」

「呪文を教えてもらうんだ。どうしても今夜のうちに教えてもらわなくっちゃ」その先は口ごもった。「でないと……」

「御子さま」田葛丸は厩戸の目をのぞき込み、言葉の調子を改めて訊いた。「呪文とは、いったい何のことですか。なぜ今夜中でなければならないのです」

「それは……うーんとね、説明してもわかってもらえないよ、きっと。ぼくにしか見えない……わからないことなんだから。ていうか、ぼくにだって実はよくわかっていないんだ」

「そのように仰せになりましても」田葛丸は、ついぞ目にしたことのない必死さを御子の目の色に認めて言葉を呑んだ。

「ねえ」厩戸は彼の両手首を握り、引っ張るように左右に振った。「ねえ、ねえったら。お願いだよお、田葛丸」

お願いだよお、田葛丸——彼はこの言葉に弱い。大いに弱い。そう懇願されて、馬の騎り方をこっそり手ほどきし、猿《ましら》のように木に登るやり方、風と一体化して地を翔《か》ける方法を教えてしまった。もちろん修得するはずなどなかろうと高を括《くく》っていたからだが、驚いたことに御子はそれらを易々《やすやす》と身につけてしまった。彼は自分の言葉を情けない思いで聞いた。「仕方がありません。どうぞ、この田葛丸にお任せになってください」

屋敷を出ると、冴えた月輪は、天空の支配者然として星々の輝きを圧していた。田葛丸は月の位置を見定める。布都姫から呪文を教わるだけなら、夜明け前には戻ってこられるだろう。

厩戸が駆け出した。細螺一族に古来伝わる風翔《かぜか》けの術。大地の力を足裏から吸収し、全身に循環させて、呼気とともに解き放つ。そうすることで身体は大地から浮揚して風の仲間となり、通常の十分の一にも満たない力で十倍の距離を走ることができる。

田葛丸は追いつき、厩戸と並走した。「今日は加減して走ってらしたのですね」

「全力を出したら蜷養に怪しまれちゃうんだもの」御子は邪気のない顔でにっこりと笑った。

月光に白く照らされた夜道が、泡立つ早瀬のように流れ過ぎてゆく。星々が矢を思わす光跡を曳《ひ》いて一斉に追いかけてくる。静まり返る夜気の中、足音はほとんど響かない。地を蹴っているという感覚さえ二人にはない。田の蛙《かわず》たちは、人間が傍を通り過ぎたことに気づかず大合唱に余念がなかった。

やがて巨大な鳥居が見えてきた。月光に照らされて夜空にくっきりと刻印されたかのような大鳥居。朱色がつややかに光って、夜の闇を神々《こうごう》しく彩っている。築数百年を経た先代の鳥居が倒壊を危ぶまれ、五十年ほど前に建て直された。三輪一族が祭祀《さいし》する大神《おおみわ》神社の大鳥居だ。

大鳥居を横目に過ぎ、川面《かわも》に星影きらめく初瀬の流れを渡ってまもなく、高い塀をめぐらせた屋敷が目の前に現われた。田葛丸は足を止めた。

「大連の別邸です」気を集中させ目を凝らす。別邸とはいえ、さすが大連ともなると構えは広壮なものだった。大屋根が塀の向こうにせり上がるように見え、その屋根よりもさらに高く望楼が聳《そび》え立《た》って天上の星々を摩《ま》するが如くだ。望楼上に人影。動く気配はない。見張りは眠りこけている。泰平なるかな、我が大和よ。

「宿直《とのい》の見回りに出くわすことのないよう、祈っててくださいよ」

田葛丸は地を蹴り、身長の二倍はゆうにある塀の上に飛び乗った。身を伏せ、しばらく敷地内の様子をうかがう。囁き声で促した。「――さあ、御子も」

「うん」厩戸の足が軽く離れたかと思うや、田葛丸の横に並んだ。風翔けの術の応用だ。前方にではなく上方に力を向ければいい。

二人は揃って中庭に着地した。

「困ったな」辺りを注意深く見回し、田葛丸はいっそう声を低めた。木々の向こうから、闇に沈んだ屋敷のどっしりとした量感が伝わってくる。「この先どうすればいいのか」

「ほら」厩戸の手が水平に上がった。「あそこ」


寝床の中で布都姫は、もう幾度目になるかしれない寝がえりを打った。一日を費やした薬草摘みで身体は心地よい疲労を覚えているのに、眠りはなかなか訪れてくれない。目が冴えてゆくばかり。

弓弦ヶ池で出遭った、厩戸という変わった名の男の子のことがずっと頭から離れずにいる。皇族。先帝の皇孫にして、現帝の甥《おい》。父の守屋に云わせれば蘇我腹の御子。そして、不幸にもあれが見える体質に生まれついてしまった自分の同類――。

気がつくと、出遭いの一部始終を何度も反芻していた。もっと話していたかった。互いの体験を語り合えればよかったと思う。しかし御子は傅役の武人に追い立てられるようにして家路をたどっていった。知り得たのは、御子の唱えていたのが仏典ということだけ。

その時、声が聞こえた。

——ここなの？

はっと布都姫は息をこらす。耳元で聞くかのような明瞭さ。耳が聴き取ったのではない。頭の中で直接に響いた。寝床から脱け出し、火を燧《き》った。燭台に明かりを燈す。揺らめく蠟燭《ろうそく》の炎に淡く照らし出された室内を見回し、寝具の乱れを手早く直した。衣架《いか》にかけていた袖なしの上衣《じょうい》を肩にふうわり羽織った。中庭に面した引き戸を開くと、濡縁《ぬれえん》に歩を進める。頭上から清雅な月光が降り注がれる。これならば遠目にも見えるはず。静かに待った。

灌木の疎林の中から厩戸が姿を見せた。弓弦ヶ池でも一緒だった年上の少年を伴っている。こちらを指差してにっこりと笑い、すぐにも駆け出しそうな素振りを見せたが、まずは従者らしい少年に何かを告げ、少年がうなずいてその場に片膝をつくと、厩戸が月光の白々と照らす広い中庭をびっくりするほどの速さで突っ切ってきた。布都姫が慌てて膝を揃え、両手を支えた時には、もう濡縁の前に立っていた。

「ごめんね」悪びれていない子供らしい素直さで厩戸が云った。「こんな時間に来ちゃったけど——」

布都姫は微笑を返した。「どうぞお入りになってください、御子さま」

「よかった」厩戸はほっと笑顔を見せた。革沓《かわぐつ》を脱いで濡縁の上に飛び上がる。素足の白さが月光を幻のように照り返した。「どうしてもあの呪文が知りたくって」

室内に差し向かいで座ると、厩戸は布都姫をまっすぐに見つめ口を開いた。あどけない声の裏に、切実な響きがあるのを布都姫の耳は聴き取る。

「あれは呪文ではありません」厩戸の性急さをいなすように、ゆっくりと首を振って応える。「我が物部一族に古《いにしえ》より伝わる祝詞です」

「それ、教えてくれない？」

「いつからあれが見えるようにおなりです」

「三歳の時だよ」厩戸は両手をぎゅっと握った。「最初は夢の中に現われたんだ、禍霊《まがつひ》は。ぼくを押さえつけて、どこかにさらってゆこうとする。逃げようとするんだけど、身体が重くなって動けないの。息苦しくなって、大声で泣きわめいて、それで目を覚ますんだ」

「どのような形で？」

「いろいろある。初めは虫が多かったかな。ムカデとかゲジゲジとか、長くて、足がいっぱい生えてる虫が。それからヘビやトカゲになったり、数もだんだん増えてきた。そのうちに、この世の中のどんなものにも似ていない恐い姿になって……」厩戸の身体がぶるっと震えた。「夜だけじゃなく昼間も出てくるようになった。なのに、見えるのはぼくだけなんだ」

「毎日？」

「そうじゃない。忘れかけた頃に出てくる」

「何が見えるのか、誰かにお話しになりましたか？　お父上や――」

「ううん」首が横に振られる。「だって、おかしい子だって思われちゃうでしょ」

布都姫は心からうなずいた。自分もそうだった。思いきって父に打ち明けるまで、どれほど悩んだことか。

「悪い夢を見ているらしいって、お父さまもお母さまもとても心配してくれた。まじない師が次から次へと呼ばれて、いろいろとお祓いをしたよ。でも、何の効き目もなかった。それなのに、昼間も見えるだなんて――夢じゃないってこと、云えないよ」厩戸は握っていた拳を開き、両ひざの上に載せた。「三年前のことなんだけど、馬子の大叔父《おおおじ》が仏典を勧めてくれたの。これを声に出して読むと、御仏の功徳《くどく》というものがあるって。意味はよくわからなかった。でも、読めるだけなら読めたよ。字を知ってたから」

布都姫は、父の云っていた厩戸に関する評判を脳裏《のうり》に思い浮かべた。生まれながらに能《よ》くものを云い、聖《ひじり》の智慧があって早くも、三歳の時から漢籍に親しみ、読む先から諳《そら》んじてゆく――三年前といえば、厩戸は四歳ではないか。

「禍霊が出てきた時、それを思い出して、ためしに唱えてみたんだ。そしたら、あっというまにいなくなっちゃった。もうびっくりするくらい簡単だった。どれくらいうれしかったか、おねえさん、わかる？」

布都姫は力を込めてうなずいた。「その仏典が、さきほどの金光明経なのですね？」

「そうじゃない」厩戸は首を横に振る。「摩訶般若波羅蜜大明呪経《まかはんにゃはらみつだいみょうじゅきょう》っていって、長ったらしい名前だけど、経文はとっても短いから、おねえさんもすぐにおぼえられるよ。だから今の今まではそれでよかったんだ。唱えたらすぐ禍霊は逃げていくんだもの。このごろは、もうめったに出なくなってた」

厩戸は視線を落とし、唇を噛《か》んだ。布都姫はそれとなく先を促す。「それがさっき――」

「蜷養と田葛丸の姿が見えなくなったんだ。すぐにわかった、禍霊が出てくるんだって」

「出現する時、周囲から人がいなくなってしまうのですね」

「同じことが前にも何回かあったんだ。近くの人が突然いなくなってしまう。よくわからないけど、そうすることで禍霊は、誰にも見られずにぼくの前に、ぼくの前だけに出てこられるんだと思う」

「池から」

「おねえさんも見ていたなんて！」厩戸は熱を帯びた輝く目で布都姫を見上げた。「ねえ、おねえさんのほうは？」

「わたしも御子とまったく同じです。やはり三歳か四歳の時から始まりました。怖くて怖くて、震えてばかりいたことを覚えています。ご存じでしょうか、我が物部が軍事だけでなく祭祀をも司《つかさど》ることを？　祝詞はわたしにとって幼い頃から身近なものだったのです。御子が仏典でなされたように、わたしも試みに祝詞を唱えて――そうすることで、ようやくあれらへの恐怖から解放されたのです」

「凄《すご》い効き目だったものね」厩戸は声に力を込めた。「ぼくにも教えてよ」

布都姫は居ずまいを正した。「お教えするぶんにはかまいませんが、御子には効き目がないと存じます」

「どうして」

「一つには、これは結局のところ氏族に固有の祝詞ですから、物部の血を引かぬものが唱えても効果は期待できません。もう一つには、あれを祓うのは、実は仏典や祝詞の文句そのものではないからです」

厩戸はまばたきした。「どういう意味」

「うまくご説明できるかわかりませんが」布都姫は言葉を択びながら云った。「他の人には見えないあれが見える、それって御子とわたしに生まれつき備わった力だとはお思いになりませんか？」

「力？」

「はい。能力と申してもいいかと」

「能力か。うーん、そんなふうに考えたこと、なかったなあ」

「そうであれば、あれを祓うことができるのも、御子とわたしに生まれつき備わった能力だということになります。仏典や祝詞の文句は、それを引き出す、というか、解放する鍵のようなもの。鍵は、それぞれ違うように、皇子の鍵は仏典であり、このわたしの鍵は祝詞なのかと」

「うーん、よくわからないや。だいいちさ、禍霊の正体って何なの？　どうしてぼくたちだけに見えるの」

「それはわたしにもお答えしかねます。異形のものだとしか——」

「異形のもの？」

「人ならざるものですから、そう名づけました。御子は禍霊とお呼びでしたね。それはどうして？」

「だって、そう云ったんだもの」

「どなたが？」

「禍霊が」

瞬間、布都姫は目を見開き、言葉を失った。

「ぼく、訊いたんだ。おまえたち誰だ、どうしてぼくの前に出てくるって。そしたら、禍霊っていう答えが返ってきたんだ。おねえさんのほうこそ、何も聞いてはいないの？」

「え、ええ」布都姫はようやく声を搾り出した。「いつのことです？」

「いつだったかなあ。たぶん最初の頃だったよ。ただ禍霊って聞こえただけだから、名前かどうかはわからないんだけど、そう呼ぶことにしたんだ」思いだすような顔で云ってから、厩戸はあっと小さな声をあげた。「そういえば、さっき禍霊が何か云ってた！」

「何と、何と云ったのです？」

「ええとね、確かこう——聞くのだ、御子よ」

「それから？」

「そうしたら、おねえさんの呪文——祝詞が響いてきて、禍霊たちは逃げ出したの」

「………」

布都姫は再び沈黙した。異形のものどもが、御子に接触しようとした？

「追い払うのも、ぼくたちの能力？」

厩戸が顔を寄せてきた。布都姫は気を取り直して口を開く。「そうです。ともかく、他の人に見えないものを見る力がある以上、祓う力だって御子とわたしには備わっていなければなりません。祓う能力があるからこそ見えるのだとも云えます。今申し上げましたように、仏典や祝詞は、備わったその力を引き出すうえでの、あくまでも鍵に過ぎないのですわ」

「禍霊は、仏典や祝詞を聞くのが怖くて逃げたんじゃないってこと？」

「はい」

「仏典や祝詞を唱えると、ぼくの心か身体か知らないけれど、どこか扉が開いて、禍霊を追い払う力がそこから出てくる。そういうことなの？」

「それが証拠に」厩戸の素早い理解力に布都姫は舌を巻いた。「わたし、今ではもう祝詞を唱えたりはしません。このことを言葉でお伝えするのは難しいのですが、ただ静かに気を鎮めて、去れと念ずるだけで、異形のもの――禍霊を祓うことができるのです。今では、出現すること自体なくなりましたけど」

「さっきは唱えてたよ」

「異形のものは、御子に出現したのです。わたしは見ているだけの存在でした。自分ではなく御子をお助けする力を引き出すためには祝詞に頼らなくてはならなかったようです」

「どうして禍霊なんか見えるようになっちゃったんだろう。人に云っても信じてもらえないし、見えない人がうらやましいや」

「わたしの父は信じてくれています」

「大連にも見えるの？」

布都姫は首を左右に振る。「その気配を感じるのだと云います。父は物部本宗家の長《おさ》です。八十物部の総祭祀を取り仕切る立場ですから、そうしたことにかけては人より敏感なのです。父によれば、その気配はとてつもなく禍々《まがまが》しく、邪悪なものだとか」

「とってもよくわかる」厩戸は力を込めてうなずいた。「おねえさんだって感じるでしょ」

「父はこうも申しております。その禍々しくて邪悪な力は、人に見えないのをいいことに、いつのまにか忍び寄り、悪《あ》しき影響を与える。とりつき、支配して、操ろうとするのだろうって。あの時も、柚蔓——わたしの護衛を務めていた者ですが、彼女にはわたしの姿が見えなくなりました」

「蜷養と田葛丸も、ぼくが消えたって」

「あれらの仕業でしょう。意識の次元で介入、干渉してくる。柚蔓は現実にはわたしを見ていながら、見ているという意識を遮断されてしまったのです」難しい言葉を使いすぎたわ、と布都姫は思った。やさしく云い替えようとしていると、厩戸が先を促す目を向けてきた。「……ですから御子、わたしたちはあれが見えるだけに、その脅威を察知し、立ち向かうことができます。見えない人をうらやむことはありません」

「これからどうしたらいいの？　ずっと仏典だけが頼りだったのに。さっきに限って効かなかったのはなぜだろう」

「数が多過ぎたのです、おそらく」

「禍霊の力が強かった——ぼくの力が足りなかったっていうことだよね」厩戸の声は弱々しい。「おねえさんが助けてくれなかったら——」

「御子、力は自覚的に使うことが大切です。異形のものを対手《あいて》にしてきた期間は、わたしのほうが長い。そのぶん戦い馴《な》れしているとお考えください」

「自覚的に力を使う？」

「力の存在を疑うことなく、強く、有用で、確かなものへと育てあげてゆくのです。そのためには、やはり仏典の助けは欠かせませんわ」

「仏典は効かなかったけど」

「先ほど御子は弓弦ヶ池では別の――」

「金光明経。新しく覚えたんだ」

「では、きっとそれも原因しているのでしょう。唱え慣れた仏典ではなかったので、いつものようには力を発揮できなかった、というふうにも考えられます」

「禍霊の数を見たら、短い摩訶般若波羅蜜大明呪経じゃ追い払えないような気がしたんだ。数あるそうしたら、こないだ馬子の大叔父が教えてくれた金光明経のことを思い出した。数ある仏典の中でも最強の一つで、四天王っていう無敵の護法神が、経文を唱える者を必ず守ってくれるって」厩戸はそこで言葉を切り、ぽつんと呟《つぶや》くように云った。「大叔父を信じてたのに」

「御子、お忘れですか？　禍霊は、仏典や祝詞を聞くのが怖くて逃げたんじゃないと、ご自身でも納得なさったばかりではありませんか」

「あ、そうだった。こっちの仏典は大したことがなくて、あっちの仏典に効き目があるとか、そういうことじゃないんだよね」

「ご自分に合った仏典を――御子の力を引き出してくれる仏典を見つけることが何より肝腎です」

「それだったら、これまで通り摩訶般若波羅蜜大明呪経を——」

「御子はお避けになりましたね。一度疑いを抱いた以上、効力は戻らないでしょう。新しい仏典をお探しになってはいかがです」

「ぼくに合った仏典か」厩戸の目は、遠くを見るような曇りを帯びた。「ねえ、知ってる？ 海の向こうには何百何千って仏典があるらしい。馬子の大叔父がそう云ってたもの。取り寄せたいけれど、帝がお認めにならなくて、大叔父はどうすることもできない。金光明経も、何とか苦労して手に入れたものなんだって」口を尖らせ、それから、目をぱちくりとさせた。「あ、ごめんなさい。おねえさんにはぜんぜん関係のない話だったよね。だって物部は——」

「御子」布都姫は秘密の打ち明け話でもするような表情を作って顔を寄せ、守屋に授けられた言葉を口にした。「一度、お会いになってみませんか、わたしの父に」

蘇我大臣——馬子は、磐余乎沙多の幸玉宮で渾身《こんしん》の熱弁をふるっていた。大極殿《だいごくでん》の天井は高く、北面を除いた三方の扉がみな開け放たれている。前の百済大井宮が手狭だったため、新宮の造営にあたっては規模の拡大が図られた。正殿である大極殿も東西十一間、南北四間と過去に例を見ない破格さで、開放感を優先した造りになっているが、肝腎の風がないばかりに、早朝にもかかわらず殿舎の中は蒸し風呂並みの暑さだ。馬子の額には汗が噴き出している。

「……顧みますれば先帝の御代、百済王明穠《めいじょう》が釈迦《しゃか》仏の金銅像、幡蓋《ばんがい》、経論《けいろん》を我が国に献じ奉ってより、今年で二十六年を迎えます」馬子は言葉を切り、歳月の長きに思いを馳《は》せるかのように、しばらく間を置く。奏上は大詰めを迎えていた。「朕《われ》、昔より来《このかた》、未だ曽《かつ》て是《かく》の如く微妙《くは》しき法《のり》を聞くこと得ず――畏れ多くも先帝は歓喜《よろこ》び踊躍《ほどはし》りあそばされ、さよう仰せになられたと聞き及びます。しかるに二十五年余りを経た今なお、その微妙しき法は我が国に広まってはおりませぬ。父稲目《いなめ》は八年前、仏法の興隆を図るようわたしに遺言して黄泉路《よみじ》に旅立ちました。願わくは臣馬子めをして、仏法弘通《ぐずう》の拠《よ》り所《どころ》となるべき仏殿の建設をお認めくださいますよう、伏してお願い申し上げる次第にございます」

立ち姿の馬子は、杜若色《かきつばたいろ》をした細身の欠腋袍《けってきのほう》を着込み、正笏《せいしゃく》を胸に持ち、深々と一礼した。

「大臣よ」高所から声が降ってきた。

馬子は伏せていた顔を起こし、目の前に鎮座する天津高御座《あまつたかみくら》を見上げる。屋根の両端に黄金の鳳凰《ほうおう》を飾りつけた八角形黒漆塗りの屋形の中で、渟中倉太珠敷天皇《ぬなくらのふとたましきのすめらみこと》が射抜くような目で馬子を見据えていた。高御座の内部は薄暗く、眼光の鋭さが際立って見える。目の位置が高い。先宮までは茵《しとね》を敷いた平座だったが、現帝はそれを嫌って椅子に変えさせたのだ。

「二十六年——もうそんなにもなるか」

「乳を吸うことしか知らぬ赤子が、父となり母となる星霜にございます」

「まこと歳月の流れとは人を待たぬもの。朕が践祚《せんそ》し、そなたが大臣を継いで早や六年。その間、大臣は骨身を惜しまず国事に竭尽《けつじん》してくれた。東奔西走、別けても吉備《きび》にて屯倉《みやけ》と田部《たべ》とを増益した功績は赫々《かくかく》たるものがある。先代稲目亡き後、その若さを危ぶんでいた声も、今となっては聞かれぬ。そなたの働きぶり、天津日嗣《あまつひつぎ》を継いだばかりの朕にとって、どれほど心強かったことか」

天皇の声は若々しく、大極殿に澱《よど》んだ暑気を吹き払う爽快な生気に満ちている。力強い余韻の中、対する馬子の返答はかぼそく聞こえた。廷臣は他に誰もおらず、高御座の両脇に控えた廷吏が二人と、四隅を警護する衛士《えじ》の姿があるのみ。この日の奏上は、馬子が特別に申し入れて実現したものだった。

「二十六年前」天皇は謎かけをする口調になった。「先帝十三年、壬申《じんしん》の年冬十月だ。何か憶えていることはあるか」

「なにぶん」馬子は首を横に振る。「わたしは二歳でございましたゆえ」

「朕はその日をよく記憶にとどめている。十五になってもいたしな」

さらりとした口調だったが、馬子には天皇がことさら双方の年齢差を強調したようにも感じられた。

「場所は磯城嶋金刺宮の正殿であった。百済使謁見の席に列したのは、そなたの父と、先の大連、それに卿大夫《けいたいふ》たち。朕はまだ儲君《ちょくん》された身ではなかったが、百済王が何やら前代未聞の、途方もないものを奉って参ったとの触れ込みだったので、父帝から特別に列席を許されたのだ。火鉢が焚《た》かれていたにも拘《かか》わらず、大極殿は冷え込み、吐く息は白く見えた。だが、朕はすぐに寒さのことなど忘れてしまった。厨子《ずし》といったか、手の込んだ螺鈿《らでん》細工の施された匣《はこ》の中から金銅像が恭しく取り出された瞬間、その美しさに我が目を、心を奪われたからだ。父帝も心を動かされているのは瞭らかだった。仏というものの相貌の、何と荘厳で美しいことよ、今までまったく見なかったものだ——溜め息をつくようにそう仰せになった声を、今もはっきりと憶えている」

馬子が奏上の中で「聞き及んだ」と援《ひ》いた先帝天国排開広庭天皇《あめくにおしはらきひろにわのすめらみこと》の言葉。それを現帝は自らの耳で直接聞いたとして披瀝《ひれき》に及んだ。現帝の口から仏法伝来の日のことを承るのは初めてだ。裁可を待つ身であることも忘却し、馬子は耳を欹《そばだ》てる。

「これが仏像であるか——朕は感じ入り、我を忘れて見つめ続けた。大陸や半島の王族、貴族たちが仏法なるものを信仰しているとは耳にしていた。だが、これほど美しいものを拝んでいるとは思いも寄らぬことだった。そのうち百済王の上表文を読み上げる特使のたどたどしい声が聞こえてきた。曰《いわ》く、仏法とは諸法のうち最も優れたもので、理解するのも入門するのも難しく、周公旦《しゅうこうたん》や聖人孔子《こうし》でさえ及ばない。しかし、それゆえ祈れば思いは叶《かな》い、人々に無限の幸福をもたらす。遠く天竺から我が三韓《さんかん》の地に伝わるまでの間、みな教えを尊び敬い、信仰せぬ国はない――云々《うんぬん》。上表文の読み上げが終わると、父帝は諸臣を見回し、こう問われた。朕、自ら決《さだ》むまじ、仏法、我が国に入るるべきや否や、と。たちまちその場は激しい議論応酬の巷《ちまた》と変じた。西蕃《せいばん》の諸国がこぞって信仰しているというに、我が国だけが取り入れないわけには参りますまい。そう口火を切ったのは、大臣、そなたの父であった」

馬子が一礼し、首肯の意を表するのを待って、天皇は先を続ける。「稲目宿禰《すくね》の申す通りだ、と十五歳の朕は思った。今から省《かえり》みれば無邪気にもそう思った。だが言葉に出すのは差し控えた。自分の思いを表情にも出さぬよう努めた。仏法導入に賛意を示したのは、そなたも知るように大臣蘇我稲目ただ一人だった。すかさず先代の大連が異を唱えた。天皇の御位は、天地の百八十神《ももやそがみ》を春夏秋冬通じて祀ることにより保証されている。それを改めて、新たに蕃神《ばんしん》を信仰することになれば国神の怒りを受けるはず、と。中臣連《なかとみのむらじ》が同調し、他の諸臣も次々と反対を表明した。朕もようやく頭を冷やすことができた。そして国神のことを一瞬であるにもせよ忘れた自分を愧《は》じ、恐《おそ》れ慄《おのの》いた。そうすると、美しく輝く金銅の仏像が、何やら得体の知れぬ不気味なもののように恐ろしゅう思われてきた。大陸や半島の国々は、なるほどこのようにして魂を奪われ、先祖より受け継いできた信仰を捨て去っていったのか、と。朕は父帝が如何なる裁可を下すか固唾《かたず》を呑んで見守った。そのころ父は、世継ぎ――我が兄の箭田珠勝大兄皇子《やたのたまかつのおおえのみこ》を病いで失われたばかり。心晴れやらぬご様子であったから、諸法のうち最も優れたものという仏法に救いを求めぬとも限らなかったのだ。だが父帝は私情を斥《しりぞ》けて仰せになった。それを、大臣」天皇は試すように訊いた。「どのように聞いているか？」

「情願《ねが》う人である稲目の宿禰に付けて、試みに礼拝せしむべし――さよう仰せあそばされたと承っております」

「それから？」

「我が父は跪《ひざまず》いて忻悦《よろこ》び、仏像を拝し奉りました。委《ゆだ》ねられた仏像を小墾田《おはりだ》の家に安置して仏道修行に励み、家を浄め捨《はら》って牟久原寺《むくはらじ》と号しました」

「うむ」天皇はうなずき、再び口を開いた。「先帝が百済王献上の仏像をそなたの父に下げ渡したのは、つまり勅命であった。試みに礼拝せしむべし――仏法が百済王の説くように、果たしてそれほど優れたものであるか否か、実証してみせよとお命じになったわけだ。しかるに稲目宿禰はついに答えることなく幽明境を異にした」

　額から流れ落ちた汗が次々と目に入り、馬子は眉をひそめた。

「大臣が薨去《こうきょ》して八年が過ぎ、後を継いだそなたから仏法について奏上したき儀ありとの申し入れがあった。朕は期待した。亡き父のやり残した懸案を、息子である馬子宿禰がついに果たして参ったか、と。祈れば思いは叶ったか。無限の幸福はもたらされたか。その結果が知りたい。だが、そなたの口からは朕の望んだ何ものも聞かれなかった。いたずらに二十六年の長さを強調し、それだけの歳月が過ぎたのだから次なる段へと進みたいと、煎じ詰めればそういうことではないか」

「ごもっともの仰せにございます。されど――」その先を続けられず馬子は言葉を詰まらせた。天皇の指摘は彼の論旨の弱点を鋭く衝いていた。これこれの具体的な功徳がございましたればと、胸を張って示せるものは何一つない。馬子としては、いたずらに仏法の興隆を焦るより、まずは地方を飛びまわって屯倉の拡充に努め、現帝の覚えをめでたくするという戦略をとってきたのだ。

「二十六年とは赤子が父母になる星霜、そなたはそう申した。では訊くが、とりたてて成果の挙がっておらぬのはどういうわけか」

「いかさま――」またしても馬子は答えに窮する。結果が得られない理由はわかっている。仏法はあまりに難解だった。百済王も上表文で真っ先にそのことを強調していた。周公・孔子も、尚《なお》知りたまうこと能《あた》わず、と。つまりは、それほど高度な教えだということの裏返しで、百済王が仏法を勧めた理由の第一がこれだった。しかし誰もそのことには拘泥《こうでい》せず、第二の理由である「祈れば思いは叶い、人々に無限の幸福をもたらす」にのみ専《もっぱ》ら注目が集まった。父稲目の本意は、西蕃の諸国が「みな教えを尊び敬い、信仰せぬ国はない」という第三の理由にあったのだが。

仏法とは、祈れば思いが叶うという甘いものではなかった。黄金に輝く仏像は、いかにも万能の神のように見えたが、そんなものでは全然なかった。仏法の本質、真髄は、仏像を拝むことにではなく、仏の説いた教え、すなわち法にあった。法を会得《えとく》し、体現することにあった。そして、この法というものが、百済王の奏上した通り「解り難く入り難し、周公・孔子も、尚知りたまうこと能わず」なのだった。仏法の、蘇我邸における私的、試験的な受容という倭国の消極的な決定を受けて百済王は、ただちに曇慧《どんけい》ら九人の僧を派遣した。これで、ひとまず三宝が揃った。三宝とは、信仰者が帰依すべき仏と法と僧の三つを宝に喩えたもので、教主である「仏」はその姿を象った仏像として、教えである「法」はそれを記した経典として、すでに特使がもたらしていた。曇慧ら九僧は小墾田の蘇我邸に住まうことになり、牟久原寺はその名の通り寺としての機能を果たすはずだった。

しかるに、だ——。

祖神祭祀がそうである如く、仏法もまた仏像への礼拝の作法であろうと思っていた稲目は、すぐに己の考えを修正しなくてはならなくなった。仏法の本義は深遠な教理にあった。稲目は自ら率先して学ぶだけでなく、蘇我一門の子弟より希望者を募って仏道修行に励ませた。だが半年と経たず脱落者が相次いだ。原因は一に講義が難解を極めたことにあった。指導は百済の言葉でなされたから、百済語に通じていることが受講生の最低条件であることはいうまでもないが、それでも音《ね》を上げるものが続出した。百済の僧侶たちは意に介さなかった。仏の教えを自分のものにするには途方もない時間がかかると、面壁坐禅を九年間も行なった達磨《だるま》なる天竺僧の例など挙げて平然としたものだったという。一日でも早い仏法の国家的受容を目指す稲目としては、そんな悠長なことを云ってはいられない。両者の間に軋轢《あつれき》が生じ、これを伝え聞いた百済王は曇慧らを帰国させ、新たに選《え》りすぐった道《どう》深《しん》ら七人を送ってきたが、事態は好転しなかった。

　馬子は、五歳になった時から父の命で仏道の修行を始めた。二十三年を経た今、仏法が呑み込めたかと自問すれば、否と自答せざるを得ない。百済僧たちにしてからが本当のところではよくわかっていないのではないかという疑念すら実はぬぐえずにいる。仏法とは、よくいえば高尚深遠、悪くいえば曖昧模糊《あいまいもこ》としたものというのが馬子の印象だ。が、それはそれで構わなかった。祈れば叶うといった信仰の問題は二の次に過ぎず、仏教の公的受容の本意は倭国が諸外国に伍してゆくことにありと彼も父と認識を同じくしていた。それが証拠に、遅々として進まぬ仏法理解の一方で、彼の操る百済語、漢語の能力は飛躍的に上達し、経典の漢文脈に精通して会得した論理的思考と、仏という抽象的、理念的な主題に恒常的に接することで鍛えられた思弁能力は群を抜き、蘇我本宗家の後継者として相応しい器量を育て上げた。それら副次的なものをこそ父も馬子も得ようとしていた、倭国のために。

　だが、今それをここで云っても云い訳としかとられないだろう。天皇が求めているのは、祈れば思いが叶い無限の幸福がもたらされること——その実証である。父が先帝より承った勅命の履行を現帝は楯《たて》にとっているのだ。そうしたことは奇瑞《きずい》、奇蹟の類いに属する。百済僧たちは云う。修行によって法力を高めた高僧ならば実現が可能である、と。ならば馬子のなすべきは、法力を備えた仏徒を一人でも多く育成することだ。そのためには蘇我一門の範囲では限界があり、才能を秘めた有為の人材を広く募《つの》り、私邸ではなく整備された本格的な寺を新設して彼らを修行に専念させねばならない。

そう馬子は訴えたのだが、天皇は首を縦に振ろうとはしなかった。このうえは何か別の理屈を持ち出さぬ限り、天皇は耳を貸さないであろう。馬子は言葉を探しあぐね、顎《あご》から滴り落ちる汗が袖口に大きな染みをつくってゆくにまかせた。

「大臣よ」天皇は声音を厳しいものにした。「仏法についてそなたと話すのはこれが初めてだな。よい機会であるから、朕の存念を伝えておこう」

「謹《つつし》んで承ります」

「朕は何も仏法というものをいたずらに遠ざけるものではない。金銅仏の美しさに搏《う》たれた印象はまだ心から消えてはおらぬし、西蕃の諸国、一《もはら》に皆礼《いやま》う。豈《あに》独り背かんや——そう申した稲目宿禰の言にも理を認めている。ところがだ、仏に祈れば思いは叶う、そう奏上した百済王明穠はまさにその年、新羅《しらぎ》と戦って大敗し、前年に高句麗《こうくり》から取り戻したばかりの旧都の故地を奪われた。のみならず二年後には自ら出陣し、敵の手にかかり果ててしまった。賤《いや》しい馬飼いに首を獲《と》られたやに聞く。仏法を厚く信仰していた明穣王ともあろう者が、かような無惨な最期を遂げたのはなぜだ。仏法の導入に内心は乗り気であったはずの父帝が、急に熱が冷めたようになったのは、この悲報に接してからだと朕は記憶している。父帝は明穣王に学ばれたのではないかな。仏法を信ずる王には横死《おうし》の運命が待っていると」

「新羅においても」馬子は袖で顔の汗をぬぐった。萎縮してはならぬと自分に云い聞かせる。「仏法信仰は盛んでございます。詮ずるに百済王は、信心の強さ、信仰の深さという点で、新羅の深麦夫王《しんばくふ》に及ばなかったのでありましょう。勝利した新羅王の立場になっていえば、仏に祈って思いは叶ったのですから」

「なるほど、理屈だな」

天皇の声が馬子には冷ややかに聞こえた。自分の答えが云い紛らわしの類いに過ぎないことを自覚し、徒労感に襲われつつも先を続ける。「明穣王の死は悲劇そのものでしたが、五代前の慶司王《けいしおう》の時のように国家が存亡の瀬戸際に追い込まれるまでには至りませんでした。それはそれで、仏の功徳と申せるのではございますまいか。王の死を以《もっ》てしても百済は滅びず、明穣の息子が王位を継ぎ、昌王《しょうおう》の在位は二十年を超えて国は安泰です。昌王もまた熱心に仏法を敬っているやに聞き及んでおります」

「確かに百済は滅びなかったが、滅んだ国もある。百済に仏法を伝えた司馬氏《しば》の晋《しん》帝国だ。

百済が信仰の範をとったと伝え聞く仏法立国、蕭《しょう》氏の梁帝国も滅亡した。明穣王の死から三年目のことであったか。仏法を信じた国は滅ばぬ、などという保証はどこにある?」

「それもまた信心の強さ、信仰の深さに帰すことができましょう。晋を滅ぼした宋《そう》においても、梁を亡きものにした陳においても、仏法は盛んです」

「仏法栄え国滅ぶ、か」もはや天皇は嘲《あざけ》りを隠さなかった。「王統が絶えてしまっては、また新たに仏法国が興ったところで、どれほどの意味があろう。彦火火出見尊《ひこほほでみのみこと》が畝傍山《うねびやま》の東南、橿原《かしはら》の地に即位してより、朕でちょうど三十代を数える。我が皇統の末永からんことを――それが朕の切なる思いだ。祈れば思いを叶えてくれるのが仏という。その真否を朕は是非にも知りたい。真実であると証明されれば、明穣王の死も、梁の滅亡も、そなたの申す通り、信心の足りぬ結果であったと受け容れよう。天下に仏法を公認し、朕も皇統の弥栄《いやさか》を祈ろうではないか」

歯噛みしそうになるのを懸命に抑え、馬子はとうとう脱力感に身をゆだねた。「格別のお言葉、恐懼に耐えませぬ。奏上いたした甲斐があったと申すもの。先帝の勅命を果たすべく、引き続き力を竭《つ》くして参る覚悟でございます」かろうじてそれだけを口にした。

「うむ」勝者が敗者をいたわる余裕の口調で天皇は云う。「仏法の修得には、たいそう時間がかかると百済僧が申したそうな。大変ではあろうが、朕は期待して待っているぞ」

馬子は深々と一礼した。

階下に、片膝をついて控えていた虎杖《いたどり》は、顔を振り上げる。殿上に彼の主が姿を現わした。朱塗りの階段をゆっくりと下りてくる。蘇我馬子は男としては小柄なほうだ。本人もそれを意識して日頃から姿勢にはことのほか気を使っている。背筋を常に真っ直ぐ立て、悠然と歩を進める。自信に満ちた、堂々とした歩みで、階段を踏みしめるように下りてきた。だが傲慢な気配は微塵《みじん》もない。柔和な目許、頰は削《そ》げ気味で引き緊《し》まっているが、口元には笑みを絶やさない。逆三角形をしたその顔は今、やや汗ばんで上気していた。一仕事をやり遂げた男が漂わせる満足の余韻の表われであるかのようだ。

馬子が階段を下りきると、長い槍を構えて左右に立つ陛衛がさっと威儀を正した。馬子は気さくにうなずいてみせ、「ご苦労」と声をかけてから、虎杖をうながした。「陛下にかれては、ことのほかご機嫌うるわしくあらせられた。さあ、退出しよう」

虎杖は主に従って大極殿南門をくぐる。門衛が返して寄越した剣を腰に佩いた。その間にも馬子は先に進んでいる。左右には廟堂が軒を連ねて建ち並び、まだ陽は高くないが、廷臣、役人たちが忙しそうに行き交う。誰もが馬子を見ると立ち止まって頭を下げ、馬子のほうでも律儀《りちぎ》に目礼を返している。虎杖は足早に追いついて訊いた。「お立ち寄りになりますか？」

天皇に拝謁した後、馬子は廟堂をのぞいてまわることが多い。役人たちの勤務態度を目に入れることも大臣の務めであると自ら任じていた。だが主の顔は横に振られる。すかさず虎杖は寿《ことほ》ぎの言葉を口にした。「おめでとうございます」

「おまえの目にもそう見えるか。ならばよし」

　虎杖は目を見開いた。

　にこやかな顔で馬子は続けた。「帰ったら祝宴でも張ると？　おれは寝るぞ。布団を引っ被《かぶ》ってな」

「………」

「おい、そんなに驚いた顔をおれに向けるな。精一杯の演技をしているのに、不審の目で見られてしまう」

「もう驚いてなど。感服しております」主がどれほどの意気込みで謁見に臨んだか察している虎杖である。さらに感服したことには、馬子は宮殿を後にした後も、口元から笑みを消さなかった。晴れ渡った青空の下で、その顔はますます晴々として見える。背を反らせ気味に馬にまたがる姿は、小柄ながらも威厳と若さとに満ちていた。蘇我の屋敷は飛鳥《あすか》にあり、幸玉宮との往還は人通りが絶えない。

「屋敷までの辛抱だ」馬子は、鞍の上から見渡す初夏の景物を堪能する顔をして、自分に言い聞かせるように云った。「それまで一瞬たりと気は抜くまい。蘇我大臣がしおたれた顔をしていては、どんな噂を立てられるか知れんからな」

口縄をとって歩む虎杖は、かける言葉を探しあぐねた。その時、背後に蹄《ひづめ》の音を聞いた。数騎が集団で駆けてくると思《おぼ》しき派手な響き。振り返ると、五騎が道幅いっぱいに展開して、みるみる近づいてくる。虎杖は首を傾げた。馬上にあるのは、いずれも女人のように見える。

馬子も首を後ろにねじ向け、何者ならんと見やっているふうだった。と、その口が唖然《あぜん》と開かれた。「まさか？」我に返って云った。「馬を寄せろ、虎杖」

「しかし――」すぐにも剣を抜けるよう虎杖は油断なく身構えた。こちらは大臣である。道脇に馬を寄せねばならぬ理由は何もない。譲った道を五人が駆け抜けてゆくようなら、なお非礼をただす必要がある。

「寄せろ、寄せろ、寄せろ」泡を喰ったように馬子は連呼する。「あれは――」

しぶしぶ虎杖が指示に従おうとした時、五騎のほうでも、真ん中の騎り手が片手を挙げ、それが合図であったか一斉に速度をゆるめ、やがて止まった。合図した中央の騎手が並み足で近づいてきた。一騎がすぐ後に従い、残りの三騎は止まって待つ。

もはや顔がはっきり識別できる距離だ。虎杖の見間違いではなかった。女、それも若い。五人の娘は揃って筒袖に筒袴の、騎馬に相応しい細身の胡服《こふく》にすらりとした身体を包んでいた。服の色はやや紫みのかかった黒で統一している代わりに、首に巻いた長い領巾《ひれ》は各人の好みに任せて色とりどりだ。先頭で近づいてくる娘の首には鮮やかな山吹色《やまぶきいろ》の領巾。

ほっそりとした顔立ちの中に、繊細さと強靭《きょうじん》さが無理なく同居する不思議な魅力を放つ娘だった。細い眉は優美な三日月を描き、細い目は知的な光を放っている。細い鼻は貴人の血種であることを物語っている。

馬子が鞍から下りた。「額田部皇女《ぬかたべのひめみこ》だ」

呼びなれた幼名を咄嗟《とっさ》に口走ってしまったところに馬子の動顚《どうてん》ぶりが如実に表われていた。虎杖は慌てて口縄を曳いた。道の外れに馬を寄せると、中央で片膝をついた主に倣い、己も馬腹の脇で礼の姿勢をとる。

「それには及ばぬ」

涼やかな声が聞こえてきた。「さあ、叔父さま。立ち上がって」

馬子は身を起こし、額田部皇后は身軽な動作で馬の背から飛び降りた。

身体の線を浮き上がらせる細身の騎馬服は、腹部の常ならざる膨らみを容赦なく露わにしていた。

「そのようなお身体でご乗馬とは――」

「あと五か月」

「もしものことがあっては」

「家の中でおとなしくしていろっていうの？　まっぴらごめんだわ」皇后は右手に握った乗馬鞭で、左掌を軽く叩《たた》いた。乾いた音が心地よく響いた。「菟道《うじ》のときも、竹田《たけだ》のときも、必要以上に身体を動かすな、安静にしていろ、とにかく外へは出るなって、わたし監禁された罪人みたいな気分だった。あの子たちがひ弱に生まれついたのは、きっとそのせいよ。わたしみたいな女は、こうして出産ぎりぎりまで飛び跳ねていたほうが、お腹の中の子にもそれが伝わって、野兎みたく丈夫に生まれてくるってものだわ」

「陛下は、ご存じで？」

「好きにせよって認めてくださっているわ」

馬子は怪しむように口を噤《つぐ》み、首を幾度か横に振った。「それにしましても、これは少々やりすぎ――いや、大いにやりすぎというものだ」

「丈夫なところは母に似たのね、きっと。お母さまは先帝に嫁いで七男六女、つまり十三人をお生みになったけど、娘のわたしはそれ以上に生んでみせてよ。自信があるの。菟道と竹田を生んでわかった。出産なんて、わたしにとっては、それほど大したことじゃないんだって」

過激といおうか天衣無縫《てんいむほう》といおうか、虎杖は伏せていた顔を思わず上げてしまった。長身の皇后は馬子より首一つぶんほども背が高い。細い身体に突き出たお腹が、不自然というよりは妖しい色香を漂わせているように感じられる。

「何というおっしゃりよう！」馬子は両手を振り回した。「皇后の本分は、一にも二にも世継ぎの男児を生むことにあるのです」

「そんなことぐらい叔父さまに云われなくてもわかっているわ」皇后の声は笑みを含んでいる。「わたし、十八で陛下の妃になって、立后したのが二年前。今は二十五歳で二児の母よ。叔父さまは何人生んだ経験があって？」

「お戯れを。どうかお聞き分けください」

「あら、今度は子供扱い？　叔父さま面をなさるのも結構だけど、わたしたち、飛鳥のお家でいっしょに遊んだ仲じゃないの。叔父と姪《めい》といったって齢が三つしか違わないことをどうぞお忘れなく。ともかく心配には及ばないわ。お母さまや叔母さまを見習って、わたしも」威勢のいい言葉とは裏腹に、皇后は慈しむように腹を撫でた。「蘇我の血を引く皇子を、せいぜい奮発してみせますから」

馬子は痛いところを衝かれた表情になった。わざとらしく咳払《せきばら》いを繰り返し、「お慎みあそばすに如《し》くはございませんぞ」と云った声は弱々しく、「どちらへお出かけです？」話題まで変えてしまった。

皇后の外出は輿《こし》で行なわれる。自ら馬に乗ってというのは前代未聞だ。しかも、引き連れているのが四人のうら若き侍女たちとあっては。

「嗛間丘《ほほまのおか》よ、腋上《わきがみ》の」

「何用あって、さようなところへ」馬子は、皇后の後ろに控えた牡丹色《ぼたんいろ》の領巾の若い侍女に目を留め、さらにその背後に馬を止めた三人を眺めやった。

「叔父さまは、どうしてこの国が秋津洲《あきつしま》と呼ばれているか知っていて？」

「浦安《うらやす》の国、細戈《くわしほこ》の千足《ちだ》る国」馬子は首をひねった。「豊葦原《とよあしはら》の瑞穂《みずほ》の国とも申しますな。我が国にはその手の美称、異称が実に豊かだ。なぜそう呼ばれているか、その由来となると——」

「大臣ともあろう者がそんなことも知らないなんて」

「お言葉を返すようですが、陛下。政治を行なってゆくうえで、そのようなことは瑣事《さじ》に過ぎませぬ」

「叔父さまの政治的な力量はわたしも大いに認めています」皇后は呆れた声で云った。「蘇我の力で国は富み、民の暮らしも豊かになった。そうなると必要になってくるのが文化というもの。叔父さまには説明するまでもないことね。大陸の文化がどんなものであるのか、漢籍を通じてよくご存じなのですから。わたし、文化の基《もとい》となるべきものは歴史だと思うの」

「なぜ」馬子は口調を改めた。「そのようにお考えになります？」

「史記を読んだからよ。四年がかりだったわ。然るべき史人を呼んできて、勉強会を後宮につくったの。この子たちは」皇后は背後の四人を指し示した。「わたしと一緒に学んでいる者たちよ」

「それなるお噂、洩れ聞いてはおりましたが……」

「暇な皇后の気まぐれだと笑ってた?」

「そ、そのようなことは決して」

「菟道を孕《はら》んだ時がきっかけなの。さっきも云ったように、監禁されたも同然の身だったから、退屈のあまり史記に手を伸ばした。でも難しくて読めない。叔父さまも知る通り、わたしは負けず嫌いの女よ。西漢氏の史人に教わりながら読み進めるうちに、だんだん面白くなって、こんな楽しいことを自分だけで独占してはおけなくなったの。まだ続いているわ。史記は終わったから、今は漢書に取り組んでいるのだけど、そうこうするうちに、それならわたしたちの国にはどんな歴史があるのかしらって気になり始めたの。自分たちの国がどのようにして生まれ、育ち、今に至っているのか——。そういうことがわかっていてこそ、その国には文化が生まれてくる。わたしね、叔父さま、わたしたちの国にも、史記のような歴史書が絶対に必要だと思うの」

虎杖の耳は、馬子が息を呑むかすかな音を聴き取った。皇后のほうは一瞬、はにかんだように見えた。

「そう考え始めたのは、まだ最近になってからですけれど。楽しいわ、古《いにしえ》を推《おしはか》るのは。もちろん生半可なことではないと、わたしにだってわかる。でも、いつかは誰かがしなければならないこと」

「……歴史書の編纂《へんさん》は、いずれ必須の課題として立ち現われて参りましょうが、しかし、それは国家的な一大事業となるべき性質のものであるわけでして……」

「今の自分の立場でやれることをしておこうって決めたの。古い云い伝えをできるだけ広く探し集めて、それらを記録するの。わたしも含めて、この子たちはその技倆《ぎりょう》を持っている。ともかく一刻も早く文字に残しておかなければだめよ。人の記憶は時間とともに風化して、いつかは消えてなくなってしまう。途絶えて、失われてゆくだけなのですもの。文字にしておきさえすれば、歴史書を編纂する時が来たら、その暁には史料として役立つはずよ」

馬子は気圧《けお》され、うなずき返すだけだ。

「秋津洲と云ったのは彦火火出見尊なの、初代の。内木綿《うつゆう》の真迮国《まさきくに》と雖《いえど》も、猶《なお》し蜻蛉《あきつ》の臀《と》呫《なめ》せるが如くにあるかな——蜻蛉の雄雌が繫がってる形に喩えたわけよね。それは腋上の嗛間丘から国見をしての時のことだって伝承がある。だからわたしたち、実際に嗛間丘に足を運んで、その伝承が今も現地に伝わっているのか、伝わっていたら他に異伝はあるのか、そんなことをいろいろ調べてくるつもりでいるのよ」

馬子の反応が途絶えたので、皇后は途惑ったように瞬きを繰り返し、「あら、わたしったら自分のことばかり」微笑をいたずらっぽくそよがせた。「こんなに早いご帰宅、そのしょんぼりした顔とどんな関係があって？」

「何ですと」馬子はぎくりとしたように云った。「別にしょんぼりしてなど」

「誤魔化したってだめ。むかし稲目の大叔父さまにひどく叱られて、それでもニコニコしてた時の顔よ、それって。全然変わってないのね。当ててみましょうか？　原因は帝ね。叔父さまの奏上をはねつけたんでしょ。ここだけの話ですけど、あの人、叔父さまの手腕をとても高く買っているわ。ほんとうよ。そんな帝が叔父さまの要請を拒絶することといったら、一つしか考えられない。仏法がらみの奏上――そうでしょ？」

「皇后陛下」馬子は改まった声で云った。「かような場所で立ち話する事柄ではございませぬ」

　まったく気にせず皇后は続ける。「仏法興隆は稲目の大叔父さまのご遺志ですものね。でも叔父さま、ことはなかなか難しそうよ。帝は外国の信仰を取り入れることを心から嫌っておいでなの。言葉に出しておっしゃったりはしないけれど、傍《はた》から見てもはっきりとそれがわかる。お心を翻すのは並大抵のことでは叶いそうにないわ」

　ついに馬子は虚勢を捨てた。「その話、もう少し詳しゅう伺えましょうや？」

「お皇后《きさき》さま」牡丹色の領巾を首に巻いた侍女が声をかける。「あれをご覧くださいませ」

　皇后は背後を振り返った。街道の彼方、巻き起こった砂煙が真っ白い入道雲を汚している。

「悪いけど、叔父さま」皇后は手綱を握り、鐙《あぶみ》に足をかけた。身重とは思えない素早さと優雅な仕種で一瞬のうちに馬上の人となっている。「先を急ぐの。話の続きは、どうぞ後宮を訪ねていらして」

軽やかに云い捨てるや、馬を走らせた。牡丹色の領巾の侍女が後に従い、残る三人も馬上から頭を下げながら馬子の脇を駆け抜けていった。

背後に目をやれば、砂煙を巻きあげる騎馬の一団が急接近してくる。

「陛下、お待ちを」

「お待ちくださいませ」

大声で喚《よ》ばわっているのは武装した兵士たちだ。先頭の指揮官が目敏《めざと》く視線を投げ、蘇我大臣と知って顔色を動かしたが、素早く一礼しただけで駆け去っていった。

馬子は虚脱した顔で見送っていた。はっと我に返り、首を左右に振った。「帰るぞ」

街道に引き出した馬の背にまたがり、虎杖に引かせたまましばらく無言だった。やがて溜め息をついて慨嘆《がいたん》した。「やれやれ、我が姪ながら天晴《あっぱれ》な皇后ぶりであらせられることよ」

「飛鳥の家で一緒に遊んだ仲というのは本当のことでございますか？」

上京して一年に満たない虎杖は、最高権力者に近侍することで相当量の知識を身につけ得た。だが、大和国に生まれ育った人間が弁《わきま》えていて当然の事柄には疎《うと》いことがまだ多く、皇后についても知っていることといえば、馬子の年長の姉である蘇我堅塩媛《そがのきたしひめ》が先帝に嫁いで生んだ十余人の皇子皇女の一人であること。幼名を額田部といい、夫である現帝とは異母兄妹の間柄にあること。先ほど本人も口にしたように、十八歳で現帝の妃となり、二年前の先后薨去でその地位を継承したこと。そして一男一女の母であることぐらいか。それに加え、第三子を妊娠中であること、歴史に尋常でない関心を持っていることが今、判明したわけだ。

「姉上の子としては第四子、第三女でな。額田部連のもとへ養育に出されあそばしたのだが、父が孫可愛さに引き取って、二歳の時から飛鳥の蘇我屋敷でお育て申し上げたのだ。齢の差はわずか三つ、遊び仲間にならないほうがどうかしている。もっとも叔父姪の間柄ながら、おれは臣下で、あちらは皇女。それは常に意識にあったし、皇后さまは幼い頃からあのように豪宕《ごうとう》というか、天空闊達《かったつ》、枠に収まらないご性格でいらしたから、傍目《はため》には兄と妹、いいや姉と弟に見えたかもしれん。背の高さからしても、おれのほうが不利だよ」

馬子は機嫌よく笑う。その記憶は、いかさま不快なものではないらしい。

「ええい、羨ましいな」騎り手の突然の大声に、馬が驚いて足踏みした。「そうは思わんか、虎杖。皇后は、世継ぎを生むという本分をきっちりと果たし、そのうえでご自分のやりたいことに向かって真っ直ぐに進んでおいでだ。それに較《くら》べておれは……もやもやするこの思いをどうして晴らせばいい？　久しぶりに馬を思いきり走らせてみるか」

「なりません」馬子が今にも駆け出してしまうかに思え、虎杖は口縄を取る手に力を込めた。護衛団もなしに単騎駆けなど無謀このうえもない。

馬子は舌打ちして、皇女たちが駆け去っていった先に忌々しげな視線を向けた。と、光るものがその視界の端に飛び込んできた。

蜷養が摩沙加梨と自分の馬を曳いて館の正面に回ると、厩戸が駆け出してきた。

「おはよう、蜷養」

元気いっぱいの声は毎朝の通りだが、蜷養の目は、厩戸のまぶたがかすかに腫れぼった

くなっているのを見逃さない。

見送りに出てきた間人皇女が戸口に立った。「いいこと、大臣はお忙しいお身体なので

す。あまり無理を云ってはいけませんよ」

皇女が注意している間に摩沙加梨にまたがった御子は、馬上から生返事をする。

「今日もあの子をお願いするわ」間人皇女が輝くような笑みを浮かべて云った。

蜷養は皇女に一礼し、周りを見回して、「田葛丸は？」と訊いた。

「置いてく」厩戸は答える。「大臣の家に行っても、田葛丸にはやることがないんだもの」

「それはそうですが」蜷養は首肯した。御子が馬子のもとを訪ねるのは仏教を学ぶため。

蘇我邸では蜷養とて暇を持て余す。

主従は皇女に見送られて池辺双槻の館を出発した。右手に磐余池を目にしつつ、ゆるや

かな勾配の坂道を下り終えると、その先は広大な田園地帯が拓《ひら》けている。実をつけた青い稲穂が風にうねるように揺れて、波立つ蒼海《そうかい》の中を騎行しているかのようだ。雑草取りに精を出す農民の姿がちらほら見える。二人は天香久山《あまのかぐやま》の北麓を迂回《うかい》した。やがて乎沙多幸玉宮と飛鳥を結ぶ道筋に出くわす。左に折れて南を目指した。広い道の両側は、相変わらず田んぼが延々と続く。天香久山を左手に眺めやりつつ馬を進めていると、緑の稲海の中に光るものが目に入った。

厩戸が馬を止めた。陽光にきらめく池面を見下ろした。飛鳥川の支流を堰き止めて造成した溜め池の一つだ。大きさは中規模で、たっぷりと水がたたえられている。蜷養は御子の横に馬腹を並べた。池畔で馬が一匹、のんびりと草を食《は》んでいるのが見える。背には鞍が置かれてある。

「面白いものでも？」蜷養は訊いた。

厩戸が水面を指差す。池を左右に分断するように細い線が引かれていた。航跡のような白い線。だが船ではない。線の先ではしぶきが派手に跳ね跳んでいる。誰かが泳いでいるのだ、と蜷養は思い至った。それにしても何という速さ。尋常の泳ぎ手とは思われない。

「すっごいなあ、馬子の大叔父は」厩戸が大声をあげた。「よーし、ぼくも泳ごっと」

摩沙加梨は主の手綱に操られるがまま道から外れて溜め池へと向かう。

「や、お待ちください、御子」蜷養は急ぎ後を追う。まるで昨夕の再現だ。

厩戸の仔馬が、池の手前で突然おびえたように嘶《いなな》いた。前脚を大きく振り上げる。厩戸は咄嗟に馬首を両手で抱えた。そうしなければ振り落とされていたところだ。

摩沙加梨の前に何者かが立ちはだかっている。蜷養は猛然と馬を進めた。

池のまわりに生い茂った草叢《くさむら》の中から身を起こしたのは、痩せぎすで背の高い青年だった。つば広の帽子をかぶったその下の顔は、身体つき同様ほっそりとし、尖った顎が幾分しゃくれている。大きな目は、暗闇の中の猫を連想させた。着衣は薄緑色の上下でまとめ、ぴったりと身に合った同系統の色の胴着を着込み、革帯には細身の剣が吊られている。柄《つか》には右手がかかっていた。

蜷養はほっと息を吐いた。「虎杖どのか」

「大淵どの」青年剣士は仔馬の主を見直し、すばやく片膝をついた。剣から離した右手を胸に当てて頭を下げる。「ご無礼をつかまつりました。どうかお許しください、御子さま」

「大人しくおし、摩沙加梨」厩戸は仔馬の首筋を撫でて宥《なだ》めすかしている。「大叔父の護衛の虎杖だよ。前に会ったことがあるだろ」人間を相手のように語りかけるうち、摩沙加梨は次第に落ち着きを取り戻した。

「気にしないで」厩戸は剣士に笑顔を向け、胸を張った。「ぼく、落馬しなかったでしょ」

厩戸が無事なのを見届けた蜷養の視線は、池面に引き寄せられた。水しぶきはすでに対岸近くにまで達している。「では、あれは本当に大臣――」

「ご明察」虎杖は肩をすくめる。「宮殿からの帰り道、この池を見るや、泳ぐと仰せになって。もう五往復目になる」

「わたしではない。御子がお見抜きに。それにしても大臣がさまで見事に泳ぐとは」

「知る人ぞ知る。実は、身体を使うことが大好きでおわす、我が殿は」

「まさに人は見かけによらぬとは……」そのとき目の端に動く気配がして、「や、御子、何をするのです」蜷養は池の端に駆け寄り、厩戸を両手で抱え込んだ。いつの間にか厩戸は摩沙加梨から下り、上着を脱ごうとしていた。

「放してよ」自由を求め厩戸は蜷養の腕の中でじたばたと暴れる。

「なりませぬ。お風邪《かぜ》を召してしまいます」

「夏だよ。風邪なんか引くものか。放してったら放してよお」

「いいえ、放しませぬ。夏風邪ほど怖いものはないと申します。服をお脱ぎにならぬと約束して下さればお放しいたしましょう」

「じゃ、服を着たまま飛び込んじゃおっかな」

「御子！」

やりとりを見かねたのだろう、虎杖が池に向かって叫んだ。「殿ーっ」

向こう岸を目指していた水しぶきが急に止《や》んだ。ぽっかり頭が浮かび、こちらを振り返る。水中から片腕が突き出された。諒解したという意味だろうか、二、三度大きく振られると、こちらに向かって泳ぎ始めた。再び水しぶきが派手にあがり、白い航跡を曳いてみるみる近づいてくる。

「わあ」厩戸は抵抗を止め、歓声をあげた。

泳ぎ手はあっという間に目の前に迫った。虎杖が池端で手を差し伸べる。次の瞬間、水面から飛び出した男は、空中で大きく一回転し、引き揚げようとしていた虎杖の上を越えて岸辺に着地した。

「すっごーい」

厩戸が手を叩けたのは、呆気《あっけ》にとられるあまり蜷養の腕の力がゆるんでしまったからだ。蜷養は目をしばたたかせた。下帯一つの姿で全身から水を滴らせているのは、まさに蘇我馬子その人だった。

「これは御子」厩戸の無邪気な喝采に笑みを返す馬子の顔には、男らしい魅力が横溢《おういつ》している。「どちらにおいでで？」

「飛鳥だよ」

「拙宅に？」

「大叔父の泳いでるのが見えたから」

「よくお分かりになりましたな、わたしだと」

「一緒に泳いでいい？　夏風邪を引くからだめだって蝦養は云うんだ」

「夏風邪は」馬子は大げさに云い、厩戸にわからないよう蝦養に素早く片目をつぶってみせた。「長引くと実にやっかいなものですぞ、あれは。立派な傅役の申すことは聞くに如かず。こう見えて御子、水の中は冷とうございます」

「じゃ、どうして」

「少し気分をさっぱりさせたかったのです。それには泳ぎがいちばんですから。御子のお目当ては、池で泳ぐことではなく、拙宅の仏典でしょうに」

途端に厩戸の目が輝いた。「新しいのが入ったの？」

「こないだ、金光明経をお見せしたばかりでしょう」

「ああ、あれね」そっけない声。「憶えちゃったもの」

「憶えた？」馬子の眉が吊り上がる。「あれだけ大部《たいぶ》な経典を？」己の驚きを楽しんでいるような表情を浮かべた。

「もっと新しいのを読んでみたいなあ」

「読むだけではいけません。声に出して唱え、仏像を拝むことも仏法の会得には必要です。今日は勒紹法師《ろくしょうほうし》がお見えですから、講話など聴いてみては」

飛鳥に足を踏み入れるたび蝦養は感歎する。大小の丘陵が細切れになって入り混じるこの一帯は、かつて真神原《まかみがはら》の呼び名があった通り、狼《おおかみ》（真神）の群れが我がもの顔で出没する未開の荒野だった。さすがに蝦養が子供の頃には開墾の鋤《すき》が入っていたものの、まだ原野の面影を留めていたと記憶する。蘇我稲目がこの地に本拠地を移してから開発は急速に進み、田畑の面積が増え、集落の数も増加していった。目にも鮮やかな緑の田んぼは昨年以上にくっきり濃く見える。その緑の海原の間を、主流をなす真神川から分岐した幾つもの小川が複雑な編み目をなしてキラキラと光り流れてゆく。

蘇我邸は、甘樫《あまかし》の丘と呼ばれる南北に長く伸びた中丘陵の北麓にある。その規模の巨大さといったら、物部とともに大豪族の双璧をなすだけに、皇弟である池辺皇子の双槻館を軽く凌駕《りょうが》する。一行は正門をくぐって屋敷内に馬を乗り入れた。ここから後は、御子が帰ると云い出すまで、蝦養はお役御免となる。馬子に手を引かれ厩戸が屋敷の中に消えるのを見送ると、彼は中庭を横切って西の棟を目指した。そこでは蘇我家に仕える屈強なつわものたちが剣や槍、弓、拳術、組み打ちなど日頃の修練に怠りがない。厩戸の伴をして蘇我邸に出入りする蝦養はいつか彼らと馴染みになった。顔を見せれば練習仲間として歓迎される。

背後に足音を聞いて振り返った。

「稽古場ですか、大淵どの」虎杖が後を追ってきた。

蝦養は足を止め、虎杖に向き直った。「御子をお待ち申し上げている間、一汗かいておこういう算段です」

「厩戸の御子さまは、いつも日暮れ近くまで仏典にかかりきりですからね」

「最初のうちは」蜷養は苦笑を浮かべた。「おそばについていたのですが、いやあ、あれは苦行だ。御子がわたしを気の毒がって、ありがたいことに放し飼いの時間をたまわったのです」

「苦行ですか」虎杖は面白がる顔になった。

「剣を一万回振るほうがましです。そういうあなたは仏法を――」

「わたしも蘇我の眷族《けんぞく》ですからね。殿が信じると仰せのものに背を向けるわけには参りません。仏とは外来の蕃神だ、どんな功徳があると反論されたら、何も答えられないのですが」虎杖は他人事《ひとごと》のような冷めた口調で云い、「そんなことより大淵どの、稽古場に行かれるのでしたら、是非その前にわたしに一手ご教示くださいませんか。あなたは池辺双槻のお屋敷で一番の遣い手と聞き及んでいる。いつかはと思っていたのです」

「云われてみれば――」蜷養は記憶を探った。「ご貴殿とは、稽古場で顔を合わせたことが一度もありませんな」馬子が一年前、剣の腕を見込んで吉備から連れ帰った男と聞いていた。よほど信任されているのだろう、馬子の行くところには常に従っている。以前は七、八人からなる護衛団を引き連れていた馬子が、今は虎杖だけを帯同しているのだから、その腕は確かなものであるに違いない。また、それだけに譜代の家臣たちの妬みは相当のものがあって、蜷養は稽古場でその類いの話を幾度か耳にしていた。「いつもどこで修錬を」「ご足労願いましょうか」

虎杖は返事を待たず歩き始めた。手合わせの申し出を断る理由はない。同じく剣に生きる者として、願ってもないことだ。蜷養は彼の後に従った。裏門を出て甘樫の丘への急坂を登る。肩を並べては歩けない細い道が頂に向かって伸びている。

「それにしましても」前方を向いたまま虎杖が口を開いた。「御子さまは頻繁にお見えだ」

「大臣のご迷惑になるのではと、皇女さまはご案じになっておいでです」

「いつでも大歓迎です。蘇我の家は御子の家も同然ゆえ――」虎杖は首を振った。「と、殿が。御子に期待しているのです。将来を賭けていると申しても過言ではない」

「将来？」

「御子はただの男の子ではありません。大淵どの、傅役として最もおそばにくでお仕えするあなたならわかるはずだ。あの齢で漢語や、半島の諸言語に通じ、ありとあらゆる書物を易々と読みこなす。そのうえ、ひとたび目にした文献は、どんな膨大な分量であっても必ず記憶にとどめるという驚異の頭脳をお持ちだ。ただの人間であるはずがない。その御子が、仏法に関心をお示しになっているのです。仏法の興隆をめざす大臣としては、未来への展望が開けたように思って当然でしょう」

「だから御子に期待する。成長された御子が現帝に芳しい影響をお与えになるやも、と。

あるいは御子が――」

「大臣は」虎杖は振り向いた。「この国の遥か先を見透しています。仏法は我が国の発展のためになくてはならないとお考えなのです」

二人は丘陵の頂に到達した。急坂を早足で昇ってきたが、虎杖が自分と同じく息一つ乱していないのを蜷養は見て取った。それから彼は首をめぐらせ、嘆声を放った。「やあ、これは絶景」

北側斜面の樹木はきれいに切り払われ、緑の大地に隆起する雷丘《いかづちのおか》、天香久山、耳成山《みみなしやま》が一望できる。目を東から南へ転ずれば、生い茂る樹々の間から三輪山や纏向山《まきむくやま》、多武峰《とうのみね》、さらには高取山《たかとりやま》まで見渡せた。

虎杖は革帯から佩剣《はいけん》を外して地に置くと、一本の楠《くすのき》に歩み寄った。その巨木を中心に手頃な広さの地面が平坦に均《なら》されている。

「ここが野外の稽古場というわけです。わたし一人のね」

楠の根元に木剣が何本か突き立てられている。そのうちの二本を引き抜くと、切っ先に付いた泥を丁寧にぬぐい、一本を蜷養に手渡した。

蜷養も革帯から剣を外す。虎杖の構えに応じて同じく中段につけた。景色のことは念頭から消えている。虎杖の剣尖から、木剣とは思えない霊妙な剣気が放射されているのだ。

「いつも不思議に思っているのです」虎杖は半眼になって云った。「剣撃は、単に力と力のぶつかり合い、速さと速さの競い合い、ただそれだけでいいのかと。もちろん力と速さを否定するものではありません。しかし、所詮それでは剣での殴り合いになってしまう」

「力と速さの他に？　駆け引きのことですか」

「それもありますが、もっと技術的なことです。太刀筋《たちすじ》の単純ならざる軌道や、時宜《じぎ》を心得た剣の繰り出し方、敵の力や速度を逆に利用する方法――うまくは云えませんが、そういったことどもです。わたしはおかしなことを口にしているのでしょうか」

「実は」蜷養は我知らず笑みを浮かべていた。「日頃から同じような思いを抱いております。剣の取り回し如何によって、力の弱い者、速さで劣る者も勝ちを得る――それが剣を把《と》る妙諦、醍醐味《だいごみ》ではないか、と」

「あなたもか。やはり大淵どのを見込んだだけのことはあった。下の稽古場の有象無象《うぞうむぞう》どもが対手では、そうした創意工夫を試みることなど夢のまた夢。自分と志を共にする剣友がいなければ」

「剣友かあ！」蜷養はその言葉を心地よく反復する。「わたしのほうこそ願ったり叶ったりだ」

「わたしの考えている動きを披露します。それに対しご意見を伺いたい。そのうえで実地に木剣を交えてみるといたしましょう」

虎杖は右足を大きく後方に引き、剣を垂直に立てると右に引き寄せた。

蘇我邸の敷地には、大きなものだけ数えても二十を超す棟宇が建ち並んでいる。それぞれが屋根付きの渡り廊下で連結されているが、欄干を巡らせただけの廊下は使用人の住居棟、倉庫、武器庫などをつなぐもの。一族の家屋と、会議や接客用など公的な性格を持った建物を結ぶ廊下は両側に壁が築かれ、上方に連子窓《れんじまど》が設けられている。格子の間から射し込む陽光が床板にだんだらの横縞を描く奥廊下を、厩戸は馬子に導かれて進む。奥まると、甘樫の丘の陰に入る。廊下は翳って薄暗くなり、霊域めいた雰囲気が濃く立ちこめた。

渡り廊下の行きどまりに、甘樫の丘の切り立った崖に背をぴたりと押しつけるようにして木塔が立っていた。塔といっても二層で、高さもさほどでない。屋根の上に小さな宝珠《ほうじゅ》が載せられているので、かろうじて塔と云い得る建築物だ。ずんぐりとした外観は、聳え立つというより、うずくまると表現したほうが当たっている。だが、位置と高さは計算されたものだ。こんなものが蘇我邸の奥にあると外部から絶対にわからないようにするためであった。

馬子が先を譲った。「さあ、御子」

厩戸が一礼してからくぐった木塔の戸口は、小柄な馬子でも背を屈《かが》めるくらいの低さだ。内部には九本立ての燭台が四隅に置かれ、三十六本の蠟燭が思い思いの長さに舌を伸ばしている。闇を舐《な》める炎の明かりが瞳孔を通じて流れ込み、厩戸は立ち止まって目をしばたたかせた。室内は正方形で、一辺が五メートルばかり。中央やや奥寄りに金人《きんじん》、すなわち鍍金《めっき》を施した釈迦如来銅像が安置されていた。蓮華台《れんげだい》に乗った立像で、背丈は厩戸とさほど変わらない。顔が小さく、光背《こうはい》の類いを背負っていないこともあり、細かい襞《ひだ》を流麗に描いた大衣をまとう姿は、均整のよさが際立っている。左手は垂下して衣の端を艶《なま》めかしく握り、右手を突き出すようにして掌《たなごころ》を外に開いている――施無畏印《せむいいん》というものだと厩戸は教わっていた。

僧侶が一人、金人の前で手を合わせている。馬子が正座し、合掌《がっしょう》する。厩戸もそれに倣ったが、目はつぶらず、こっそり馬子の横顔をうかがう。朝廷に重きをなす権力者であり、いつも上機嫌で遊び相手になってくれる若い大叔父が、仏像に対する時だけ別人のように畏まった姿を見せる。敬虔《けいけん》に頭《こうべ》を垂れる表情は、幼い厩戸の心を打つものがあった。馬子の目には仏が見えているのだろうか。ならば御仏よ、どうか自分の前にも姿を現わしてください――厩戸は目を閉じ、いつものように祈りを捧げた。まだ一度も叶えられてはいない祈りを。

衣擦《きぬず》れの音。厩戸は目を開けた。金人に対していた勒紹法師が向き直った音だった。

「南無釈迦牟尼仏《なむしゃかむにぶつ》」百済から来た法師は漢語で唱え、一礼した。

厩戸も馬子と唱和する。「南無釈迦牟尼仏」

「よくお越しに、御子」

勒紹法師は母国の言葉に切り替えた。海を渡ってまもない彼女は倭国語に習熟していない。

二か月前、馬子から法師に引き合わされた時、厩戸は彼女を比丘《びく》と勘違いした。まさか尼だとは思わなかった。髪を剃《そ》った顔は性別を曖昧にするうえ、法師の濃い眉は極端な角度で吊りあがり、目は鬼火のように輝き、鼻は尖り、唇は顔の半分を占めているかに錯覚されるほど大きい。男以上に男らしい顔立ちだ。声を聞いて自分の間違いに気づいたのである。天女のようなその美声で法師は語を継ぐ。「御子の篤い信仰心、御仏もさぞお歓びでありましょう」

「信仰心ではありません」神妙に、きっぱりと厩戸は云った。言語に対する天賦《てんぷ》の才に恵まれた彼は、漢語だけでなく百済語、高句麗語、新羅語、半島三国それぞれの言葉を自在に操れる。「大叔父が熱心に勧めてくれる仏法とはどんなものか、それを知るため仏典を学んでいるのです」

仏法に関心を寄せたのは、経典を唱えれば禍霊を追い払えるからだという真の理由を、厩戸は馬子にも話していない。昨夜、物部布都姫に打ち明けたのが初めてだった。

――あれを祓うのは、実は仏典や祝詞の文句そのものではないからです。

姫の言葉は今なお頭の中で渦を巻いている。それが本当なら、仏法を学ぶ必要はなくなる。

「御仏はお心の広いお方です」法師は大らかな笑顔で応じた。「仏典をお読みになる御子をうれしく思い、お見守りくださっておいでのはず。御子が御教えを信じるようになれば、どんなにかお歓びになるでしょう」

「そのためにも」傍らの馬子を意識しながら厩戸は云う。「もっとたくさん仏典を読んでみたいんですけど」

馬子が苦笑を浮かべる。

勒紹法師は馬子に小さくうなずいてみせる。視線を厩戸に向け戻すと、寿ぐように云った。「大臣から聞きました。金光明経をお憶えになったとか。あれだけ膨大な分量の経典を記憶するなんて、御子が御仏に嘉せられている証《あかし》ですね。けれども、記憶と理解は別ものです。経典の内容について詳しくお説き申し上げましょう」

厩戸は気が進まない。禍霊に効き目を発揮しなかった金光明経に対する関心は、薄らいでしまっている。「内容って——つまり、釈尊の寿命は八十年じゃなく、無量無辺だってことなんでしょ？」

法師の顔に驚きの色が奔騰する。その顔を馬子に振り向けた。馬子の首は横に振られる。

法師は気を取り直した。「——では、寿命の無量無辺なる理由は？」

「御仏は法身《ほっしん》で不滅だから」

彼女は何かを云おうとした。声が出てこない。口を開け、厩戸を見つめるだけだ。やがて顔から驚きの表情が消え、喜色にとってかわった。

「この通り、御子は聡明におわします」と馬子が云った。

「どうして御仏は法身なの」厩戸は焦れて訊いた。「なぜ不滅なの？」

法師の表情がまた変わる。今度は怯《ひる》んだ色。「一言では語り尽くせません。それを説明するためには、他のお経も必要ですし」

「他のお経って？」

「まだ倭国には入っていない経典です」

厩戸は馬子を見やる。大叔父の顔に困惑した色を見とって、また顔を戻した。「法師さま、ぼく、仏法にはわからないことがいっぱいあるんです」

「一度にわかる必要はないのですよ。そのために修行というものがあるのですから。かくいうわたしもまだ修行中の身。それに御子は、何といいましてもまだ子供ではありませんか」法師の顔に自信の余裕と、優しい笑みが甦《よみがえ》った。「お幾つでいらっしゃいます？」

「七歳です」

「それは偶然ですね」

「何が偶然なの？」

「はい。常々わたしは、経典に向き合う御子の貴いお姿を拝見するにつけ、かの鳩摩羅《くまら》什《じゅう》法師とは、このような少年時代を送っていたのではと想像すること頻《しき》りでした。羅什法師が母である亀茲国《きじこく》王妹の耆婆《ジーヴァー》さまに随《したが》って出家したのは七歳の時なのです」

「鳩摩羅什法師って誰？」厩戸の瞳が貪欲《どんよく》に輝く。「亀茲国ってどこにあるの？　あ、ちょっと待って」一瞬だけ考え込む顔になって、「鳩摩羅什って、もしかしたら摩訶般若波羅蜜大明呪経の最初に出てくる名前じゃなかった？」

「お経を漢語に訳した人として名前が先に出てくるのです。釈迦牟尼が天竺のお生まれであるということは前にお話しいたしましたね」

　厩戸は最初、釈尊が百済人と信じていた。百済は単に仏法伝来の経由地に過ぎず、もともとは漢土からもたらされたと知って、では漢人かと思った。それも誤りで、漢土を離れること遥か西の彼方にある天竺なる地で釈尊は生まれたのだった。大和盆地から出たことのない厩戸には、天竺から漢土、百済を経て倭国に至る距離感など想像できない。

「天竺と漢土との間には、考えられないような高い頂を持った無数の山々と、ひと月歩いても越せない広い砂の海があるのだそうです。砂の海——砂漠には人が住めませんが、ところどころに地下水の湧き出す地があって、そこには僅かながらも緑が繁り、小さな国ができているのだとか。全部あわせて三十六の国が。亀茲国はその一つで、漢土よりも天竺に近い位置上、早くに仏法が伝わり、国を挙げて信仰が盛んになりました。今から二百五十年近く前のことです。亀茲国王の妹、耆婆姫さまはとても信仰心の篤い女性でした。それゆえ、天竺出身の僧侶である鳩摩羅炎《くまらえん》の高貴な姿に魅《ひ》かれ、強引に結婚しておしまいになったのです。鳩摩羅炎は亀茲国王となりました」

　厩戸は声をあげた。「お坊さんって、結婚できないんでしょ」

「そうです。いずれは天竺きっての高僧になったはずの鳩摩羅炎を還俗《げんぞく》させてしまった。それを罪とお感じになった耆婆姫さまは、二人の間に生まれた什を出家させて、父に代わる立派な僧侶にしようとお考えになったのです。什が七歳になると、夫に別れを告げ、王宮を出ると、国内の僧院で出家なさいました」

「お母さんと一緒に鳩摩羅什も？」

「何といってもまだ七歳ですから。けれども、七歳とは思えない抜群の記憶力で羅什法師は毎日たいへんな分量の経典を暗記してゆきました。この時の鳩摩羅什が、わたしには御子に重なるのです。そうして二年も経つと、亀茲の僧院では学ぶことがなくなってしまいました」

「それからどうしたの？」

「耆婆姫さまは、幼い羅什法師をお連れになって、天竺に近い罽賓《カシミール》の箇失密《ガンダーラ》に留学なさいました。当時は天竺よりも罽賓のほうが仏法教学の研究が盛んだったのです。箇失密の僧院には、遠方から優秀な学僧が大勢集まって修行と勉学に励んでいました。幼い羅什法師はたちまち頭角を――」

　厩戸は我を忘れて勒紹法師の語りに聞き入った。途中で馬子がこっそりと退室したのも気に留めなかった。鳩摩羅什一代記。その生涯は波瀾万丈《はらんばんじょう》としか云いようがない。罽賓だけでなく莎車《ヤルカンド》など西域《さいいき》諸国を遍歴し、母国の亀茲に戻ったのが二十歳の時。母の耆婆姫は天竺留学を志して旅立ち、それが母子の永遠の別れとなる。亀茲国は、漢土に威勢を張る前秦《ぜんしん》国の遠征軍に征服され、鳩摩羅什は漢土へと連行される。前秦王は鳩摩羅什を捕らえ、膨大な仏経典を翻訳させようと目論《もくろ》んでいた。時は五胡十六国時代と呼ばれる大動乱の世紀。鳩摩羅什は目まぐるしく移り変わる時局に翻弄され、敦煌《とんこう》に留め置かれたまま徒《いたずら》に齢《よわい》を重ねなければならなかった。晴れて長安《ちょうあん》に迎えられた時、彼は還暦《かんれき》を目前にしていた。

「――こうして羅什法師は、お亡くなりになるまでの十二年の間、仏典の漢語翻訳に心血を注ぎました。もともと仏典は天竺の言葉と文字で記されたものということは、前にもお話しいたしましたね」

　厩戸はうなずいた。そうと聞いて興味を覚え、天竺の言葉と文字を教えてくれるようねだったが、知りませんというのが法師の答えだった。漢語に訳されたもので充分だという。

「ごく短い『摩訶般若波羅蜜大明呪経』もその一つですが、羅什法師の業績はそれだけにとどまるものではないのです。他にも『妙法蓮《みょうほうれん》華《げ》経《きょう》』『仏説《ぶっせつ》阿弥陀《あみだ》経《きょう》』などを訳出なさり、その数は三十五部二百九十七巻にのぼるといわれています」

「そんなに！　法師さまは全部お読みになられたのですか？」

「もちろんです。わたしだけが特別なのではありません。百済の比丘、比丘尼《びくに》なら誰でもそうです」

「読んでみたいなあ」

ただ読んでみたいだけではない。無意識のうちに、時代も場所も違う鳩摩羅什に対抗意識を燃やしていた。今の自分と同じ七歳で出家したという鳩摩羅什がそれだけの数の仏典を漢訳したのなら、いつの日にかそれらの仏典に注釈を施してやろう、と。

「そろそろ宜《よろ》しゅうございますかな」

背後から声がした。いつの間にか馬子が戻ってきていた。戸口の外は薄闇の帳《とばり》が下り、渡り廊下の床に蜷養が片膝をついている。

母の顔に困惑の色が広がるのを厩戸は見た。それはしょっちゅうのことではあったが、今朝のはとりわけ濃い。驚きと、それに懸念までもが加わっている。

「そんなこと、できないわ」間人皇女は溜め息をつきながら答える。饗卓の食器を片づけていた侍女たちまで、びっくりとした表情で手を止めている。「——何をしているの。早くお片づけなさい」

侍女たちが出てゆくのを待って、厩戸は再び口を開いた。「どうしてなの、母上」

「どうしてって……そんなことは女や子供がとやかく申し上げるものではありません」

「母上がだめなら、ぼくが——ぼくが帝に直接お目にかかって頼んでみる」

「だめよ。女、子供がって云ったでしょ」

「どういう意味？」

「あなたは子供なのよ。それもまだ七歳の。政治に口出ししていい齢ではありません」

「帝はぼくの伯父さんだよね」

「ええ」

「甥が会いたいって云ったら、伯父さんは会ってくれるものでしょ」

「それはそうでしょうね」

「その時に、ちょっと思いついたような顔をして云ってみたら——」

「いけません」皇女は高い声を出した。「知ってるでしょう、帝が仏法を嫌っていらっしゃることは。そんなことをしたら、きっとご機嫌をお損じになるわ。あなたは帝から不愉快に思われたくて？」

「ぼくは子供なんでしょ。大目に見てはもらえない？」

「子供だからなおのこと憎くお思いになられるわ。子供のくせに分《ぶん》を弁《わきま》えない振る舞いだって」

「甥でも？」

「帝とあなたのお父さまは兄弟です。でも母親が違うの。帝をお生みになった石姫さまは皇女でいらっしゃる。お父さまの母は蘇我の女、つまり臣下です。甥だからって、そう親しくはお考えくださらないはずよ」

「だったら、お父さまに頼んでみようかな。伊勢からお戻りになるのは、いつ？」

「お願いだから、困ったことを云わないで……そうだわ」

皇女は手を打ち鳴らし、明るく微笑んだ。「お経がもっと読みたいというのね。今度、難波《なにわ》に連れていってあげましょう」

四日後、間人皇女とその一行は池辺双槻の館を出立した。

阿禽楯撞の息子で、日頃は父の職務を補佐している楫平《かじひら》が、今回の旅の統率役を仰せつかった。皇女の使者として先に難波に往復したのも楫平だった。厩戸には蜷養と田葛丸、侍女が二人。来目《くめ》には傅役の狭磯利鎌《さしのとがま》と二人の侍女。一行の警備は家奴《かど》の一成《ひなり》率いる剣士団五人が務め、皇女付きの侍女は二人——以上の十八人に加え、荷物持ちの下僕が七人、総勢は二十五人である。

一片の雲もなく空が晴れ渡っている。陽光に照り映える田園地帯には、青い大海原の上を早朝の風が涼しげに吹き渡っている。風は、大地と川水の匂い、森で枝葉を広げる樹木の香りを運んできた。夏とは思えない清々《すがすが》しい気配が辺りに満ちている。一行は全員が徒歩だった。もとより間人皇女は輿に乗って出かけるのを好まない。自分の足で歩き、そのうちに身体が温まり、汗ばんでゆく感覚が好きなのである。皇女は外出用の麻の長衣《ながぎぬ》をまとっていた。たった一つだけ身につけた琥珀《こはく》の胸飾りは黒衣の下に隠れて見えず、髪は高くまとめあげて木製の簪《かんざし》で留めてある。そんな目立たぬ装いでも、二十人を超す行列を見て皇女と察した農民たちは、水田での雑草取りの作業の手を止めて背を伸ばし、頭を下げて見送った。

きらめく光の帯が見えてきた。船着き場で二艘《そう》の早舟《はやふね》が一行を待っていた。漕ぎ手たちが威儀を正して出迎える。二十人以上を乗せることのできる大船は、ここ初瀬川まで遡ってこられない。一行は二手に分かれた。皇女は来目とともに前方の舟に導かれ、厩戸は蜷養と後方の船に乗り込んだ。二艘の舟は川面を滑るように出発した。

「ねえねえ、母さま、あれを見て」

舟遊びの好きな来目がさっそく歓声をあげる。あれやこれやとしきりに指差すのは、珍しいものでもなんでもない。土手を飾る色とりどりの草花、水面から勢いよく飛び出す小魚、川底にゆらゆらと揺れる長い緑藻といった類い。いつもと違う視点で眺めやれば、ありふれたものも新鮮珍奇に映じる。皇女は、いちいち来目に応じてやるうち、煩わしいと感じるどころか旅気分が高まり、心が子供に戻ったように浮き立つのを覚えた。川岸の繁みから顔を出している鼬《いたち》の親子を見つけ、母鼬と目が合ったような気がして思わず声を立てて笑い、川をのぞきこめば矢よりも速い幾十もの魚影に驚きの声をあげていた。

ふと厩戸が気になり、皇女は後方を振り返った。後続の早舟の舳先《へさき》に坐した厩戸は、ぼんやり空を見上げている。沿岸の景色など眼中にない。難波に着いた後のことで頭がいっぱいなのだろう。

流麗な円錐の稜線を描く耳成山《みみなしやま》を左手に見つつ舟は航行する。ほどなくして右手から流れてきた暁川と合流した。川幅が広がる。その先は蛇行することもなく平野部を北上する。東に目をやれば、聖なる三輪山に始まる高峰が緑の屏風《びょうぶ》のように列《つら》なり、西でも同じように二上山から生駒《いこま》へと山並みが続いている。大和が盆地であることが改めて意識された。

「大きな川！」

来目が叫んだ。東から西に流れる河川が前方を横切っている。その滔々《とうとう》とした流れの中に彼らの舟は乗り入れた。針路は西に変わる。川幅は三倍以上にもなった。

「河内川よ。河内国に通じているからそう呼ばれているの」

「大きい川だなあ」来目は目を丸くしてその言葉を何度か繰り返した。

それから先しばらくの間、大和盆地を南から流れ下ってくる幾筋もの川が左手から次々と合流した。大きなものでは真神川《まがみ》、蘇我川、そして沙箕川《さみの》。右からも蛍川《ほたる》が流れ込む。川の名の一つ一つを皇女は来目に教えた。行き交う船が増えてゆく。ほとんどは荷船である。帆に風を孕ませて進む船、逆風に櫂《かい》で立ち向かう船、薦荷《こもに》を山積みにして傍目にも転覆するのではと危ぶまれる船。水夫《かこ》たちの唄う民謡が川面を次々と流れてくる。やがて河内川は、北から生駒谷を貫流してきた龍田川《たつた》をだめ押しのように併せ呑んで、巨龍を思わせる大河に成長した。それでも川底は浅く、大船を乗り入れることはできないというのが漕ぎ手の一人の説明であった。大きくなり過ぎた身体を持て余したように河内川は極端な蛇行を繰り返し、それに気を取られているうちに舟は峡谷部へと分け入っていった。両岸の光景は一変した。岩棚は複雑怪奇な形状を呈し、見上げるばかりに峙《そばだ》った崖が左右から迫ると、空は帯のように狭くなった。周囲が急速に翳ってゆく。川幅も狭まっていた。猿の群が鳴き声をあげて飛び交う。あちこちに奇岩が鋭い頂をのぞかせて、ぶち当たった流れが白い波しぶきを激しく散らせる。見た目は急流だが、流れの変化はさほどでなく、舟の揺れは少ない。それでも来目は気を呑まれたように口数を減らし、顔をこわばらせて皇女の手をぎゅっと握りしめる。皇女は来目をやさしく抱き寄せ、その一方で後方の様子をうかがった。厩戸は先ほどと変わらない表情で空を眺めている。

崖は徐々に低くなり、猿も気がつくと姿を消して、景色は穏やかさを取り戻していった。峡谷部を抜けきると、緑あふれる河内の平野が眼前に展開した。

皇女は胸いっぱいに息を吸い込んだ。空気の質は大和と明らかに違っていた。みずみずしく新鮮で、かすかに汐の香を含んでいる。何といっても河内には海があるのだ。我知らず心浮き立つものを覚えた。

左手から石川が合流する。それに押し出されるように流れは右斜め、つまり北西に向きを変えた。ほどなく川は二筋に分かれた。右を択べば、生駒山麓までが物部氏の広大な領地である。舟は左に航路をとった。その先は単調な舟旅となった。どこまで進んでも変わらないのどかな景色に、やがて来目は退屈し、しきりにあくびを洩らすようになった。そして、いつしか皇女の膝にもたれて寝息を立てていた。

皇女は後ろの舟をうかがった。厩戸もようやく周囲に目を向けていた。目的地が近づいて余裕が出てきたに違いない。蜷養の話に耳を傾け、時に自分からも何かを問いかけている。胡坐をかき、真っ直ぐに背筋を立てた姿は、まだ甘えっ子の来目と二歳しか違わないとは思われない大人っぽさだ。

太陽が頭上から照りつけ、侍女が心づいて蓋《がい》を差しかけた。水面の温度が上昇して、その上を渡る川風も熱を孕んできた。皇女は汗ばむのを覚えた。

左に支流を放った後、河内川は北に向きを変えた。川筋も直線となり、行き交う舟も再び増え始めた。大和では見られなかった大船が悠然と川波を蹴立てて進んでいる。皇女たちの舟は船端《ふなばた》から見下ろされる形となったが、船上に見える水夫たちは皆せわしく立ち働き、こちらをのぞくどころではなさそうだった。川の両岸には整備された堅固な土手が長く延びている。

「横野堤《よこののつつみ》が見えて参りましたので、そろそろでございます」

楫取《かじと》りの頭が告げた。

陽が西に傾きつつあった。河口に出ると、急に視界が開けた。猪甘津《いかいつ》である。大きさも形も様々な船が数十隻ばかり停泊し、その先に広がる水域では、風を孕んだ帆船が青い水面に白い航跡を曳きながら縦横に行き交っているのが見える。

「うわあ、広いなあ」来目が心から歓声をあげた。「これが海なの？」

「河内湖にございます」来目の傅役、狭磯利鎌が答える。かくも大きな湖や池は大和にないから、海を一度も目にしたことのない来目が早とちりしたのも無理はない。しかも、この水域は湖のほんの一部を構成するにすぎないのだ。河内湖には長い自然堤防が何本も伸び、広大な湖面を幾つもの水域に分割しているからである。今、彼らの前に広がっているのは、河内湖の南水域とでもいうべきものだった。

「けど」来目は納得しない。「こーんなに広いんだよ」

「よくご覧くださいませ、御子。広くとも周囲が緑に囲まれておりましょう？　海に出れば、どんなに遠くまで目を凝らそうと、そのようなものとて見えなくなるのです」

左手には、南から北に向かって伸びる緑の高台が湖岸をなしていた。この岬によって河内湖は海から隔てられているのである。舟は高台に沿って北進した。太陽はさらに西へと傾いてゆく。やがて、台地に直角の切り込みを入れるかの如く広い水路が出現した。舟は舳先を九十度左に向けて流れに乗り入れた。

「また川に入るの？」

「川は川でも、人間の手で掘った川にございます」

「人のつくった川？」

「運河と申すのが正しゅうございましょうな。有名な難波堀江《ほりえ》がこれにございます」

難波堀江は海への排出路だけあって、流れの速さはそれまでの比ではなかった。両岸の景色はみるみるうちに過ぎ去り、舟は一気に難波津から渺茫《びょうぼう》たる水面の列なりへと押し出された。

「御子、今度こそ海でございます」

来目は、しかし利鎌に応じる声もなく、目を瞠《みは》るばかり。皇女も大和では決してお目にかかることのできない壮麗な夕景に心を奪われた。西空は熟れた果実を搾ったような茜色に染まり、夕陽は遠くに黒々と横たわる淡路島《あわじしま》に沈もうとしている。黄金の板を無数に敷き並べた海面は燦然《さんぜん》たる輝きを放っていた。波間に揺れる漁船が点々とした黒影となって興を添え、群れ飛ぶ鷗《かもめ》の鳴き交わす声が、かえって夕暮れ時の静寂を強調しているかのようだった。舟は針路を南にとって海岸線を南下し、ほどなく水際の一角に設置された波止場に乗り入れた。一行は上陸を果たした。今早朝、初瀬川で乗船してから半日ぶりに彼らの足は陸を踏んだ。

先に降りていた来目が、桟橋の板に足を下ろしたばかりの厩戸に駆け寄り、己の興奮をしきりに訴え始めた。まとわりつく弟をうるさがりもせず厩戸は微笑を浮かべて相手になってやっている。

黄昏《たそがれ》の光に彩られた波止場には、大別王《おおわけおう》が寄越した案内人が待っていた。三台の輿の傍らで、担ぎ手たちが膝を折って控えている。

「輿は遠慮したいと伝えたのですが」阿禽楫平が、顔見知りの案内人と言葉を交わした後、すまなそうな表情で皇女に云い、「目の前に聳える丘陵を見上げて語を継いだ。「確かに、この丘を登ってゆくのは骨が折れましょう」

皇女はこだわらなかった。「せっかくのご配慮を無にするわけにはいかないわ。ありがたく乗せてもらいましょう」


大別王は王宮の中庭に皇女たちを出迎えた。陽は沈んでいたが、周囲は残照でまだ明るかった。王は熊を思わせる厳《いか》つい体形の持ち主で、ゆったりとした絹の寛衣の上からでもそれがわかった。重厚な顔には厳格さと慈愛が入り混じり、一線を退いた老将軍といった趣だった。やがて七十歳になろうかという高齢にもかかわらず、後ろで無造作に束ねた髪も、長く伸ばした髯《ひげ》も黒々として、その齢には見えない。左右には家人や使用人たちがずらりと居並び、これから式典でも始めかねない歓迎ぶりだ。

彼らの背後に立つ宮殿は、巨大であることだけが取り柄で、恐ろしく老朽化し、あちこち激しく傷んでいることが一目瞭然である。茅葺《かやぶ》き屋根《やね》など何年葺き替えていないのか、雑草が思いのままに茎を伸ばし、葉を広げ、何十匹という鳥が傍若無人に出入りを繰り返している。皇女は、これが由緒のある建築物であることを承知していた。その昔、大鷦鷯《おおさざきの》大王《おおきみ》に税を許された民は、豊かさを取り戻すと、自ら進んで宮殿の新築に従事した。難波《なにわの》高津宮《たかつのみや》である。その時の建物が今に残されているのだ。大別王は、大鷦鷯大王の宮址《ぐうし》を私宅としているのである。

大鷦鷯の皇統は玄孫《げんそん》の小泊瀬稚鷦鷯大王《おはつせのわかさざきのおおきみ》を以て途絶えた。今の皇統は大鷦鷯の異母弟であった稚野毛二派王子《わかぬけふたまたのみこ》が祖だ。ただし、それはあくまでも男系から見た話であって、大別王の生母は小泊瀬稚鷦鷯大王の同母姉だから、母方の血筋をたどれば大別王は大鷦鷯の玄孫の子なのであり、それゆえ母の高祖父の宮殿を私邸にしているというわけだった。単に由緒ある建築物の継承というだけでなく、大鷦鷯の皇統が今も受け継がれていると視覚的に示すことに真の狙いがあるのだ。大別王はその維持管理者としてここに住まわせられているのであって、どんなに住みにくかろうが、補修はしても建て替えることはままならないのである。傍系の大王を父とする大別王にとって、伝説の聖帝である大鷦鷯の王宮を私邸にすることが名誉でないはずはない。

「よくお越しになられた」

皇女が輿から降りるのを待って、大別王は挨拶の言葉を口にした。親愛の情がにじんではいるが、武人のような外観に似つかわしくない甲高い声だった。「大和からの長旅、さぞやお疲れであろうと拝察する。まずはゆっくりと休まれるがよい」

「このたびは、ぶしつけなお願いをしてしまい、ご迷惑ではなかったかと案じております」皇女は一礼して云った。

「何の迷惑などあろう。誰からも相手にされぬ寂しい老人だ。朝から到着を待ちかねておったほどだよ」大別王は皇女の左右に視線を下げ、目尻に柔和な色を濃くした。「で、この小さな兄弟が、この陋屋《ろうおく》をせいぜい賑《にぎ》やかにしてくれる皇孫たちというわけだな」

「厩戸と、来目ですわ」皇女は名を告げ、息子たちをうながした。「さあ、ご挨拶を」

厩戸と来目が家で練習した通りの挨拶を大別王にしたので皇女はほっとした。

「しっかりとした御子たちだ」代わるがわる見較べていた大別王の視線が、すぐに厩戸の上で止まった。「とりわけ兄のほうは大きゅうなった」

厩戸の目が見開かれた。それまで、どこか物怖じした様子だったのが、急に興を覚えたように大別王の顔をまじまじと見つめ、やがて当惑したように首を横に振って云った。

「本当に前にお会いしたことが？」

「覚えていないのも当然だ。そなたが生まれたばかりのことだった」

「だとしても、覚えているはずだと思います」

「この子は」急いで皇女は云った。「一度見た顔は忘れないというのです」

それは、厩戸の人並み外れた能力の一つだ。名前と顔を必ず覚えている。たとえば、こんなこともあった。厩戸に初めて乳を含ませた乳母《めのと》が、事情があって一か月余りで実家に戻らざるを得なくなった。五年後、侍女として双槻館に再出仕したが、その顔を見るや厩戸は、彼女が最初の乳母であることを云い当てたのである。

「噂は聞いておる。いろいろとな」大別王は皇女にうなずき、視線を厩戸に向け戻した。

「生まれたばかりのことと申したではないか。あの時、そなたは母上の傍らで胞衣《えな》にまみれ、臍《へそ》の緒《お》をつけ、まだ目は閉じられていた。わしの顔が見えたはずはないのだ」愉快そうに云い、片目をつぶってみせる。「六年前だったな。わしはこの古びた家をどう修理したものか、池辺皇子に訊ねようと双槻館を訪れたところだった。厩の中で馬を繋いでいると、にわかに外が騒がしくなった。何が起きたのであろうかと思っているうち、赤子の泣き声が激しく響き渡った。外に出てみれば、入口の戸の辺りで生まれたばかりのそなたが元気よく泣いていたというわけだ」

「ごめんなさい」厩戸は顔を赤くし、頭を下げた。

「何、かまわんさ。そのようなわけで御子、わしはそなたに特別な親しみを感じている。母上の申し出を二つ返事で引き受けたのも、訪問の目的がそなたの願い事だというからだ。わしにできることは何でも叶えてやるで、遠慮せずに云うがよい」次に大別王は来目を見やって、厩戸に対するのと同じ程度の親しみを込めた声で云った。「兄は仏法を欲するという。弟は何が望みかな」

「海で遊びたい！」
弾けるような声で来目が答えた。

その夜は盛大な歓迎会が開かれた。四脚の盆の上には、難波の海で取れた海産物を主とする豪華な料理がずらりと並び、いずれも大和では口にすることのできないものばかりだった。酒もふんだんに振る舞われた。河内に伝わる素朴な民謡や踊りが披露され、一行の目を楽しませた。圧巻だったのは、屋内での宴《うたげ》のあと中庭で催された野外劇である。対岸に浮かぶ淡路島が舞台となる創世神話が、星明かりの下で上演された。歌あり踊りありの芝居で、随所に笑いを誘う趣向が凝らされていた。淡路に伝わる芸能神事だといい、それを館の者たちだけで演じる素人芝居だが、みな演じ馴れているのか、実にこなれた仕上がりだった。大別王は天石窟の前で裸踊りを踊った天鈿女命《あまのうずめのみこと》の役で、大いに笑いをとっていた。

翌日からも、歓待の行事は目白押しだった。難波の海での舟遊び、河内湖遊覧、住吉浦《すみよしうら》を散策、住吉大社への参拝、生駒山登山、浅香浦《あさかうら》での玉藻《たまも》刈り体験など十指に余る予定が組まれていた。滞在が長引けば、淡路島へと渡る小旅行も用意されているという。

大淵蜷養は、それに加わることができなかった。傅役として厩戸の傍近く仕えていなければならない身だからである。大別王が皇女と同じく皇族であり、その従兄《いとこ》に当たろうとも、厩戸一人を残すわけにはいかない道理であった。

朝食が終わると、厩戸と蜷養を除く全員が、初日の行事である難波の海での舟遊びに出かけた。

「兄上も来ればいいのに」ちょっと不服そうに来目が云った。

厩戸は答えた。「そうだね。時間があったら行けるかも」

時間があったらという言葉が信用できないことを来目は知っている。「ねえ、一緒に行こうよ。兄上だって、海で遊んだことないんでしょ」

「聞き分けのないことを云ってはなりません」皇女がたしなめた。「ここへは、お兄さまが本を読むためにお邪魔したのよ。遊びに誘ったりしたら、何のために御厄介になっているかわからないわ」

「これは迂闊《うかつ》だったな」大別王は額を自ら軽く叩いて云った。「弟御子には遊び相手が必要だ。至急使いを出して、我が孫どもを呼び集めることにしよう。丹比《たじひ》の子らも偉那《いな》の子らも、幸いこの近くに住んでおる」

一行が出発してしまうと、残った厩戸を大別王は不思議そうに見つめた。「そなたの齢では、舟遊びや魚釣りのほうが楽しいと思うのだが」

「それも好きです」厩戸はうなずき、眼下に広がる難波の海に視線を向けた。かつて大鷦鷯大王の高津宮であったこの旧王宮は、南北に長い岬の最も高地に築かれている。西には朝陽にまぶしくきらめく難波の海が広がり、東に目を転じれば、同じ水面とはいっても海の単調さとは比較にならないほど複雑な奇景を備えた河内湖が、生駒山の麓辺りまで水際を押し広げているのが遠望できる。厩戸は童心をくすぐられた表情を見せた。だが、それは一瞬のことで、すぐに大別王をひたむきに見つめた。

「でも今は、仏法の経典のほうが大切です」

「よろしい。されば案内しよう」

大別王は歩き出した。厩戸が従い、蜷養は殿《しんがり》についた。蜷養は特別に帯剣を許されていた。

「どうだ、広かろう。現帝の君臨される乎沙多幸玉宮の五倍はある。高津宮が破格の規模であったことがしのばれるな」道々、大別王は解説役を務めた。「今過ぎてきたのが羅城《らじょう》門《もん》の址《あと》、前方に見えているのが朱雀《すざく》門の址だ。門そのものは残っておらぬが、遺構はそのままになっているので、それとわかるのだ。我が国は大泊瀬《おおはつせ》幼武大王《わかたけのおおきみ》以来、大陸の国との通交が途絶えて久しい。大鷦鷯大王は宋朝に使者を遣わしていた。帰国した使者の口から建康《けんこう》の都の繁栄を聞き、それに匹敵する都とまでは叶わぬものの、これまでになかった王都を作ろうと決意されたことは想像に難くない」

蜷養が敷地の広さに感心していると、厩戸が問いを発した。「大鷦鷯大王は、宋王朝の頃の人なのですか」

「そなた、宋王朝を存じておるか」

「宋書を読みました」

大別王は足を止め、厩戸を振り返った。愉快な冗談を聞いたという表情が浮かんでいた。

「劉裕《りゅうゆう》という人が東晋《とうしん》を滅ぼして作った国ですね。そこに使者を派遣した倭国の王のことが書かれてありました――じゃあ大鷦鷯大王は、その五人のうちの誰かなんですね？」

蜷養の目には、大別王が大きくよろめいたように見えた。構わずに厩戸は語を継ぐ。

「誰なんだろう。最初に出てきた讃って王さまのことかな？　倭国には歴史を記した書物がないから、大鷦鷯大王がいつ頃の人かわからなくって、照らし合わせようがないんです。これってどう思われますか」

「池辺皇子の第一子が幼くして書を読む神童だという噂は聞いておったが」大別王は答えを求めるように蜷養に顔を向けた。「千字文《せんじもん》に類するものとばかり思っていた。そうではないと申すか」

「宋書だけではござらぬようです。それがしには詳しくわかりませぬが」と、蜷養はそう応じるよりない。

大別王は厩戸に向かって訊ねた。「宋書など、どこで読んだか」

「馬子の大叔父の家です。史記、漢書、後漢書、三国志も読みました。それから南斉書も。宋と南斉の間の梁のことも知りたかったのですが、梁書はまだ書かれていないって馬子の大叔父が」

「御子は——大陸の言葉が操れると聞いたが、それは本当のことかな」と大別王は漢語で訊いた。

漢語の答えが即座に返ってきた。「少ししゃべれるだけです。とっても難しくて。だって変な音がいっぱいあるんだもの」

大別王は腸捻転《ちょうねんてん》を起こしたような顔になり、「だ、誰に学んだ？」と、かろうじて漢語で続けた。

「百済語を覚えたので、次に漢語を学びたいって大叔父に云ったら、漢語のできる帰化人を先生として寄越してくれました」

「百済語もできると？」

「そう難しくはありませんでした」厩戸は瞬時に百済語に切り替えて応じる。「言葉の順序も同じだし。漢語の難しさとは全然違います」

大別王はしばらく口を閉ざした。呼吸を整えているようだった。やがて大らかな笑みを浮かべて云った。「なるほどな。これは面白い。すこぶる面白い。実はな、そなたの母上から、息子に仏典を読ませてやってほしいという使いが来た時、わしは思わず笑った。そなたの聡明さは、この河内まで伝わってきておる。一度見た人のことは忘れぬという、幼くして書を能く読み、大陸の言葉を操るという——しかし、それも他の子に比して幾らかできる程度だろうと思っておったのだ。蘇我大臣のところにある仏典は読みつくしたから是非に、とのことであったが、それとて信じることはできなかった」

大別王は厩戸の顔をのぞき込んだ。自分が低く見られたことに対する不服の色が少しも浮かんでいないのを認め、感じ入ったように言葉を続ける。「何しろ仏典の難解さときたら史書を読むどころではないからな。わしのところにある仏典を御子がどれほど読めるものか、それを知るのが面白いというのだよ」

「どれだけ理解できるかわかりませんけれど」

大別王は再び歩き出した。今度は宮址の解説抜きで足を急がせる。歩幅の短い厩戸は、駆けるように、しかし難なく後をついてゆく。弾んだ足取りだ。蜷養は御子を見守りながら時折り周囲を見回した。大鷦鷯大王の頃はさぞや幾つもの殿閣が建ち並んでいたのだろうが、二百年近い歳月を経て、ほとんどが空き地になっている。雑草が高く生い茂り、雑木林と化してしまった一帯もある。当時は何と呼ばれていたか知る由もないが、今ふうに云えば大極殿に相当する巨大正殿の威容が年ふりながらも完全に残っていることで、大鷦鷯大王の権威と、その御代の繁栄ぶりが感じ取れた。

大別王の住居として使われている正殿の背後に、倭国の建築物とはまったく異質の建物が建っていた。八角形をした円堂である。板葺きの屋根は黒く塗られ、軒や柱には丹青《たんせい》が施されている。これまで古色蒼然とした建物ばかりを目にしてきたせいもあってか、真新しいものに思われる。

厩戸が声をあげた。「お寺だ」

「そうではない」大別王は首を横に振った。「試みに礼拝せしむべし——目下、先帝の勅許により寺を建てることを許されているのは蘇我大臣だけだ。いくらわしとても、さような権限はない。仏法を国として信じるか否か、その結論はまだ出てはいないのだからな。あれなるは如何にも外見こそ寺だが、せっかく百済王が献じてくれた造寺工の腕を銹《さ》びさせぬため試みに造らせてやったまで。中に仏像は置かれておらぬよ」

「じゃあ何なの？」

「書庫だ」

南に面した戸口は特大の鉄錠がおろされていた。大別王が大きな鍵を穴に差し入れて解錠する。室内は黴《かび》っぽい臭いがたちこめ、出入りがそれほどではないことを物語っている。東西北の三面に設けられた大きな窓を大別王は次々と開けていった。陽光がふんだんに射し込み、戸外と変わらない明るさとなった。床面の中央に方形の卓と椅子が四つ、閲覧者のために用意されている。卓上には金銅製の燭台、鶴翼《かくよく》を象った竹製の筆架、瑞雲《ずいうん》を模した大型の硯《すずり》、うずくまった白ウサギ状の硯滴《けんてき》、墨と文鎮《ぶんちん》、紙束が置かれている。筆架には大筆、中筆、小筆、細筆と種類が揃っていた。天井は高い。艮《うしとら》、巽《たつみ》、坤《ひつじさる》、乾《いぬい》の四面の壁に書棚がしつらえられ、高所にある書物を取り出すために梯子《はしご》まで準備されていた。綴《と》じ本、巻物がぎっしりと収められている。

蘇我大臣の書庫よりも広く、収蔵冊数もはるかに多い、と蜷養は見て取った。それがとりもなおさず厩戸には感動なのだろう、頰を紅潮させ、目を輝かせながら背表紙に見入っている。

「お気に召したかな」大別王が云った。「満足するまで読み耽《ふけ》るがよい。食事は運ばせる。夜は明かりを燈そう。寝床を敷いてもよいのだ」

厩戸が小さな声をあげて巽の書棚に駆け寄り、目の高さにあった一冊を引き抜いた。

「これ、読みたかったんです」

大別王は、厩戸が大切そうに抱きかかえた書物に目をやり、うなずいた。「妙法蓮華経か。去年、百済王がわしへの餞《はなむけ》に献じた経論《きょうろん》二百巻の一つだ」

「馬子の大叔父のところにいる勒紹法師から鳩摩羅什の話を聞いて、どうしても読みたいと思っていたんです……うわあ、本当に読めるなんて」

「なぜまたその経典を？」

「鳩摩羅什が訳した仏典の中では、これが一番重要だって法師が。これを読まないと、仏法の本当のところはわからないんだって。あの……ぼく、すぐに読んでかまいませんか？」

興奮のあまり厩戸の表情は幼く見えた。大別王がうなずくと、手近な椅子に飛び乗り、あとはもう二人がいることなど忘れたように忘我の境で文字に没頭し始めた。小さな手が頁を次々にめくってゆく。そんな速さでよく読めるものだと蜷養は、かつて驚いたものだが、今では見慣れた光景になっている。大別王にとってはそうではなかった。

「そなた、そのようなことで……」

呆気にとられた表情になって厩戸の背に声をかけたが、もはや書物の世界の住人となった御子から答えは返ってこない。

「御子は、いつもああして書をお読みです」

やや声を落として蜷養は云った。普通の声で話しても読書に熱中する厩戸を妨げないことはわかっているが、ついそうなってしまうのだ。

「しかし、あれでは……」

二人が見つめるうちにも厩戸が読み終えた頁はどんどん増えてゆく。

「……なるほどな。神童は、書物の読み方も神童ならではというわけか……」大別王は感に堪えたように云って、自分を納得させるためか首を大きく縦に振った。「されば、邪魔者は消えるとせんか。何か入り用なれば、遠慮なく声をかけてくれ。屋敷の者には云っておこう」

「ありがとうございます」

八角堂の外まで蜷養は大別王を見送りに出た。

六十八歳という高齢ながら、今なお大別王は百済との外交交渉に現役で活躍中の身である。その父、武小広国押盾大王《たけおひろくにおしたてのおおきみ》に関し、蜷養は次のような事例を洩れ聞いていた。

六十年以上も前、大王がまだ檜隈高田王子《ひのくまたかだのみこ》と呼ばれていた時のことであるという。百済が任那《みまな》の四県を割譲してくれるよう申し入れてきた。権臣の大伴連金村《おおともむらじかねむら》が口添えした結果、百済の望む通りの詔勅《しょうちょく》が下った。王子は当時国政に関与しておらず、このことを知るや、四県割譲は非なりと詔勅の撤回に動いた。しかしながら事態は遅きに失していた。逃げるように帰国を急ぐ百済の使者から王子は無礼な言葉を浴びせられた。

「杖の大きなる頭を持って打つ時と、杖の小さき頭を持って打つ時と、孰《いずれ》か痛からむ」

杖の小さい頭——王子の分際で、父王の決定に異を唱えるとは何事ぞ、というのである。以後の半島情勢の推移を見れば、金で籠絡《ろうらく》された金村の売国行為により、任那四県が百済に騙《だま》し取られたも同然であることは誰の目にも瞭らかだった。

王子は百済の叛意《はんい》を見抜いた。百済の二枚舌に欺かれまいと百済語を学び、不穏な動きには断乎たる態度で臨もうと自らに誓った。兄王に続き王位に着いたが、時すでに七十歳と高齢であり、即位四年目にして崩御した。

大別王は、そんな武小広国押盾大王の子である。父の遺志をそっくり継いだ。対百済外交の大家として辣腕《らつわん》を振るい、前帝、現帝に仕えて朝廷に重きをなしている。昨年も半島に渡り、帰国に当たって百済王は、仏法の経典と比丘、比丘尼、造仏工、造寺工を献上した。現帝は彼らの大和入りを許さず、大別王預かりという処置を下した。それを思い出して間人皇女は我が子のために難波行きを思いついたのである。

「御子には驚かされることばかりだ」外の空気を吸って大別王は改めて感歎を放った。「厩の戸口で産声《うぶごえ》をあげていた赤子が、あのような神童に成長するとは。そのほうも傅役としてやりにくい限りであろうが」

「なかなか慣れるというわけには参りませぬ」

「改めて訊くが、あのような読みぶりで、書物に記された内容が理解できるのかな」

「御子さまの仰せでは、理解というより、記憶するのだそうです」

「記憶する？」

「記憶させ、定着した文章を、時間を追って少しずつ、あるいは一気に、頭のほうで勝手に読み解いてゆく――御子さまはそう仰せになっておいでです。それがしなどには、まったく理解できぬ頭の働きでございますが」

「さっきも申した通り、わしは昨年、経論二百巻を持ち帰った。実をいえば、それは今回だけの話ではないのだ。百済に使いするたび、百済王は恩着せがましく、如何にも惜しむような顔で新規の仏典をわしに送って寄越す。我が国はまだ仏法の受容を正式に決めてはおらぬゆえ、今もらっても仕方がない。ありていに申せば無用の長物だ。しかし外交儀礼上突き返すわけにもゆかず、その都度持ち帰ってくる。現帝は大和に入れることをお許しにならず、結果、わしのところに仏典は山積みに溜まる一方だ」

「さような次第にございましたか」

「ともかく、御子の役に立つならば、それに越したことはなかろうな。膨大な仏典に何が書かれているか――わしには到底理解のゆくところではない。答えを御子が見つけてくれるとすると、書庫を建てた甲斐もあるというものだ」

大別王が去ってしまうと、蜷養は途端に手持ち無沙汰になった。書庫の中をのぞき、読書に没頭している御子を確認してから、八角堂の周囲を一巡りした。裏手のすぐ先は断崖絶壁になっており、その下をのぞきこむと、王宮の建つこの台地を横一文字に裂いた長大な運河が東西に走っていた。自分たちが昨日通ってきた難波堀江だ。速い流れに乗って東の河内湖から西の海へと何艘もの船が一方通行で航行している。運河を挟んで対岸に見える絶壁が台地の続きで、本来の先端である難波埼まで、まだまだ北に向かって伸びているはずだった。蜷養にしてもこの場に立つのは初めてで、雄大な景観を心ゆくまで堪能した。が、やがて飽きが来た。

蜷養は八角堂の正面に戻り、近くの雑木林《ぞうきばやし》まで後退した。八角堂の入口を視野に入れ、すぐに駆けつけられる距離だった。腰に佩いた剣を抜き、素振りを始めた。

食事は時刻を決めて正確に運ばれてきた。卓上に広げた経典から厩戸が目を上げるのはその時だけだった。陽が落ちてからも一刻は灯穂《とうすい》の下で読み進めた。勅命により仏経典を大和に持ち込むことは禁じられている。全部覚えて帰りたい、と厩戸は云う。

「全部と仰せになりましても……」とまで云って蜷養は絶句した。四つの書棚にある本を合わせると千巻を越えているだろう。

「だいじょうぶ。馬子の大叔父のところにあるのは読む必要がない」厩戸は動じない顔で云った。「そうだね、三分の一ぐらいかな。半月あれば読み終えられると思う」

二日目の夜からは、夜具が八角堂の中に運び込まれた。夜明けと同時に読書にかかりたいという厩戸の希望によるものだった。さすがに蜷養は皇女にお伺いを立てたが、「あの子の好きにやらせてあげて」という溜め息まじりの答えが返ってきた。結局のところ蜷養も一緒に八角堂に泊まりこんで寝食を共にした。

皇女たちは、大別王の用意した接待計画に従って河内国遊覧を連日楽しんだ。大別王の孫、曽孫たちが呼び寄せられ、同い年の遊び相手ができた来目は傍目にも楽しそうだった。それでも兄のことが気になるのか、一日一回は八角堂に顔を出し、読書の邪魔をしないように厩戸の様子をうかがってゆくのが蜷養の目にもけなげに映じた。

厩戸が経典の読破を続けている間、蜷養は蜷養でやるべきことがあった。虎杖との手合わせで、蜷養は剣術の一段上の魅力に目覚めた。剣が潜在的に秘めるさらなる可能性を見《み》出《いだ》した、ともいい得ようか。力の弱い者、速さで劣る者も勝ちを得る——そのための剣技を編み出すことをあの時、二人は互いに誓い合ったのだ。次なる手合わせの機会に備え、己の剣技を深めておかねばならなかった。具体的に云えば、新たなわざを編み出すことを。彼は終日、八角堂の傍らで黙々と剣を振るい続けた。

「どれほどかかるのかしら」五日が過ぎた頃、皇女が眉根を寄せて云った。「いつまでもここにいるわけにはいかないわ。できれば一緒に連れて帰りたいのだけれど」

「半月と仰せです」蜷養は答えた。

「ではあと十日ね。あの子に伝えてちょうだい。それ以上は延ばせないって」

その翌日、つまり六日目の昼過ぎ、厩戸が八角堂から出てくるのを見て、蜷養は剣を斂《おさ》めた。さすがに根が詰まったのだろうと直感した。朝から晩まで書物に向かっていては心身ともに疲れてしまう。たまには息抜きが必要だ。皇女たちは今日、生駒山の登山に行くとのことだったが、今から追いかけて合流できるものだろうか。

外の陽光がまぶしいのか、厩戸は片手で目の上を覆って云った。「読み終わったよ、蜷養」

一瞬、蜷養は聞き違えたかと思った。「されど、確か予定では――」

「新しい経典、もっと揃ってるかと思ったけど、馬子の大叔父の家にあるのと同じものが予想以上に多かったんだ」

「何と申してよいか……」

「でも、連れてきてもらってよかった。妙法蓮華経が読めたのは大収穫だったしね」

どこか自分に納得させるような口調だ。それに気づいた蜷養は、改めて厩戸の様子をうかがった。疲れているようには見えない。かといって、すべてを読み終えたという達成感とも無縁の顔色である。では、期待していたほどではなかったのかと心中を察した。

「その妙法蓮華経とやらは、如何でございましたか」

「これまでわからなかったことがいろいろわかった。でも、わからないこともそれ以上に増えた。注釈の『法華経疏』が読みたいんだけど、ここにはないみたいなんだ」

「はあ」

「だからね、今度はお坊さんにいろいろと聞いてみたいと思って」

王宮には、三人の百済僧が住まいしていた。大別王が昨年、帰国に際して百済王から献じられた厳湘《げんしょう》と厳寄《げんよ》、照托《しょうたく》である。厳湘は戒律に通じ、厳寄は禅定を能くするというのが百済王の触れ込みだった。照托は尼僧であった。彼らと問答を交わしてみたいという厩戸の望みを大別王は快く許した。

百済僧たちにしても否やのあろうはずがない。王命によって倭国に渡ったはいいが、仏法はまだ公認されておらず、都のある大和にも入れず、各地を回って布教することさえも許されずで、これでは大別王のもとで飼い殺しも同然の身である。何のため海を渡って異国に来たのかと無聊《ぶりょう》をかこっていたところへ、仏法に関心を抱く皇族が話を聞きたいというのだから、二つ返事で応諾し、手ぐすね引いて待ち構えた。

問答は翌日、八角堂で行なわれた。大別王と蜷養が立ち会った。大別王は、自ら皇女一行を案内して依網池《よさみのいけ》を遊覧する予定だったが、それを変更しただけあって強い興味を隠さなかった。

やりとりは百済語で行なわれた。六人のうちでただ一人百済語ができない蜷養には、どんな問答が交わされているのかちんぷんかんぷんだった。それでも、おおよそ次のようなことはわかった。初め、三人の僧は円満このうえない微笑を浮かべて厩戸に対した。その齢で仏法に関心を寄せたことを鷹揚《おうよう》に寿いでいるのだろう。厩戸が質問を開始すると、時折り、これはという顔をし、目配せを交わしながらも、にこにこと答えていった。彼らの顔から微笑が消えたことに蜷養が気づいたのは四半刻と経たないうちである。眉根が寄せられ、気難しげな色が射し、立板に水の如く応じていたのが、次第に答え淀《よど》むようになった。すると厩戸は椅子から立ち上がって、目当ての経典を本棚から素早く抜き出し、卓上に広げる。厩戸の指し示す当該箇所を三人の僧は頭を集めてのぞき込む。顔を上げる。互いに見つめ合う。当惑。困惑。答える役を押し付け合っているような顔。やむなくといった感じで一人の僧が細い声で自信なさげに答える。厩戸がまた立ち上がる。流暢《りゅうちょう》な百済語を口にしながら、艮、巽、坤、乾の四つの書棚を燕《つばくらめ》のようにせわしく行き交う。どこにどんな経典があるのか完全に把握している動きだった。卓上に経典が次々と積み上げられてゆく。

蜷養は大別王の反応もうかがった。初めのうちは驚きの表情一色だった大別王の目に、いつしか鋭い光が灯っていた。最初の夜、野外劇で天鈿女命に扮して裸踊りを踊った人物とは思われなかった。

ついに三人の百済僧は答えられなくなった。質問を続ける厩戸の声だけが八角堂の中にむなしくこだまする。

「もう日が暮れたことでもある。今日はこれでお開きとしようではないか」

大別王が百済語で、次に同じことを倭国語で云い渡し、問答は終わった。三人の百済僧はほうほうのていで八角堂を出ていった。

今日はこれで、と大別王は云ったが、明日はなかった。もう百済僧には訊ねることがないと厩戸が夕餉の席で王に告げたからである。

「では、あなたの用は終わったのね」

間人皇女がほっとしたように云いながらも、意外そうな目を厩戸に向けた。

翌日には大和に戻るべきところ、住吉大社への参詣《さんけい》がまだであったので、出立は明後日と決まった。蜷養の言を信じ滞在を半月と見込んでいた皇女は、参詣を後回しにしていたのだ。翌日、住吉大社へは厩戸も同行したが、どことなく浮かない表情だった。今回の旅が望んだほどではなかったからに違いないと蜷養はその胸中を察した。期待が大きかったぶん失望も深いというわけか。間人皇女に顔を向ける時だけ厩戸は笑顔で対した。本意ではなかったにせよ、母の思いを無にはしたくないという配慮だったろう。

最後の晩、名残《なごり》の尽きせぬ別れの宴も終わり、一同は割り当てられた寝所へと引き揚げた。

夜の静寂が王宮を深々と支配した。

蜷養は妙に寝付かれず、布団をはねのけ立ち上がった。酒は一滴も入れていない。到着した日の夜からだ。双槻館を遠く離れた土地であるからには、護衛も兼ねた御子の傅役として当然のことである。が、それも今夜で終わる。大和に戻ったら、たらふく呑もう。五人の子供たちの顔が懐かしく胸に浮かんだ。父親が帰ってこず、さぞや寂しい思いをしているだろう。そして妻のことも。まだまだ若々しい身体を思って血が熱くたぎる。このままだと、六人目を授かるということになりそうだ。蜷養は苦笑いすると、夜着のまま部屋をふらりと出た。剣を手にしたのは武人のたしなみだった。

中庭に降りた。月は中天にかかり、皓々《こうこう》と照り輝いている。台地の斜面を吹き上がる風に乗って海鳴りが聞こえる。ふと蜷養は気配を感じた。視界の隅で何かがかすかに動いた。月光が軒端《のきば》の影をくっきりと地面に落としている。その辺りで、何かが――。

蜷養は夜風に誘われたようなのんびりとした足取りで中庭を進むと、いきなり正殿を振り返った。巨大な殿閣の屋根を葺いた茅萱《ちがや》は、柔らかく降り注ぐ月影を照り返し、発光する銀索を敷きつめたようだ。軒端近くに、黒い染みのようなものがうずくまっている。蜷養に気付かれたと知った曲者《くせもの》は、ためらいを見せなかった。ただちに身を起こすと、軒に沿って屋根の上を敏捷《びんしょう》に駆け去ってゆく。その黒い影は地を疾《はし》り、時を移さず追跡に移った蜷養は、あたかも影法師と脚力を競い合うかのようだった。

屋根の北端で曲者は大きく跳躍した。鞠《まり》のように身体を地面に転がして着地の衝撃をやわらげると、八角堂を目指した。蜷養は一瞬緊張したが、御子が寝泊まりしていたのは一昨夜までだった。昨夜、そして今夜は正殿でお休みになっている。曲者が八角堂を迂回してその後ろに消えた。この先は難波堀江に続く断崖だ。逃げ場はない。蜷養も反対方向から八角堂の裏側に回り込んだ。

黒装束に身を包んだ曲者は、諦めきったように両手をだらりと下げて立っていた。駆けていた姿形からはわからなかったが、存外に背が高い。蜷養は剣の柄に手を掛け、身構えた。

「待て」曲者は敵意のないことを示すように両手を肩の辺りまで上げると、顔をすっぽりと覆った頭巾に左手をかけた。「さすがは大淵どの。上手くいったと思ったんだが、運の尽きのようですね」

布に隔てられ、くぐもってはいるが、どこかで聞き覚えのある声。曲者は一気に頭巾を抜き取った。黒布の下から現われたのは、頰にくっきりと刀創を走らせた青年の顔だった。

大きな目が月明かりを吸って宝玉のように輝いた。

「虎杖どのかっ」

云うや、蜷養は素早く剣を鞘から抜き放った。

「おっと、こっちは素面《そっつら》を晒したんですよ」虎杖はなじるように云う。

「ご貴殿と知ってはなおのこと油断ならぬ。両手を下ろしていただこうか」

右肩の辺りから、背中に斜めに吊った剣の鞘が飛び出し、頭巾を握った右手はそのすぐ近くにある。

「承知しました」虎杖はうなずき、元のように両腕をだらりと下げた。

それでも蜷養はぴたりと剣を構えたまま、緊張を緩めない。「いったいここで何をしていた、虎杖どの」

「釈明の機会を与えてくれて感謝します」虎杖は悪びれた様子もなく云った。「こうなったからには何もかも打ち明けてしまいますが、これは殿のお命じになったことなんです」

自分の投げかけた言葉がどんな効果を齎《もたら》すか、その反応を確かめるように、虎杖は言葉を切って蜷養を見やった。二人は小声でやりとりしていたが、辺りは再び静寂に包まれた。難波堀江を奔《はし》る急流の音がかすかに響いてくる。

「蘇我大臣の？」

「皇女さまが大別王のところへいらせられたと知って、殿ときたらそれはもう大慌てでした。さっそく双槻館に問い合わせたところ、御子たちに河内で海を見せてやるのが旅の目的だという返事。勘の鋭い殿にはぴんときた。大別王は百済から新たな経典二百巻を持ち帰ったばかり。皇女さまはそれを厩戸の皇子さまに見せてやろうと――そうなのですね、大淵どの」

蜷養は肯定も否定もしなかった。表情を消して云った。「先を」

「殿はお嘆きになった。皇女さまともあろうお方が、何という軽率なお振る舞いか。前もって自分に相談してほしかった。それならば不肖馬子、言葉を尽くして止めたろうに、と」

「軽率とは？」

「大淵どの、ご貴殿は大別王の行跡を不審に思ったことはありませんか。仏法は未公認。にもかかわらず大別王は百済王の土産《みやげ》と称して経典の類いを公然と持ち帰り、あまつさえ比丘や比丘尼を私邸に住まわせています。もちろん、ご自身は仏法の徒でなく、法度《はっと》に従って大和に持ち込むこともありませんが、その勝手し放題、気随気儘《きずいきまま》のやり方は、帝の威光をないがしろにするようなものではないか――そう殿は仰せです」

その不審は蜷養とても覚えていたが、直接的な返答は避けた。「外交上の処理問題だと、王より直《じか》にうかがったが」

「ご貴殿は納得されたかもしれないが、殿はお疑いなのですよ、蜷養どの」

「どうお疑いか」

「わたしはこう命じられただけです」虎杖はばつの悪そうな顔も見せず、あっさりと認めた。「厩戸の御子の身に何か起こらぬよう、秘《ひそ》かに見守れと」

「ここで御子にどんな異変が出来《しゅったい》すると大臣はお考えか」

蜷養は気色《けしき》ばんだ。皇族同士が血で血を洗う骨肉の争いを繰り広げたのは百年以上も前の話である。それが何を招いたか。皇族の数の減少であり、大鷦鷯大王の皇統が断絶する悲劇へと直結した。その悪しき前例があるから、今は皇族の数を増やし、血を濃くすることが急務となっている。大別王が厩戸を手にかけるなど、およそあり得ぬ事態だ。

「そこまでは殿もお考えでないはず」蜷養の顔色から、虎杖は彼の考えを読んだようだった。「これはわたしの考えですが、殿は御子が大別王とお会いになった後のことを案じているようです。秘かに見守れとは、御子がここでどのように過ごしているか見届けよという意味、わたしはそう解しました。殿は万事が万事、先の先の先、そのさらに先までお考えになる方。頭の中がどうなっているのか、わたしなどには知る由もありません。ただ蜷養どのにわかっていただきたいのは、殿が御子を案じてわたしを送り込んだという一事です。こればかりは、ゆめお疑いなさらぬよう。殿は厩戸の御子に将来をかけているのですから。この国の将来を」

蜷養は構えを解いた。ややためらってから、剣も鞘に斂めた。

「ここで会ったのも何かの縁です」虎杖はほっとしたように云った。「御子がどのようにお過ごしであったか、詳しくお聞かせ願えませんか。ご貴殿もわたしも、御子を護るということでは同志ではありませんか」

蜷養はつり込まれたように笑みを返しかけたが、すぐに頬を引き締めた。「いつここに」

虎杖は目を細めてしばらく蜷養を見つめ、「かないませんね、大淵どのには。お察しの通り、初日の夜のうちですよ。皇女が河内に出立したということは、さほど時を経ずに殿のお耳に入りましたから。わたしは皇女さまご一行のほとんどすぐ後ろを踵を接して追いかけていたようなものです。ここに忍び込んだ時は、野外劇の真っ最中で、女装した老人が踊りながら服を脱いでる場面でした」

蜷養は笑い声をあげた。「ならば聞くまでもあるまいに。すべてはご自身で見聞きされた通りだ。明日、大和にお帰りになるということも」

「殿に報告せねばなりません。蜷養どののお考えを伺えれば」

「わたしに見破られたことも大臣に話すつもりか?」

「それは――」

「ならば、ご自身の見聞を伝えるのが一番だ。ご貴殿とわたしは会わなかった」

「云われてみればその通りです。承りました。願ってもないことです」

「何はともあれ、ご貴殿の気配すら感じなかった。蘇我大臣が吉備から連れ帰ったのは、ただの剣士ではなかったというわけだな」

「そればかりは、ご想像にお任せしましょう」

虎杖の唇からも小さな笑い声が洩れた。

八角堂の中でも、今一つの唇が皮肉げに両端をかすかに吊り上げた。それは声をたてぬ笑いであった。


翌朝、間人皇女の一行は大和への帰途に就いた。

大別王は波止場まで見送らなかった。出迎えた時と同じく中庭で別れの言葉を交わした。

「老齢でな。ここで失礼させてもらうよ。おかげで楽しい時を過ごすことができた。またおいで」感謝を告げる皇女に、祖父ででもあるかのような慈愛のこもった笑顔で応じてから、厩戸に向き直り、さらに懇《ねんご》ろな声で云った。「読み落としたところ、読み返したい箇所があるなら、いつでも訪ねてくるがよい。遠慮は無用――おっと、これは要らざることを申した。そなた、すべてを暗記したとのことであったな。わしにはとても信じられぬことゆえ、つい」

「いいえ、ありがとうございます」厩戸は澄んだ声で謝意を表した。

一行が高台を海岸へと下りてゆくと、大別王は中庭に立てられた楼閣に昇った。大鷦鷯大王が民の竈《かまど》の烟《けむり》を見たという高台は数十年も前に朽ち果てて伝わらず、これは新たに建て直したものだった。建て直したといってもすでに数十年の歳月が過ぎて外観は古び、人によっては大鷦鷯大王の高台だと早とちりする者も少なくない。見渡せば、台地の南には民家が建ち並び、百五十年前もこうであったろう長閑《のどか》さで白い煙を立ち昇らせている。東は河内湖。やがて、西の難波の海を北に向かう二艘の舟が見えた。間人皇女の舟であろう。この先、台地の北端、難波埼を回って堀江経由で河内湖へ入り、幾つかの水域を越えて猪甘津から川を遡行《そこう》する。来た時と逆の航路をたどるわけだ。

二艘の舟が北の岬の辺りに見えなくなると、大別王は館に戻り、側近を呼んで命じた。

「出立の準備を。日没を俟《ま》って出かける。わしの不在は秘すべし」

後宮の暗い回廊を群れから離れた一匹の蛍火のように流れてゆくのは蠟燭の炎だ。燭台を手にしているのは老齢の女官である。揺らめく炎が、その顔に深く刻まれた皺をくっきりと浮かび上がらせる。炎の明かりは、彼女の背後で悠然と歩を進める男の顔にもかろうじて届いていた。炯々と光る大きな目、眉は女性的なまでに細く、振り上げた鞭のように先端が鋭く吊りあがっている。真一文字に引き締まった唇には常人にあらざる意志の力が表われている。それはまさに龍顔《りょうがん》――己が手中に収めた巨大な権力の何たるかを心得た者ならではの堂々たる美丈夫の顔といえた。しかし放恣《ほうし》な尊大さとは無縁で、自己を統御する清廉《せいれん》さは、削《そ》げた頬にうかがえる。

天皇は首を左右に振って、頭の中から国事を払い落とそうとした。昼の頭を、夜の頭に切り替えなければならない。

その時、前方に小さな炎の揺らめくのが見えた。揺らめいてはいるが、枝葉に止まった蛍火のように動かない炎。先導する老女官が足を止めた。地面に置いた燭台の明かりが、その傍らでうずくまる侍女の衣装を照らし出した。

「何者じゃ」老女官が誰何《すいか》する。

「陛下」顔を上げたのは、若い男の顔だった。女の世界である後宮に天皇の側近が連絡役として出入りする時には、侍女の姿を装わねばならぬ決まりだ。

天皇はうなずいた。「少し遅れて参ると、菟名子《うなこ》には伝えよ」

「かしこまりました」老女官は一礼した。

女装した側近が燭台を手に立ち上がった。天皇は踵を返し、その後に続いた。

迷路のような植え込みを縫って若い側近が案内したのは、後宮の奥にある一画――秘苑だった。ここは後宮であって後宮ではない。普段は厚い扉が閂《かんぬき》をかって閉ざされ、宮女たちに開放されるのは決められた苑遊の日だけである。秘苑の本来の目的は、天皇が外部の者と内密の会談を持つ場として使われることにあった。乎沙多幸玉宮の外部からこの秘苑まで、人目に触れずに至る道が作られているのである。それを知る者は少数に限られていた。

天空には月が輝き、苑内に生い茂った草木の葉を照り輝かせている。どこかの枝に止まった梟《ふくろう》のつがいらしいのが、一定の間隔をおいて鳴き交わしている。山を模して運び込まれた巨石が黒々と影をなし、その威圧感が夜の静寂をいっそう深めるかのようだ。碑石《ひせき》のように高くそそり立った岩に三頭の馬がおとなしく繋がれていた。いずれも枚《ばい》を銜《か》ませ、鳴き声をたてられぬようにしてある。馬の傍らにたたずむ人影は一つだけだった。二人の従者は近くに控えているのだろう。天皇が人影に気づいたことを察すると、若い側近は燭台を手にしたまま後退し、岩陰にまわって姿を消した。

「陛下」人影はやや甲高い声で呼びかけ、一礼した。蠟燭の明かりがなくとも、互いの顔を認められる月明かりだった。

「ようこそお越しになられた、叔父上」天皇は大別王をねぎらった。六十八歳という高齢をおして難波から山を越え大和まで騎行するのは容易なことではないはずだ。船旅は人目を引きやすい。その点、馬に乗れば目立たず移動できる。

「用件はお察しかな」

「我が甥の件では？」間人皇女が二人の息子を連れて河内に赴いたことは、出発したその日のうちに彼の耳に入っていた。皇女は十日ほどの滞在を終えて昨日大和に戻ってきたが、難波行きの目的はおおよそ察しがついていた。厩戸であろう。彼女の帰還を追うように大別王が出向いてきたからには、考えられるのはそれ以外にない。

大別王は満足げにうなずいた。「ならば話は早い」

「叔父上が自ら駆けつけたとは、それに足るものがあったということか」

「是非にも陛下のお耳にいれなければならぬと判断した次第にて」

「飛び込んできた蛾《が》は、毒蛾であった、と」

蛾の炎に誘われるが如く、禁断の仏書を求めて秘かに大別王の許を訪れる豪族は少なからぬ数にのぼっている。かくして彼らの動向はすべて天皇に筒抜けとなる仕儀だった。

「毒蛾」大別王は天皇の言葉を吟味するように自らも繰り返し、首を横に振った。「いや、それはいささか先走りが過ぎよう」

「先走り？」

「是か非か――つまり、この先、毒蛾になるか、ならぬか、問題はまさしくそこに」

「聞こう」

大別王は簡潔に話していった。まずは、七歳にして仏書を読める驚異を。一度目を通したら、どれほど長い文章であろうと諳《そら》んじてしまう特異な能力について。それは大したことではない、と大別王は云った。注目すべきは厩戸の理解力である。三人の百済僧を問い詰め、挙句の果てに答えに窮せしめたのは、いかに厩戸が仏典の記す教法に通暁《つうぎょう》しているかを意味する。

「前にも申し上げたことがあるが、わしは百済で寺院を幾つも見てまわった。そこで行なわれる僧侶の修行とは、想像を絶するほど過酷なものだ。膨大な量の経典に目を通し、厳しい肉体的な勤行《ごんぎょう》に耐え、難しい教法を会得しなければならぬ。それが三人がかりだというのに、仏法の徒ならざる七歳の男の子にしてやられたのだ。あくまで問答であって論争ではなかったから、してやられたという表現は適切ではないが、厩戸の問いに彼らが答えられなくなったのは確かだ」

「僧侶と申してもさまざまなのでは？　我が国でも巫覡《みこ》の能力には高低ある」

大別王はかぶりを振る。「あの三僧、我が国における仏法繁栄のため――大きなお世話だが――百済王が選りすぐっただけあって、労役逃れを狙って僧籍に身を投じた並みの比丘、比丘尼ではない。それなりに修行を積んだ、見識のある仏法の徒とわしは見る」

「さほどの者たちにして、我が甥の問いに答えることができぬ、と」

「厩戸が欲しているのは、あくまで筋の通った明快な説明だ。なぜそういう答えになるのか、ということを執拗《しつよう》に問い詰めてゆく。本人にすれば執拗に問い詰めているつもりはなかろうが、傍目にはそう見える。そうなると彼らには答えようがない」

「だから、なぜ答えようがないのか」

「所詮は仏の問題ゆえ」

「つまり？」

「神の問題に置き換えても同じではないかな。神はなぜ怒るのか。そう問われたところで巫覡には答えられまい。怒るものは怒る、そうとしか答えようがないはず」

「神がなぜ怒るのか、だと？」天皇は尖った声を出した。「それを訊くことにどんな意味がある。重要なのは神の怒りからいかに身を護るかということだ。神が怒らぬためには、どう身を処せばよいかを心得おくことであろうに」

「仏法というのは、陛下」大別王は辛抱強い口ぶりで云った。「我が国の神々の教えに較べ、遥かに筋の通った教えの体系を持っている。あらゆることに明快な答えが用意されている。厩戸が問いを重ねるのは当然なのだ。教法への問いが、ある深みにまで到達すると、途端に答えが得られなくなる。筋の通った教法をさながら鉄壁の構えで備えているかに見えた仏法も、そこまで来ると、所詮は我が国の神々の世界と同じく、なぜ神は怒るのかと問われて答えられぬ次元となってしまうのだ。信じる根拠はなくなり、ただ信じたいから信じるというだけの土壌になってしまうわけだな。信仰というものの本質がそういうものだと云ってしまえば身も蓋もない話だが」

「よくわからぬ。もっと具体例には」

「仏と菩薩《ぼさつ》が違うということは？」

「前に聞いた」天皇は苛立たしげに首を縦に振った。仏法がどのようなものであるか、彼は大別王から幾度も説明を受けていた。仏と菩薩の違いなどは基礎知識に属する。

「菩薩の中には、仏になれるのに敢《あ》えて仏になろうとせず、菩薩のまま留まって、衆生《しゅじょう》救済に当たるのだという者がいる。なぜか、と厩戸は問うた。それだと仏になれば人を救わないといっているようなもの。菩薩でいるより、万能の仏となって人を救ったほうが、より完全な救いをもたらせるであろうに、なぜそうしないのか、と。傍で聞いていても、もっともな問いだ。三人の百済僧は答えることができない。いや、答えることは答えてみせるのだが、厩戸は納得しない。そこでまたしても、では、なぜ――となる」

「わからぬな」天皇は肩をすくめた。「なぜ、そんなことぐらい彼らは答えられぬのだ」

「なんとならば」大別王の声に力がこもった。「それが仏法の弱点ゆえ」

天皇ははっとしたように、鸚鵡返《おうむがえ》しで同じ言葉を口にした。「仏法の弱点とな」

「さよう。皮肉にも厩戸は自分ではそれと知らぬまま仏法の弱点を衝いてしまったわけなのだ。仏法の何たるかを知りたい、その一心が過ぎるあまりにな。是の法は諸《もろもろ》の法の中に、最も殊勝《すぐ》れています。解り難く入り難し――百済王の明襛はそう申し越したが、その難解な教えの鎧《よろい》を一枚一枚剝がしてゆけば、結局のところ我が国の神々の体系と変わりばえのせぬものだ、という弱点に厩戸は肉薄したのだ。よって陛下」大別王は語気を強めた。

「ここが際どいところだ。あれほど仏書に通じながら、自分は仏法の徒ではないと厩戸は云う。わしはその言葉を信じる。あの子は聡明だ。いや、聡明などという言葉では足りぬほど聡明なのだが、納得のゆく答えが得られぬ限りは断じて仏法の徒になるまい。このまま上手くゆけば、陛下やわしと同じく、仏教を排斥する側の有力な存在となってくれるだろう」

「何と」天皇は意外の声をあげた。「期待していいというのか。朕はてっきり――」

「もちろん、厩戸が弱点に目をつぶり、仏法を鵜《う》呑《の》みに信じてしまうこともあり得ぬではない。信仰とはそういうものだ。ある瞬間、魅入られたように虜《とりこ》になる。しかし、このわしの見るところ、あの子の性格からして、それはあり得ぬと思う。納得しない限り仏法を信ずることはない。断言してもよい」

「ならば――」とまで云って天皇は口を閉ざした。それまでの大別王の論旨の流れを検討してみるためだった。「ならば何が、だ。何が際どい」

「厩戸の聡明さだよ。聡明、などという言葉では足りぬほど聡明このうえない厩戸が、自力で仏法の弱点を克服してしまう――それをわしは恐れる」

「百済僧に問うて得られなかった答えを、自力で見つけ出してしまうかもしれぬ、と？」

「問答の後、三人の僧侶はこう話しておった。あの賢さたるやただごとではない、鳩摩羅什の生まれ変わりではないか、いや、ひょっとすると釈尊その人が再びこの世に戻ってきたのかもしれぬ、と。それこそ厩戸を崇拝しかねぬ目の色であった」

「仏法の何たるかを問う初心者ごときに対して、釈迦の生まれ変わりも何もあるものか」

「厩戸の何かが、僧侶である彼らの心の琴線に触れたのだろう。そして――釈尊の生まれ変わりなら、答えを見つけられぬということはない。自分の編み出した教法なのだからな。

いや、それはともかく、厩戸の聡明さがそちらの方向を目指せば、仏法は我が国の皇族内に最大の庇護者、推進者を得たことになる。我らにとっては獅子身中の虫となるわけだ」

「そういうことであるか」ようやく天皇は腑に落ちたという声を出した。「確かにそれは際どいな。で、叔父上は如何なる見通しをお持ちか。厩戸は我らの味方となるのか、あるいは――」

「見当もつかぬ」大別王は首を横に振った。「あの子の器量は、わしの浅知恵で推し量りようもない。ここまで察するのがせいいっぱいだ。この先は」いったん口を閉ざし、言葉を探しているようだったが、諦めたか抛り投げるような口調で云った。「ま、神に問うてみるよりあるまいて」

天皇は長い間、沈黙した。月がその身一つ分、夜空を移動するだけの時間だった。それから、解答を得たといわんばかりのすっきりとした声で云った。

「なるほど――神に訊け、か」


「よし、決めた」

小さく呟いて厩戸は布団を出た。夜衣《よぎ》を脱ぎ、動きやすい平服に着替えて館を脱け出す。大別王のもとから大和に帰って十日が過ぎていた。戸外は昼間の熱が残って蒸すかのよう。それを吹き払うように折りから涼しい夜風が吹き始めた。天空には月が輝き、地上をやわらかく照らし出している。田葛丸を起こそうか迷ったが、一人で行くことに決めた。道は記憶している。

田葛丸に教わった風翔けの術で飛ぶように地を駆けてゆく。この前の夜と同じく誰とも行き逢わなかった。怖いのは獲物をあさる狼や野犬の群れと出くわすことだが、そうはならないだろうという不思議と確信めいたものがあった。大神神社の大鳥居を過ぎ、あの夜は田葛丸の背におぶわれて渡った初瀬川に出た。今回は自ら足を入れる。水は思いのほか冷たく、火照《ほて》った身体に涼をもたらした。物部大連の三輪屋敷が見えてきた。これまた前回と同じく塀に飛び乗り、中庭に着地した。

これからどうしようかと厩戸はためらった。居室の位置はわかっているが、こんな時間にどう訪ねていったものか。布都姫が就寝していないはずはない。女性の寝所に許可なく足を踏み入れてはならないという年齢に似合わぬ分別が彼には備わっていた。その時、厩戸の祈りが通じたように、前回と同じ引き戸が開けられ、濡縁に布都姫が姿を現わしたのである。まさしくあの夜の再現を見るように。厩戸は奇異な思いに打たれずにはいられなかった。

「どうして」厩戸は訊いた。

「どうしてかしら」布都姫は首を傾げた。寝室の明かりが照らし出す顔に、自分でも不思議でならないという途惑いと、勘が的中したことを喜ぶ満足感めいたものが、魅力的な微笑で一つにまとめあげられていた。「この前の夜と同じです。御子がいらっしゃるような気がして」

布都姫は紫苑色《しおんいろ》に染められた麻布の帷子《かたびら》を涼しげに着こなしていた。夜衣はきちんと畳まれている。

「これでは答えになっていませんね。でも、そうとしか云いようがないのです。ほんとうにどうしてなのでしょう。御子、このようなことを口にするのは畏れ多いと承知しておりますが、敢えて申し上げます。御子と布都の間には、何か不思議な結びつきがあるのかもしれません。だって、他の人には見えないものが、御子とわたしにだけは見えるのですもの。またあれが現われたのですね。禍霊とお呼びの邪悪なものが」

「ううん。そうじゃない。禍霊はあれから一度も見てない。一匹もね。こんな時間におねえさんのところに来たのは」厩戸はわずかにためらったが、すぐにその先を続けた。「大連に会ってみないかって、そう云ったでしょ」

「お心を」布都姫がにっこりと笑った。「お決めあそばされたのですね」

「大連が持っているっていう仏典が見たいんだ。それを伝えておいてくれる？」

「父が喜びます」

布都姫が立ち上がったので厩戸は慌てた。お帰り下さい、そう云われたと思ったのだ。

確かに用件は終わったけれど、せっかく来たのだから、もうしばらく話していたかった。布都姫からはいい匂いがした。この前も、そして今夜も。

「お待ちになっていてくださいませ」立ち上がろうとする厩戸を手ぶりで制し、布都姫は戸口に向かった。「父に伝えて参ります」

「今から?」

「御子さまがお見えになったら、どんな時でもすぐに知らせよと、そう申しておりました」

戸口の脇棚から手燭を取り出し、炎を移すと、布都姫は部屋を出ていった。

厩戸は室内を見回した。調度品は簡素なもので、華美な飾りは何一つなく、大豪族の姫君の部屋とは思えない。百合の花を生けた花瓶が卓に置かれているのが唯一の華やぎといえたが、その百合にしてもそっと控えめに咲いているように見える。厩戸は花に見入った。大連のことは考えないようにした。これまでずっと考え続けてきたのだ。蘇我系の皇族である自分が、排仏派の巨魁《きょかい》に会いにゆくという行為について。

布都姫が戻ってきた。

「お待たせいたしました。どうぞこちらへ」

先導されて厩戸は廊下を進んだ。長い廊下を幾度か折れた。広い館の中は森閑と静まり返り、自分のたてる足音がことさら大きく響くように感じられる。やがて布都姫が扉の前で立ち止まった。両開きの扉は内側に向かって開かれていた。布都姫は厩戸を振り返ってうなずくと、中に足を踏み入れた。

三本の燭台に蠟燭の炎が揺れていたが、それだけでは室内を隅々まで照らすにはとても足りなかった。明かりの届かぬ先は黒々とした暗黒が広がり、どれほどの大きさの部屋なのか見当もつかない。書物の匂いが圧倒的なまでの濃厚さで立ちこめていた。紙と墨と黴の入り混じった匂い。馬子邸にある仏塔や、大別王の書庫でもかすかに嗅がれた匂いの比ではなかった。

燭台が構成する三角形の中央に、長衣をまとった背の高い男が立っていた。衣は白絹だが、三方から炎の色を吸って橙色《だいだいいろ》に染まっているように見える。背筋を伸ばし、髷《まげ》を解いた長い髪を背中に垂らしていた。顔の陰翳《いんえい》が濃いのは、一つ一つの造作《ぞうさく》の彫りが深いからである。剛毅《ごうき》さと繊細さが融合した魅力的な相貌だった。

布都姫が云った。「御子さま、父です」

白衣の物部守屋はその場に片膝をつくと、右手を胸前に当てて作法通り深々と一礼した。それから顔を上げ、慈愛の光を両眼に燈して云った。「ようこそお越しくださいました、厩戸の御子さま。物部守屋、一日千秋の思いで待ちわびておりました」

厩戸はうなずいたものの、すぐには声が出てこない。守屋のあまりに若いことが意外だった。馬子の大叔父と同じくらいか、少しだけ年上というところだろうか。これという根拠もなかったが、頑迷そうな老人を思い描いていたのだ。もしくは武張《ぶば》った猛々《たけだけ》しいだけの男を。守屋はそのどちらでもなかった。厩戸の脳裏に浮かんだのは、賢人という漢語だった。

「ほんとうですのよ」布都姫が口を添えた。「御子がお見えになってから、父はわたしを見れば、厩戸の御子さまはまだお越しにならぬかって、そればかり」

「ごめんなさい、こんな時間に」ようやく声が出た。「大連に会いたいって、おねえさんに伝えに来ただけだったんです。まさか今夜のうちに――」

「こちらこそお引き止めしてしまい、畏れ多い限りです」守屋は詫びるように一礼し、すっくと立ち上がった。「御子さまがご所望のものは、この部屋に揃っております。まずは、それをご覧に入れましょう」

布都姫の手燭が守屋に渡った。白衣の裾を床に長く引きながら、守屋はゆっくりと歩き始めた。厩戸は布都姫に促され、その後に従った。守屋の掲げる手燭の明かりが照らし出したのは書棚だった。高さは守屋の背丈よりも高く、長さはその二倍はある。書棚は背中合わせに立っていた。

「このような組み合わせが」守屋は部屋の奥に手燭を振り向けた。明かりの届く範囲は短いが、それでも書棚がずらりと並んでいるのが見えた。七つ。その先は暗闇に呑みこまれ、どこまで続いているのかわからない。「五十ございます。つまり書棚は百を数えます」

次に守屋はいちばん近い書棚に歩み寄り、手にした炎を近づけた。厩戸は胸がはずむのを覚えた。書棚には綴じられた仏書が隙間なくぎっしりと挿しこまれていた。守屋はゆっくりと手燭を右から左に横移動させてゆく。背表紙に記された経典の名を厩戸に読み取らせるためだ。炎の投げかける光の輪の中に、漢字の羅列が次々に現われては暗闇の中に消えてゆく。すでに馬子や大別王のところで読んだ仏典もあったが、ほとんどは未読のものばかりだった。

「――妙法蓮華経！」

厩戸は思わず叫んだ。では、難波まで行くことはなかったのだ。「これって、大別王から？」

守屋は微笑して首を横に振った。「わたしが五年前に手に入れました。御子は大別王さまのところで妙法蓮華経をお読みになったのですな」

「どうして知ってるの？」

「大別王さまは昨年、百済王より経論若干巻、律師、禅師、比丘尼、呪禁師、造仏工、造寺工を献上され、ご帰国なされた。経典の名前も一冊洩らさず知っております。大連という立場上」

「そうじゃなくて、ぼくが難波で仏典を読んできたってことだよ」

「皆知っておりますとも。そういうことは早く広まるものです。それよりも、如何ですか、御子。まだお目をお通しではない仏典がたくさんございましょう」

「ある」厩戸は素直に認めた。「でも、どのくらいあるの？」書棚一つでもこれだ。その百倍となると、いったい何冊あるのか想像もつかない。

守屋は一番上の段から一冊を抜き出し、厩戸に手渡した。書名は『出三蔵記集《しゅつさんぞうきしゅう》　巻第一』とある。厩戸は頁をめくった。

「これって――お経の目録！」

「僧祐《そうゆう》という漢土の学僧が著《あら》わした経録にございます。全部で十五冊あり、つまり十五巻ということになりますが、これに挙げられた仏典の七割はこの部屋にあるとお考えくださって結構です。やみくもに読むのも悪いとは申しませんが、この経録を頼りに、系統立てて読み進めてゆくのもよいかと存じます」

経典の目録なるものが存在するということは、勒紹法師から以前に聞いていた。世の中に経典はどれくらいあるのかという厩戸の素朴な問いに対する答えの中で、法師は言及したのだ。しかし、それを手に入れるのは容易なことではないと馬子は云っていた。大別王のところにあるのではと期待していたが、なかった。よもや排仏派の巨魁物部守屋のところで実物を手にすることができようとは。

守屋は二段目から別の一冊を抜き出すと、厩戸に示した。新しそうな紙質だった。「比丘尼の活動を記したものにございます」

厩戸は声に出して題名を読んだ。「高僧伝」

「その名の通り、漢土の高僧、名僧、徳僧、聖僧たちの伝記を集成しております。取り上げられたのは約五百人にのぼり、十四巻から成っておりますが、特に御子の関心を呼ぶのは最初の三巻でしょう。訳経僧、つまり天竺の言葉で書かれた経典を、漢語に翻訳した僧侶たちが取り上げられているのですから」

「鳩摩羅什も出てくる？」

「ふむ。確か、二巻目でしたかな」守屋は第一巻を元の位置に戻し、その隣りにあった一冊を取り出した。近づいてきた布都姫が手燭を守屋から受け取る。守屋は『高僧伝』の巻第二をめくり、冒頭を厩戸に示した。

「晋長安鳩摩羅什」

厩戸は漢語で読み上げた。守屋の顔に驚愕《きょうがく》の色が走った。だが、彼は言葉を控え、身ぶりで厩戸を促して巻第一を受け取り、巻第二を手渡した。厩戸はさっそく頁を開いた。ものすごい勢いで繰ってゆく。

「――うわあ、こんなにも」

声をあげたのは、鳩摩羅什が最初に訳出した『大品般若経』に引き続いて翻訳を手がけた経典名の羅列を目にした時だった。――小品般若経《しょうぼんはんにゃきょう》、金剛《こんごう》般若経、十住《じゅうじゅう》経、法華《ほっけ》経、維摩《ゆいま》経、思益《しやく》経、首楞厳《しゅりょうごん》経、持世《じせ》経、仏蔵経、菩薩《ぼさつ》蔵《ぞう》経、遺教《ゆいきょう》経、菩提経、無行《むぎょう》経、

呵欲経《かよく》、自在王経《じざいおう》、因縁観経《いんねんかん》、小無量寿経《しょうむりょうじゅ》、新賢劫経《しんげんごう》、禅経《ぜん》、禅法要経《ぜんほうよう》、禅要解経《ぜんようかい》、弥勒《みろく》大成仏経《だいじょうぶつきょう》、弥勒下生経《みろくげしょうきょう》、十誦律《じゅうじゅりつ》、十誦比丘戒本《じゅうじゅびくかいほん》、菩薩戒本《ぼさつかいほん》、釈論《しゃくろん》、成実論《じょうじつろん》、十住論《じゅうじゅうろん》、中論、百論、十二門論《じゅうにもんろん》など三百余巻とある。

「呵欲経を除いては、すべてこの部屋に」

「どうして――」

「漢土で直接買い付けて参るのです。そうでなくてはこれだけの数は揃いません」

訊きたいのはそんなことではなかったが、守屋のその答えは厩戸を驚かすに充分だった。

「百済からじゃなく？」

「百済王は物惜しみしますから」守屋は皮肉の笑いを洩らした。「吝《しわ》いものです。小出しにすれば、こちらがありがたがると思っているのでしょう。わたしは漢土に直接船を差し向け、経典を入手いたします。その拠点となるべき館を陳の帝都に設置しておりますれば」

「仏典のために？」

「そのためだけではありません。本来の目的は、漢土との幅広い交易にあるのです。仏典の入手はその一環に過ぎない。最初は、この守屋みずから陳都の建康《けんこう》に渡って交易館を設置する陣頭指揮を取り、仏典を買い付ける経路の開拓にも当たりました」

厩戸はさらに仰天した。「陳に行った？」

「もちろん、父が大連だった頃の話ですが」

「でも、陳だなんて」

「御子さまは、蘇我大臣から何もお聞きになってはいらっしゃいませんか」

「馬子の大叔父？」厩戸は小首を傾げた。なぜここで馬子が出てくるのだろう。

「あの男も陳へ渡っているからですよ。もちろん、あちらも大臣になる前ですが。あちらはあちらで蘇我の交易網を作り上げるためでした。海を渡ったのはわたしのほうが先でしたが、蘇我にすれば、物部だけに甘い汁を吸わせておくものかというところだったでしょう。あの男とわたしは交易上の宿敵でした。とはいえ異国で倭人同士となれば連帯感も湧こうというもの。建康の居酒屋で酒を酌み交わしたのは若い時分のいい思い出です」

「じゃあ、馬子の大叔父も陳で仏典を手に入れられたってこと？」

「わたしなどよりよほど熱心に集めておりましたよ。お経の奪い合いになったことも一度や二度ではありません」

厩戸は口を噤んだ。馬子への疑念が芽生える。だが今はそれを考えている場合ではない。すぐに頭からその思いを振るい落とした。「訊きたかったのは――」心を落ち着け、問いを最初に戻す。「どうして大連は仏経典を集めているかっていうことだよ。それもこんなにたくさんの経典を」

「不思議ですか」

「仏法を受け容れることに反対なんでしょ」

「よくご存じですな。もしや、蘇我大臣あたりが何か云っておりましたか」

「頭の固い分からず屋って――」慌てて口を押さえようとしたが遅く、守屋が軽やかな笑い声を響かせた。「別に陰口なんかじゃ……」厩戸は云い訳の言葉を探そうとした。

「陰口なものですか。あの男ときたら、わたしに面と向かっても同じことを申すのです。いつまで仏法の受け容れに反対しているのだ、この頭の固い分からず屋め、と。表も裏もない好漢ですよ」

　厩戸はほっと溜め息を吐き出した。

「それでは御子の疑問にお答えいたしましょう」

　守屋が目顔で合図すると、布都姫が小さくうなずき返し、手燭を持って部屋の奥へと進む。厩戸は守屋に促され、その後に従った。百あると守屋が豪語した通り、書棚は明かりの中に次々と現われ、迷宮のようにどこまでも続いているかに見えた。しばらく行くと、次の書棚までに距離が置かれ、その空間に、八つの椅子が大きな円卓を取り囲んでいた。守屋が引いた椅子に厩戸は腰を下ろした。守屋と布都姫も着席する。卓上に一対の鹿角で作られた燭台があり、蠟燭が五本ずつ取りつけられている。すべてに布都姫が炎を移すと、周囲は一気に明るさを増した。

「本当に仏法に反対しているの？」答えを待ちきれず、厩戸は促すように問いを重ねた。

「なるほど、これだけの数の仏典を集めているのをご覧になったからには、わたしを隠れ仏法信者とお疑いになるのも当然かもしれませぬな」守屋は一瞬、苦笑らしきものを閃かせたが、「しかし、御子」と、すぐに目に真剣な光を宿して続けた。「この守屋は、心底から仏法の受容に反対しております。大反対です。我が国には敬《うやま》うべき神がある。わたしたちの祖先はそれを大切に祀ってまいりました。仏という、異国で生まれた得体の知れぬものを、百済王の甘言に乗せられて受容すれば——神は怒り、祟《たた》り、災いをもたらし、挙句の果てには我が国を見捨てることでしょう」

父の言葉に布都姫が小さくうなずく。

「じゃあ、どうしてこんなにたくさん仏典を集めているの？」

「御子もご存じでしょう、我が物部は祭祀の一族であり、かつ軍事を掌《つかさど》る兵法の一族でもある。武人に最も必要なものは二つ。一つは己を鍛え上げること、もう一つは敵を知ることです。わたしは、この兵法の鉄則にしたがって仏書を収集、研究しているのです。つまり敵を知るために」

「敵——仏法が、敵」その強い表現に厩戸は衝撃を受けた。

「敵でなくてなんでありましょう。仏法を受け容れたが最後、我が国は滅びるよりないのですから。その侵入を未然に防ぐことは、いわば敵の侵入を撃退することと何ら変わりがございませぬ。祭祀の一族にして兵法一族たる八十物部、それを束ねるこの守屋の使命と心得ておりまする」敵、侵入、撃退と、言葉それ自体は不穏、激烈だが、守屋は声を荒らげたり高めたりすることなく、狂信や頑迷とも無縁、むしろ諄々《じゅんじゅん》と説くような口調で云う。「この敵は強大な対手です。強敵なのです。ご覧ください、この書棚の数を。書棚に収められた仏典の膨大さを。天竺で生まれた数知れぬ仏法経典は、続々と漢語に翻訳され、数百年かけてこれほどの巨大な知的営為を積み重ねてきたのです。こんなものが一度に流れ込んでくれば、漢土の文字を借りて言葉を表記するよりない我が国は、ひとたまりもないでしょう。御子も仏典をお読みのことゆえおわかりのことと思いますが、如何にも深遠な真理が記されているように感じられます。これを真《ま》に受ける者が続出することでしょう。漢語を理解する頭のよい者ほど、仏法にかぶれてしまう危険があります。そこでわたしは、及ばずながらも彼らに反論できるよう、仏典の研究を進めているというわけなのです。敵を知らんがために」

「そういうことだったんだ」厩戸は大きく息を吐き出した。守屋の言葉遣いは終始穏やかだったにもかかわらず、静かな気迫、闘志がじわじわと伝わり、我知らず息を詰めていた。仏法が敵という表現には驚いたが、確かに守屋の立場に立てばそういうこととなるのを認めざるを得ない。しかも守屋はむやみやたらと反対しているのではなく、仏法がどんなものかを自ら知る努力をしたそのうえで受容に断乎として異を唱えている。そのことも理解できた。「ぼくは仏法にかぶれてるわけじゃないよ」厩戸は守屋の目を真正面から受け止めて口を開いた。背筋に芯のようなものが通るのを感じた。「大連が云ったように、仏典には深遠な真理が記されているように思える。それが知りたいと思って読んでいるんだ」

「どうか誤解なきよう。御子をあてこすったのではございません」

「仏典を読んでいる理由はもう一つある。もっと切実な問題だ。ぼくには禍霊が見える」

「娘から聞いております」

「摩訶般若波羅蜜大明呪経を唱えてあいつらを祓ってきた。でも、おねえさんは、仏典の文句それ自体には効き目はないって云う。禍霊を祓うのは、ぼくに生まれつき備わった力だって。その力を引き出す仏典を見つけることが肝腎なんだって」

「そのためにも」守屋は両腕をひろげ、寛容な笑顔を向けた。「この部屋をどうぞ御子のご自由にお使いくださいませ。いつお越しになっても結構です。制限はいっさいつけませぬ。何をお読みになろうともかまいませぬ。読みたい論書などがあれば遠慮なく仰せつけを。急ぎ陳から取り寄せましょう。仏法が——わたしもほんの少しかじった程度ですが——一筋縄ではゆかぬものであることはわかっております。やれ中観《ちゅうがん》だの、唯識《ゆいしき》だの、如来蔵だのと、さまざまな捉え方がある。論書、註釈の助けは必須でしょうからな」

「どうしてぼくにそこまで？」これで何度目の〝どうして〟になるだろうと思いながら厩戸は訊いた。

「どうして、とは？」

「だってさ、ぼくのお祖母さんは、馬子の大叔父のお姉さんなんだよ」

「存じ上げております」守屋はうなずいた。「お父上の池辺皇子さま、お母上の間人皇女さま、ともにあの男の二人の姉からお生まれになったことは」

「大叔父はね、ぼくを仏法信者にしたくて仕方がないんだ。なれと云われたことは一度もない。絶対に云わないけど、その思いはものすごく伝わってくる。顔にだってそう書いてある」

「表裏のないやつですからな、あの男は」守屋の口調に皮肉はなかった。

「ぼくが信者にならないのはなぜだと思う？　それはね、大叔父のところにある仏書を全部読んだけど、よくわからないからなんだ。大別王のところには仏典がいっぱいあって、これだけ読んだら、ちゃんとわかるようになるんじゃないかって期待した。でも、わかったこともあるけど、わからないことがもっといっぱい増えちゃった」厩戸は守屋の顔のどんな小さな動き一つ見逃すまいというように目をいっぱいに見開いて先を続ける。「だけどね、ここにはすべてが揃ってるみたいだから、これを全部読んだら、きっと仏法がわかると思うんだ。そうしたら、ぼくが仏法の信者にならない理由はもうなくなっちゃうと思わない？」

「さて、そこです」守屋の目が鋭く光った。厩戸がそう云うのを待っていたといわんばかりだった。「御子がこれを全部お読みになり、仏法というものをおわかりくださる――わたしはそれをこそ期待しているのですよ」

「そんなのおかしいよ。だって――」

「いいえ、おかしくはありませぬ。仏法の正体がわかれば、御子が仏法の信者にならないという可能性もあり得ましょう」

厩戸は息を呑んだ。守屋の云わんとすることがようやく理解できた。

厩戸の表情から心の動きを読み取ったのだろう、守屋は莞爾《かんじ》と笑った。「わたしはそれを自分でやろうとした」卓上に身を乗り出し、声が熱を帯びる。「だからこれだけの仏書を金に飽かせ、手間暇かけて集めたのです。我が国を仏法の侵入から守るために。ところが、父の後を継いで大連になってみると、これが傍目で見ていた以上の激務、重職で、そのようなことをしている時間は到底ないとわかった。誰かわたしに代わってやり遂げてくれる者はいないだろうか。我が物部の中に学問に抜きん出た者は少なくないが、生半可なことで取り組み、仏法の正体を見極める前に虜《とりこ》になってしまっては困る。実際、その危険性はかなり高いと思われるのです。それだけの知的誘惑が仏典には備わっておりますから。さっきも申し上げた通り、多分ひとたまりもないことでしょう。そのような時に、娘が御子さまの知遇を得た。仏典をお読みになり、経文を暗唱なさりながら、それでも仏法の信者にはなっていないという」

厩戸は椅子から飛び下りた。守屋の前まで進み、顔をぐっと近づけ、光る目の奥をのぞきこむようにして云った。「いいの、そこまでぼくを信じて？」

布都姫が身じろぎした。

守屋は途惑ったように云った。「信じて？　どのような意味でしょうか」

「大連の云う通りになるかもしれない。仏法がどんなものだか全部わかってしまって、ああ、これはだめだよって。でも――逆になっちゃうことだってあり得るでしょ」

「否定はいたしませぬ」

「それなのに、ここにある経典を好きに読ませてくれるっていうの？　馬子の大叔父だって、そこまでぼくを信用してくれてはいないんだよ」

「わたしが裏で何かを企《たくら》んでいるとお考えなら、そのご懸念は無用に願います。御子を信じているというより――」守屋はいったん言葉を切り、改めて厩戸を見つめた。それは、ひたと祈るような眼差《まなざ》しだった。「賭けているのですよ、御子の計り知れない聡明さに」

午後になると、炎風に焙《あぶ》られるような暑さが少しくやわらいだ。大淵蜷養は、池辺双槻館に隣接する馬場で、うつむき加減の厩戸が摩沙加梨の背に揺られるのを見守っている。蜷養はこのところ途惑ってばかりである。厩戸にまた新たな変化が生じた。難波の大別王の許から帰って以来、弟の来目と毎日のように楽しんでいた野遊びを、ある日突然ぴたりと止めてしまった。いくら来目が懇願しようと応じない。再び自室にこもりっきりとなった。といって、これまでのように読書に熱中する日々が復活したわけではなかった。時折り蜷養が様子を見に顔を出すと、厩戸は机の前には坐っているものの、書見台には何の書物も広げられておらず、頰づえをついて、目を閉じている。

「どうなされました、御子」蜷養が理由を訊ねても返事を寄越さない。心ここに在らず、というか、もの思いにふけっている感じだ。これまた、今までになかったことである。

「何か心配事でも？」語気を強めて訊くと、ようやく答えが返ってくる。

「なーんにも」

これでは傅役として首をひねらざるを得ない。思い返せば、厩戸が野遊びを止めたのは、難波から帰って、しばらくしてである。大別王邸でのことが何か関連しているのだろうか。だが蜷養の勘では、厩戸の内面に生じている複雑かつ微妙な変化は、もっと前から——そう、あの弓弦ヶ池での一件から始まったような気がしてならなかった。すべては、その延長にあるのではないか……。

昼食をすませると、厩戸は馬に乗ると云い出した。ただし野駆けではなく馬場でいいと云う。愛馬の背中にまたがっても、厩戸のもの思いにふけるような表情は変わらなかった。並み足で馬場をぐるぐると回っているだけだ。摩沙加梨のほうでも、そんな主人に不審を覚えるのか、何度か足を止め、乗り手に首を振り向ける。厩戸は首をやさしく撫でながら、何か話しかけているようだ。やがて蜷養は気づいた。厩戸は考えごとをするため馬に乗っているのだ、ということに。

「話し相手になってよ」摩沙加梨は立ち止まり、ブルルッと鼻先をふるわせて、うかがうような目で振り返った。「ねえ、頼むよ。自分だけで考えてるのに飽き飽きしちゃった」

愛馬は首を前に戻し、再び歩き始めた。承諾してくれたんだと厩戸は思った。鞍から伝わる規則的な揺れに自然と促されるように、彼は己の考えを声にしてゆく。「――きっとさ、大連は不思議に思ってるだろうな。ぼくが翌日にも押しかけてくるだろうって考えたはずだから。ぼくだって三輪には通いたいさ。ううん、お母さまさえ許してくれたら、大別王のところでしたみたいに、大連の屋敷に泊まり込みたいくらいだ。とにかく、あそこにある仏典の量といったら半端じゃない。読み通すのにいったいどれぐらいかかるだろう。もう、すごいのなんのって。じゃあ、なぜ行かないんだって、おまえも不思議に思うだろう。それはね、大連がぼくを利用しようとしているからなんだ。あるだけの仏典をうんと読ませて、ぼくが仏法排斥派になることを期待しているのさ、あの人は。でも、ぼくの意志は、あくまでぼくの意志だ。大連の思い通りになんかされてたまるものか」

声に力がこもり、思わず鐙で馬腹を蹴ってしまった。摩沙加梨が早足に移ろうとしたので、厩戸は手綱を引いた。「ごめん、ごめん。このままでいいんだ。そうそう、その調子だよ……かといって、蘇我の大叔父のところに行く気にもなれない。全然なれないんだ。

大連によるとね、大叔父のところには同じくらいたくさん仏典があるらしい。大叔父はそれをぼくに黙ってた。もっと読みたいって、あれほどねだったのにさ。ぼくを信用してないんだ。ぼくが子供だから、迂闊なことを喋ってしまうかもって要慎《ようじん》しているんだよ。ひどいと思わないか、摩沙加梨。あんなにぼくをおだてておいてさ。嘘《うそ》をついてたんだ。蘇我の大叔父も、ぼくを利用しようとしてるのさ。ぼくを仏法支持派にしようっていうんだ。そんなこと、わかっていたじゃないかって？　うん、それはそうだけど……これまでは、あんまり気にならなかったんだよ。大連っていう比較対象物ができたから、大叔父のことが客観的に見えるようになったんだろうね、きっと。でも、ほんと腹が立つよなあ、二人ともぼくを利用しようとして――」

摩沙加梨は歩みを止めた。厩戸に向かって嘶《いなな》いてから、またゆっくりと歩を進める。陽炎《かげろう》の揺れる午後の馬場に、蹄の音が軽快に響きわたる。

「え？　どっちのほうが腹立たしいかって？　うーん、そうだなあ」厩戸は右手を伸ばし、愛馬の鬣《たてがみ》を梳《す》くように撫でた。「どうやらぼくは、蘇我の大叔父のほうにより腹を立ててるらしい。大連はぼくを利用するっていうことを隠さなかったからね。その点、大連のほうが公平だって思うんだ。それって、ぼくを信用してるからできることだろ。ぼくは蘇我系の皇族なのにさ。まあ、それだけ大連は自分に自信があるってことかもしれないけれど」

摩沙加梨は、今度は足を止めずに素早く振り返って、からかうような一瞥をくれた。

「何だって？　布都姫の父親だからだろうって？　何てこと云うんだ。そんなの関係ないよ。ないない、絶対ない。おねえさんの父親であろうとなかろうと……」厩戸はしばし口を噤んだ。化物のように成長した巨大な積乱雲が太陽を隠していたが、それでも暑気は馬場に満ち、上気した顔を汗が伝い落ちた。「ともかくさ、こんなことばかり考えてるんだ、毎日ね。もう笑っちゃう。自分でもわかってるんだ、時間の無駄だってことは。大連か、蘇我の大叔父か——どちらかを択ばなきゃならない。うん、結局はそういうことなのさ。大連は両手を広げて迎えてくれる。向こうでも待っているんだから。大叔父には、ちょっとばかり強く出る必要がありそうだ——ぼく、知ってるんだよってね。おまえならどちらにする？」

摩沙加梨は一声高く嘶いた。

「そうだな、択ぶのはぼくなんだ」

厩戸はうなずくと、手綱を引いて馬首を転じた。

「どこにも見当たりません。手分けして、ずいぶんと探したのですが。屋敷にはいないようです」

「いないって、どこへいったの？」

「さあ――」年輩の侍女は困った表情になって首を傾げた。「柚蔓さまは、そのう、お屋《や》形《かた》さまに直にお仕えする、選ばれたお方にございますれば、わたくしたちには……」

その言葉に同意するように、他の侍女たちも一斉にうなずいてみせる。

「そうだったわね」布都姫は合点《がてん》した。三輪の屋敷に移ってきてからというもの、外出の際には必ず柚蔓が同行した。呼べばすぐに現われた。自分専属の護衛のように柚蔓のことを考えていたのだ。布都姫が今日、久しぶりに外に出てみようという気になったのは、いいかげん厩戸を待ちくたびれたからだった。翌日から早速通い詰めてくるという見込みはものの見事に外れた。待てど暮らせど厩戸は来なかった。肩すかしを喰らったようだった。もっとも、父の守屋はいまだに余裕の表情を崩してはいない。

「御子は、迷っておいでなのだ、あの男か、おれか。実に思慮深いお方ではないか。それでこそ、この物部守屋が見込んだ大器だけのことはある」

考えてみれば、厩戸と父が既知の間柄となった以上、厩戸が来訪したからとて自分の出る幕はない。そう気づくと、布都姫は気晴らしを求め、また薬草摘みにでも出てみようかと思ったのだ。

「そう云えば――」若い侍女が今思い出したような顔になって口を開いた。「ここしばらく柚蔓さまの姿をお見かけしてはおりませんわ。ねえ、みんな」

またしても侍女たちの首が縦に振られたが、年輩の侍女だけはうなずかなかった。「柚蔓さまは屋敷にいないことのほうが多いのです。姫さまが三輪においでの間だけ、何事もないようにと、お屋形さまは特別に柚蔓さまをお付けになったのですわ、きっと」

布都姫は思案した。さて、どうしたものか。これまでの経験からすると、柚蔓がいなくても外出に支障があったというわけではない。侍女たちに供をさせればいいのだ。

しかし布都姫は思いとどまった。彼女は万事慎重な性格だった。それに——なぜか今この瞬間、厩戸がこちらに向かっているような気がした。


「とらわれておりますよ、大臣」

「えっ」勒紹法師の言葉に、馬子はぎくりとして腰を浮かしかけた。「い、今、何と仰せに——」

二人は金人を安置した木塔に坐している。堂内には香が焚きしめられ、蠟燭の炎が照らし出す明かりの中で、香煙が複雑な渦を描いてゆっくりと流れてゆく。白檀《びゃくだん》の香りはむせかえるばかりに満ちていた。厳かな雰囲気の中で法師が経文を唱え、傍らで馬子は合掌して金人を礼拝した。唱誦が終わり、金人に一礼した後で法師が放った一言は、確かに馬子の虚《きょ》を衝《つ》くものだった。

「とらわれていると申し上げたのです」

「とらわれている？　何に？」馬子は鸚鵡返しに云ったが、挑むような口調だったのを即座に恥じ、苦笑いに切り替えて応じた。「さすがは法師。とらわれの心をなくす——それが仏法の教えの第一でしたな。で、このわたしが何にとらわれていると?」

「厩戸の御子さま」

「いやあ、ご明察」

「あれほど足繁くお通いだった御子さまが、このところ姿をお見せにならない。期待の星に何が起きたのかと、それが気になってならないのでしょう」

「まさしく」

「大臣が大別王の屋敷に潜入させた配下の者の報告によると、御子は書庫のすべての仏典を読破し、その他は大事なく大和にお戻りあそばされた——とのことでしたね。してみれば、御子は大いに満足なさったのではないでしょうか」

「腹を満たした獣は当分の間、獲物を狩らない?」すぐに馬子は顔を顰めた。我ながら上手い比喩だと思って口にしたが、さすがに皇族を獣に喩《たと》えるのは云い過ぎというものだった。「いや、探求心のお強い御子のこと。それならばそれで、わからぬ点を質《ただ》しに来ると思うのだが」

「どういうことでしょうか」

「難波に向かわれたと知って、わたしがどれほど慌てふためいたか。百済通とはいえ大別王の仏法癖には、どこか不審なものが感じられる。ああ、早まったことをしてくれた、と。

だからこそ虎杖をただちに難波に差し向け、御子の身に変事が起こらぬよう私かな警護を命じ、併せてその動静を監視させたのだが……幸い何事もなくお戻りあそばした。わたしとしては、すぐにも御子が訊ねてくるものと考えていたのです。法師は先だって、姚秦《ようしん》の鳩摩羅什が訳出された経典の一つとして『妙法蓮華経』の名を御子にお示しになったが、それが大別王のところにはある。百済王が昨年、大別王に献上した経典はどのようなものか、大臣という立場上、わたしの耳にはすべて入っているのです。御子はそれを読んだ。当然、わからぬことだらけのはず。かの八巻二十八品には、これまで御子が読んできた経典には盛られていない術語、概念があふれ返っているのだから。久遠実成《くおんじつじょう》の仏しかり、地湧《じゆ》の菩薩しかり、五百塵点劫《ごひゃくじんてんごう》またしかり」

「そういうことでしたら」尼僧の顔に、納得したという表情が浮かんだ。「なるほど、御子の沈黙は案ぜられますね」

「まったく、何をお考えなのか……」

「三輪ですと？」それまで馬首を並べて厩戸と並走していた蜷養は、素早く蹄を進め、馬身を横にした。突然行く手を遮られた摩沙加梨が抗議するように嘶く。その後方で田葛丸が馬を止め、困ったような顔で様子をうかがっている。街道に人通りは絶えていた。

「どうしたの、蜷養」厩戸が云った。

「どうしたもこうしたもございません。皇女さまはご存じなのですか」

池辺双槻の館を出発して四半刻が経過している。三騎は並み足で天霧丘《あまぎりのおか》の麓に差しかかっていた。少し前までは青い穂波の揺れる田園地帯ならではの長閑な光景が広がっていたが、今は森とはいわぬまでも喬木《きょうぼく》の群生が街道の左右に立ち並び、辺りは薄暗い。そこまで来てようやく厩戸が遠乗りの目的を明かしたのだ。

「母上は知らないよ」何事でもないかのように厩戸は答える。「お母さまには関係ないことだもの」

「ないものですか。御子が物部大連にお会いになることを皇女さまが知らないでは済まされませぬ」

「どうして?」

「蘇我大臣と物部大連がどういうご関係か、御子のお年ではまだおわかりにならなくて当然ですが、お二人は、何と申しますか――」蜷養は勢い余って言葉に詰まった。説明には慎重を要する。七歳の子供に語るには微妙すぎる問題なのだ。

「わかってるよ。大臣と大連は、表では朝廷の重臣だけど、裏では実力者同士、勢力争いを続けてるんでしょ」

「そ、それは……」

「ぼくは蘇我系の皇族だから、気軽に大連のところに顔を出したりなんかしてはいけないんだよね」

「いや、その……」

「そういうことなんでしょ」

「御子さま――」蜷養は溜め息をついた。「そこまでおわかりなのでしたら、なぜまた物部大連のところになど行かれるのです？」

厩戸が答えをためらう気配を見せた。その肩越しに田葛丸が何気ないふうを装って顔を背けたのを蜷養の目は見逃さなかった。

「田葛丸！」蜷養は語気を強めて声を飛ばした。「おまえ、何か知ってるな」

「田葛丸は関係ないよ」厩戸が云った。「ぼくは布都姫に会いに行くんだから」

それは予想もしていなかった答えだった。弓弦ヶ池での出来事が蜷養の脳裏に甦った。いずれ石上の斎宮職を継ぐかという守屋の娘。なるほど、と一瞬納得しかけたものの、あのとき厩戸が布都姫に向かって云った意味不明の言葉のことが思い出された。

「では御子は――」言葉の続きは、田葛丸の鋭い叫びに遮られた。

「大淵さま！」

蜷養は田葛丸を見やった。田葛丸は右側に顔を向けていた。その視線を追った蜷養は、喬木の間から一体の人物が影絵の如くに抜け出してきた――まさにその瞬間を見た。背筋を冷たいものが走り抜ける。往来を行く者としてはおよそ異様の風体《ふうてい》だった。身体にほぼぴたりと合った黒装束の曲者。黒い頭巾で頭をもすっぽりと裹《つつ》み、わずかに目の辺りに薄い切り込みを入れている。その姿は大別王の館での虎杖を思い出させたが、ずんぐりとした体形を見れば、頭巾の中の顔が虎杖のものであり得ないことは瞬時に察せられた。

曲者の右手には短槍《たんそう》が握られていた。柄も鉄製なのか、鈍い光を帯びている。穂先と柄が一体成形された鉄槍《てっそう》のようだ。曲者は短い歩幅で沢蟹のように横歩きする。後方に回り込むと田葛丸の馬尻に位置した。

新たな気配を察し、蜷養は頭を振り子のように前方に振り向けた。黒装束、黒頭巾の曲者がもう一人、喬木の間から現われた。行く手を阻むように両手を広げて立つ。こちらも固太りした体形だが、武器は何も持っていない。

「御子、お気をつけください」

厩戸に警告を発し、蜷養は馬首を前に向け戻した。「何用だ」

右手で手綱を握り、左手は左腰に佩いた剣の柄に添える。対手の出方次第では斬り殺してでもこの場を駆け抜けなければ——そんな切迫した思いを抱かせるほど二人の曲者からは険呑《けんのん》な鋭気が放たれていた。蜷養にとって左手で剣を抜くのは造作《ぞうさ》もない。とはいえまだ余裕があった。何といっても前方の対手は無腰であるからだ。

両手を広げたままで、頭巾の中から野太い声が放たれた。「かむやらいに参上つかまつった」

「何」曲者が問いに答えたのだとはわかったが、まるで意味が摑めない。「かむやらい？」

刹那《せつな》、後方で二頭の馬が相次いで嘶くのを聞いた。次の瞬間、蜷養は体勢を崩した。危うく鞍から振り落とされかけた。馬が身をよじったのだ。それもかつてなかった烈《はげ》しさで。うねくる――そういっていい勢いだった。と同時に馬は、後ろの二頭にも負けないくらい甲高く叫びをほとばしらせた、断末魔の叫びを。馬の胸から細長い棒状のものが飛び出した。そのままスルスルと突出し、前方の曲者に向かって伸びてゆく。曲者は、飛びかかってきた蛇の首を捕える捕蛇者のような無造作さで、先端のやや後方を摑んだ。それは鉄槍だった。蜷養は慌ただしく振り返った。後方の曲者が、先ほどと同じ位置で、心持ち腰を沈めて鉄槍を水平に突き出していた。だが、さっき目に止めた槍の長さでは、田葛丸にも届かないはず。

にもかかわらず――。

田葛丸は馬上で驚愕の表情を露わにしていた。彼の乗る馬の胸からも鉄槍が突き出している。そして、その状況は厩戸についてもまったく同じだった。摩沙加梨の胸を鉄槍が貫通し、蜷養の馬の尻に吸い込まれているのである。およそ、あり得ぬことだった。あの短い鉄槍一本で三頭の馬が瞬時に串刺しにされてしまったなど。蜷養の足に馬体の痙攣《けいれん》が伝わった。馬は嘶く代わりに、口から鮮血を空中に噴き上げた。

そのとき後方の曲者が鉄槍を手放した。というより、鉄槍のほうから曲者の手を離れていったように見えた。田葛丸の馬の胸から鉄槍の後尾が抜ける。四肢を支える力を奪われた馬はゆらりと傾《かし》ぎ、まだ呆然とした田葛丸を乗せたまま音をたてて横倒しになった。次は当然、厩戸の番だった。摩沙加梨の胸から鉄槍が引き抜かれるのを見るや、蜷養は反射的に動いていた。自らの馬の背を蹴ると後方に大きく跳躍し、厩戸を抱きとめる。摩沙加梨が倒れるのとは逆方向に身を投じた。咄嗟のことであり、背中をしたたかに打ったものの、厩戸を護ることはできた。

地響きをたてて彼の馬が前のめりに倒れた。蜷養は後ろに視線を投げた。横転した摩沙加梨が四肢をむなしく痙攣させている。胸から大量に噴き出す血が早くも周囲に血溜まりを作っていた。その後ろでは、田葛丸が馬の下敷きになった左脚を引き出そうと懸命になっている。鉄槍を手放した後方の曲者は、通せんぼするかのように両手を広げていた。それは一瞬前まで前方の曲者がとっていた姿勢ではないか。蜷養は顔を前に振り向けた。前方の曲者は鉄槍を両手で構え、腰をやや落とし気味にしていた。蜷養は昏迷《こんめい》に陥りそうだった。前後の曲者が入れ替わったように錯覚された。それ以上に驚くべきは、前方の手に移った鉄槍が、前と同じ短さに戻っていることだった。

蜷養は厩戸を抱えたまま身を起こした。それを待っていたかのように、前方の曲者が槍を突き出した。無論、届く距離ではない。だが、信じられぬことながら穂先は見る間に眼前に迫った。蜷養は背中を地に着けた。目の上を槍の柄が流れてゆく。この時、田葛丸がようやく馬体から左脚を抜き出した。立ち上がろうとした彼は、気配を察して慌てて身を伏せた。その背の上を槍の柄がかすめる。穂先は後方の曲者にまで到達した。曲者は、飛びかかってきた蛇の首を捕える捕蛇者のような無造作さで、先端のやや後方を握った。蜷養は己が目を疑った。先ほどは、三つの馬体が邪魔して全容がわかりにくかった。三頭が一度に串刺しにされるなどあり得ざること。そんなふうに見えたのは誤認で、もしや――これまたあり得ぬことながら――恐るべき膂力《りょりょく》で投擲《とうてき》された槍が、次々に馬を貫いていったのやも、と。が、そうではなかったのだ。今ははっきりと事態が視認できる。彼の眼上で空中に長々と伸びた一筋の棒。長い鉄槍は、見間違えようもなく前後の曲者の間に差し渡されていた。

前方の曲者の手から槍が抜けた。槍は空中を飛んだかのように見えたが、それは縮んでいるのであった。一瞬の後、出現時と同じく短槍は後方の曲者の手が握るところとなっていた。田葛丸がおそるおそる顔を上げた。首をせわしなく前後させ、彼なりに状況を把握しようとしているようだ。蜷養と目が合った。田葛丸の目は動揺の色に塗りつぶされている。

「下手《へた》に動くな、田葛丸」

蜷養は声を上げた。身体を起こせば、たちまち伸縮自在の槍の餌食《えじき》になる。田葛丸がうなずいたのを見て、次に厩戸に注意を向けた。彼の腕に抱きかかえられた厩戸はおとなしく身をゆだねている。何が起こったのか理解できずにいるのだろう。恐怖に駆られて泣き出したりしないのが助かる。

後方の曲者がうなずいた。言葉は発さず前方の曲者と意思の疎通を図っているようだ。腰を屈め、槍を構える位置をぐっと低くした。穂先が地面すれすれで兇悪な輝きを放つ。その輝きが高速度で迫ってきた。これで三度め、またしても槍が伸びたのだ。穂先は、倒れた田葛丸の馬体を再度貫いて、蜷養の頭に鋭く迫った。蜷養は咄嗟に左へと転がった。蜷養の全体重をかけられた厩戸は、呻《うめ》き声一つ立てない。半転した蜷養の身体すれすれに槍は流れ去ってゆく。さらに半回転して蜷養は自分の身体を厩戸の下にする。わずかに顔を上げると、槍は縮んで、前方の曲者が低く構えていた。

「いつまで避けらりょうぞ」覆面の中から嘲笑うような声が聞こえた。

それは蜷養にも重々わかっていた。槍を避けているだけでは、いずれ餌食になるのは必至。かといって曲者まで距離が開いている以上、一太刀浴びせることも敵《かな》わない。唯一残された望みは街道脇の喬木の繁みに逃げ込むことだ。左右どちらでもかまわない。繰り出される槍の速度を思えば、辿《たど》りつけるかどうか甚だ疑問だが、やってみるより他に打つ手はなかった。

蜷養はさらに左へ転がった。と、曲者もその方向に身体を横移動させる。蜷養の動きを見透かしていたような動きだった。直後、前方の曲者の手から槍が伸びてきた。そのまま転がり続けていれば、確実に頭頂から串刺しにされただろう。曲者は蜷養の動きを読んで槍を繰り出す位置を定めていた。蜷養は危ういところで右に反転する。鉄槍は、彼の踵《かかと》をかすめて伸び去った。

反転した勢いを以て蜷養はなおも転がり続ける。敵が次の突きを繰り出す前に、右の繁みに逃げ込むことができたならばしめたもの。だが彼の目論見はむなしく潰《つい》えた。横倒しになった廐戸の愛馬の死体が邪魔をした。ままよとばかり蜷養は、廐戸を片腕だけで抱え直すと、摩沙加梨の上に素早く這い上がった。後方の曲者は蜷養のそのような動きまでも見抜いた。今度は穂先の位置をやや上げ、槍を繰り出してきた。判断に迷っている余裕などなかった。蜷養はやむなく馬の上から街道に転げ戻った。馬を乗り越えることはできないと踏んだのだ。案の定、槍は摩沙加梨の上の中空を縫った。強引に反対側に移ろうとしていれば確実に仕留められていたところだった。

蜷養は悲鳴を聞いた。顔を上げた。前方の曲者の胸に短槍が突き刺さっている。穂先を捕まえ損ねたのだ。曲者は足をふらつかせ、ゆっくりと前のめりに倒れた。曲者の背には矢が突き立っていた。白い矢羽根が曲者の断末魔の痙攣を伝えて、ふるふると震える。

街道に今一人の人物が現われていた。素早く第二矢をつがえ、弦を彎《ひ》いた。唸《うな》りを上げて頭上を飛び越した矢の行く先を、蜷養は驚きの目で追う。短槍を相棒に委ねたまま思いがけずも無腰となった後方の曲者は、攻勢から一転、踵を返して駆け出そうとしていた。

けたのは間違いない。

矢は、その頸窩《ぼんのくぼ》に鮮やかに吸い込まれた。矢柄《やがら》の長さから推して、矢尻が咽喉から突き抜けたのは間違いない。

曲者が倒れたのを見届けても、弓手はなおも動きを止めなかった。さらなる矢をつがえ、左右の繁みに目を配る。何かを見極めようとしているらしい。いきなり左側の喬木の間に矢を射込んだ。左側の繁みは、そのまま天霧丘へと続いている。弓手は次々と矢を射かけた。背負った箙《えびら》から矢を抜き出し、つがえ、彎き、放つ。つがえ、彎き、放つ――その一連の動作を、見とれるほどの流麗さで繰り返した。射出の角度だけが毎回変わった。標的は天霧丘の上方へと移動しているらしい。

やがて矢が尽きた。蜷養は弓手が舌打ちするのを聞いた。弓手が近づいてくる。白い頭巾と一体になった長衣をまとい、身にぴったりと合った革胴着は色鮮やかな紅色だ。上下の衣装は白で、膝丈の革長靴は胴着と対をなして紅色である。左腰には剣を佩いていた。頭巾はうなじに垂れていたが、蜷養はその顔を見ることはできなかった。目と鼻と口の部分を無造作に空けた、土偶《どぐう》を思わせる無表情な土の仮面をかぶっていたからである。長い髪は頭上に結いあげられている。

蜷養は身構えた。危ないところをこの弓手に救われたのだとわかってはいたが、土偶めいた仮面は如何にも不気味だった。

弓手は近くまで来ると足を止めた。害意のないことを示すつもりか、短弓を手放し、その場にきびきび片膝をついた。「御子はご無事ですか、大淵どの」

蜷養は虚を衝かれる思いだった。思いがけずも女の声が流れ出したのだ。しかも、どこかで聞いたことがある。

弓手は、はっと心づいたように、小さく身じろぎした。そして右手を顔にもってゆき、仮面を外した。

「――あなたか！」

「御子はご無事ですか」柚蔓は同じ問いを繰り返した。

「ぼくは平気だよ。蜷養が守ってくれた」

蜷養の腕の中で厩戸が自ら答えた。その声はか細く、苦しげに震えている。

蜷養は上体を起こすと、自分がまず立ち上がり、ついで厩戸を抱き起こした。

「御子、大事ありませんか」田葛丸が大声を上げて駆け寄った。馬体の下敷きになったほうの脚を軽く引きずっている。厩戸がうなずき返すのを見て安堵に頬をゆるめた。ついで柚蔓に驚きの目を走らせてから、蜷養を見やり「何事が起きたっていうんです」と、おそるおそる訊いた。「莫迦《ばか》なことを云うと思うかもしれませんが……おれの目には、そのぅ、槍が信じられないくらい長く伸びたように見えたんですよ」

蜷養には答えようもない問いだ。そっくりそのまま柚蔓に投げ返した。「何事が起きたんだ」

「話している余裕など」美貌の女剣士は首を横に振った。「襲撃が失敗に終わったと知ったら、すぐにも第二、第三の刺客《しかく》が差し向けられて参りましょう」

「何だって？」蝰養は声を張り上げた。「襲撃？　刺客？」

「御子の命を狙う者たち。さあ、御子さま――」柚蔓が急《せ》いた身ぶりで厩戸に手を差し伸べる。

「待て。ちょっと待て」蝰養は右手を広げて前に突き出し、柚蔓から厩戸を遮った。「あんた、いったい何を云ってるんだ。御子が命を狙われているだと？」

「あれが動かぬ証拠」女剣士は、自ら矢で仕留めた曲者を相次いで指し示した。二体の黒装束は街道に倒れて、確かに動かない。

「何者なんだ」

「刺客」

柚蔓の声に、かすかな苛立ちの色が混ざった。それ以上は答える気がないのを看て取り、蝰養は前方に走ると、最初の矢に倒れた曲者の死骸に屈みこんだ。短槍に貫かれて倒れ伏していた身体を仰《あお》のけにし、頭巾を剝ぎ取る。現われたのは、色が白く、丸餅のようにふっくらとした男の顔だった。見覚えはない。田葛丸を呼んで検分させた。

田葛丸は首を横に振った。「知らない顔です」

蝰養は街道を逆に走り、後方の曲者にも同じことをした。一瞬、蝰養の手は止まった。

「同じ顔ですね」田葛丸が驚きを口にする。

二人が引き返してくると、女剣士は促すように云った。「すぐにここを離れなくては」

そして、再び厩戸に直接呼びかけた。「御子さま、ひとまず安全な隠れ家にご案内いたします」

「なりませぬぞ、御子」

蜷養は柚蔓を跳ね飛ばさんばかりの勢いで二人の間に割って入り、厩戸を押しとどめようとした。「どこへ連れていかれるかわかったものではない」

厩戸は柚蔓の言葉を耳に止めた様子もなく、肩を落として立ちつくしている。

蜷養は前に回った。「御子？」

厩戸は唇を嚙みしめ、動かぬ摩沙加梨を見下ろしていた。その目から大粒の涙が途切れる気配もない。厩戸が摩沙加梨をどれほど大切にしていたかを知る蜷養は、一瞬、我がことのように胸が痛んだ。わざと声を荒らげて厩戸を促した。「御子、お屋敷に引き返しますぞ」

「とんでもない」柚蔓が厳しい声を出した。「池辺双槻の館には、とうに手が回っているのよ」

陽が落ちると、夕闇が急速に忍び寄ってきた。蘇我邸の正門には左右二人の門衛が警備についていた。二人は同時に身構えた。薄闇の中、こちらに近づいてくる馬影を目にとらえたのである。三騎。早駆けする蹄の音が次第に高まり、黄昏時の平穏な静寂が苛立たしいまでにかき乱されてゆく。遠目に見ても、屋敷の者であるらしい親昵《しんじつ》さは少しも放たれていない。やがて三騎は並み足になると、悠然たる様子で門に接近してきた。天下に睨《にら》みをきかせる蘇我大臣の屋敷に向かって——尊大、いや不穏とさえいっていい振る舞いを示すそのような来訪者を、門衛たちはかつて迎えたためしがなかった。

「何者なりや」二人は誰何の声を放つと、門の前で長槍を斜めに交叉させた。

どの馬も、驚いた様子一つ見せなかった。先頭の騎馬の主が、深みのある堂々とした声音で云った。

「我が義弟、馬子に告げよ。義兄の守屋が参ったと」

「何、し損じたと？」

天皇の双眸《そうぼう》が一瞬、烈々と赤く輝いた。炎が噴き出すかと錯覚されるばかりの激しい眼光。御前に伺候《しこう》した中臣《なかとみの》大夫《たいふ》勝海《かつみ》は、たまりかねたようにさっと面《おもて》を伏せた。

「必ず仕留めてごらんに入れまする、そう申したのは誰であったか」天皇は冷ややかな声を投げかける。「面を上げよ、大夫。それでは顔色が読めぬ。朕の目を見ては話せぬと申すか」

勝海は肩を震わせ、振り子の人形のように顔を元の位置に戻した。

内殿の奥にある一室。天皇が極秘の用件で臣下を引見する時に用いる狭い部屋だ。夕暮れ時の蒸すような暑さがこもり、そのうえ金属的な異臭がたちこめている。血の匂いであった。

「つき従っているのは唯の傅役に非《あら》ず。ここ大和でも一、二を争う剣の腕の持ち主であるぞ――そう懸念する朕に、そなた申したな。陛下、ご心配には少しも及びませぬ。細矛《さほこ》兄弟は、我が配下の中でも随一の遣い手。彼らをこの任に擢《ひきぬ》きましたるは、剣士に近づくことなく槍の餌食とする、さような特異な技の遣い手ゆえにございます、と」

勝海の頭が縦に振られ、天皇は先を続ける。「如何にして？　当然、朕は実見を欲した。昨夜そなたは、それを見せてくれた。兄弟は、十間の距離を置いて向かい合った。短槍を持っていたのは兄とのことだった。しかし、それはどうでもよいこと。双子の兄弟はそっくり同じ顔をしていたのだから。技が披見されるや、朕は我が目を瞠《みは》った。兄が水平に構えた槍が弟に向かってするする伸びてゆく。その穂先を弟が摑んだ時、驚くなかれ、何と槍は二人を隔てる距離、すなわち十八間の長さになっていた。しかし、その時には兄の手からはすでに槍が離れていた。弟の手に帰した槍は元の長さに縮み、しかも弟は穂先を摑んだはずだのに、前後が逆に構えられていた。如意棒ならぬ如意槍とでも申すべきか。恐るべき技。これでは如何なる名剣士も敵でない。さすがは天児屋命《あめのこやねのみこと》の神脈を引く中臣一族、途方もない遣い手を抱えているものよ。だが、弱点が一つ。二人を結んだ線上に常に標的を置いておく必要があるのではないか、と朕は疑義を呈した。それに対するそなたの答えは、街道で襲うとのことだった。できれば騎乗のところを狙い、馬を串刺しにして騎り手を振り落とす。落馬の衝撃で身体の自由を奪い、かつ倒れた馬体をして街道脇に逃げ込むのを遮らしむ、と。朕は得心し、成功を確信した。これぞまさしく前門の虎、後門の狼。厩戸に逃れるすべやわある——し損じたのはなぜだ」

勝海が背後を見やり、床に両手をついて控えていた男を指し示した。「細矛三兄弟の末弟にございます。名は鸕坂《うさか》」

鸕坂と呼ばれた男はさらに畏まり、額を床に擦りつける音がした。男の着衣は、ところどころどす黒く濡れている。血の匂いはそこから放たれていた。

勝海は続けた。「兄二人の検分役を務めておりました」

「話してみよ、鸕坂とやら」天皇がうながした。

鸕坂は顔をあげた。額に一文字の傷が走り、ふくよかな顔は乾いた血で斑《まだら》に染まっている。今しがた床にこすりつけたことで再び傷口が開き、新たな血が流れ出した。「兄者《あにじゃ》らは、揃って矢で射られたのでございます」

「矢だと？　厩戸の傅役が弓矢で応戦したと申すか」

「そうではございません。あと一撃で仕留められる、そこに思いもかけぬ加勢者が現われまして。その者の放った矢が兄者たちを……そればかりか、街道脇にひそんでいた拙者の存在までをも見抜き、すかさず矢を射かけて参りました。幾矢か浴びましたが、幸い致命傷には至らず、殿に報告するを得た次第にございます」

「何者か？」

「きゃつめ」鸕坂は無念げに、「土偶めいた仮面をかぶっており、顔は……」と首を振り、およそ信じられないという口調で云った。「いつ、どこから出現したかもわからぬのです。茅坂《ちさか》の兄者が射られてから、その存在に気づいたほどで」

「土偶のような仮面だと？」よほど強く印象づけられたものか天皇は鸚鵡返しに云い、勝海に向かって問いかけた。「何ぞ心当たりは」

「遺憾ながら」勝海は考え込んだ顔で首をひねる。

「池辺に差し向けた者どもから連絡はないか」

万が一にも襲撃が失敗に終わり、厩戸たちが屋敷に逃げ戻るという事態に備え、周到な勝海は第二、第三の刺客団を屋敷の周辺に配置した。彼らを野盗の一団に仮装させて厩戸を襲わせることになっている。細矛兄弟の力を頼んで人知れず厩戸を始末するのが上策であることはいうまでもないが、それが叶わない時の次善の策としては、あくまで〝不慮《ふりょ》の死〟を以て厩戸を始末したい——というのが天皇の意向だった。憶測を立てさせぬためである。

「まだ何も」

「それもまたおかしな展開ではないか。すぐにも屋敷へ逃げ込むはずだが」

「それに関しましては」勝海は気を取り直したように声に力を込めた。「そやつ、細矛兄弟が襲撃をかけることを事前に知っていたのではありますまいか」

「何を云う」

「宮中の、どこに目があり耳があるか、わかったものではありませぬ」

天皇は御気色を荒らげかけたものの、すぐにも弱点を衝かれた顔になった。語気を強めたのは虚勢を張るためだったろう。「洩れたと申すのか」

「それ以外には考えようがございません」

「……朕が菟道《うじ》を迎えたのは昨日の昼過ぎであるぞ。熟考した末、そなたを召したのが夕刻。細矛兄弟なる遣い手を内覧したのは夜半のことだ」

「待ち伏せは今日の午後。そやつにも対抗するに充分な時間があったことになります。細矛兄弟の後を尾《つ》けるなり、厩戸御子の身辺を秘かに警護するなりの。だとしたら、御子が屋敷に戻るというのを、そやつがどうして止めないはずがありましょう」

「どこかに隠した、いや、匿《かくま》ったというのだな」

「まさしく」

「何者であるか。我が企みを盗み聞き、邪魔立ていたすとは」

勝海は答えをためらった。

「僭越《せんえつ》ながら」代わって鸕坂が呻《うめ》きにも似た声で云った。「土偶仮面の一存でできることとは思われませぬ。その者もまた使われる身かと。我ら細矛三兄弟が中臣大夫に仕えるが如く」

「この者の申す通りだ」天皇は手を打ち鳴らした。「内殿に〝耳〟を忍び入らせて朕をないがしろにする、そんな身のほど知らずを敢えてせんとする者、またそれを実行できる者といったら、あの両人を措《お》いてほかにないが――」

「陛下」勝海が慎重な声で云った。「それがしの申すまでもないことながら、厩戸御子は蘇我の腹にございます」

「馬子めが」

瞬間、鸕坂がはっと息を呑んだ。「しばらく」

「何だと申すか」勝海が後方をかえりみた。

「さよう仰せになられましたので、思い出したことがございます」鸕坂は自分でも解せぬことというように首をひねりながら口にした。「厩戸御子らが向かっておりましたのは、飛鳥に非ず、三輪にございます」

馬子が客間に入ってゆくと、賓客用の椅子に腰かけじっと腕組みしていた守屋は、閉じていた目を悠然と見開いた。燭台に火の燈されぬ室内は、薄闇の支配する戸外よりも暗い。暗がりの中で守屋の両眼が爛々《らんらん》と輝く。

「坐れ」

「おいおい、ここはわたしの家だぞ」

「坐れと申したのだ」

馬子はまずはおとなしく従った。円卓を挟んで守屋と真正面に腰を下ろす。今にも疑問が口から飛び出しそうだ。この急の訪問は何か。八十物部の当主ともあろう男が、護衛の剣士をわずかに二人従えただけの身軽さで蘇我の本拠地に予告もなく乗り込んでくるとは、大した度胸だ。まったく以て前代未聞のことといわねばならない。不審の条を馬子は口にしなかった。守屋の来訪を予期していたかのような余裕の表情をとりつくろい、胸中では、云え、早く云えと毒づきながら、相手の口が先に開かれるのを待った。

「おれを失望させたな、馬子」

何を、と反射的に上げかけた声を呑みこみ、馬子は自分を抑える。

守屋は平然と続けた。「おまえがこれほど甘い男だったとは。どうやら、おまえという男を買いかぶっていたようだ。稲目卿が生きていたら、お嘆きだろう。我が愚息たる、かほどの器量でしかなかったか。ああ、蘇我の未来は暗い、と」

「喧嘩《けんか》を売りに来たか、兄上」馬子は云った。守屋の挑発があまりに剝《む》き出しで、腹が立つどころか、呆れ果てて笑いがこみあげてきそうだ。「まさかそれが目的で参ったというのではあるまいな。わたしのいったいどこが兄上を失望させた？　どこが甘い？」

「詰めだ」

「詰め？」

「難波に間者を送ったまででは褒めてやろう」

馬子は言葉を失った。啞然として守屋を凝視する。守屋の眼光が不気味なものに思えてきた。馬子は両手を鳴らして用人を呼び、室内にあるだけの燭台にすべて火を点じさせた。幾本も伸び上がった蠟燭の炎が守屋の眼光の魔力を中和し、部屋自体をも暗闇から救い出してくれた。

「知られていたか」情けないことに、声はかすれていた。

「おまえとしては、厩戸御子を大別王に近づけたくなかった。当然のことだ」

「わたしの考えを読んだというわけか」

「間者を難波に放ち、御子に対する大別王の動向を監視させる。併せて御子の身に不慮の事態が起こらぬよう陰ながら見守る。うむ、上出来だ。ここまでは」

「ここまでは？」

「まだわからんか、馬子。つくづく甘い男だ。おまえは御子が無事に戻ってきたことに安心した」

「それのどこが甘いというんだ」

「一方、この守屋が放った間者は――」

「何？」馬子は思わず椅子から腰を浮かした。「兄上も間者を？」

「当然だ」

「何が当然なものか。兄上が大別王のところに間者を放たねばならない理由などどこにある」

「おれはおれで厩戸御子の身を案じているのだ」

「何を云ってるのかさっぱりわからん」

「まあ聞け。すぐにわかる。おまえの間者は御子を秘かに警護して大和に戻った。が、おれの間者は引き続き難波に留まり続けた」

「やっ」馬子は自分の顔が歪むのを覚えた。羞恥に頰が一気に火照り出す。甘いどころではない。失態、大失態だ。何という迂闊さ、間抜けさ加減か――。

「そうだ」守屋は馬子に憐《あわ》れむような眼差しをくれながら云う。「肝心なのは、御子の天才ぶりを目の当たりにした大別王の反応だからな」

「云われてみればまさしく。ああ、このわたしとしたことが」馬子は立ち上がった。椅子の周囲を苛立たしげに歩きまわっていたが、突然守屋の横に駆け寄って云った。「それで兄上、大別王はどうしたんだ」

守屋は答えを躊躇《ためら》わなかった。「その日のうちに館を出て大和へ向かった」口調が性急なものに変化する。「人目につかぬよう陸路を取って」

「行く先は……」

「厩戸御子の神童ぶり、ことに、並み外れた仏法への傾斜ぶりを報告しに行ったのだ」

「やはりそうか」馬子は呻くように云った。

「それ以外のどこがある」

「教えてくれ。帝と大別王はどんな話を交わした」

「おれの間者も」守屋は残念そうに云った。「その場に接近できなかった。宮中のある所まで来ると、大別王の姿が不意に消えてしまったというのだ。だが、さほど長い時間ではなかった。まもなく大別王は姿を現わし、そのまま難波へ戻っていった。翌日、帝の使者が伊勢に遣わされた」

「伊勢！」馬子は鸚鵡返しに叫ぶ。「神宮か」

守屋はうなずいた。「おれの間者は後を追った。帝の使者を迎えた斎宮——菟道皇女さまは、ただちに斎戒沐浴《さいかいもくよく》して内殿にお籠りになられた」

「潔斎《けっさい》——、神託を仰ぐためにだな」

「七日の後、神託は下った」

「何と出た」いつのまにか馬子は守屋に覆いかぶさらんばかりに身を乗り出している。

守屋は唇の端を吊り上げた。「おれの間者がどんなに優秀でも、神の言葉を聴き取ることはできん。神のお告げは、斎宮の耳にのみ響くのだから。おまえ、宗旨替えして、そんなこともわからなくなったか」

「何度云ったらわかるんだ、兄上。わたしは仏法を頼んではいるが、天神地祇の崇拝を止めたわけではないんだぞ！……いや、とにかく今はそんなことを云い合っている場合ではない。続きを早く」

「神託が下るや今度は逆に、神宮から帝の許へと使者が遣わされた。使者というのは誰あろう、菟道皇女さまご本人だ」

「何と！　斎宮といえば、つまりは神の花嫁だろう。嫁いだが最後、伊勢から出ることはできない不文律になっていると聞いたが」

「帝に直接告げなければならぬほど重大な神託だったわけだ。菟道皇女は昨日の昼、人目を避けて皇宮に入った。おれの間者は大別王の時と同様、またしても宮中で菟道皇女の行方を見失った。神託が判明したのは夕刻。今からちょうど一日前のことだな。帝はお召しあそばされた——」守屋は意味ありげな目で馬子を見やりながら先を続けた。「中臣勝海を」

馬子はうなずいて応じる。「物部ではなく、中臣を」

「事を内々で片づけようというのだ」

共に祭祀氏族として語られることの多い物部と中臣だが、その出自を問えばまったく違う。物部氏の始祖饒速日命《にぎはやひのみこと》は、磐余彦が日向から進軍してくる以前の大和の支配者で、いってみれば侵略者である磐余彦に帰順し、臣下となった。対するに中臣氏は、磐余彦の曽祖父神にあたる瓊瓊杵尊《ににぎのみこと》が高天原《たかまがはら》から降臨した際、それに従った五部神の中の天児屋命が上祖であって、すなわち中臣は神代の昔から皇族の親衛氏族なのだ。

守屋は続けた。「帝は伊勢神宮に天照大神の神意をお問いあそばされた。仏法に淫してやまぬ幼い甥を如何すべきと。神託はこう出た——厩戸を逐降《かむやらいやら》え」

「逐降え？」

「忘れたか、馬子。天原に押し入り、乱暴狼藉《ろうぜき》の限りを尽くした素戔嗚尊《すさのおのみこと》は、天照大神が天石窟からお出ましになると、諸神の問責を受けた。科された罰は、千座置戸《ちくらおきと》を以て遂に促《せ》め徴《はた》る、髪を抜き、其の罪を贖《あがな》わしむるに至る、というものだった。抜かれたのは髪ではなく手足の爪だという別伝もあるが、ともかく、そのうえで素戔嗚尊は高天原から追放された——古伝に曰く、已にして竟《つい》に逐降いき、と」

「何ということだ。帝は神意を以て御子を、大和から追放するというのか。あるいは、この国から？」

守屋は硬い表情で首を横に振った。「我が間者の聞き取ったところでは、帝が勝海に命じたのはさらなる処置だった。帝は神託を拡大解釈なされたのだ。この世から黄泉国《よみのくに》に逐降え、と」

「黄泉国。では……」馬子の声は震えを帯びた。「御子を、殺せと？」

「手練《てだれ》をご用意つかまつる。そう勝海は帝に確言した。あの者が異形の遣い手を配下に囲っているのは知っているか。中臣神道には、この世ならぬ力を使う行者《ぎょうじゃ》が顔を揃えているという」

「噂には」呆然と呟くように答えてから、馬子ははっと自分を取り戻した。「こうしてはいられない」

身を翻して戸口に向かおうとした。

「待て」

素早く伸びた守屋の手が馬子の手首をつかんだ。

「離してくれ。今この瞬間にも御子は襲われているかもしれない。蘇我の総力をあげて御子の身を守らなければ」

「襲撃はすでに決行された」

「何だって？」

「落ち着け。まずはおれの云うことを聞くのだ。今日の昼過ぎのことだ。御子は従者二人を連れて池辺双槻館を出た。騎行だった。行く先は我が三輪の屋敷」

「三輪？　いったい何用あって？」

「それは後で話す。屋敷の外に張り込んでいた三人の刺客が後を追った。勝海の手の者だ。二人が実行役でもう一人は検分役。しばらくすると三人は街道を先回りして御子を待ち伏せた。あいにくと我が間者がその後を追っていることには気づかなかった。よって襲撃は失敗に終わったわけだ。ただし実行役の二人は倒したが、検分役は逃れ去った」

間者から聴取したという襲撃の始終を、守屋は簡潔に伝えた。馬子は信じられない思いで耳にする。何ということか、自分のまったく関知しないところで事態がそこまで動いていたとは。

「御子は今どこに？　……ああそうだな、むろん館か……だが下手に帰っては危ないのではないか。ともかく至急、我が兵を磐余に差し向けて――」

「落ち着けと申したろう、馬子。この守屋に抜かりのやわある。御子は館にお戻りではない。秘密の隠れ場所にお遷りいただいた」

「すぐにわたしを案内してくれ。この目で御子の無事を確かめなければ安心できない。もっと安全なところ、例えばこの飛鳥にお連れして――」

「急くな。帝の探索の手から一日かそこらは持ちこたえてみせる。ここは黙っておれの話を聞け。いいか、肝腎なのは、ここからだ。我らが厩戸御子を、帝の意志からどうお護り申し上げ得るか――それを馬子、おまえと腹を割って話し合いたいのだ。おれはそのためにここに来た」

馬子は眉根を寄せた。「我らが御子だって?」

それには応えず、守屋は自分の話を続ける。「実を云えば、おれも間者から報告を受けたのはつい先刻のことでな。間者は中臣の刺客を、やつらが宮中に召されてからずっと監視下に置いていたので、おれに報告する暇がなかったのだ」

「だが、隠れ家というのは?」

「間者の機転だ」やや自慢げに守屋は云った。「間者は御子たち三人をそこへ隠した後、我が三輪の屋敷に駆けつけた。報告を聞いて正直おれも仰天したよ。ここまで一気に展開するとは思わなかったからな。伊勢から今日の襲撃まで、すべて事後報告なのだ。そこでおれはすぐに馬を引いて、ここにやって来た。御子を護るため今こそ物部と蘇我は手を組まねばならん」

馬子は噴き出る驚きを抑えかね、改めて守屋を見やった。蘇我と物部は朝廷を支える二大貴族であり、いわば輔弼《ほひつ》の両輪である。が、それは表面的にそうなのであって、公事《くじ》を離れれば完全な敵対関係にあるといっていい。帝の寵を競い、自派の実権を少しでも増すべく躍起となっている。そのつばぜり合いは先々代の大王の御代に擡頭《たいとう》した新興勢力の蘇我が、古参の物部に挑むという図式で一貫して推移してきた。手を取り合ったことなど一度もない。一方の利益は、もう一方の不利益。それが蘇我と物部の関係だ。ただし、これ以上に対立が先鋭化、深刻化しては双方にとって不利益となる。守屋の妹と馬子の間に政略的婚姻が成立したのは、妥協的、緩衝的《かんしょうてき》な措置に過ぎなかった。

「なぜだ」馬子は怪しんで云った。「なぜ蘇我系の御子に兄上がそこまで肩入れする」

「その云いぶりは気に入らんな。御子を独占するのはよしてもらおう。我らが御子と申したではないか」協力を提案しながら守屋の口調はどこか挑発的だ。「おまえの魂胆などお見通しだ、馬子。ゆくゆくは厩戸御子を皇位につけ、蘇我一門の繁栄を図ろうというのだろう。つまり葛城氏《かつらぎうじ》の再興だ。併せて仏法の弘通《ぐずう》興隆も目論んでいる」

「余計なお世話だ」図星だったが、馬子は平然と受け流した。

守屋は続けた。「そのような次第で、おまえは厩戸御子を守りたい。是が非でも守り抜かねばならぬ。しかし、どうやるつもりだ。まさか帝に弓を引くというのではなかろうな」

「莫迦なことを。言葉の限りを尽くして、帝にお考えをお改めいただくまで」

「わかっているだろうが、帝はご意志をそう容易《たやす》く翻される御方ではないぞ。そこでどうだ、おれがおまえと一緒に御子のため弁じてやるというのは」

「狙いは何だ、兄上」

「いや、弁じたとしてもだめだろう。物部と蘇我が一致して事に当たるなど前代未聞のことだが、それでも帝は首を縦にお振りにはなるまい。事は帝の一存ではなく、神託なのだから」

馬子は即座に云い返そうとして言葉に詰まった。

「帝はこう仰せになるはず」守屋は語を継ぐ。「――卿らの云い分はよくわかった。朕としても血の繋がった甥を逐降うのは耐え難い、忍び難い。なれども、耐え難きを耐え、忍び難きを忍ぶのは、これが朕の意志に非《あら》ずして、神言だからである。神言は、朕の一存を以てしても覆すことはできないのだ――」

守屋の言葉は真に迫り、御前に臨んでいるかに錯覚された。馬子の額に次々と汗が浮き出す。反論の言葉が、見つからない。

「何も蘇我腹の御子を根絶やしにすると云っているのではない」さらに守屋は云い募る。「神託が指名したのは独り厩戸のみ。しかも蘇我腹とは何たる云《い》い種《ぐさ》であるか。事は皇族間の問題であるぞ。卿らの容喙《ようかい》には及ばぬ――どうだ、馬子。厩戸御子へのおまえの思い入れなど、軽く一蹴される。そうは思わんか」

伝い落ちた汗が目に入り、馬子は顔を顰《しか》めた。汗は次々と流れ込んでくる。厩戸の運命は――。

「わたしにどうしろと云うのだ」馬子は嚙みつくように云った。額の汗を手の甲で拭ってから、語気を落として再び口を開く。「どうしたらいい、兄上」

守屋は真剣な表情で応じた。「御子をお救い申し上げる方法が、一つだけある」

「戻ってきませんね」田葛丸が云った。不安でたまらず口を開いたといった感じだった。彼は奥壁に小さく開けられた窓から空を仰ぎ見、月の運行を目で追っていた。「もう日付が変わった頃だ。いつまで待てばいいんだろう」

蜷養は肩をすくめた。「あの女剣士を信じるよりなかろうよ」内心は、田葛丸以上に苛立っているのを自覚していた。

田葛丸が肩をすくめて窓から離れると、月光があふれるように射し込み、小屋の中にやわらかな明るさが広がった。「信じるって……彼女、何も云わなかったんですよ。御子がなぜ命を狙われるのか、あいつらが何者なのか。肝心なことは何一つ教えてくれやしなかった。それなのに、館には戻るな、ここでわたしの帰りを待てって云うだけで」

柚蔓が三人を案内したのは、三輪山の中腹にある小さな小屋だった。三輪山は神の山である。山それ自体が三輪氏の斎《いっ》き祀《まつ》る大神神社の神体なのだ。神の名は大物主神《おおものぬしのかみ》と伝えられる。山全体が禁足地で、入山は厳しく制限されているからには、これが炭焼きや猟師のための小屋であるはずはなかった。内部は狭いが清潔で、干飯《ほしいい》も用意されていた。厩戸らのために用意したものではなく、小屋の常備品であるらしい。してみればこの小屋は、何か特別な目的のため、有体《ありてい》にいうと一時的に身を隠す避難所として秘かに設けられ、維持管理されている――というのが蜷養の見立てだ。とすると、柚蔓の背後にいるのは物部守屋だということになる。三輪氏に無断でこのような小屋を設けるのは不可能で、それが

と三輪氏は、共に磐余彦の東遷より以前の大和先住者として深い関係で結ばれている。物部氏できるのは当の三輪氏か、その諒解を得られる守屋以外には考えられないからだ。物部氏と三輪氏は、共に磐余彦の東遷より以前の大和先住者として深い関係で結ばれている。

物部が暗躍しているらしい、という見立ては蜷養を落ち着かなくした。池辺皇子家は母方の出自からいって当然、蘇我に親昵する。物部は蘇我の敵対勢力、それが蜷養の日頃の認識だった。だからこそ、厩戸の御子の行先が三輪にある守屋の別邸だと告げられた時、彼は心底驚いたのだ。柚蔓の背後に守屋がいるとすると、守屋は蘇我系の御子を守ろうとしていることになる。しかも隠密裏に。

蜷養は部屋の隅に視線を投げた。厩戸は相変わらず壁に背をあずけ、膝をかかえて坐っている。その姿勢で厩戸はずっと黙りこくっていた。顔色は見るに忍びないほど蒼《あお》ざめ、目は血走っている。無理もなかろう。自分が命を狙われているということを、七歳の少年はどう把握し、理解しているのか。愛馬の死、目の前で射殺された二人の刺客——心に受けた衝撃は相当なものがあるはずだ。

「御子、お腹はお空きになりませぬか」

器に移した干飯を厩戸の前に持っていった。厩戸は首を横に振っただけだ。

「少しお休みになってはいかがです。館にいれば、もう眠っておいでの頃ですから」

厩戸はやはり首を横に振るばかり。

時間は無為に過ぎていった。蜷養は戸口の前にどっかりと腰を下ろし、傍らに剣を置いて、いつでも引き抜けるようにした。その可能性は柚蔓に否定されたが、小屋への襲撃に備えるためだ。田葛丸はぶつぶつ云いながらも再び窓の番人役に戻った。月を眺めやりつつ外の様子をうかがう。それはそれで気がまぎれるものであるらしかった。

「誰か来ます」

田葛丸が低い声で叫んだ。蜷養はすばやく片膝立ちになり、剣の柄に手を走らせた。下生えを踏みしだいて密《ひそ》やかな跫音が近づいてくる。

「わたしよ」

扉の向こうから柚蔓の声が聞こえた。田葛丸が安堵の顔になる。蜷養は警戒を緩めなかった。柄を握る手に力を込めた。跫音は一人だけではなかったからだ。

扉が開かれた。柚蔓が入ってくる。蜷養は眉をひそめた。女剣士の顔は、これまで以上に緊張の色を刷《は》いていた。悲壮といっていい面持ちだ。

「状況が、大きく変わりました」

そう告げる声は沈痛なものを孕んで硬い。柚蔓の後ろから姿を現わした人物を見るや、蜷養は声をあげた。

「ご貴殿は！」

馬子の頭は今、恐るべき速度で回転している。守屋が持ち出した提案を咀嚼《そしゃく》しようと、脳細胞の一つ一つが激しくせめぎ合い、処理能力の限界を越えてせわしなく信号を伝達、交信させ、悲鳴をあげている。それほどまでに途方もない——いや、途方もなさ過ぎる守屋の計画なのであった。

そもそも馬子にとって未知の要因が数多くあり、まずはその事実を自分に納得させてからなければならなかった。排仏派の重鎮たる守屋が仏法の弱点を探るべく仏典を蒐集《しゅうしゅう》していたこと。そして仏法撃破の総大将候補として、人もあろうに蘇我系の皇族である厩戸に狙いをつけ、自らの陣営に取り込もうとしていたこと。それは凄《すさ》まじいばかりの深謀遠慮であり、守屋が油断のならぬ敵手であることを改めて馬子に印象づけるに充分だった。しかし、天照大神の神託が下ったことで守屋の目論見は流産に追い込まれた。だからこそ手の内を平然と馬子に明かして憚《はばか》らないのである。加うるに筑紫の漂流者……。

それらの要素を事実として馬子は受け容れた。そのうえで考えを巡らす。守屋の立てた計画の他に厩戸を救う手立てはないのか——彼の思考は大半の時間がこの点に費やされた。そして結論を下した。守屋の提案に乗るより他にない、と。帝を説得して翻意させることは、守屋が云った通り絶望的だ。

「わかっているんだろうな、兄上」ひどくかすれた、自分でも耳障りな声だった。思考の疲れがにじんでいるのだ。「わたしたちは、あの子に途轍《とてつ》もなく過酷な運命を強《し》いようとしているんだぞ」

「過酷——果たしてそうだろうか」守屋は淡々と言葉を返す。「過酷なのは、神託それ自体だ。おれたちは、神託に沿いつつ、むしろ神託に抗《あらが》い、立ち向かう手立てを御子に与えることになる。云うなれば試練を」

「試練か。七つの子供に、よく云えたもの」

「それ以外に——おれたちに見放されて、御子に生きる道があるか。高天原から逐降われた素戔嗚尊は、過酷な試練を克服することで己を磨き、高め、神として成長し、根堅州国《ねのかたすくに》の支配者として君臨するを得た」

「神話など」馬子はうんざりした口調で云い、「なるほど、試練か。わたしたちにとっても試練だな、これは。いや、賭けというべきか」

「分《ぶ》は自分のほうにあると考えているのだろう」

「もちろんだ。そうでなかったら兄上の提案になど乗るものか」

「本音が出たな」守屋は満足の笑みを見せた。「今の今まで御子の身を案じていたのと同じ口で、おまえこそよく云えたものだ」

馬子は釣り込まれて笑うところだった。決断してみれば、これが厩戸にとって最良の道であると思えてくる。「素戔嗚尊か。だが兄上、あの子は八岐大蛇《やまたのおろち》を退治できる齢ではない」

「伴には手練を選ぶ」

「おれがもっとも信頼する剣士だ。その者を御子に添わす」守屋は名を口にした。「――柚蔓」

馬子は腑に落ちない顔で目をしばたたかせていたが、次の瞬間、飛び上がらんばかりに驚いた。

「ここに」

その声は、彼のまさしく足元から聞こえてきたからである。声には、隠しようのない途惑いが表われていた。が、驚きの余り馬子にそこまで聞き取る余裕はない。

「兄上！」目を剝き、守屋を睨みつける。

守屋は馬子の反応を楽しむように笑った。「蝮《まむし》の巣穴で話そうというのに、護衛なしに乗り込んでくるはずなかろう」

「蝮かよ、わたしは」馬子は目から怒りの色を消し、肩をすくめた。「大した度胸だと感歎していたんだが、取り消しだな。兄上もただの小心者だったか。もっとも、わたしが物部の屋敷に乗り込むとしても、同じことをするだろうが」

守屋は床下に向かって云った。「柚蔓、おれが蘇我大臣に話したことを聞いたな」

「一部始終」

「どうか御子を守ってやってくれ。それができるのは、我が手のうちでもおまえを措いて

「手練？」

ない」

　答えはすぐには返ってこなかった。

「や、女の声？」

　今になって思い至った馬子が、怪訝《けげん》な顔を守屋に向けた。その問いに図らずも答えたのは、床下の柚蔓だった。「女のわたしをご所望あそばすとは、この柚蔓に幼い御子の母親代わりをつとめよとのお考えあってのことですか」

「剣士としての技倆、純粋にそれだけを見込んでのことだ」

「ならばお引き受けいたします」

　ためらいの響きが消えた声音は静かだったが、守屋のみならず馬子をも粛然とさせた。

「おまえも一人出せ」守屋が云った。

「わたしも？」

「御子を最果てまでも守り抜く護衛が、物部剣士だけでよいというなら、おれとしてはそれで構わぬが」

「待て。云われてみればその通りだ。わたしも選り抜きの蘇我剣士に伴をさせよう」

　云いながら、卓上の呼び鈴を取ろうとした馬子の手が止まった。

「それなる剣士でしたら、ここにおります」

　男の声。同じく床下から聞こえてきた。馬子は一瞬目に驚きを走らせ、すぐに満足の笑みを浮かべた。

「行ってくれるか、虎杖」

「このうえもない名誉と存じます」

守屋が椅子から立ち上がった。「柚蔓、何をしている」

「わたしの剣でしたら、大臣選り抜きの蘇我剣士の首に沿っています」

冷ややかな女の声を聞いて、馬子は不安げに眉をひそめた。「虎杖、おまえは何を」

「わたしの剣は、大連がもっとも信頼する物部剣士の首に沿っております」

激突する殺気が床板を通過して吹きあがってくるようだった。馬子と守屋は顔を見合わせた。

「柚蔓、剣を引いて、ここに上がってきてくれ」

守屋が命じ、同様の趣旨を馬子も虎杖に呼びかけた。

そのとき、廊下に跫音が響いた。その足取りの早さが、伝えんとする内容の緊急性を物語っていた。

「大臣」扉の向こうから声がした。「帝のお召しにございます。ただちに参内《さんだい》するように、と」

「一緒にゆこう」守屋は馬子に云った。「おれのところにも呼び出しがかかっているはずだ」

龍眼は、ゆっくり、大きく見開かれた。揺れる蠟燭の炎がその瞳の奥に照らし出したのは、まぎれもない驚きの色だった。しばらくの間、天皇は押し黙ったまま守屋と馬子の顔を見つめていた。その傍らには中臣勝海が控えている。勝海の顔にも驚愕の表情が貼りついていた。守屋と馬子は天皇の口が開かれるのを待っている。さながら沈黙を競い合うかのようだ。無言の時間が重苦しく過ぎるほどに、室内の空気は冷え込んでゆくかに思われる。

「そういうことであったか」天皇が口火を切った。「厩戸は蘇我の腹、しかるに行先は三輪だったという。蘇我か、物部か――果たしてそのどちらならんと考えを巡らせていたが、意《おも》わざりき、両者が手を相携えていたとは」

「当の我らにしてからが、意外の念を禁じ得ぬ次第にございます、陛下」守屋が重厚な声音で応じる。

「政道においても常にかくあってくれれば、朕も助かるのだが」

天皇が浴びせた痛烈な皮肉を、守屋も馬子も顔色一つ変えず受け止めた。

「まことに痛み入りましてございます」馬子が答えた。「今回の初例を以て、嘉《よ》き前例といたしますよう、大連とともに努めてまいる所存にて」

「だが、なぜだ」

「存念が一致いたしましたので」

「存念とは?」

守屋が云った。「天照大神のご神託には添い奉らねばならぬ、という思いで一致したのです」

「面白いな。朕とて思いは同じぞ。七歳とはいえ皇族に列なる者を逐降いにかけるのは大事である。もしこの神託を公表すれば、どのような動揺を招くともしれぬ。そこで極秘裏にことを進めんと欲した。中臣大夫が力になってくれた。よもや神託の遂行を阻む者が現われようとは——しかもそれがそのほうら両人であろうとは——考えもしないことであった」

「我らとて、神託を履行しようとの一念から。しかも神託の一字一句どこまでも忠実に。勝海どのの手の者は、度が過ぎておりましたから」

守屋と馬子がかわるがわる話すのは、そのどちらが主導権を握っているかを天皇に悟らせぬため、あらかじめ申し合わせてのことである。

勝海があわてて天皇を振り仰いだ。

「すべては朕が命じたること」

勝海の顔を安堵の色がかすめる。

天皇は続けた。「大夫が負うべき責めは、し損じたという一事のみである」

勝海はうなだれた。すぐに顔を上げると、憎しみを隠さぬ目で守屋と馬子を睨んだ。

「もう夜も更けた。時間をこれ以上無駄にせぬためにも――」天皇の声に苛立ちが表われた。「単刀直入に云おう。厩戸を朕に渡せ」

「神託に背くわけには参りませぬ」守屋が不動の声を響かせる。

「何っ」

「神託に背くわけには参りませぬ」同じ言葉を馬子が繰り返す。

「そのほうら――」勅命を違《たが》えるつもりか、という言葉を天皇はかろうじて咽喉の奥に抑えた。綸言《りんげん》汗の如し。物部と蘇我を揃って敵に回せるほど皇位は盤石不動《ばんじゃくふどう》のものとなっていない。事態は天皇の考えを遥かに超えていた。いがみ合う両者が手を携えるなど、想定外というにもほどがある。提携した理由は何か。両者の利害が一致するとは考えられぬ。ならば、その辺りにくさびを打ち込んでくれよう。

「大連よ。厩戸は仏法に関心を抱いているのだぞ。それを助けるとは、いかなる魂胆だ」

「御子が仏法に。さようでございましたか」守屋は初めて聞いたという顔で云った。「しかし、それはそれ。わたしといたしましては、ただただ神託を履行しようとするばかりです。御子をお助けしたのでは毛頭ございませぬ」

「どうあっても厩戸を渡さぬというのだな」

「陛下、御子はすでに逐降われているのです」馬子が云った。「ですから大連もわたしも、逐降われた御子を如何にすることもできませぬ」

「…………」天皇の目に燃え盛っていた瞋恚《しんい》の炎は今や最高潮に達するかと思われた。が、天皇は数度瞬きして、理性の力で怒りの感情を抑え込んだ。代わって興味の色が少しずつ表われた。「とは、どういう意味だ」

「陛下は、我ら両人が厩戸御子をかばったとお考えあそばされておいでです」守屋が云った。

「そうではないと申すか」

「我らは御子をかばったのではなく、神託が忠実に履行されるべくお力添えいたしたのです」馬子が云った。

「力添えだと？」

「ご安心くださいませ。神託の通り、御子はこの国から、大八洲国《おおやしまぐに》から逐降われることでしょう。忝《かたじけな》くも我らがお力添えをいたしました」守屋が云った。

「わたしからも誓って申し上げます」馬子が云った。

「そのようなことを信じる朕と思うか。おおかた、いずれかの遠地の所領に隠しおくつもりであろう。朕の目が届かぬところに」

「あくまでお疑いとあらば、陸奥《みちのく》でも大隅《おおすみ》、薩摩《さつま》でも諸国の津《つ》々浦《うら》々《うら》にまで捕吏なりと探索使なりとご派遣くださって結構です」

「万が一にも御子が見つかれば、その時は潔く罪に服する覚悟にございます。神託不履行の罪を」

神託を実行できなかった罪であって、天皇の意志に背いた罪ではない――ということを馬子は言外に強調した。

「ふうむ」天皇は腕組みをした。さっぱりわけがわからない。何を二人は意図している。やはり両者に一致する利害があったということであろうか。「だとすれば」疑わしげな口調で云った。「卿らは朕の手間を省いてくれたことになるわけだが」

「陛下のお手を煩わせざる――さこそ臣下第一の務めにございますれば」

幕を引くように守屋が云った。


「どう考える」

守屋、馬子が退席すると、天皇は中臣勝海に訊いた。

勝海は、その下問を待っていたかのように眉を跳ね上げ、

「もっともらしく神託を盾にしてはおりますが、陛下のご意志をないがしろにしたるは明白にございます」

激しく弾劾《だんがい》する口調で云った。

「耐えもしよう、忍びもせん、今はまだ」天皇は自らに言い聞かせるように云い、「だが、

あの二人が手を握ったなど、どうも解せぬのだ。蘇我腹の子に、なぜ物部が手を差し伸べねばならぬ」

「首謀者は間違いなく蘇我大臣にございましょう」勝海は断言した。「大臣は御子を仏法の推進者に育て上げようとしておりました。伊勢神宮の神託を知って、どれほど衝撃を受けたことか。陛下の追及の手を逃れ、何とか御子を隠し通そうとする考えかと。いっぽうで物部大連の意図、これは確かにわかりかねます。こともあろうに仏法側に与力するとは、およそ不可解の振る舞いとしか云いようがありませぬ。大臣としては、御子を護るため大連の協力が不可欠と見て、大幅な譲歩をしたのではありますまいか。それほど大臣にとって厩戸御子が掌中の珠《たま》であるということの証」

「なるほどな。だが譲歩とは、どのようなものだ」

「大連が首を縦に振るほどの見返りを申し出たのでありましょう」

「ふうむ」天皇は思索の表情になったが、すぐに肩をすくめた。「考えていても埒《らち》が明かぬ。何があろうと朕は、あの者たちにしてやられるわけにはゆかぬ。神託履行の義務を負っているのは、あの者たちに非ず、天皇たる朕だ。神託を実行するは朕にあり。必ずや厩戸を逐降ってくれん。大夫」

「は」

「厩戸はまだそう遠くに逃げてはいないはず。人数を繰り出して必ず見つけ出すのだ」

勝海は大きくうなずき、決意を込めた声で返答した。「始祖、天児屋命の名にかけましても」

大淵蜷養は話の衝撃からまだ立ち直れずにいた。およそ信じ難いことだった。伊勢神宮に祭祀される天照大神より、廐戸を逐降いせよとの神託が下った。天皇はそれを拡大解釈して廐戸を秘かに殺さんと欲し、かたや物部と蘇我が手を握って天皇の暴挙に対抗するという。

蜷養は廐戸を見た。膝を抱えた姿勢で黙りこくっている。我が身にどれほど過酷な運命が降りかかってきたか、どこまで理解できているのだろうか。御子に寄り添うようにして田葛丸が蒼ざめた顔色で成り行きを見守っている。

蜷養は声を搾り出した。「で、どうしろと仰せなのだ」

「云ったはず。わたしたちは御子の逐降いに同行します。つまり従者となるわけです」柚蔓が答えた。

「しかし、それではまるで――」蜷養は一瞬、云い淀んだ。傍目に見れば、御子は連れ去られてしまうというに等しい。思いきって口にした。「まるで御子を、かどわかすようなものではないか」

「かどわかす？」柚蔓の眉が、まるで音を立てるかのような勢いで跳ね上がった。「人間きの悪いことを云わないで。御子の命を守ろうというのよ」

「他に方法はないのだ、大淵どの」虎杖があわてて割って入った。「少なくとも、ここ大和に御子の居場所はもはやない」

「大和の外にだってあるものですか。河内にも摂津にも……どこにせよ帝の力によってすぐに探し出されてしまうでしょうから」柚蔓は急かすように云った。

二対一だ。冷静になれ、と蜷養は自分に云い聞かせた。御子の命にかかわる重大事なのだ。「どこへゆこうとてか」

柚蔓と虎杖は素早く視線を交わし、柚蔓が首を横に振って答えた。「今はまだ」

「明かせぬと？」

「遠くに、とだけ。ここでは、それだけしか申し上げられない」虎杖が補足ともいえない補足をする。

遠国に厩戸の身をひそめさせようというわけか。確かに物部、蘇我ともに遠近に所領を広く分布させている。

「いずれ帝の力によって探し出されてしまうのでは？」

「今の話をしているのよ」

「大連か大臣か、どちらかの話を承れないものか」蜷養はなおも云った。目の前の二人を疑っているのではなかった。襲撃を受けたことが何よりの証である。馬子が信頼を置く虎杖は信ずるに足る男だ。柚蔓にしても、守屋が愛娘《まなむすめ》の護衛につけるほどで、何といっても襲撃者を倒したのは彼女なのである。柚蔓がいなければ今ごろ、厩戸も自分も田葛丸も、ここにこうしてはいないはず。が、そうであっても話は重大だ。厩戸は逃亡の旅に出る、いや、出される。追われる身となるのだ、逃亡者に。せめて守屋か馬子のどちらか、得《う》べくんば両者揃って事情を説き聞かせてほしかった。それでこそ蜷養としても自分を納得させられるというもの。

柚蔓と虎杖は申し合わせたように首を横に振った。

「お気持ちは察する。だが、それはできない」柚蔓より先に虎杖が云った。「帝が放った監視者たちは、目下、大連と大臣に最も厳しい目を注いでいるはず。そんな状況で二人と会おうというのは、御子の居場所を自分のほうから申し出るようなものです」

「では、池辺双槻館にも？」

「是非もありません」虎杖の声は沈痛だった。

蜷養の胸はまたしても波騒ぐ。母親の皇女さまにも一言だに告げる間もなく、大和を去らねばならないというのか。何という理不尽さだ。

「どんな非情を御子に強いているか大連も大臣もわかったうえのことよ」柚蔓の声は、虎杖が同情的であるだけになおのこと非情に響いた。この措置が誰の命令によるものであるかを蜷養に思い出させるようにそう云った。虎杖と自分に抗しても無駄だ、と。自分たち二人にしたところで、あくまで守屋と馬子の命令に従っているにすぎないのだから、と。

「せめて、皇女さまのご判断を仰がなければ」

なお蜷養は食い下がった。本来なら、御子の父である池辺皇子が我が子を護るべく積極的に動かねばならぬ局面である。だが皇子は遠く伊勢にいる。自らが指揮して造替を進めている当の神宮で、我が子の命にかかわる運命的な神託が出たと知らずにいるのだ。実に皮肉なことだった。となれば、ここは皇女にご出馬いただくよりない。

「大臣と大連がそれを考えなかったとお思いか」虎杖が云った。「御前を下がった後、ただちに池辺双槻館に参上して、事態をつぶさに皇女さまにご説明申し上げることになっている。皇女さまもきっとご納得くださるでしょう」

「御子」蜷養は厩戸に向き直り、片膝をつくと呼びかけた。「お聞きになった通りです。何とも困った事態となりました」七歳の少年にどこまでわかるだろうか――いや、自分の命がかかっているのだ。わかってもらわねばならない。「事態は深刻です。御子が選ぶべき道は二つに一つ。一つは、この二人に連れられて遠国へ身を隠すこと。一つには、この先いっさい仏法にかかわらないと帝に誓うことです」

厩戸は答えなかった。膝を抱えたままの姿勢で、顔を上げもしない。凍りついたように固まっていた。蜷養はさらに姿勢を低くし、伏せられた厩戸の顔をのぞきこんだ。顔色は蒼白で、目はうつろだった。こんな御子の姿を見るのは初めてだ。

「御子には酷です！」田葛丸が云った。

「酷は承知」蜷養は云い返した。当事者は厩戸なのだ。彼自身に選び取らせねばならない。

「この少年の云う通りだ、大淵どの」虎杖が云った。「仏法云々は、ひとまず御子が身を隠してからでも遅くはない。今はともかく大和を脱出することが先決」

蜷養はその言葉を吟味した。優先順位としては虎杖の云うことはもっともだ。「わかった。ただちに出発いたそう」

「大淵どのも？」面食らったように虎杖が云った。

「わたしは御子の傅役だぞ」蜷養は云い、それでも何の反応も示さない厩戸に声をかけた。

「御子、どうかご安心を。御子の身はこの蜷養が必ずやお護りいたします」

「命に代えましても」田葛丸が決然とうなずいて立ち上がった。


中臣勝海が退出した後も、天皇はしばらくの間、何事かを考え込むかのように立ちつくしていた。やがて小さくうなずき、踵を返して部屋の奥に向かって進む。二重三重の御簾《みす》をくぐると、そこは天井の高い小空間。中央には正殿の玉座にも似た壮麗な御椅子が安置されて、白い巫女《みこ》装束をまとった若い女がひっそりと坐っていた。輝くように白い顔が、迷い込んできた朧月《おぼろづき》のように闇の中にぼうっと浮き上がって見えた。その白さは御簾に遮られ、謁見の席の臣下は気づかぬ仕組みになっているのだった。

娘の口が静かに開かれた。「終わったのですね、お父さま」

「ひとまずのところは」天皇はうなずいた。

「何という恐ろしいことかしら、わたくしの得た神託が、こんな……結果を招くなんて」

その声は恐れ慄く言葉とは無縁で、むしろ面白がる響きが聞き取れた。

「神託が如何に遂行されるか、当然おまえも知りたかろうと思い、ここに呼び入れたのだが——どうであったか」

「わたくしは伊勢にて天照大神さまにお仕えする身、現実の政《まつりごと》に口を挟むことはできません。お父さまのお気に召す展開とはならなかったことを、娘として気の毒に思うばかりです」

「現実とはこのようなものだ。わしの意の通りに事はなかなか進んでくれぬ」

「でも結局のところ、神託は成就《じょうじゅ》したのではありませんか？　厩戸御子は逐降われました」

「おまえまで、大連と大臣の肩を持つか」

「そんなつもりでは——」

「わしはな、厩戸を亡きものにしてやらねば落ち着かぬ。若芽のうちに摘み取るのが肝要なのだ。おまえの得た神託は、わしの疑いが杞憂《きゆう》でなかったことの証明だと思っている」

「天照大神のお墨付き？」

「さよう」

「大連と大臣は、父上がお命じになって、わたくしに偽りの神託を出させたと疑っている様子でしたわ」

「莫迦を申せ。いくらわしだとて、いや、わしであればこそ神託の偽造などできるものか。あの二人も、それは承知しているはず。もっとも、下々の者がどう思うか――それはもはやわしの関知するところではないが」

「それはそうと、お父さま、わたくしはこの先どうすればよいのでしょう。畢生《ひっせい》の神託を得たからには、これ以上斎宮に留まることなど……」

畢生――皇族間に骨肉の争いを生じせしめかねない極めて異例、かつ重大な神託であるからには、菟道皇女の云い方は少しも大袈裟《おおげさ》ではない。喩えて云うならば、皇女は「黒い神託」を受け取ったのだ。その黒さゆえ、斎宮の要件たる処女性を汚されたも同然である。

「そなたはもはや伊勢に戻れぬ身となった」

「そのつもりで伊勢を出て参りました」皇女はさらりと口にしてうなずいたものの、それから先は重い口調となって続けた。「……でも、これからどう生きていけばいいのか……わたしは神に仕えるために生まれてきたような女だと思っています。幼い頃から霊的なものにのみ親しみ、現実の世界の喜怒哀楽には何ら関心が持てなかったのですから……今もそれは変わりません。伊勢の内宮《ないくう》にこもって神にひたすら祈りを捧げていたのは至福の日々でした……それを思うと、神託を要請なさったお父さまが恨めしい。皮肉なものね、厩戸を逐降えという神託を受けたわたしまで、伊勢から逐降われるなんて……いっそ死んだほうがましです」

「そなたには、果たしてもらいたいことがある。神への遣いだ」

皇女は黙って小首を傾げてみせる。父と娘の間に長い沈黙の時間が続いた。やがて搾り出された天皇の声は、剝がれた樹皮のように乾ききっていた。「始祖、天児屋命の名にかけましても——そなたも聞いていたように、中臣大夫はそう大見得を切った。しかし、こともあろうに物部と蘇我が手を組んだのだ。中臣にできることは限られよう。このままだと厩戸は、彼らの庇護で生きながらえるに違いない。大夫にだけ任せてはおけぬ」

「いっそのこと、神託を公表して、お父さまの天皇としての威令を天下に普《あまね》くゆきわたらせてはいかがでしょう」

「それはあくまで最後の手段だ。皇族に対してそのような苛烈な神託が下ったと知れ渡れば、どのような混乱が引き起こされぬとも限らぬ。内々にとどめておくに如かず。わしにも手が一つ残されている」

「わたしにお望みのこととは、それなのですね。神に遣いせよ、と?」

天皇は重々しくうなずいた。

「孰《いず》れの神に遣いすればよろしいのです」

「天照大神の母神――黄泉の王たる女神さまに」

菟道皇女の目が大きく見開かれた。

「いやならば、拒むことができる」弁解するように天皇は云った。「父として娘に無理強いしてよいことではないのだ」

「いいえ」皇女は笑った。すべてを心得たうえでの、伊勢から大和に参内して以来、初めて父帝に見せた心からの笑顔だった。「この片道のお遣い、謹んでお引き受けいたしますわ」

闇が深い。夜気は熱を孕んで重く、夜明けの気配など微塵も感じられない。黙々と運行する星々の下、天皇は両膝を半ばまで土に沈め、何かを祈るかのようだった。奇岩が周囲を繞《めぐ》る秘苑の一角。視線を目の前の地面に向け、ひたすら待ち続けている。菟道皇女の旅立ちは即決即行だった。斎戒沐浴を必要としなかったからである。なんとなれば向かう先は穢《けが》れの神界なのだ。

皇女は天皇の傍らに顔を伏せて横たわっていた。息をしていなかった。不憫《ふびん》な娘だと思う。父の意志に利用される形で一生を終えてしまった。現世の歓楽とは無縁のままで。しかし、愛する娘を犠牲にしてでも仏法の侵入、汚染からこの国を守らねばならないという天皇の決意は固かった。娘の命とひきかえに、必ずや既戸を亡きものとしなければならない。それでも父としての後ろめたい気持ちは如何ともし難かった。本人の云う通り、霊的体質に生まれた皇女にとって、これが最上の幸せなのかもしれぬと自分に言い聞かせることで、己の心を納得させるしかない。

次の瞬間、そのような苦悩は一気に消し飛んだ。目の前に異変が生じたのだ。掃き清められた平坦な地面が音もなく歪み始めたかと思うと、そこには八つの畝《うね》が出現していた。畝には頭があり、腕があり、そして脚があった。人体——まるで仰のけに横たわった八つの人体に、薄く土をかぶせたかのようだ。それが今にも立ち上がらんばかりの生々しさで目に迫った。頭と思しき辺りに一対の光が揺らめいている。地中から発せられる妖光——いや、眼光であった。黄泉——冥府の女王伊奘冉尊《いざなみのみこと》から遣わされた八つの使者が、下命を受けるため参上したのだ。天皇は自分が十六個の妖瞳に見つめられているのを感じ、声を発するべく息を吸った。

「ゆけ」天皇は命じた。「朕が甥——厩戸を仕留めるのだ」

天皇は、皇女を抱き起こした。指先に、屍身《ししん》の冷たさが伝わった。こらえきれぬ嗚咽《おえつ》が嚙みしめた歯の間から洩れ出し、星々の運行の伴奏曲であるかのように天空にしのびわたった。

田葛丸に呼ばれ、蜷養は甲板に上がった。「御子についていてくれ」

「わかりました」入れ替わりに田葛丸が船室へと降りてゆく。

　空気が重く湿っていることに蜷養は真っ先に気づいた。さっきまでは爽やかな潮風が吹いていたのだが、陽射しも心なしか翳っているようだ。舳先で柚蔓と虎杖が手招いていた。難波根垂《ねたり》の姿も見える。

「何事です」

「あれをご覧ください」

　虎杖が前方を指し示した。陽光を鏡面のように反射して黄金色にきらめいていた海は、彼が船室に引っ込んでいた間に、いかにも暗鬱な鈍色《にびいろ》に沈みこんでいた。鮮やかな一髪の青だった空と海の境界は、くっきり見分けがつくほどに黒ずんでいる。蜷養が見つめる間にも、黒い筋はみるみるうちに太さを増していった。

「あの黒雲が何か？」

「ほどなく嵐になると船長《ふなおさ》が」

「嵐？」

「間違いありませぬ」根垂が真剣な表情でうなずいた。「それも並みの嵐ではない。十年に一度あるかないかの大嵐になりそうだ。早いとこ港を見つけて陸に上がったほうがいい」

「かまいませんね、大淵どの」虎杖が訊いた。意見を訊くというより、承認を求めておくという云い方だった。

蜷養はうなずいた。「相手が嵐ならば、追手にとっても条件は同じであるはず。追手がかかっているとしての話だが」

海のことは海を知る者に委ねるよりない。こちらは海のない大和で生まれ育った身なのだ。難波根垂は物部に仕える経験豊かな船乗りとのことだった。物部水軍に属し、半島での軍事作戦のため輸送船に乗り組んでいた経歴の持ち主で、今はもっぱら難波と筑紫の航路を往復しているのだという。

——三輪山の隠れ家を脱出した厩戸、蜷養、田葛丸、柚蔓、虎杖の五人が夜通し生駒山を越えて駈け込んだ先は、河内に地盤を張る守屋の居館だった。すでに守屋からの指示が達せられていた。五人は休息を取る暇もなく船に乗り、広大な河内湖を西に横断、堀江を抜けて難波津に入った。根垂が船長を務める中型船に乗り換え、さらに西に向かって出発したのが二日前。当面の行先は筑紫にある物部領だと知らされたのは、纜《ともづな》が解かれて間もなくのことである。

それを聞いて蜷養はひとまず納得し、安心もした。筑紫には守屋も馬子も広大な領地を抱えている。そこに身をひそめれば、当分の間は帝の追及をかわすことができるだろう。その間に、事態が好転することを祈るばかりだが、楽観はできない。帝が考えを変えるなど、まずあり得ぬこと。いずれ帝の手は筑紫にも伸びてくる。どこまでかばいきれるものか――。

船は二日をかけて安芸《あき》の前洋にまで到ったところだった。陽が沈む前に港に停泊して夜を明かすというのが航海の鉄則だが、柚蔓は根垂に無理を云い、夜間も航行させた。根垂はそれをやってのけた。船を馬に喩えるなら、この海は自分にとって走り慣れた馬場のようなものだと根垂は豪語した。赤銅色に日焼けした根垂のいかつい顔には、船乗りの誇りとともに、武人の面影が濃くとどめられている。その顔が今、前方の小さな黒雲に恐怖の色を刷いていた。

「もう少し先へ行けば、風早泊《かざはやのとまり》があるのに」柚蔓が残念げに云う。佐伯《さえき》の風早泊は、安芸物部が支配権を持つ港である。「そこで上陸したいところだけれど」

「では、どこに船を停めると？」蜷養は訊いた。

「すぐ先に栗坂泊《くりさかのとまり》があります」

根垂はそう答えると、柚蔓に頭を下げ、舵手に指示を与えるべく急ぎ船尾へと向かった。

「栗坂泊は公領よ」柚蔓が蜷養に云った。

公領は何人《なんぴと》の出入りも自由だ。陸路からの追手を警戒しなければならない。

「御子にお伝えします」蜷養は踵を返そうとした。

「御子のご様子は？」柚蔓と虎杖の声は重なった。

蜷養は足を止めた。振り返って答えるまでもなかった。肩をすくめ、首を横に振った。

梯子階段を下りて船室に戻ると、田葛丸がもの問いたげな目を向けた。蜷養は厩戸に事の次第を告げた。「まもなく嵐が来るとのことで、船はこの先の栗坂泊に入ります」

厩戸は隅の壁に背を持たせかけ、床に足を伸ばしていた。両腕は力なく脇に垂れている。「そう」素っ気ない口調で云い、すぐに目を伏せた。瞳には生気が戻っておらず、顔色もすぐれない。

「御子……」この時も蜷養はかける言葉を探そうとし、結局のところ諦めた。厩戸の身になってみれば、どんな励ましの言葉や慰めの言葉があるだろう。七歳の男の子が引き受けるにはあまりに過酷な運命に襲われたのだ。しかも己を見舞った運命の変転を完全に理解している。だから御子は何も口にしない。父母に会いたいとも、大和に帰りたいとも、これからどうなってしまうのかとも、いっさい訊かず、訴えもしない。一滴の涙も流さない。普通の子供だったら泣きわめいているところだ。理不尽な神託に対する、厩戸のそれがせいいっぱいの矜持《きょうじ》なのである。そうした厩戸の心のはたらきは、蜷養や田葛丸のような側近であってこそ推し量れることだった。柚蔓と虎杖にはわかっていない。あの剣士たちときたら、厩戸が衝撃でふさぎこみ、心を閉ざしてしまったと看做《みな》しているのだ。何という単純さ。案じられるのは、厩戸の無理がどこまで持ちこたえるかという一点である。幼い心が負担に耐えきれず、折れたが最後、二度と修復できなくなる——それを蜷養はいちばん恐れていた。

船が揺れ始めた。強風が吹きつけてきたに違いない。すぐにも揺れは激しくなった。手を床について身体を支えていないと、転がってしまいそうなほどだ。ほどなくして船が港に入ったと告げられた。蜷養は厩戸の手を引き、田葛丸とともに甲板に出た。空は全体が灰色に塗りこめられ、数限りない黒雲が波立つように次々と吹き流れている。入江は白い波がしらを無数に見せて荒れ狂い、船は大きく上下している。

蜷養は港の様子を一瞥した。小高い丘陵が海岸線のすぐ近くまで迫り、三日月状になった狭い平野部に大小の家屋敷、宿、蔵、小屋が犇《ひし》めき合《あ》っている。集落は、平野中央を流れる川により東西の二地区に分かれていた。丘陵部は東西両端で長い岬を形成して海に突き出し、入江を抱擁する腕のように彎曲《わんきょく》して伸びている。それがために外海からの波の侵入が阻まれ、平時は天然の良港であろうと想像されたが、嵐は今や内外の別なく入江の海面をも容赦なく吹きなぐっていた。嵐を避けようという大小の船が入江を目指してひきもきらず押し寄せている。海原の輝く青さも、丘陵の豊かな緑も、きらめく陽光の黄金色も失われ、すべての光景は無慈悲な灰色に沈んでいた。

桟橋に降り立った時、ざあっと大粒の雨が降ってきた。たちまち咫尺《しせき》を分かたぬ降りようとなり、宿屋街は白い雨しぶきに包まれ、霧の向こうに建物の影がぼんやりと揺らめくだけとなった。船上から五人を見送った根垂の話によれば、栗坂泊には十軒以上の宿があるという。大豪族たちは各地にそれぞれの私有港を設けているが、中小の豪族たちはこうした公領の港を共同利用しているのだ。むろん大豪族たちの船も、今がそうであるように緊急の場合は退避先として使うことができた。

　駈け込んだ宿は二階建てだった。一階が広い食堂、二階が宿泊用の部屋という造りだ。突然の嵐とあって次々と船乗りたちが押し寄せ、一行は最後に残っていた二部屋をかろうじて確保することができた。その後も宿泊希望者は後を絶たなかったが、あぶれた者たちは他の宿を探すか、自分の船に帰って荒れる海の上で眠るしかないのだった。

　一階で食事を取りながら、柚蔓と虎杖はさりげなく宿泊客を観察する。海路からの追手は宿泊を断られるはず。さしあたって用心すべきは陸路の追跡者が先行していて、ここで偶然に鉢合わせする蓋然性だ。確率は高いとはいえないものの、あり得ぬことではない。

　蜷養は二剣士よりも楽観的だった。厩戸が筑紫を目指していることを追手が摑んでいるはずがないのだ。とすれば追手は四方八方に分散しているはず。追いつかれようとは思えない。

　食堂の床は板張りで、六人がけの方形卓が二十以上は並んでいた。客の大半は船乗りたち。嵐に遭遇したことを嘆き合っている。彼ら五人は注視の的となった。柚蔓の男装は完璧であったし、虎杖、蜷養にしても剣を佩いた姿は、豪族の使者としてさほど違和感がない。田葛丸はその少年従者と見られなくもなかった。問題は厩戸だった。高貴な身分を示す衣服は河内の物部邸で着替えてはいたが、それでもこの場に馴染まない雰囲気を隠しおおせられなかった。船乗りたちの記憶にとどめられ、遅かれ早かれ追手の耳に入るのは間違いない。蜷養の心配はむしろそちらに向いた。

風はいよいよ激しく吹き荒れ、宿の建物があちこちで音をたてて軋《きし》んだ。雨も勢いを増し、すべてのものを叩きつけるような雨音は、同じ卓を囲む者同士でも声を高めなければ話が聞き取れないほどだった。

食事をすませると二階に上がった。柚蔓は自分に割り振られた部屋を出て、四人の部屋にやって来た。「何かあった時、隣りの部屋でわたし一人だけ眠っていたなんて、どんな云い訳もきかないわ」

入口近い壁に背を凭《もた》せかけ、胡坐をかいて右膝を立てた。剣を左手で握って床に垂直につく。

「難波根垂さまは大丈夫でしょうか」田葛丸が口にした。船長以下の船乗りたちは、嵐だからこそ自分たちは下船するわけにはいかないと船に残ったのだ。万一に備え夜を徹して警戒に当たるという。

「心配は要らない」柚蔓が応じた。「守屋さまが最も信頼する海の男ですもの」

話題はそれで尽きた。早々に燭台の炎は消され、室内は暗闇の支配するところとなった。

蜷養は厩戸に添い寝しつつ、なかなか寝つかれなかった。これまでの二夜、船の揺れに慣れず、眠りは浅かった。この夜も強風が宿の建物を揺さぶって前夜の続きであるようなかすかな酩酊感《めいていかん》をもたらした。止む気配を見せない凄まじい雨音も入眠を妨げた。大和では今頃、どのような騒ぎになっているだろうか。またしてもそのことを考え始めた。神託は公表されまい——守屋と馬子の考えはそれで一致している、と虎杖が云っていた。ゆえに馬子としては事態をどう池辺皇子と間人皇女に告げたものか苦慮しているだろう、とも。愛する厩戸が傅役たちと突然姿を消し、皇女さまはどんなにお嘆きになることか。そう思うと蜷養の胸は重くふたがれる。ともかく、今は無事に筑紫に着くことだけに専念するのだ。その先、事情が好転することを祈るのみ。

次の瞬間、蜷養は飛び起きた。雨音、風音に混じって、別の音が聞こえてきた。最初は静かに始まった。狼の遠吠《とおぼ》えのように。こんな嵐の夜に鳴く狼がいるのか——と思ううちにも、遠吠えはますます大きさを増した。どおーん、どおーん、どおーんと大地が身悶《みもだ》えするような音になった。

暗闇の中で柚蔓と虎杖が動く気配があった。シュッと火の燧《き》られる音がし、蠟燭の炎が高く伸びあがった。闇に浮かび上がった二剣士の顔は、音に耳を傾けつつ、ただならぬ緊張の色を刷いている。

「起きろ、田葛丸」

蜷養が声をかけると同時に、田葛丸は目を覚ました。

「大淵さま、あの音は？」

「地鳴りだ」虎杖が云った。

続いて彼の言葉を裏書きするように、宿全体が震え始めた。蜷養は咄嗟に厩戸を抱きかかえた。それでも厩戸は昏々《こんこん》と眠り続けたままだ。

「地震！」田葛丸が竦《すく》んだ声をあげる。

「地震ではないわ」柚蔓が云った。「地崩れよ」

「その通りだ」虎杖がうなずいた。

互いの冷静さを競い合うかのような二人の剣士だった。

そこかしこの部屋で恐怖にかられた喚《わめ》き声《ごえ》、不安を訴えて叫び交わす声が聞こえていた。

突如、空が裂け、大地が悲鳴を上げた——としかいいようのない凄まじい音が轟《とどろ》いた。夜気が烈しく震えた。蜷養は厩戸を抱きとめた腕に思わず力をこめた。厩戸は目を覚ましたが、何も云わなかった。音はしばらくの間続き、やがて静かになった。地鳴りも止んでいた。

「終わったみたい」柚蔓が虎杖に云った。「船に移ったほうがいいのでは」

「嵐の中を動くほうがかえって危険だ」

「また起こったら？」

「大きなやつだった。あれで終わり。ここにいたほうが安全さ」

柚蔓は虎杖の言葉を吟味するように眉根を寄せ、やがて小さくうなずいた。

明け方、雨は上がり、風の勢いも衰えた。西からやってきた嵐は東へと駆け抜けていった。陽が昇ると、すべての惨状が瞭らかになった。彼らの部屋は二階の西北の角に位置していたが、雨戸を開けると、目の前に土砂の海原が広がっていた。丘陵部の西半分がそっくり消えている。土砂崩れを起こしたのだ。見渡す限りの泥の海は、丘陵に生えていたすべての木々を巻き込み、辺り一帯を呑みつくしていた。港町の西側半分は泥の下に沈み、壊滅していた。真夜中の出来事である。逃げのびた者はほとんどなかったろう。蜷養らの宿は町の東にあり、かろうじて被害からまぬかれていた。冷静さの権化《ごんげ》のようだった二剣士も、唖然として息を呑み、窓外の惨状を見やるばかりだ。もし、あの辺りに宿をとっていたら、今ごろは泥に押しつぶされて死んでいた――そう思うと、蜷養は幸運に感謝するとともに、身体が震え出すのを抑えられない。

人々は次々に外に出てきた。誰もが斉《ひと》しく驚愕《きょうがく》し、泥の海の周りを取り囲むようにして立ちすくんだ。その場に腰を落とす者も少なくなかった。やがて人々は、それぞれ名前を呼びながら泥の海に足を踏み入れ始めた。

「もはや誰も――」虎杖が悼《いた》む声で云った。「生きてはいないはずだ」

「そうではあれ」蜷養は挑むように云った。「亡くなった者たちを泥の海から出してやらなくては」

「どちらへ」

「彼らを手伝う」

「なりません」蜷養をさえぎるように柚蔓が戸口の前に素早く移動した。「わたしたちは、すぐに出港します」

「彼らを見捨てていけと？」

「大淵どの」虎杖が云った。「我らにできることは限られている。それよりも、この場の混乱を追手たちに利用されるようなことがあってはならない。柚蔓どのの云う通りだ」

その言に理ありと蜷養は認めざるを得なかった。

五人は宿を出た。昨夜の暴風雨が記憶違いのように青空が広がっていた。泥の臭いが大気にねばりつくように満ちている。

「柚蔓さま」

声は、泥海を前にしてごったがえす人ごみの中から聞こえた。難波根垂がほっとした顔で手を振っていた。彼は人の群れをかきわけ駆け寄った。「心配でお迎えにあがったのです。ご無事で何より」

「船は？」

「だいじょうぶです。何とか守り通しました。一睡もできませんでしたが」根垂は充血した目を改めて泥の海に向けた。「とんでもないことが起きたものですな。明るくなって、船からこの光景を見た時には、柚蔓さまたちが案じられ、心臓が止まりそうになりましたよ」

「すぐにも出発したい」柚蔓は云った。

「わかりました。こちらへ」

栈橋へ通じる道は、押し寄せてきた泥流で寸断されていた。一行は根垂の誘導で、泥層の比較的浅いところを選んで進んだ。

その時、わあっというどよめきがあがった。蜷養は足を止め背後を振り返った。歓声のようだった。生きているぞ、ここもだ、あっちもだ、という驚きの声が飛び交う。

「莫迦な」虎杖の顔に愕然とした色が走った。「そんなはずが……」

だが、それは本当だった。泥の海の中から腕がにゅっと伸び、助けを求めるように宙に突き出されたのだ。同じことが数か所で起きていた。それを目敏く見つけて人々は我先にと駆け寄り、腕を摑んで泥層の下から引っ張り揚げようとしているのだった。人々の間に興奮が渦を巻いた。泥人形と化した人が一人、また一人と引き揚げられてゆく。

駆け出そうとした蜷養の腕を虎杖が捉えた。

「放せ、虎杖どの。まだまだ生きている者がいるはずだ。手遅れにならぬうちに――」

「泥の海に沈んで、どうして生きていられる。地崩れは真夜中に起きたのだ」

「ご貴殿にはあれが見えないのか」蜷養は苛立たしげに云い、自由なほうの腕を差し上げ、あちこちで続けられている救出作業を指し示した。「彼らは現に生きているでは——」

蜷養は途中で言葉を切った。泥中から救い出された人たちの動きに、かすかな違和感を覚えたからだった。長い間泥の中に閉じ込められ、疲労困憊《こんぱい》しているはずなのに、彼らは妙に——活発だった。救出した人々は、当然ながら彼らの疲労を思いやって抱き運ぼうとしているのだが、その手は邪険に払いのけられた。

歓声とは異なる叫び声があがった。抱き運ぼうとする人たちが、救出された者たちに殴りかかられたのだ。しかも恐るべき打力だった。殴られた人々は一様に宙を飛び、泥の海の中へ仰のけに埋没していった。人々はひるんで後ずさりし、救出された者たちを中心に遠巻きの輪ができた。

泥人形も同然の彼らは、自らの足で歩き始めた。それがまた奇妙な歩き方だった。膝が上手く曲がらないのか、棒のように伸ばした脚を左右から振り出すようにして前進する。泥人形という言葉からの連想で、見えない糸によって操られた人形かと映じた。揃いも揃って膝を怪我しているのだろうか。さらに不可思議なのは腕だ。前方に突き出され、何かに摑みかからんばかりに指を曲げている。異様な行進に、救出作業を見守り、声援を送っていた人たちまでもが後ずさりを始めた。

「来るわ」柚蔓の指摘に、蜷養ははっとした。確かに泥人形たちはこちらに向かっている。その意志を、明確に示している。

「七人だ」虎杖が柚蔓に応じるように云い、蜷養の腕から離れた手は素早く自剣の柄を掴んだ。

「船長」柚蔓がそう呼んで振り返ったのより一瞬早く、根垂の悲鳴があがった。つられて背後を向いた蜷養は我が目が信じられなかった。誰もが怪事に目を奪われていた間に、近くにまで押し寄せていた泥流の中から八人目の泥人形が出現していた。自力で身体を引き揚げて歩き始め、気配を察して背後をかえりみた根垂が、悲鳴じみた警告の叫びを発したのだった。根垂の脇を抜けようとしていた泥人形は、叫び声に反応したように根垂に襲いかかった。柚蔓が鳥のように翔けてその前に迫った。羽交《はが》い絞《じ》めにされた根垂が盾となって行手を阻む。泥人形の両腕は根垂の咽喉を強い力でぐいぐいと絞め上げてゆく。

「斬れ、柚蔓どの」柚蔓の一瞬のためらいに気づいた虎杖が言葉を飛ばした。「そいつは生者じゃない」

柚蔓は身を翻して背後に回り込んだ。剣光が二度きらめいた。

「――船長？」

「大事ありません」根垂は首を撫でさすり、咳き込みながらも気丈に返事した。その足元には、三つに分かたれた泥人形が転がっていた。

「見たか、大淵どの」虎杖が剣を抜いた。「斬られても血が噴きほとばしらない。あれは死者なのだ」

七体の泥人形がすぐそこにまで迫っていた。ほんのわずか目を離していた隙に、彼らの歩行速度は驚くばかりに増していた。

「田葛丸、御子を頼む」蜷養も剣を鞘走らせた。

「御子、おれの傍から離れないでください」田葛丸の声を背後に聞きながら、蜷養は剣をふるった。泥人形たちの動きは狼のように素早かった。片端の敵を二つに斬り下げ、返す刀で隣りの泥人形を倒そうとしたが、もうその場にいなかった。蜷養の後ろをとって摑みかかろうとしている。蜷養はさっと脇に飛び退《との》くと、柄から素早く左手を離し、右手のみで剣を一薙《ひとな》ぎした。胴を離れて首が宙を飛ぶ。泥人形は、体表が泥にまみれているだけで、確かに人間だった。最初に倒した相手は、斬り裂かれた腹部から赤黒い内臓がなだれ落ちたし、二番目の対手の切断面には頸骨が白くのぞいた。だが、どちらも血が噴き出さないのが面妖だ。

首を失った身体が倒れてぶつかり、蜷養はよろめいた。三人目の泥人形の繰り出す拳が鼻先をかすめる。安定を欠いたままの姿勢で横殴りにふるった剣は、しかし手ごたえを得られずに終わった。泥人形は反対側の真横に移動していた。肩をしたたかに強打された。蜷養は背後に跳び退《とすさ》って剣を構え直した。泥人形は頭頂から左右に裂けてゆき、真っ二つになって左右に転がった。その後ろに、斬り下げた姿勢の虎杖がいた。彼は四体の泥人形を倒し、今、蜷養がてこずる五体目を無力化したのだった。

「腕の差ではありません」虎杖は息一つ乱さない冷静な口調で云った。「あなたはまだためらっている。いい加減、認めたらどうだ」

「早く船へ」

柚蔓が促した。根垂に続く柚蔓の後を、厩戸の手を引いて田葛丸が追う。

前方の泥海の中から次々と腕が突き出され、泥をかき分けながら自らの身体を引き揚げ始めた。慣れたように滑らかで素早い動きだ。たちまち八人の泥人形が前方を遮るように立ち塞がった。

蜷養と虎杖はほぼ同時に背後を振り返った。こちらはもう異変は起きていない。二人は前方に急いだ。厩戸の様子をうかがうと、顔色こそ蒼白だったが、取り乱したところはなく、田葛丸の手をしっかりと握ってひたすら駆けている。

「大淵どのは御子をお護りください」虎杖はそう云い置くと足を速めた。蜷養は厩戸に伴走する。

武器を持たない根垂は柚蔓の後方に退いていた。虎杖は彼を追い抜き、柚蔓の傍らに並んだ。間をおかずに八人の泥人形が襲撃してきた。虎杖は足を止めて彼らを迎え撃ち、柚蔓は速度を緩めることなく泥人形の群れに突っこんでいった。犇めく泥の間に剣光が幻のようにきらめいた。

柚蔓が駆け抜けた時、四体の泥人形が倒れ、虎杖は三人を片づけていた。最後の一人は引き返してきた柚蔓の剣を浴びて地に転がった。

「見て！」

柚蔓が声をあげた。すぐ前方の泥海から、またしても腕が突き出されてきた――と見るや八人の泥人形が穴から飛び出すように出現した。

「きりがないぞ」虎杖は舌打ちする。

同じことが幾度も繰り返された。倒しても倒しても新たな八人が現われる。泥流に呑み込まれた人の数が如何に多いかを物語るものだ。泥人形たちは新手《あらて》であればあるほど力強く、そして賢くもなっていった。泥の中から木切れのような武器になりそうなものを探し出し襲ってきた。泥を掬《すく》って投げつけるやつもいた。幾度目かの襲撃の時、泥の中の石が虎杖の顳顬《こめかみ》に当たり、血が流れた。それでも一行は着実に前進を続け、ほどなくすると、ゆるやかに上下する帆柱の群れが見えてきた。港はもうまもなくだった。

この頃になると、さすがに柚蔓も虎杖も息を荒くしていた。さらに八体の泥人形が現われる。泥流は港にまで押し寄せていたのである。八人とも何がしかの得物《えもの》を手にしていた。押しつぶされた作業小屋にあったものであろうか、鍬《くわ》、鋤《すき》、鎌といった刃物類、鉄の棒、櫂《かい》とさまざまだった。

どちらかと交替すべきではないだろうか。蜷養がそう考えた時、不思議なことが起きた。突然上空に一個の強い光体が出現した。太陽がもう一つ現われたような輝きだった。その光球は旋回するように下りてくると、みるみる柚蔓と虎杖を包み込んだ。まぶしさに蜷養は目を閉じた。そのわずかな間に光は飛び去り、二剣士は何事もなかったかのように剣を構えて立っている。すべては一瞬の出来事だった。

当の二剣士は、驚きに目を瞠っていた。周囲が一気に明るくなったかと思うと、すぐにまた元に戻った。何事もなかったかのように。しかし不可思議な明るさは、その出現の痕跡を確実に残していた。それぞれの握る剣身に、八つの星が並んで光っているのがそれだ。驚き怪しみつつ二人は、己の剣に刻印されたかのような神秘の光を見つめ、次いで相手の剣にも同じような奇蹟が起きているのを見て取り、問いかけるような視線を交わした。

八体の泥人形が目前に迫る。虎杖は八つの星を帯びた剣で先頭の一人を斬り下げた。剣先は左肩から右脇腹までを斜めに一文字に深々と抉《えぐ》った。

「やっ」

虎杖は叫び声をあげた。これまでとは違うものを斬ったかのような抵抗感を覚えた。人体と異なる不気味な弾力。しかも斬り口から真っ黒い蒸気状の気体が噴き上がり、焼け石に水を注いだ時のようなジュッという蒸発音が響いた。泥人形の虚《うつ》ろな口から初めて声が発せられた。悲鳴――断末魔の悲鳴である。この世のものとは思われない、おぞましい叫喚《きょうかん》だった。残る七体の泥人形が、予期せぬ出来事に動顚したように一瞬、動きを止めて仲間を見やった。その隙に柚蔓は造作なく次の一体を斬った。柚蔓の振るう八星の剣は泥人形の胴を水平に薙いだ。輪切りにされた上半身が傾いて倒れ、激しく音をたてて黒蒸気が噴出する。この泥人形も凄まじい悲鳴をほとばしらせた。

虎杖と柚蔓は踏み込んで双方もう一体ずつを斬り倒した。残る四体は後ずさりを始めた。そして動きを止め、操っていた糸が切れたかのように膝を折った。地面に頽《くずお》れる直前、二剣士はさらに二体を斬り捨てたが、不思議なことに黒蒸気も悲鳴も上がらなかった。手ごたえも前と同じに戻っていた。残りの二体は折り重なるように倒れている。

「見て」

それに最初に気づいたのは柚蔓だった。己の剣を虎杖に示してみせた。虎杖は目を瞠り、自分の剣身に視線を走らせる。こちらも同じ。星は四つしか光っていない。

「御子を狙った？」

「それ以外に何が考えられて？」柚蔓はぴしゃりと云った。素っ気ないものだ。説明を加える気もないようだ。蜷養は柚蔓から虎杖へと視線を移した。虎杖は無言で首を縦に振り、柚蔓の言を肯定した。

蜷養は絶句して空を仰いだ。まぶしいほどの碧空《へきくう》に白雲の群れが悠々と流れている。帆は順風を孕み、船を西へ西へと安定的に帆走させていた。まるで昨日の続きのような気がする。嵐の襲来などなく、栗坂泊に避難することもなく、山崩れや、その後に起こった筆舌に尽くし難い怪異など夢だったのではないか、と。三人は船尾近くの甲板に坐し、柚蔓と虎杖はそれぞれの剣を抜き身のまま傍らに置いていた。栗坂泊を出港して二刻ほど。御子は田葛丸が付き添い船室で休んでいる。

「あの場には大勢の人がいたにもかかわらず」虎杖が口を開いた。「あの者たちは、わたしたちだけを目指して突進してきた。狙いは瞭らかに御子」

「泥人形たちの正体は?」蜷養は訊いた。

「屍身だ。山崩れの犠牲になった者たちの」

「死者が生者のように動くなど……」

「大淵どのも、斬ってみてわかったはず。血が噴き出さなかった。なぜか――屍身だからだ」

返す言葉をなくした蜷養に代わり、柚蔓が虎杖に問いを発した。「屍身がなぜ生者のように動くか、心当たりがあって?」

虎杖は眉根を寄せて、首を横に振った。

「わたしにはある」

「聞かせてくれないか」

「死者の世界――黄泉国、またの名を根堅州国《ねのかたすくに》というのだけれど、その世界を主宰する神はご存じ?」

虎杖が肩をすくめ、柚蔓の顔をかすかな嘲りの色がかすめた。「仏法では地獄か極楽のどちらかに行くそうね。動物に生まれ変わるとも聞いたわ」

「わたしは蘇我の剣士だが」虎杖の声が苛立ちを含んだ。「すべての蘇我者が仏法に通じているわけではない」

　蜷養が代わって応えた。「根堅州国の支配者は、素戔嗚尊だと聞いているが」

「素戔嗚尊は最初、父の伊奘諾尊《いざなぎのみこと》から海原を支配するように命じられた」柚蔓は虎杖と蜷養の顔を等分に見較べながら云った。「それなのに命令に従わず泣いてばかりいる。その泣く状《さま》ときたら――青山は枯山《からやま》の如く泣き枯らし、河海は悉《ことごと》に泣き乾しき。ここをもちて悪しき神の音《こえ》は、さ蝿《はえ》如《な》す皆満ち、萬《よろず》の物の妖《わざわい》悉に発《おこ》りき――というほどだったそうよ。父神が理由を訊ねると、息子はこう答えた。僕《あ》は妣《はは》の国根堅州国に罷《まか》らむと欲ふ。故、哭《な》くなりって。素戔嗚尊の妣というのは、伊勢に祀られた皇祖神天照大神の母神、伊奘冉尊《いざなみのみこと》のこと。伊奘冉尊こそ黄泉国の女帝、根堅州国の女神なの。つまり、帝を遡れば死者の国の支配者にゆきつくというわけ」

「帝！」蜷養の叫びは虎杖のそれとも重なった。

「何を驚くことがあって？　そもそも御子の抹殺を命じたのは帝では？」

「帝が……その、つまり……」虎杖が言葉を探しながら云った。「死者の国の支配者である女神の後裔《こうえい》だという縁を以て、あれを？」

「帝は、神託の件で先祖神の天照大神を動かした。今度は、その母神である伊奘冉尊の助力を求めたのね。厩戸御子の息の根を止めるために。あれは死者の国から送り込まれた刺客よ。死者であるのは当然だわ。たまたまの嵐で山崩れが起こり、大量の犠牲者が出た。それを利用した。あの死者たちの特徴をあげてみて」

蜷養と虎杖は互いの顔を見やり、困惑の色を認め合った。

「特徴と云われてもな」

「最初のやつらの動きは木偶《でく》のようにぎこちなかった。これが後になるほどこなれた動作のように見えた——傍目に見てのことだが。実際にはどうだったか、虎杖どの」

「確かにその通り。それが特徴といえば特徴だ。先陣の不備に鑑《かんが》みて学ぶが如し、というやつか」

「いいえ、屍身の動かし方に習熟していったからよ」

「習熟していった？　どういう意味だ」

「泥の下には大勢の屍が埋まっていたのに、一度に甦ることはなかった」

「そんなことになっていたら——」おそらくはひとたまりもなかっただろうと続けようとして、蜷養は、はっとして別の言葉を口にした。「そうか、八人だ！　甦った屍身は多くて八人だった。常に八人——」

「黄泉の刺客が八人だからよ。屍身に乗り移り、操る力を持っている刺客たち」

「屍《しかばね》は乗物に過ぎない、というわけか。斬られたら、すぐ別の屍身に乗り換えればいい、と」虎杖は合点がいったようにうなずいたが、すかさず次なる疑問を口にのせた。「なぜ八人なんだ」

「伊奘冉尊を亡くした伊奘諾尊の悲しみは相当なものだったそうよ」柚蔓がまたしても神《じん》代《だい》の故事を援き始《ひ》め《はじ》たので、蜷養は舌を巻く思いだ。女だてらに剣の遣い手というだけでなく、神道にも通じているらしい。「頭辺《まくらべ》に匍匐《はらば》ひ、脚辺に匍匐ひて、哭《な》き泣《いさ》ち流涕《かなし》びたまふ――というから、ある意味、素戔嗚尊は父神にそっくりだわ」柚蔓は一瞬、魅力的な微笑を見せ「それはさておいて、伊奘諾尊は亡き妻を慕うあまり黄泉国に赴くの。でも、見ないでくれと云われたのに伊奘冉尊を見てしまい、その膿《うみ》沸き虫流る姿に震え上がって逃げ帰ったのよ。吾、意はず、いなしこめき汚穢《きたな》き国に到《き》にけり、と云い捨ててね。伊奘冉尊は怒ったわ。そして泉津醜女《よもつしこめ》に後を追わせるのだけれど、その泉津醜女の数が八人なの」

「帝の要請に応じて」虎杖は自らに納得させるようにゆっくりとした口調になって云った。「伊奘冉尊が泉津醜女を派遣した。我々の前に出現した屍身は、八人の泉津醜女に操られていた」

「というのが、神代の知識を動員しての解釈よ。それが絶対に正しいと云い張るつもりはないけれど」

「すると、この現象はどういうことになる」虎杖はかたえに置いた剣を指差した。鋼の中に四つの星が輝いている。どこか桃の形のようにも見える星が。埋め込まれた宝石か何かが陽光を反射しているのではなく、自ら発光していた。

「それはわたしにもお手上げ」柚蔓はあっさりと認めた。「でも、こう考えられなくもないと思う。最初、いくらわたしたちが斬っても斬っても、泉津醜女たちは次々に屍身を乗り換えてきた。きりがない、あなたそう云ったわね。けれども、わたしたちが不可思議な光に包まれ、剣に星光が宿ってからは違った。屍身だけじゃなく確実に泉津醜女を倒せたんだと思う。あなたはそうは思わなくって？」

「確かにそれまでと異なった手応えのようなものは感じたよ。もしそうなら、わたしは二人倒したんだ」

「こちらも二人」柚蔓は剣身に列した四つの星を畏敬の眼差しで改めて眺めやった。「わたしたちの剣に宿ったこの星は、泉津醜女を斥け得る霊的な力の表象であり、同時に標点でもあるということね」

「標点か。八引く二引く二は、四。では、泉津醜女はあと四人残っている？」

「仲間が倒されたのを見て、慌てて屍身から脱出したのね。いずれまた御子を狙ってくるわ」

蜷養は顔が強《こわ》ばるのを覚えた。事態はまだ終わっていないのか。

「案ずるな、大淵どの」虎杖が云った。「敵の正体がわかったからには、対策を立てられる。第一に、御子を忌み事《いごと》から極力遠ざける。葬儀や事故の現場といったものからだ」

「なるほど」

蜷養はやや気が楽になった。泉津醜女と聞いて徒《いたずら》に恐れることはない。黄泉国の手の者であるからには、死体を介するしかないわけだ。

「第二に、我々にはこの不思議な剣がある。泉津醜女が屍身に乗り移って出現した時、その時こそは泉津醜女が倒れる時だ」虎杖は、不思議そうな眼で剣を見やった。「それにしても、誰が我々に加勢してくれたのだろう」

「根拠のあることではないけれど」柚蔓がためらいがちに口にした。「八人の泉津醜女の追撃を逃れて生者の世界に生還した伊奘諾尊に、自らも追いかけてきた伊奘冉尊はこう告げたそうよ。――愛《いと》しき吾が夫君し、如此言はば、吾は当《まさ》に汝が治す国民、日に千頭縊《くび》り殺《ころ》さむ。夫の伊奘諾尊はこう答えた。――愛しき吾が妻し、如此言はば、吾は当日に千五百頭産ましめむ。ここに絶妻之誓約が成立したの。神代の世界は、今のわたしたちの目から見ると、どれほど超自然で不合理で、矛盾だらけに見えようとも、やはり神代は神代なりの約束事で成り立っている。二神の誓約の証として、この世とあの世の境である泉津平坂には、道返大神《ちがえしのおおかみ》が君臨することになった。またの名を黄泉戸大神《よみどのおおかみ》というのだけれど、幽明の境界を維持治安するこの大神からすれば、今回のことは伊奘冉尊による明々白々たる越権行為よ」

「そうか、幽明の境を踏み越えて黄泉国の者が生者の世界で力を行使するのだからな。境界神としての面子《メンツ》は丸潰れだ」

「そんな場合に備えて、黄泉の力に対抗する力を授ける権限が道返大神には与えられていたのではないかしら。伊奘諾尊と伊奘冉尊の誓約の中に織り込み済みのこととして。もちろん、これはあくまでもわたしの想像に過ぎないわ」

「だとすると、我々にこの星を授けたのは、道返大神というわけか」虎杖の声に途惑ったような響きがあるのを蜷養は聞き取った。彼とて思いは同じ。いきなり神話の世界に投げ込まれ、自分たちを取り巻く次元が漠然と溶解を始めたような感覚だ。

甋戸が甲板に出てきたのが目に入り、蜷養は立ち上がった。

「御子、お休みにならずとも宜しいのですか」

「下にいると、かえって息苦しいんだ」甋戸の顔は相変わらず蒼白く、表情に乏しい。

「新鮮な空気が吸いたくなって」

そう口にはするものの、深呼吸をするでもなく、虚ろな目で舷側の向こうの景色を眺めやる。背後で田葛丸がはらはらする顔で見守っているが、御子のあまりの生気のなさに蜷養も胸が詰まりそうになる。いつのまにか潮風は弱まり、帆は力なく垂れ下がる一枚布と化していた。

御子の目は右舷に向けられた。蜷養たちもその方向を見やった。船は陸地に沿って航行している。沿岸部には山崩れの惨禍が幾つも目についた。昨日の嵐は栗坂泊に襲来する前にも各地に猛威を振るい、禍々しい災害の爪痕を残していたのだ。

「陸地には近づかないようにしてもらいたいものだ」虎杖は柚蔓に云った。すべての山崩れが集落を呑みこんだのではないにしろ、妙に落ち着かない気分だった。

「船長も心得ているはず」柚蔓が答えた。

船首から根垂の呼ぶ声が聞こえ、柚蔓と虎杖が腰をあげた。二剣士はそれぞれの剣を鞘に斂めると船首に向かった。蜷養は視線で彼らを追った。二人を前に、根垂は船首の舷側から身を乗り出さんばかりにして海面を指差し始めた。

「虎杖さんの話によれば――」田葛丸が厩戸に話しかけるのを聞きながら、蜷養は船首の三人から目を離さなかった。柚蔓と虎杖の肩に力が入るのが見えた。何か起きたのだろうか。「もうしばらく行くと、海峡が見えてくるそうです。長門《ながと》と筑紫の間にある狭い海峡で、これを抜けると目的地はすぐだって。もう少しの辛抱です、御子」

厩戸の返事はない。ややあって聞こえてきたのは田葛丸の慌てふためいた声だった。

「御子！」

蜷養は素早く振り向いた。田葛丸が、倒れかかってきた厩戸の身体を抱きとめていた。

厩戸の両目は閉じられ、喘《あえ》ぐように小さく口を開いている。田葛丸から奪うようにして厩戸を甲板に横たえた。

　厩戸は目を開いた。「だいじょうぶ。ちょっと目がくらんだだけだから」

「陽射しがきついんです。やっぱり船室に戻って横になりましょう」田葛丸が促す。

「御子、もしや熱があるのではございませんか」蜷養が厩戸の額に手を伸ばそうとした時、彼の名が船首から呼ばれた。ただならぬ声音に振り返ってみれば、虎杖はこちらに向かって大きく手を振り回している。

「御子を頼んだぞ」田葛丸に云うと、蜷養は船首へと急いだ。

　指し示されるまでもなく彼の目は、海面に起こった非常事態に吸い寄せられた。戦慄が背筋を駆け抜けた。前方の波間に、白いものが幾つも漂っている。水死人だ。

「わたしたちが呼ばれた時は一体だった」虎杖が云った。「見ているうち、次々と四体が海中から浮上して――」

　その言葉が終わるか終わらないかのうちに、さらに四つの頭が相次いで浮上した。九体。

「船の上は安全だと思ったのに……迂闊だったわ」柚蔓の声は重い。

　蜷養はそそけ立つような恐怖に襲われた。まさに迂闊だ。陸地にあれほどの惨状をもたらした嵐だ、海が無事であったはずがないのである。どれぐらいの船が巻き込まれ、海の藻屑《もくず》と消えたことだろう。海中で水死者が群れをなして漂っている幻像が浮かび、それを何とか脳裏から払い落としながら柚蔓に訊いた。

「泉津醜女か？」

「云わずもがなよ」

「ただの水死人かも」

「浮いてくる時は」根垂が答えた。「膨れた腹を見せているものです」

蛇養は即座に意味を理解した。九体はすべて面を伏せている。頭から浮いてきた証だ。潜水から浮上に移った生者の如くに。

「見るからに新しい」根垂はだめ押しのように付け加えた。「普通なら、腹だけでなく手足もむくみきって浮き上がってくる」

また四体、そして四体。十七体になった。

「四つずつ増えている」柚蔓が蛇養に云った。「これでも泉津醜女の仕業ではないと？」

「浮いてくるのが早すぎる。水死者は、この広い海のあちこちに散らばっているはずだが」

「水面近くに集めておいた。待ち伏せよ、これは」

死体の出現は前方にのみ集中していた。

「乗り込んでくるつもりだ」虎杖が云った。

蛇養は真下に目を落とした。水面まで一丈（約三メートル）。攀じ登れない高さではない。しかし、まだどの水死体にも動きは見られない。うつ伏せになって波間に揺られているだけだ。とはいえ数だけは四つ刻みで増してゆく。

「慌てることはない」虎杖は蜷養に云った。「どれだけ数が多くても、泉津醜女が同時に動かせるのは四体まで。我々は三人、一人少ないだけだ」

「こうなるとわかっていたら」根垂が嘆いた。「大型船で来るのでした」

大型船ならば水面から舷側までは高く、兵士を乗せることができた。中型船を選択したのは、船足の早さを優先させたからである。一刻も早く厩戸を筑紫に移送するためだった。

「柚蔓さま、ご指示を」

「避けては通れなくて？」

「もう間に合いません」根垂の声は上ずった。舵を切るには遅すぎる。すぐにも船は、死体の群れが浮上する海面に突っこんでゆくだろう。

「ともかくやってみて」

「わかりました」

根垂は大声を張り上げ、船尾の舵手に面舵《おもかじ》を命じた。左前方より右前方のほうが死体の数は少なく見えた。次に根垂は乗組員を船首に集合させた。集まったのは舵手を除いた五人。前方から押し寄せる水死体の群れに息を呑む。今や水面は死体によって埋め尽くされたかに見えていた。五人は命じられた通り鉤棒《かぎぼう》や櫂を手にした。

蜷養は剣を抜き放った。柚蔓も虎杖も鞘走らせる。合わせて八つの星が二剣士の手の先で陽光に負けないほどの輝きを放った。

「気をつけてやるんだぞ」根垂は乗組員に云い渡した。「死体と思うな。いつ動き出すかしれん。慎重にやれ」

栗坂で泥人形――生ける死体に追いかけ回された根垂は、その恐ろしさが身に沁みている。が、乗組員たちのほうはまだ半信半疑だった。

船はゆっくりと右に回頭を始めた。しかし、根垂が間に合わないと云った通り、結局は死体の海の真っただ中に突っ込んでゆくことになった。

二本の鉤棒、そして三本の櫂が船から伸ばされてゆく。乗組員たちは力を込めて船先から死体を押しのけようとした。異変はその直後に起きた。押しやられるがままだった二体から、腕が突如、鎌首をもたげる蛇のような動きを見せて伸びたかと思うと、鉤棒の先を引っ摑んだのだ。鉤棒は強い力でぐいっと引かれた。乗組員の一人は舷側の内側に身体をぶつけたはずみに手から鉤棒を放した。彼はそれで助かった。もう一人はあまりに強く握っていたため、舷側を越えて海へと投げ出された。

「足嶋《たりしま》！」傍らの男が名を叫び、死体を押しのけていた櫂の先を、落下した同僚に差し向けた。「摑め！　摑め！」

機敏な動きだった。が、それでも遅かった。転落した乗組員は腕を伸ばしたものの、かなわず海中に没した。恐怖の表情を浮かべた顔が消え、櫂を摑む寸前だった手は、むなしく宙を掻いて波間に没した。引きずりこまれたとしか思えなかった。

「気をつけて」

柚蔓が警告の声を発した。二本の鉤棒は、今や水死体の手に渡り、しかも反転して先後が持ち替えられていた。海面から船端に向かって伸びた二本の鉤棒は、二人の乗組員の首筋をかすめ、すぐに引き戻されるや先端がうなじを突き刺した。

虎杖が駆けつけた。剣の一閃で、鉤棒の先端は斬り落とされた。鋭い鉤で延髄を穿《うが》たれた二人は即死だった。折り重なるように甲板にくずおれた。

残る二人の乗組員は、真っ青な顔で櫂を手放し、後ずさった。

舵を切った甲斐もなく、船首には漂う死体が押し寄せ始めた。そのうちの二体は、先端を失った鉤棒を右手に握って、今にも槍のように投擲する構えを見せてこちらを威嚇している。腰から下は海中にあり、左手で水をかいている。一人は若く、一人は老人。その顔からは生きている表情が失われ、死者であることは一目瞭然だった。三剣士と二人の泉津醜女が船上と海上で対峙《たいじ》する。何とも奇怪な構図である。

「あと二人いるはず」柚蔓が根垂に云った。「しっかり監視していて。登ってくるつもりよ」

根垂はうなずくと、二人の乗組員を促し、海面にせわしない視線を投げる。後方から悲鳴が聞こえたのはその直後だった。続いて水しぶきの音。

「わたしが」

蜷養は身を翻した。その目は真っ先に厩戸の無事を確認する。厩戸は起き上がって、田葛丸の背にしがみついていた。

「大淵さま、あれを！」

短刀を構えた田葛丸が船尾を指し示す。今の今まで懸命に舵を操っていた船員の姿はなかった。代わって二人の身知らぬ男が舷側を越えて甲板に降り立ったところだった。はっきり水死体とわかる。どちらもびしょ濡れで、肌は蒼白くむくんでいる。一人は筋骨たくましい若者だ。船員の素衣を身につけている。今一人は身分ありげな衣装で、腰に剣を佩いている。顔は左半分が潰れているが、初老の域に達した年齢のようだ。

蜷養は泉津醜女の狙いを察した。大量の死体は船首に注意を引きつけておくための、いわば囮《おとり》で、その間に船尾から乗り込む肚《はら》だったのだ。初老の男が剣を抜いた。先刻の泥人形とは違って、生者により近い動きだった。土石流に押しつぶされ泥の中で固められた死者と、水の中をたゆたっていた者との差であろうか。

蜷養は甲板を蹴って大きく跳躍した。初老の男に一太刀浴びせたつもりが、剣は空《くう》を切った。対手はわずかに後方へ片身を開いて蜷養の一撃をかわしたのだ。剣の心得のある者ならではの動きだった。生気を失った顔の中で、剥き出しの歯が陽光を反射して白く輝いた。

その隙を衝いて、若者の屍身が厩戸に向かって駆け出した。田葛丸は武器を取り替えていた。無腰の対手であるにせよ、短剣では心もとない。細螺一族の一人として武術の心得はあるものの、何しろ敵が敵だ。短剣の柄を厩戸の手に握らせると、鉤棒を取りに近くの舷側へと走った。舷側にはさまざま道具が掛けられていて、鉤棒もその一つだ。そのうちの一本を手にしたのと、若者の屍身が走り始めたのは同時だった。田葛丸は槍を扱う要領で鉤棒を突き出した。先端が屍身をとらえる前に、若者は足が何かをひっかけたように前方につんのめると、うつ伏せになって倒れた。動かなくなった若者に鉤先を慎重に向けたまま田葛丸は厩戸の許へ駆け戻る。

蜷養は初老の男と斬り結ぶこと三度だった。さだめし生前は実力のある遣い手だったに違いないと思われた。しかし金属と金属がぶつかり合う衝撃に、腐敗の始まっていた屍身が持ちこたえられなかった。三度目の激突で、初老の男の手首がずれるように折れた。すかさず蜷養は剣をそのまま押してゆき、胸から下腹にかけてを縦一文字に斬り裂いた。血は噴き出ず、臓物が甲板にどっとなだれ落ちた。腐敗臭がむうっと立ち昇り、それを吸い込んだ蜷養に吐き気を催させた。一瞬、蜷養は己の剣身にうらめしげな視線を走らせた。今の戦果は、水死体を一体、使用不可能にしたに過ぎない。彼の剣にも道返大神の力がやどっていれば、泉津醜女を三人に減らせたものを。道返大神は、あの時に泥人形を対手に奮戦していた柚蔓と虎杖の二人だけを対泉津醜女の戦士として認定したようだ。

剣身に動くものが映じた。船尾左舷。舷側の上板を伸びてきた手が掴んだ。ほぼ同時に彼の視界の端には右舷での同じような動きも飛び込んでいた。

「また来たぞ」

田葛丸に急を告げ、一瞬迷ったが、蜷養はより近い右舷に走った。舷側越しに現われたのは船乗りらしい中年の男の顔だった。濃く赤銅色に日焼けしているので、生気のない虚ろな表情を差し引けば、まだ生きているように見える。剣先が届くまでに距離を詰めるより早く、屍身は舷側を乗り越えた。しかし、甲板に両脚を下ろすや、両膝を折り、腰も折って、上体を甲板に打ちつけるようにしてくずおれた。

蜷養は左舷を振り向いた。額から頭頂部にかけての皮膚がこそげとられ、白い頭蓋骨を露出させた男の顔が出現した。素早い動きで舷側に上がったが、その身体は鞠《まり》のように丸々と肥満していた。彼は足を踏み外したように舷側の上から滑り落ち、その身体は甲板の上をころころと転がり、すぐに動かなくなった。

「ややっ？」

蜷養は眉根を寄せた。

「謀《はか》られたようだぞ」海上で威嚇行為を繰り返す二体の屍身を焦りの目で見やりながら、虎杖は蜷養を案じ船尾を何度も振り返った。「このままでは大淵どのが――御子の身が危ない」

「ここを離れるわけにはいかない」柚蔓が答えた。自らに対する苛立ちを含んだ声だった。蜷養の加勢に赴けば、泉津醜女はすぐにも船に駆け上がってくるだろう。

「忌々しいやつらめ。ああしてわたしたちを足止めしているんだ……おい、何てことを！」

虎杖が慌てて叫んだ時には、柚蔓は己の剣を投擲した後だった。剣は一直線に宙を飛び、右側にいた屍身の額を貫いた。その勢いで屍身はしぶきを上げて仰のけにひっくり返った。

「気でもふれたのか！　剣を投げるなんて！」

「星は幾つ？」

「え？　ああ」虎杖は剣身にさっと視線を走らせる。「三つだ！　あと三人……しかし、あの剣なしでどうやって戦うつもりなんだ」

柚蔓の剣を額に生やした屍身を波が洗い始めた。浮力を失って徐々に沈みだしている。

「それを」

柚蔓は傍らの根垂の手から鉤棒を奪うようにして握った。

「おい、そんなものでは……」

虎杖は舌打ちした。沈む前に屍身を引き寄せようというつもりか。

泉津醜女も即座に反応した。こちらを威嚇していた鉤棒を、沈みゆく屍身に向けようとした。柚蔓に引き寄せられる前に押し沈めてしまおうというのだ、道返大神の力を授けられた剣もろともに。

次の瞬間、虎杖は絶句した。鉤棒を左手にするや柚蔓は、軽業師《かるわざし》も目を瞠るであろう身軽さで舷側に飛び乗るや、海に向かって大きく身を躍らせた。

「柚蔓さま！」根垂が舷側から身を乗り出した。

虎杖も啞然として柚蔓の動きを目で追った。柚蔓は海に落ちなかった。なんとなれば海面は夥しい数の水死体で埋め尽くされているからだ。落ちようのない道理である。柚蔓は水死体の背に飛び乗った。その衝撃と重みで水死体は当然ながら海中に没しようとする。しかし、それに反発するものがある。水の抵抗だ。その一瞬の反発力を逃さず利用し、次なる水死体へと素早く乗り移る。

仲間を失った泉津醜女は、またしても鉤棒の向きを変えた。狙いは柚蔓。鉤がない代わり、すぱっと斜めに切りおとされた先端は槍の代用として充分な機能を備えている。単なる棒として振り回しても柚蔓の動きを掣肘《せいちゅう》することは可能だ。

柚蔓の動きはそれ以上に迅速だった。鉤棒が襲来する直前に次の死体に向かって軽々と跳躍した。槍はいたずらにその後を追うばかりとなった。

水死体が突然動きを止めた不可解さを考えている余裕は蜷養になかった。すぐにも登ってきた新たな二体に対処しなければならなくなったからだ。どちらも素手で、一体は髯面《ひげづら》の偉丈夫《いじょうふ》、一体は頬にまだ少年の面影を留めた——いや、容貌、外見など、どうでもいいことだった。彼らは泉津醜女に操られているという点で、単に兇悪な水死体、すなわち敵というに過ぎないのである。

蜷養は髯面の男に向かって突進した。剣が唸りをあげて水死体の頭上に振り下ろされる。そうまでして力まずとも、こちらの——つまり現界の武器がほんの少しでも死体を傷つければ、幽界の住人である泉津醜女にとって使用不能になるのだとわかっていた。どういう定理が働いているのか知る由もないが、経験的にそうであると判断できた。それでも蜷養は全力を出さずにはいられなかった。彼の渾身の一撃は、しかし空を切った。烈しい刃風に吹き殴られたように髯面の偉丈夫はその場に腰を落とし、長々と伸びてしまったからである。

「またか？」

蜷養が怪しんでいたのは一瞬だった。すぐに反転してもう一体に向かった。少年の水死体は子鼠《こねずみ》のような敏捷さで甦戸と田葛丸に迫ろうとしていた。

田葛丸が鉤棒を突き出した。少年はそれを巧みに避けた。蜷養は身を前方に躍らせ、その勢いで甲板を滑りながら剣を伸ばした。少年の足首を斬るはずだったが、わずかの差で間に合わなかった。蜷養は目を疑った。少年は膝を折って前方につんのめったのだ。甦戸のすぐ前だった。駆け寄った田葛丸が甦戸を背にかばいながら、倒れた少年に鉤棒を用心深く向けた。少年は動かなかった。元の水死体に戻っていた。

「何てすばしこい。大淵さま、危ないところを助かりました」

「おれはどこも斬っちゃいない」

「じゃあ、なぜ倒れたんです、こいつは」

蜷養は甲板を見回した。六つの死体が転がっている。そのうち一体だけが蜷養の手にかかった。すなわち無力化されたのは一体のみ。他の五体は――。

「そうか！」

解答が頭に閃いた時、また新たな二体が舷側を越えて甲板に降り立った。二人とも武人で、已《すで》に剣を握っていた。

「御子を連れて船首へ行け。早く」

五体の屍身を運び上げられてしまった。もはや船尾は安全圏ではない。ここは、あの二人に委ねたほうがいい、道返大神の力が宿る剣を持った彼らに。田葛丸を促すと、蜷養は武人の水死体に対処すべく船尾に駆け戻った。二人の武人は蜷養が接近するのを見ると、さっと左右に分かれた。蜷養は迷わず右の武人に向かった。すると右の武人はまたしても自らくたくたと崩れていった。泉津醜女の魂胆が読めた以上、蜷養は途惑わなかった。剣を振り下ろし、右手首を切断する。泉津醜女が離脱した後の死体を傷つけたところで無力化したことにはならない。ならないが、剣は奪っておかねばならなかった。蜷養は剣を拾い上げた。斬り落とされた手が柄を握ったままである。もう一人の剣士を目で追った。左側の剣士は蜷養に見向きもせず、御子のほうへと走ってゆく。柄から手を剝がしている余裕はなかった。そのままで投げつけた。剣は宙を飛び、狙い過《あやま》たず剣士の腰に突き刺さった。剣士は倒れた。蜷養は駆け寄り、その背から剣を抜くと、舷側越しに海に抛り出した。ついで、こちらの右手にも己の剣を振り下ろして手首を切断、剣を海に投げ捨てる。

「大淵さま！」

田葛丸の悲鳴。蜷養は顔を振り向けた。田葛丸と御子は、二体の屍身に前を塞がれていた。一人は最初に初老の剣士と乗り込んできて自ら転んだかに見えた若い船乗り、今一人は髯面の偉丈夫で、その手には初老の剣士が握っていたはずの剣があった。

泉津醜女は戦法を転換し、棒を横薙ぎに振った。そのたびに柚蔓は跳躍してやり過ごし、あるいは身を低くしてかいくぐった。時に左手で鉤棒を操って応戦した。堅い木と木が激しく打ち鳴らされる音が連続して響いた。そうしながら死体から死体へと飛び移り、己の剣に向かって近づいてゆく。目指す死体は完全に海に沈み、今や剣も波間に没しようとしていた。かろうじて柄の先端が浮子《うき》のように見え隠れしているだけだ。最も近接した死体に跳び移ると、柚蔓は身体を屈めて腕を伸ばした。そこはもう鉤棒の届かない安全圏だった。手が滑る。もう一度。身体の安定を崩し、指先がかすっただけに終わった。三度目。

今度は成功した。しっかりと柄を右手で摑んだ。しかし、両手のふさがったこの瞬間こそが、柚蔓にとっては最大の危機だった。泉津醜女は鉤棒を投擲した。剣を水中から引き揚げていた柚蔓は、その動きに気づいて一瞬、目を向けたものの、鉤棒が手前に落ちたので、すぐに注意を己の剣の回収作業に傾けた。鉤棒を投げ終えた死体は前のめりに倒れた。と、鉤棒の近くにあった死体がぴくりと動き、鉤棒を引き寄せるように摑んだのである。

「危ない」

船上から虎杖が声を飛ばした。泉津醜女が遠くの死体から近くの死体へ瞬間移動したとわかったのだ。鋭く尖った先端が柚蔓めがけて突き出された。それが腰を抉る寸前、彼女の足は死体を蹴って宙に跳び上がった。右手は柄を離さなかった。彼女の身体は柄を握った右腕を支点に空中に倒立した。そんな妙技が可能だったのは、水中で剣がまだ死体の額に刺さったままだったからでもある。柚蔓の爪先は虚空に綺麗な弧を描き、一回転して次なる死体の上に着地した。一瞬のうちに剣は死体から抜かれ、完全に彼女の手に戻っていた。

「さあ、御子」

田葛丸は蜷養に命じられた通り、厩戸を促し船首に急ごうとした。と、体勢を崩す。ぎょっとして足元を見れば、うつ伏せに倒れていた少年の水死体が右腕をにゅっと差し伸べ、彼の左足首を強く握っていた。蜷養が斬りに向かった武人の水死体が刃風を浴びて自ら脱力化したのは、この直前のことである。田葛丸は息を呑み込み、彼もまた泉津醜女の意図をようやく理解した。船尾を受け持った二人の泉津醜女は、船上に死体を運び込むことをまずは目的としたのだ。そうと思い到らない田葛丸を油断させ、再びこの少年の死体に戻ってきた。少年は田葛丸の足首を握って放さず、さらには尺取り虫のような動きを見せて立ち上がろうとする。田葛丸は慌てて鉤棒を突き出し、少年の腰を押さえた。全身をのたうたせて抗う少年と、鉤棒で押さえつける田葛丸の力較べとなった。

「御子、どうかっ」

背後の厩戸に呼びかけた。皇族の手を汚させるのは畏れ多いことながら、もはやそんなことにかまっていられる状況ではなかった。厩戸は田葛丸の意図することを即座に察した。渡されていた短剣を両手で持って、田葛丸の足元にしゃがみこむ。少年が身体をうねらせ、左手を厩戸に向けて伸ばそうとした。田葛丸は急ぎ右足でその手を踏みつけた。ために体勢が崩れ、もうそれ以上は少年の腰を鉤棒で押さえつけてはいられなくなった。

「早く、御子っ」

厩戸は自分のすべきことを心得ていた。気丈にも短剣を振るい、少年の右手首めがけて斬りつけた。七歳の男児の力では手首を斬り落とすなど無理な相談である。だが、田葛丸の短剣は刃の切れ味が違った。細螺一族伝来の砥《と》ぎ方で整えてある。短剣は厩戸の力だけで骨をも断ち切り、それと同時に少年の屍身を無力化した。抵抗は瞬時に終熄《しゅうそく》した。

「ありがとうございました、御子」

田葛丸の言葉に反応せず、厩戸は両手で短剣を握ったまま小さな石像のように固まっていた。

田葛丸は足首から少年の手を剝がした。ぶよぶよとした肉感に身の毛がよだつところだが、今はそれどころではない。感覚の一部が麻痺《まひ》しているようだ。念のために厩戸の手から短剣を取り上げようとしたが、指が固まったように離れない。やむなく田葛丸は再び鉤棒を握った。踏み出した足は一歩目で止まった。前方を塞ぐように屍身が立っている。それも二体。一人は剣まで持っている――。

――厩戸が少年の水死体を無力化した直後、田葛丸の視界の外では次のような動きがあったのだ。甲板に倒れていた髯面の偉丈夫がゆらりと起き上がる。泉津醜女が少年の屍身から瞬時に移動を果たしたのである。髯面の偉丈夫は、腹を斬り裂かれた初老の剣士に近寄ると、その手から剣を取り上げた。投擲した剣を武人の背から抜こうとしていた蜷養は、この動きに気づかなかった。髯面の偉丈夫は剣をひっさげ、船首へと歩み出した。若い船乗りの水死体を踏み越えた時、その船乗りまでもが跳ね起きるようにして立ち上がった。

こちらは、蜷養によって剣で背を貫かれた武人の死体から泉津醜女が乗り移ったのである。二人は肩を並べて進み、厩戸から短剣を取り上げようとしていた田葛丸の後ろを通り過ぎ、足を止めて立ち塞がった——。

あとは如何にして船に戻るか。柚蔓の踏んでいる死体がぐらっと動いた。伏せていた顔が、首だけねじって水中から現われ、虚ろな目で柚蔓を睨み据えた。同時に左右の肩関節も半周していた。うつ伏せの死体の顔と両腕のみが、柚蔓に向き直ったことになる。手は素早く動き、跳躍する直前の柚蔓の足首を握った。柚蔓は、しかし慌てなかった。左手に握った鉤棒を近くの死体に伸ばして支えとしつつ体勢を立て直し、冷静な動きで足元を剣で薙ぎ払った。手首から先が斬り離された——左右とも。

虎杖は思わず己の剣に目をやった。星は変わらず三つだった。では泉津醜女め、手首を斬られる寸前に死体を離脱したに違いない。

すかさず柚蔓は次なる死体に跳んだ。その先、二体目の死体が烈しく水しぶきを上げ、全身を反転させた。向き直った屍身は、柚蔓を捕らえるべく両腕を伸ばした。泉津醜女は先回りしたのだ。これまでの柚蔓の跳躍距離からみて、一体目ではなく二体目に跳び移ると判断したのである。事実、柚蔓も二体目の死体を目指していた。泉津醜女の伸ばす腕の中へと——。だが、そうはならなかった。斬り落とされた両手は柚蔓の両足首をまだ握ったままで、それが錘《おもり》となって彼女本来の跳躍力を削いでいたからである。柚蔓は一体目の死体に飛び下り、泉津醜女に向かって横薙ぎに剣を振るった。両腕が肘から切断された。

虎杖は手にした剣に目をやった。星はまだ三つ。
柚蔓は己の足首に向けて剣を一閃《いっせん》させ、死体の背を蹴って跳躍した。大地を優美に駆けるようにして両脚を空中で前後に振り出すと、足首を握っていた手首が左右とも、指をばらばらと振《ふ》り撒《ま》きながら飛び離れていった。柚蔓が次に飛び移ろうとした死体が、突如反転して手を伸ばした。虎杖は歯を食いしばった。今度ばかりは柚蔓も逃れられないかに見えた。柚蔓は、足を着く代わりに鉤棒を伸ばした。それを支点に、身体を空中に保った。鉤棒は引かれた弓のように大きく撓《しな》ったものの、折れることはなく、その反発力で柚蔓の身体を高々と宙に跳ね上げた。

間一髪、間に合った。突き出した鉤棒を半ばあたりで斬り落とされたはずみで田葛丸が体勢を崩し、厩戸とともに後ろに転ばんばかりだったが、蜷養は二人を背にかばうと、髯面の偉丈夫へ右斜め下段からの斬撃を送り込んだ。空気を切り裂く鋭い音がした。偉丈夫は応戦しようとせず、剣を引くと、後ろに飛び退いて蜷養の一撃をかわした。蜷養は泉津醜女の魂胆を読んだ。深追いさせて、厩戸から引き離すつもりに違いない。蜷養も後退し、若い船乗りのほうの動きを制した。船乗りは半円を描くようにして厩戸と田葛丸の後ろに回り込もうとしていた。蜷養に剣先を突きつけられた船乗りは、慌てふためいたように元の位置に戻り、さらに髯面の偉丈夫のところにまで後退した。蜷養は全身に力を込めた。

屍身が並んだ今こそ好機だった。一気に接近し、一撃のもとに二人を同時に討ち果たす。足を踏み出すと同時に、若い船乗りは腰を屈めたかと思うと、髯面の偉丈夫をひょいと抱え上げた。横抱えにして両腕で肩の上まで持ち上げる、そして、その場で自ら独楽《こま》になったように回転を始めた。思いもよらぬ動きに蜷養は足を止めた。一周、二周、三周……速度は増し、持ち上げられた髯面の偉丈夫はされるがままになっている。六周目を終えた時、若い船乗りは髯面の偉丈夫を蜷養めがけて投げつけた。直後、若い船乗りは自分も前のめりに倒れて動かなくなった。飛んできた偉丈夫の身体を蜷養は横跳びに避けた。音をたてて甲板に転がった偉丈夫を見やると、剣を握ってはいるものの動きは止まっていた。

瞬間、蜷養は己の失策を悟った。船乗りに抱えあげられた時すでに、泉津醜女は偉丈夫の身体から脱出していたに違いない。船乗りは偉丈夫の身体を回転させることで蜷養の目を欺いたのだ。蜷養は慌ただしく甲板を見回そうとした。しかし遅すぎた。足首をすくわれ、仰のけに転倒した。視界が急転し、甲板に叩きつけられた。その一瞬前、彼の目は白々とした光を目にした。頭蓋骨に反射した陽光だった。頭蓋骨を露出させた肥満男が鉤棒を伸ばして蜷養の左足首を引っかけていた。回転する船乗りと偉丈夫とに蜷養が迂闊にも注意を奪われている間、偉丈夫の身体を脱け出した泉津醜女は、肥満男の身体に入り込んだのだ。そして舷側から鉤棒を外した。その動きを田葛丸が見逃したのは、鉤棒の操作が背後からなされたからである。

田葛丸は振り返り、肥満男を認めるや左脚を半回転させ、その側頭部に蹴りを入れた。肥満男は横に吹っ飛んで倒れた。鉤棒は手から離れなかったが、蜷養の左足首は鉤による拘束を脱した。

海上を漂う死体群を軽々と駆ける柚蔓の姿は、大国主《おおくにぬし》神話における一挿話——淤岐島《おきのしま》から気多岬《けたみさき》までの海路に列《な》み伏《ふ》せた鮫《さめ》の群れの背を次々と跳び渡ってゆく稲羽素兎《いなばのしろうさぎ》を彷彿《ほうふつ》させた。しかし素兎が最後の最後で、最端《いやはし》に伏せていた鮫の顎門《あぎと》にかかって生皮を虎杖引き剝がされたように、柚蔓が船まであとわずかになった時、その行手はさえぎられた。泉津醜女は最端の屍身を選ぶと、柚蔓と同じく死体の背に立ち上がったのだ。その手には鉤棒が握られていた。鋭い先端が柚蔓に向けて繰り出され、柚蔓は後方に跳んだ。左右に難を避けることはあっても柚蔓が後退したのはこれが初めてだった。

蜷養は起き上がった。甲板に打ちつけた後頭部がずきずき痛み、目の前に小さな星々が明滅している。剣の柄を握り直した。その瞬間、上体に不思議な衝撃を覚えるとともに光輝の奔流を見た。その一筋の光の流れは剣光だった。自分の胸を突き抜けてきた剣身が、陽光に燦々《さんさん》と輝いている。振り返る。自分でも苛立たしくなるくらい緩慢な動きだった。背後には、髯面の偉丈夫が立っていた。死人のことゆえ表情など失われているはずなのに、乱杭歯《らんぐいば》を剝きだしたその顔は、してやったりと笑っているように見えた。夢ではなかった。幻覚でもない。剣は左胸を突き破り、陽光をまぶしく反射している。強烈な光に目を細めたが、逆に視界は急速に翳ってゆくようだった。胸に何か温かなものが込み上げてくる。顎をのけぞらせて口を開いた。次の瞬間、彼が目にしたのは新たな色、暗鬱ではあるけれども瞭らかな深紅——口からほとばしった鮮血の色だった。

虎杖は歯軋りし、その途端、こちらに背を向けた泉津醜女が如何にも無防備なことに気づいた。彼は咄嗟に剣の柄を握り直すと、海に向けて投擲した。盆の窪を狙ったが、少し下に逸れ、肩甲骨の中央やや左寄りに刺さった。屍身は勢いよく前のめりに倒れ、しぶきが上がった。

柚蔓は死体を踏んで戻ってきた。長い剣を口に横咥《よこぐわ》えにし、右手を伸ばして屍身から虎杖の剣を引き抜いた。そして彼の剣も上重ねして歯で咥え、再び後方へと飛び退いた。あるところまで来て足を止めると、鉤棒を両手で水平に握り、勢いをつけて死体の上を駆け出した。助走だった。虎杖の投剣によって倒れた屍身の背を鉤棒の先端が捉え、柚蔓は大きく跳躍した。鉤棒の撓いを利用して彼女の身体は高々と宙に舞い躍った。空中で鉤棒から手を離し、二回転すると、その身は舷側を越えて甲板に着地した。虎杖の剣を彼に返す。二剣士は急いで剣身に視線を走らせた。星は二つに減じていた。うなずき合うと、身を躍らせて船尾へと駆けた。

髯面の偉丈夫が蜷養を貫いた剣を引き戻そうとしていた。その前に柚蔓の剣が一閃し、首を斬り飛ばす。首は舷側を越えて海に消えた。頭蓋骨を露出させた肥満男は、起き上がろうとしていたところに虎杖の一撃を見舞われた。こちらも首が落ち、甲板をころころと転がっていった。

どさっという重い音が聞こえた。蜷養と偉丈夫が同時に倒れる音だった。二人は一本の剣で連結されているのだ。首を失った偉丈夫の水膨れした指は剣の柄を握ってなおも離れず、その切っ先は蜷養の胸から突き出ていた。

柚蔓と虎杖は互いの剣身に星の数を認め合った。

「一つ！」

重なった二人の声はどちらも舌打ちせんばかり。

「蜷養！」

厩戸が叫び声をあげて蜷養に駆け寄った。甲板に夥しい量の血溜まりが広がってゆく。己の血の海に溺れるように蜷養は断末魔の痙攣を繰り返している。厩戸は両膝をつき、両手で血まみれの頰に触れた。着衣がみるみる血を吸い、指も血に染まったが、意に介さなかった。「蜷養！　蜷養！　蜷養！　蜷養！」

「田葛丸！」

蜷養の止血をするため上着を脱いだ田葛丸は、柚蔓に鋭く呼ばれ、鞭で打たれたかのように顔を上げた。

「斬られていないのはどれとどれ？」柚蔓は船尾甲板に点々と倒れた残る六つの屍身へ射抜くような目を注ぎ続けている。なぜ死体が八つもあるのか――その疑問を即座に解いた柚蔓は、すぐにも起こり得る事態に備えようとしているのだった。

「田葛丸！」

今度は厩戸が呼んだ。「蜷養が死んじゃう！　死んじゃうよ！　早く！　ねえ、早く助けてあげて！」

たちまち田葛丸の顔は引き戻された。浮かしかけた腰をまた落とした。出血する蜷養の胸に上着をあてがうためだった。

「田葛！」

柚蔓がまた呼んだ。呼んだだけでなく、田葛丸の二の腕を摑み、強引に引き起こした。

「ちゃんと教えなさい。斬られていない死体はどれなの？」

「大淵さまが……」田葛丸は抗った。しかし柚蔓の力は女とは思えないほど強く、腕を振りほどくことはできなかった。

「化物がまだ一匹残っているんだ」虎杖が切迫した調子で口を添えた。「無力化されてないやつ、つまり斬られてないやつに乗り移るつもりだ」

田葛丸は抵抗を止めた。

「早くして、田葛丸！」

厩戸の懸命の叫びを聞きながら田葛丸は、赤銅色に日焼けした中年の船乗りの屍身を指し示す。二番目に、肥満した男と同時に乗り込んできたやつだ。それから――最後に現われた二人の武人をも指差した。蜷養が彼らを倒したところは見ていなかった。

「三人？　間違いないのね？」柚蔓は厳しい声で追及する。「見落としはなくって？」

田葛丸はぐっと眉根を寄せた。あそこで内臓を見せて倒れている初老の剣士は蜷養に斬られて……すぐその先で転がっている少年は御子が……これで五人。五人？　じゃあ、あと一人は……。

「ええと、こいつもそうだ！」頭を巡らせ、若い船員に向けて人差し指を突き立てる。髯面の偉丈夫を投げつけて自分から倒れ、それっきりだ。あやうく忘れるところだった。

「四人ね」ようやく納得したように柚蔓はうなずいて田葛丸を解放し、「すぐに捨てましょう」と虎杖に云った。「わたしがやるから、動き出したらお願い」

「捨てるのは」虎杖は首を横に振った。「わたしが請け負うことにするよ」

「いい考えを思いついたわ」柚蔓は抑揚のない口調で云った。「手足を斬ってから捨てるのよ。そうしたら泉津醜女も乗り移ったところで詮ないでしょう」

「どこがいい考えなんだ」虎杖は渋面を作り、若い船員を肩に担ぎあげた。それが最も近くにある屍身だった。剣を右手から手放さずに、左腕一本でやってのけた。「ちゃんと見ていてくれよ」

泉津醜女はあと一人。こちらは二人で、どちらも道返大神の力を帯びた剣を持っている。今、この船員に乗り移るのは自殺行為だが、黄泉の住人が考えることはわからない。

「安心して」柚蔓は剣先を屍の尻に突き刺した。「少しでも動いたら、押し込んでやるまでよ」

二人は舷側までゆき、虎杖は上体を傾けて若い船員の身体を海に振り落とした。水しぶきがあがり、屍身は何の抵抗もなく沈んでいった。

次の屍身に向かおうとして、虎杖はちらりと船首に目を向けた。「まさか、あちらから乗り込んでくるってことは？」

「根垂に任せておいて大丈夫」柚蔓は応じた。二人の船員とともに根垂が舷側から身を乗り出して海面を監視している姿が目に入った。

右手首から先を失った二人の武人を海に抛り捨てると、後は赤銅色に日焼けした中年の船乗りだけだった。虎杖が屍身を肩に乗せあげた時、厩戸のわっという泣き声が聞こえてきた。それまでとは違う、胸を衝かれるような声。

虎杖は柚蔓と顔を見合わせた。厩戸は蜷養の上に身を投げ出し、泣きじゃくっていた。傍らで田葛丸が血を滴らせた真っ赤な布――自身の上着を両手に抱え、肩を震わせている。

柚蔓が無言で首を横に振った。虎杖は顔を向け戻した。柚蔓の剣先が屍身の尻に突き刺さっているのを確認し、船端から投げ捨てる。この屍身も、これまでの三体と同じくそれ自体が錘であるかのように沈んで見えなくなった。

「終わった」虎杖は息を吐き出した。ようやく溜め息をつくことができた。「これで──」

突如、脳裏に閃くものがあった。まだ終わってはいない！　同時に柚蔓も気づいた。二人は顔を強ばらせて振り向いた。

彼らの目に映じたのは、蜷養が倒れていた辺りに発生したばかりの血煙りだった。深紅の血霧の中から厩戸の悲鳴が響いた。

厩戸は蜷養に頰を寄せて泣いていた。と、動きの止まった蜷養の顔がぶるぶると震えたように思った。蜷養は顔をもたげようとしていた。厩戸は血まみれの手で目をこすった。間違いない。蜷養はゆっくりと起き上がりつつある。厩戸の顔に歓喜の色が射し込めた。まだ死んではいなかったのだ。

「よかった！　ね、田葛丸。田葛丸？」

田葛丸は頭を垂れ、しゃくりあげていた。手にした血まみれの布に大粒の涙が次々と落ちている。厩戸は田葛丸の肩に手をかけ揺すぶった。喜びが大きくて声がすぐに出なかった。

田葛丸は顔を上げた。笑っている厩戸を不思議そうな目で見やり、すぐ蜷養の動きに気づいた。蜷養は無理に立ち上がろうとしており、胸に刺さっていた剣で自ら身体を斬り下げることになった。剣は左脇腹へと抜け、幅広の裂け目を作った。斬り口から新鮮な色の内臓がはみ出した。垂れ下がる腸を珍奇な腰紐めかして揺らしつつ蜷養は立ち上がると、髯面の偉丈夫の手から剣をもぎ取った。

剣を振りかぶった蜷養と、凍りついたように傅役を仰ぐばかりの厩戸の間に、この時、田葛丸がさっと割って入った。その直後、蜷養の剣は大上段から振り下ろされた。田葛丸の身体が頭頂から股間まで真っ二つに立ち割られてゆく、その一部始終が厩戸の瞳には余すところなく映じた。

と、その惨状は一気に噴きほとばしる血煙りに包まれてたちまち見えなくなった。柚蔓と虎杖はまさしくこの瞬間を目にしたのだ。厩戸の咽喉から痛切な悲鳴が疾った瞬間を。厩戸はまぶたを閉じるのを忘れていた。いや、驚愕のあまり、むしろその目はより大きく見開かれるかのようだった。

真っ赤な血が霧のような動きでゆっくりと渦を巻いている——実際にはわずかの時間でしかなかったが、厩戸の心は目にした現実を拒否するかのように時間の流れを淀ませていた。やがて霧が霽《は》れはじめた。徐々に、ゆるやかに薄っすらと。

蜷養が足を踏ん張って直立していた。剣は再び大きく構えられている。その時、蜷養の頭上に銀色の小さな光が出現した。光は生気を失った顔の中央に銀の直線を描き、首から胸へ、胸から腹へと降下していった。次の瞬間、今度は蜷養が左右に分かれた。田葛丸の時のようには血が噴き出さなかった。その身体は血液を出し尽くしていたから。

両断された蜷養の後方、斬り下げた姿勢を保った柚蔓の姿が厩戸の瞳に焼きついた。

第二部　筑　紫

港湾は賑わっていた。

栈橋に繫留《けいりゅう》された交易船から次々と積荷が下ろされてゆく。九州各地の農産物や水産物――新鮮な生ものもあれば、干《ほ》し椎茸《しいたけ》、干《ほ》し鮑《あわび》などの加工品の類いも豊富だ。阿蘇《あそ》の馬革、日向《ひゅうが》の焼き物、肥国《ひのくに》の指物《さしもの》、薩摩の武具といった特産品も事欠かない。遥か遠く南洋の深海で獲れるという珍奇な貝殻や大粒真珠《しんじゅ》、鮫革などもここにいったん荷揚げされる。九州でも最も規模の大きな市が開設されるからだ。今日がその市の日だった。諸国の商人たちが集い、競って値をつけ、買い上げ、それぞれの船へと運んでゆく。新たに埠頭《ふとう》に荷揚げされる物品と、再び船に荷積みされる商品。運び手の男たちが複雑に行き交い、荷駄が入り混じってなおごったがえし、陽気な叫びと馬のいななき、お国ごとの労働歌があちこちで聞こえ、喧噪《けんそう》と熱気に満ちている。一見すると渾沌《こんとん》としたものだが、よくよく観察すれば、発達した交易都市ならではの秩序が見出せる。

真壁速熯《まかべのはやひ》は人の波をかき分けながら埠頭へと歩を進めていた。人の流れは複雑で、幾筋も混ざり合い、消えたかと思うと別の方角から出現した。歩くというより、泳いでいるかのようだった。桟橋は十数本あり、そのすべてに船が繫留されている。沖合には順番待ちしている船影も見えた。遠くに目をやれば、桟橋の新設工事も行なわれていた。

目指す西端の桟橋にようやくたどりついた。その桟橋は大型船専用で、人目を引く帆船が巨体を接岸させていた。舷側まで見上げるばかりの高さがあり、外洋船であることは一目瞭然である。荷揚げ、荷積みは行なわれておらず、大勢の船大工たちがせわしげに鑿《のみ》や槌《つち》、鋸《のこぎり》を振るっている。艤装《ぎそう》の真っ最中であった。

速熯は船を見上げた。船首に立って、船大工の棟梁《とうりょう》が広げる図面をのぞき込んでいる物部灘刈《もののべのなだかり》の姿を見出した。速熯が声をかけるより早く棟梁が彼に気づき、灘刈の注意を促した。灘刈は面を上げ、速熯を認めると手を振った。手招こうとしたらしいが、その姿はすぐに船首から消え、やがて乗降用の段梯子を駆け降りてきた。

「どうしたんだ、その恰好《かっこう》」

灘刈は速熯が旅装であるのを怪しんで、自ら降りてくる気になったらしい。

「難波に向かう船はあるか」速熯は用件を告げた。

「難波？　これはまた急な」灘刈は少し驚いたふうだったが、「ちょうどいい。ほら――」と腕を水平に上げ、「朱色の帆をたたんだ中型船が見えるかい。定期便だ。本当は午前中に出港するはずだったが、ちょっと遅れてるんだ」空を見上げ、太陽の位置を確認したうえで云った。「あと一刻ほどで出港するだろう」

「助かる」

「急ぎのようだな。手紙を書いていたのでは？」

「自分の口から守屋さまに説明したほうが早いと思ったのだ。実を云うと、手紙は諦めた」

「諦めた？」

「法師の云うことは」速熯は肩をすくめ、首を横に振った。「さっぱり呑みこめぬ。チンプンカンプンというやつだ。書いているおれがわからぬものを、お読みになる守屋さまが理解してくださるなどということがあり得ようか」

守屋に命じられた任務は二つあった。一つは揚州への交易船を仕立て、航海の指揮を執ることだが、これについての実務は灘刈が担当し、彼はその監督官というに過ぎなかった。よって速熯はもう一つの任務に専念した。倍達多法師《ばいたったほうし》に聴き取り調査を行ない、帰国を決意した真意を探ることである。その理由が仏法の弱点につながるものなら、守屋は自ら筑紫に乗り込み、法師を直接尋問したいとまでの意欲を見せていた。それは速熯の報告如何にかかっている。

法師の恢復《かいふく》は順調だった。いや、驚異的と云っていい。航海に耐えうる身体に戻るまで二か月はかかるというのが灘刈の見込みだったが、高齢にもかかわらず日を追って元気になり、予定より出港を早めることができそうだった。早ければ早いほど蘇我側に知られる危険が減ずるというもの。ただし、その前に第二の任務を果たしておかねばならない。

速熯は法師の世話を自ら買って出て信頼関係を築くことに努め、仏教の弱点云々の本意はあくまで押し隠して帰国理由を問い質していった。法師は倭語を解さず、二人の会話は主に百済語で行なわれた。時に漢語が混じることもあった。法師は答えを云い渋る気配を微塵も見せなかった。すべてについて積極的だった。こちらの歓心を買って船を仕立ててもらおうという魂胆だろうが、それだけでなく、この機会を逆に利用して速熯に仏法を布教するかのような熱意、したたかささえ認められた。問題だったのは速熯に仏法の基本的な知識がなく、法師の話す教理が理解できなかったことである。速熯が訊き返すと、法師は懇切丁寧に解説してくれたが、それにさえ解説が必要なほどだった。訊けば訊くほどわからなくなった。守屋への手紙を何度書こうとしても、すぐに筆は止まった。

――つまるところ、望郷の念に突き動かされたということではないか?

と推察もしたが、そう単純化してよいか迷うほど法師の話は仏法特有の難解な術語で粉飾されていた。妙案を思いついたのは五日前だった。法師自身に守屋宛ての手紙を書かせるのである。なぜにもっと早く考えつかなかったのかと、速熯は自分の頭の巡りの悪さに悪態をつきたい思いだった。守屋は仏法に造詣が深い。速熯が生半可に聞き書きしたものより、法師本人の手になる文章のほうが、よほど理解できるというものだ。

法師は快諾した。そして、それが今朝、出来上がってきた。朝食後、朝の挨拶に出向くと、長い合掌の後で手渡された。楮紙《こうぞがみ》十枚にわたって細かな文字でびっしりと書き連ねられていた。速熯は目を通したが、ほとんど理解できなかった。わかったのは、自分をどうか所期の目的地である揚州へ送り届けてほしい、それが叶わないのであればせめて百済へ送り帰してくれないかと歎願している部分だけだった。ただ、これほどの分量であるからには法師の意は尽くされているに違いない。守屋の判断材料となるに充分であろう。

速熯は守屋に宛てた添え文を書こうとして机に向かったが、考えた末に筆を置き、旅装をまとったのだ。

「法師の手紙だけ送るつもりだったが」速熯は書状を仕舞いこんだ懐中を軽く叩いて云った。「おれが自ら携えたほうがよかろうと思い直した」

「そのほうがいい。守屋さまも状況をいろいろとお訊ねになりたいことだろう」

「ここにいても、やることはない。高僧さまのわけのわからん説法にはうんざりだ」

「手紙を読んで守屋さまがどう判断なさるか。ここにお見えになるのか、それとも——いずれにしても速熯、おまえが戻ってきたら、すぐに揚州へ出港できるよう準備を済ませておこう」

一刻後、速熯を乗せた中型船は纜《ともづな》を解き、桟橋を離れた。遅れた原因は大したことではなく、積荷の一つが行方不明になって、それを探し出すのに時間がかかった。船は十日に一度、難波と筑紫の間を航行する定期船だった。かつては五日に一度の航路設定だったが、任那を新羅に奪われ、半島の倭国領が完全消滅したことで、定期連絡の頻度は低下したのだ。

船は入江の出入り口に向かって進んでゆく。速熯は船端に両手をもたせかけ、潮風を胸いっぱいに吸いながら、まとわりつくように飛ぶ鷗の群れを眺めやった。船旅は人を陶然とさせる。波のうねりを足裏に心地よく体感し、索具が風に吹かれて鳴る音や、帆桁《ほげた》の軋みを聞くとはなしに聞いていた。ややあって、入江を目指す一艘の船に気づいた。東の岬を回って出現したのだ。こちらと同じ大きさの中型船である。帆柱の上に翻る星の図案の旗は、船が物部本宗家のものであることを物語っていた。船が近づくと、乗っている人の顔が見えるようになった。船首に立った顔に見覚えが——。

二層の建物は瞻月楼《せんげつろう》と呼ばれていた。四方吹き抜け、屋根あくまで小さく、夜空を観賞しながら宴を張るに相応しい風流な構造だ。生憎《あいにく》とこの夜は灰色の雲が低く垂れこめ、月も星も隠していた。闇の中から単調な波の音が聞こえてくる。中央に置かれた円卓を囲んで五人が椅子に坐していた。宴席ではない。卓上には酒瓶一つなく、燭台の蠟燭が小さな炎をチロチロと燃え上がらせているだけ。この座を支配しているのは、密談ならではの張りつめた空気だ。

主に話したのは柚蔓だった。時折り同意を求められた虎杖が、うなずいたり、短く補足したりした。二人は下船後、速熯の屋敷で入浴し、簡単な食事を済ませていた。短い時間だが、仮眠もとった。疲労の色はやわらぎ、すっきりとした顔になっている。

柚蔓は簡潔に話すよう努めていたが、事態の複雑さゆえ話は長くならざるを得なかった。

速熯は呆気にとられる思いで聞いていた。何という展開になったものだろう。倍達多法師を相手にした努力は無駄になったが、事の重大さの前にはもうどうでもいいことだ。

柚蔓が話し終わった。誰も反応する者はいなかった。途方もないといえばこれほどまでに途方もない話などあるものでなく、衝撃が余韻を引いて座にわだかまっている。何と応じていいものかわからないまま、速熯は溜め息を洩らして口を開いた。「……あやうく行き違いになるところだったか」

柚蔓はうなずいた。「真壁さまには、引き続き揚州行きの指揮を執るようにと大連から承っています」

「その点においては計画の大筋に変更はないわけだ」

「そうです。法師を揚州に送り届けるというのが当初よりの予定でしたから。ただし、御子は追われる身です。できるだけ早く出発したい」

速熯は促すように灘刈を見やった。

灘刈は二、三度咳払いをした。そうでもしなければ声が咽喉に絡まって出てこない、とでもいうように。「船の準備に関して申し上げれば――」

先を続けようとした時、傍らの物部鷹嶋《たかしま》が手をあげて息子を制した。

「お話は確かに承った。が――」筑紫物部の当主は、老いてなお貫禄に満ちた顔を柚蔓に向けた。髪も髯も白かったが、目には威圧的な光があり、全身これ気迫の塊のような老人だった。「天照大神の神託、仏法を敵視する帝の行き過ぎたる解釈、厩戸御子のご悲運、大連の決断――それらが真実であることをまずは証明されよ」

「失礼いたしました」柚蔓は悪びれた色もなく云った。「何しろ事は急を要します。話を聞いていただくのが先と思いましたので」腰に吊るした鹿革の巾着《きんちゃく》の紐を解いて卓上に置き、鷹嶋へと押しやった。「どうかお検《あらた》めください」

鷹嶋は巾着を手にした。口紐を緩めた途端、五色の不思議な光彩があふれるように洩れ出した。鷹嶋は巾着を傾け、掌の上に中身をそっと載せた。木の葉めいた形の薄い切片が、怪しむべきことに極彩色の輝きを自ら放っていた。

「父上、これは――」灘刈が驚きの表情で訊いた。

「蛇比礼《おろちのひれ》じゃ。十種神宝の一つ」

「大連はこれをわたしに託されました」柚蔓が云った。

「これを持つ者は大連の真の使者。その語るところは大連の言葉に等しい。――納得いたした」

鷹嶋は切片を巾着の中に入れ戻し、口紐を縛り直すと、柚蔓に差し出した。

柚蔓は首を横に振った。「鷹嶋さまから大連にお返しください。わたしは――」

鷹嶋は改めて柚蔓を見つめた。鋭かった眼光が徐々にやわらいでゆき、慈しみの色が浮かんだ。「そうであったな」その口調は打って変わって、祖父が孫娘をねぎらうように優しいものとなった。「続けよ」と、灘刈を促した。

「船大工たちを急がせましょう」灘刈は中断させられた言葉の先を口にした。「五日以内に準備は整います」

「五日」柚蔓の眉がひそめられた。「申し訳ありませんが、交易ということはこの際――」

「いいえ」灘刈は力を込めて首を横に振った。「厩戸御子をお逃がしするのが急務となった以上、もはや交易のことなど考えておりません。あくまで艤装に要する時間です」

柚蔓は首を縦に振って謝意を示した。

「五日あれば何とかなるのでは」虎杖がおずおずと云う。いっさいの事の運びが物部の手で執行されているこの企てに、自分一人だけ蘇我者が加わっている居心地の悪さといったら。「その日数では帝の追跡の手はまだここまで――」

「ぎりぎりというところよ」柚蔓が応じた。「いずれ必ず知られるわ」

虎杖は両手を開いて見せた。論争する気はないという意思表示。

「御子がいるとの噂も洩れぬよういたそう」鷹嶋が云った。

灘刈がきっぱりうなずいてみせる。「その点はお任せください」

「倍達多法師の容態《ようだい》は？」柚蔓は訊いた。

「本人次第というところだな」速熯が答えた。「漂流で衰弱が甚だしかったが、骨を折ったとか、悪い病にかかったとかではない。揚州に行けると聞けば全快してしまうやも」

「長旅の連れになります。早いうちに会っておきたいのですが」

「明朝さっそく引き合わせよう。揚州行きが決まったことは――」柚蔓と虎杖の顔を等分に見較べながら速熯は云った。「お二人の口から直接告げてやるのがよろしいかと思う。それだけで法師としては恩に着るだろう」

「ご配慮、感謝します」

「あとは」鷹嶋の声が重々しく響いた。「御子のご容態にかかっているというわけか」


瞻月楼を降りた五人は本館に戻った。物部鷹嶋の広壮な屋敷は港を見下ろす小丘陵に建っている。巨大な本館を中心に、大小さまざまの建物群が建ち並んで、半島ひいては大陸への玄関口を管掌する筑紫物部氏の本拠地たるに相応しい規模と威容を誇っていた。

厩戸が寝かされているのは本館の深奥部にある一室で、そこへ行くまでには長い廊下を渡らねばならなかった。檜《ひのき》の香りがほのかに漂う室内は、広くはないが清潔に保たれ、長く伸びた蠟燭の炎が四隅の闇にやわらかく投げかけられている。厩戸の布団は部屋の中央に敷かれていた。その枕頭《ちんとう》に白衣《びゃくえ》に身を包んだ初老の男と、同じ装いの女が侍《はべ》り、やや離れたところに三人の女——老女と若い女が二人坐していた。老女は穏やかな顔立ちではあったが、背筋を立て、人を支配することに慣れた威厳のようなものを漂わせていた。鷹嶋の正妻の阿佐《あさ》で、二人の若い女はその侍女である。

「御子のご様子は？」鷹嶋は老妻に訊いた。

「お変わりありませぬ」阿佐は案じ顔で答える。柚蔓と虎杖はすでに阿佐に引き合わされていた。

五人は布団を囲んで坐った。白衣の女が盥《たらい》の水に浸した布を搾り、厩戸の額に載せたところだった。厩戸は目を固く閉じて眠っていた。顔色は青白く、肌は汗ばみ、呼吸は乱れて苦しげ。

「薬司《くすりのつかさ》の曽根眞史《そねのさねふみ》」鷹嶋が初老の男を柚蔓と虎杖に紹介した。「漢土の陳国で医術を修めてきた。筑紫にはこの男以上に優秀な典薬はおらぬ」

眞史は頭を下げ、「我が娘です」と白衣の女を見やって云った。

「狭比《さひ》と申します」娘が名乗った。父に似て知的な容貌をしており、如何にも学者の卵らしい雰囲気を身にまとっている。

「厩戸御子さまということは、わしの独断で眞史に告げた」鷹嶋が事後承諾を求めた。「治療にいささかの手抜かりがあってもならぬと考えたからだ。この部屋にいる者は残らず信用してよい」

柚蔓はうなずき、眞史に向かって口を開いた。「御子は如何です」

「熱の下がる気配が一向に」眞史は憂える口調で云った。「呼びかけてもお応じになりませんし、このようにお眠りになったままです」

柚蔓と虎杖は目を見交わした。泉津醜女の来襲が終熄した後からずっとこの容態が続いているのだ。

「食事は？」

眞史は首を横に振った。「今のところは水を含ませた布で口をお湿しするのがせいぜいです。聞けば河内の難波から船旅だったとか。いつ頃からこのように？」

「二日前」

眞史の眉根がぐっと寄せられた。「発熱もその頃からということですな？」

「ええ」

「ともかく熱を下げるのが肝要です。それには安静が何より。わたしは戻って薬の調合に取りかかります。明朝、それを服用していただき、しばらくは様子を見ることとしましょう」

「恢復にはどれぐらい？」

「それは……」眞史は口ごもった。「まだ口にできる段階ではありません」

「原因は何なのでしょうか」虎杖が訊いた。「つまり、その、御子は何かの病に冒されているのかどうか……」

「疲れです」今度は即座に答えが返った。確信ありげに、きっぱりと。

柚蔓と虎杖は期せずして安堵の溜め息を洩らした。

「疲労を侮ってはなりませんぞ」眞史は諫《いさ》めた。「御子のお身体は並み外れて健康です。こういう子供は得てして疲れに強く、溜めこんでしまいがちです。そしてどうにもならなくなって、ようやく救いを求め、訴えるのです」

「そのぶん」鷹嶋が言葉を挟んだ。「身体にかかる負担が重くなっているというわけじゃな」

「身体だけならばいいのです」眞史の声が深刻な響きを帯びた。「御子のお身体は、わたしの投薬で必ずお治し申し上げる。しかし、疲れは身体以上に心を圧迫するもの。心に効く薬はないのです」

沈黙が座を支配した。速熯と灘刈は暗然と顔を見合わせた。御子は傅役と遊び相手を同時に——しかも実に忌まわしい状況下で失ったと聞いている。心にどれほどの傷を負っただろうか。

「おいたわしい限りじゃ」鷹嶋は昏々と眠り続ける厩戸に視線を注ぎながら、一同の胸の内を代弁するように思いの丈を口にした。「思うに、帝が神託をお求めになったことが発端であるとは申せ、大連が考えついた対抗策たるや、それにもまして途方がなさ過ぎようぞ。かの神託にして、この対抗策ありというべきか――いや、御子に非情、過酷な運命を背負わせたということにおいて、あるいは帝より大連のほうが上回っておるのやも」

一夜が明けた。厩戸の熱は下がらなかった。目を覚ましておらず、その気配さえなかった。声をかけても、ひたすら眠り続けているばかり。眞史の調合した薬がむなしく枕頭に置かれていた。

速熯は朝食をすませると、柚蔓と虎杖を離れに案内した。広い敷地内の一角に、瀟洒《しょうしゃ》なたたずまいを見せる賓客用の館が間隔を置いて並んでいる。

倍達多は、延べられた床の上で結跏趺坐《けっかふざ》して三人を迎えた。左足を右の腿《もも》に載せた吉祥坐《きっしょうざ》である。手は、左手の掌を右手の掌の上に載せ、臍下《せいか》に置かれていた。速熯は柚蔓と虎杖の反応をそれとなくうかがった。出自を事前に聞かされていたとはいえ、彼自身がそうであったように、現実に倍達多の外貌を目の当たりにして驚きを覚えないはずがないのである。だが、二剣士は心の動きを顔に出さなかった。さながら長老を見舞う若輩者《じゃくはいもの》のように礼儀正しく振る舞った。

柚蔓の口から揚州行きを告げられるや、高齢の倍達多は目にみるみる涙を浮かべた。そして漣《さざなみ》のように全身を細かく震わせて満腔《まんこう》の謝意を示し、仏の名を唱えながら長い間合掌した。初顔合わせは、思った以上にうまくいったようだ。

「ただし、条件があるのです」倍達多の目が再び開かれると柚蔓は先を続けた。「絶対に譲れない条件が」

倍達多は一瞬眉を顰めかけた。だが、すぐにまた顔を甘露《かんろ》の如くにほころばせた。「拙僧は船が難破して海に投げ出された時、もはや帰国は叶わぬものと諦めました。それどころか死を覚悟したほどです」

会話は百済語で行なわれている。どちらにとっても異国語だが、速熯の見るところ倍達多も柚蔓も流暢に使いこなしていた。

「懐かしい故国を一目見てから死にたい。その思いで泗沘《しひ》の港を出発したのですが、白馬《はくば》江《こう》を下って外海に乗り出した辺りで間もなく嵐に遭い、危うく海の藻屑となるところでした。自分なりに修行を積んだつもりだったのに、望郷という執着には勝てなかった。難破という悪縁を引き寄せてしまったのは、それゆえでありましょう。ありがたいことに仏は拙僧をお見捨てにはならなかった。苦しい漂流の末、こうして生きて倭国の浜にたどりつくことができたのですから。筑紫物部の方々の手厚い看護を受け、今また守屋宰相のお慈悲によって揚州へ渡ることができるという。我が身の幸運を思えば、何であれお受けいたします」

「わたしたち二人は」柚蔓は虎杖を見やってから、条件の内容を明かし始めた。「この国の帝に厭われ、死を宣告された七歳の御子を護衛しています」

柚蔓の話に倍達多は静かに耳を傾け続けた。両目を閉ざし、瞑想《めいそう》に入ったかのようだった。身じろぎ一つしなかった。反応を見せないことに不安を覚えたのか柚蔓が速熯に問い質すような顔を向けた。速熯は心配要らないとうなずき返した。速熯の見るところ、倍達多は驚きの色は見せず、むしろ何かを深く納得する表情になっていった。

柚蔓が話し終えると倍達多師は静かに目を開いた。白眼の部分が不思議な蒼みを帯び、虹彩《こうさい》の緑は深みを増したかに思われた。

「すべては仏のおはからいでありましょう」

「ご同意いただけると？」柚蔓は訊いた。

「諾」

倍達多の頭は、明確な意志を見せて、小さく、だが決然と縦に振られた。

柚蔓と虎杖はうなずき合った。ここに守屋の計略はすべての条件が整ったのだ。あとは発動の日を待つばかりだ。

「出港は数日後を予定していますが」代わって虎杖が口を開いた。「お身体の加減はいかがでしょうか」

「これからすぐにと云われても」倍達多ははにかみ笑いを浮かべて応じた。「喜んで乗船いたしましょう」

そして、深く感ずるものがあるかの如き呟きを洩らしたが、その言葉は誰にも理解できなかった。三人の怪訝な表情を見て倍達多はそれに気づき、「失礼をいたしました。すべては我が心の展開なりとはまさにこれを云うか、と母国の言葉で思わず口にしたのです」

「すべては我が心の展開？」柚蔓が訊ねた。

「わたしたちのこの現実世界は、自分の心が作り出したものなのです」

「あいにくと」速熯は急ぎ割って入った。彼がこれまでにさんざん聞かされ続け、ついぞ理解できなかった仏法教理の最たるものだ。「今日すぐ出港というわけには。船の準備には日数を要する」

「では、その間に体調を万全に整えておくことにいたしましょう」

そういって両目を閉じ、倍達多三蔵法師は今度こそ瞑想状態へと入っていった。

就寝前に柚蔓は厩戸を見舞った。この日、三度目だった。典薬父娘と、侍女二人が詰めていた。

「ご安心ください」曽根眞史は愁眉の開いた顔を柚蔓に向けた。「御子はお薬をお服《の》みあそばしました。わたしは中座しておりましたが、娘が薬椀を差し上げますと、御子はいやがるご様子もなく口をおつけあそばしたとの由に」

「しかし——」柚蔓は厩戸に目を向けた。まぶたは閉じられ、小さな寝息が聞こえる。これまでと変わりはない。

「ほんの先ほどです」眞史に促され狭比が云った。「御子が目をお覚ましになったので、慌てて薬椀を口元にお運びしました。御子さま、お薬でございます、どうかお服みくださいませ、そう申し上げましたら、わたくしを見てにっこり微笑みくださって、ゆっくりと一滴残らずご服用あそばされました。それから、すぐにまた目をお閉じになっておしまいに――」

柚蔓は顔を近づけ厩戸を熟視した。そう云われてみれば、心なしか表情が穏やかになったように見えなくもない。呼吸も安定していた。「恢復に向かっているのですね？」

「ご覧の通りです」眞史は請け合った。「熱は下がっています。峠は越しました」

柚蔓はうなずいた。「御子は何か仰せに？」と狭比に訊いた。

「いいえ、何も」狭比は首を横に振った。「虎杖さまが話しかけたのですが、すぐに御子さまは目をおつぶりに」

「あの男が？」

「はい、あの方が」知的な顔が朱に染まった。「御子がお目覚めになったと教えてくださったのです」

「虎杖どのならば、わたしと入れ違いに出てゆかれましたぞ」眞史が云った。

ほどなく柚蔓は辞去した。部屋には戻らず、館の外に出る。身体は休息を求めていた。

難波の大別王の許へと向かう匝戸の監視を守屋に命じられて以来、伊勢に往復し、皇居に侵入し、中臣勝海の手の者二人を弓箭《きゅうせん》で射殺して匝戸の急を救い、改めて守屋の大命を拝し、大和を脱出した。そのうえ栗坂泊と、その先の船上では信じ難い怪異に遭遇した。筑紫に到着したのが昨日のことで、この間、一瞬たりと気を抜けなかった。今日、渦中の倍達多法師と会い、速熯の案内で虎杖とともに船の艤装を見た。その後は賑わう港を歩き回り、地形を頭に叩き込んだ。地理の把握は、見知らぬ土地で真っ先にやっておかねばならないことだった。蓄積された疲労に身体が悲鳴を上げていた。神経もあと少しで伸びきってしまうほどに張りつめている。出港までに体調を万全にしておくべきは倍達多法師よりも自分のほうだったが、匝戸が薬を服用したと聞いて、眠気が消えてしまった。

昨夜とは打って変わって満天の星がきらめきを放っていた。夜風はかすかに涼をはらんでいる。自然と柚蔓の足は瞻月楼に向いた。

先客がいた。

「薬をお服みになった」

虎杖は欄干に背をあずけ、右脚は投げ出すように伸ばし、左脚は片膝を立て、かたえに剣を抱くように握っていた。首をねじって夜空を振り仰いでいる。細い顔、尖った顎、もう目になじんだ刀創、星光を宿して濡れたように光る大きな目。瞬間的に柚蔓は、狭比のほのかに紅潮した顔を思い出した。

「聞いてきた」

「貴女《あなた》にお伝えしようとしたが、部屋にはいなかったようなので」

「行き違いになったらしいわね」

「貴女も眠れなくてここに？」

「眠れない？」

「どうも目が冴えてしまって。心が昂《たかぶ》っているからだろうな」

「いつから昂って？」

「今朝だ。あの法師を見た瞬間、海を渡る、異国へ行くということが現実問題として迫った。今になって、ようやく自分に驚き、慌てているといったところかな。貴女はどう？

そんなふうには感じなかった？」

柚蔓は少しして首肯した。「認める。わたしもどうやら同じ精神状態のようね」

「落ち着いて見えたが」

「あなたのほうこそ。法師を目にしても驚きなんか全然感じていないって顔だった」

「驚きのあまり固まってしまったといおうか。緑の目、そしてあの肌――」

どちらからともなく二人は沈黙した。柚蔓は自分の心の奥底をのぞき込んでいた。

「何」

虎杖がこちらをじっと見つめているのに気づいた。

「いや、こんな途方もない役、貴女はよく引き受けたものだと思って」

「あなただって」

「わたしの首に剣を突きつけている物部の女剣士が応諾したんだぞ。対抗上、自分も承諾しなければ蘇我の剣士の名折れじゃないか」

「わたしのせいだとでも云いたいの」

「そんなつもりはない。何というか――もののはずみってことだ」

「もののはずみ」柚蔓は声をたてて笑った。「わたしだって、蘇我の剣士の首に剣を擬しているのでなかったら、考える時間をください、ぐらいのことは云ったかもしれないわね。あなたに先を越されたくないと思ったのよ、きっと」

「貴女こそ、わたしのせいだと云うのか」

「もののはずみよ」もう一度、柚蔓は笑った。「わたしのほうが先にはずまされたのだけれど」

「どちらのはずみが先か」虎杖は肩をすくめた。「この際、問わないことにしよう」

「いいわ。でも、肝腎の護衛が任務の途方もなさに萎縮していては話にならない。これはね、自戒を込めて云っている。だって、いちばん辛《つら》いのは御子ですもの」

「忘れるところだったよ」虎杖は背筋を伸ばした。「その通りだ。思い出させてくれて感謝する」

厩戸の意識が完全に戻ったのは翌日の夜のことだった。

柚蔓と虎杖が部屋に入ると、入口に三人の侍女が控え、布団の上に上体を起こした厩戸を囲んで物部鷹嶋と灘刈、曽根眞史、狭比がいた。遅れて速熯も駆けつけた。

「こちらへ」鷹嶋が手招いた。「目覚めてみれば、見も知らぬ顔ばかり。さぞかし御子はご不安でいらしたはずじゃ。──さあ、御子さま。柚蔓どのと虎杖どのが参りましたぞ」

立ち上がって二人に場所を譲った。「御子には、ここが筑紫物部の館で、心配は何もないということだけお話し申し上げておいた」

厩戸は豪奢《ごうしゃ》な刺繡を施された絹の寛衣を肩にかけていた。腰を下ろした柚蔓と虎杖にゆっくり顔を向けた。見知った顔が現われた安堵の様子はなく、赤子が室内の新たな動きにふと関心を誘われただけという感じだった。

「御子、案じておりました」

柚蔓はまずそう云ったものの、自分でも意外なことに、その先が続けられなかった。これまで厩戸とほとんど言葉を交わしていないという寒々とした事実に今さらながら気づかされた。中臣勝海の刺客を弓矢で倒した際に短いやりとりを交わしたが、その後は一度たりとない。すべては大淵蜷養が間に入っていた。大和を脱出してから厩戸は言葉を失ったようになっていた。ならば自分も鷹嶋や眞史らと同じく他人同然ということではないか。

し寄せてきた。
蛉養を失ったことが今さらながらに悔やまれる。前途に対する不安が明確な形をとって押
「お加減は――」
かろうじて続けようとしたその先を遮って、厩戸がぽつりと云った。
「蛉養は？」
座が凍りつく。柚蔓は耳を疑った。まさか。あれを覚えていないということがあるだろうか。
「ねえ、蛉養はどこなの？　どうしてここにいないの？」
柚蔓は悟った。不安を前面に出した厩戸の声にひそむかすかな棘《とげ》、眼差しの冷ややかさ。
「御子――」一気に冷え込んでゆこうとする己の心に抗って柚蔓は声を搾り出した。と、
素早く虎杖が顔を向けた。自分に任せろ、その目はそう云っていた。柚蔓は不承不承口を
噤んだ。これから先のことを厩戸に諄々と説いて聞かせるつもりだった。かくも不本意な
形で話が始まろうとは。
「是非もないことでした」虎杖は淡々と云った。「あれは蛉養どのではなかった。死んだ
蛉養どのの身体を化物が乗っ取ったのです。死者が次々に甦ってきたのは御子もご覧にな
った通りです」
「だから？」

「御子は危ういところでした。わたしは間に合いませんでした。柚蔓どのの駆けつけるのがもう少し遅かったら――」

厩戸はぷいと横を向いた。理解はしているのだ。感情がそれについていかないのだろう。

「……蜷養……田葛丸……」厩戸は小さく呟いた。かぼそげな声だった。再び顔を向け直すと、ことさらに柚蔓を見ないようにして、虎杖の目ばかりをひたと見つめて云った。

「どうしてこんなことに？　あの化物は何なの？」

「見当もつきません」黄泉からの刺客という柚蔓の推測を虎杖は告げなかった。「あの土砂崩れで、眠っていた土地の魔物が目覚めたのかも」道中、偶然に遭遇した怪異で押し通すに如くはない。

「だったら、どうしてぼくを襲うの？　あそこには行ったこともないのに」

「御子が高貴なお方だからでしょう」虎杖はさらりと答えた。「だから魔物は誰を措いても御子を狙ったのです」

「魔物のはずないよ」

厩戸はうつむき、囁くように口にした。虎杖にではなく自分自身に対する言葉めいて柚蔓の耳には聞こえた。まるで魔物について前から何かを知っているかのような口ぶりだ。

「御子？」

虎杖も不審なものを覚えたのだろう、のぞき込むように顔を寄せた。

「大和に……」厩戸は顔を上げ、震える唇を開いて言葉を押し出した。「……家に帰りたい」

息を呑む気配が座を支配した。

「母上に会いたい、父上に会いたい、来目にも、田目の兄上にも、馬子の大叔父にも」

水圧に耐えきれず堰《せき》が決壊したかのようだった。その言葉を厩戸はずっと心の奥底に封じ込めてきたに違いない。

「お気持ちは、お察しいたします御子」塑像のように固まってしまった虎杖に代わって柚蔓は再び口を開いた。「なれど、それだけはなりません」

「どうしてだ」厩戸は激しい口調で云い、熱っぽく光る目を柚蔓に向けた。瞳の奥に燃える憎々しい炎をもはや隠そうとしなかった。

「理由は三輪山の隠れ家で申し上げました。御子は大和にお戻りになれぬ身と――」

「そんなのいやだ。いやだ、いやだ。ぼくは大和で生まれたんだ。池辺双槻のお家で。あそこがぼくのいる場所なんだから」

「いま大和にお戻りになれば、御子は死ぬことになるのです」あえて柚蔓は、死ぬという剝き出しの言葉を用いた。

「家に帰りたい」

「御子がお亡くなりになられたら、お父上の池辺皇子さま、お母上の間人皇女さまはさぞやお嘆きになることでしょう」

　厩戸は怯んだように顎を引いた。目の炎はいっそう強く燃え上がった。

「それとも御子は」柚蔓はたたみかける。「お父上、お母上を悲しませたいのですか」

「ちと言葉が過ぎよう」見かねたように鷹嶋が割って入った。「ものには云い様があるはずじゃ」

「事態は急を要します」柚蔓は振り向かず、厩戸を見つめたまま反論した。「実際、御子は一度ならず三度までも命を失いかけているのですから」

　厩戸の目が見開かれた。「じゃあ、あれも……あの化物も伯父上が？」

　虎杖が非難がましい目を向けた。かまわず柚蔓はきっぱりとうなずいた。「わたしはそのように考えています。帝は伊勢の神託を実行すべく――もっとはっきり云えば、御子を亡きものにすべく黄泉の国から怪物を差し向けたのです」

「そこまでぼくのことを！」厩戸は叫ぶように云った。悲痛な声は大人びて聞こえた。

「三輪山でも申し上げました通り、帝は御子を恐れておいでなのです」柚蔓は断乎として強調した。厩戸を翻意させるには、自分に対する憎しみを現帝に向け直すしかない。そもその発端は帝にあるのだ。「よくお考えください。帝が天照大神に求めた神託――それがために蜷養どのは、そして田葛丸も、身を挺《てい》して御子の目の前で命を落としたのです」

　これは、だが云わずもがなのことだった。厩戸はまた柚蔓に憎しみの目を向けた。「ぼくは、蜷養が殺されたところを見た」

「いま大和に戻るのは」臆せず柚蔓は続ける。「みすみす死ににゆくも同じ。身をお隠しになるより他ありません」

「伯父上に会って頼んでみる。そうすれば――」

「御子は経書にもお親しみとか。綸言汗の如しという成語をご存じでしょう。天子に戯れの言葉はありません。それに、天皇であっても神意に忤《さから》うことはできないのです」

「そんな」厩戸は縋《すが》るような目を虎杖に向けた。「何とか云ってよ」

「今も帝の手は」虎杖は首を横に振った。「御子に向かって伸びておりましょう。いずれここも安全ではなくなります」

「そうだ、馬子の大叔父なら」期待をかけるように厩戸は声を弾ませた。日頃どれだけ馬子を信頼し、懐いているかが察せられた。

「その馬子さまから直々《じきじき》に命じられました」虎杖の声は苦しげだった。「命に代えても厩戸御子さまをお護りせよ、と。蘇我大臣にして、これが御子のためにおできになるすべてなのです」

厩戸は救いを求めるように周囲を見回した。物部鷹嶋、灘刈、真壁速熯、曽根眞史、狭比……応える者は誰もいない。狭比は涙ぐんでさえいた。自分に向けられているのが痛ましげな視線ばかりだと気づいて厩戸の顔は見るにしのびないほど強ばった。と、うつむきかけた首が弾かれたように跳ね上がって虎杖を見た。「ここも安全じゃなくなる?」

柚蔓は驚きを禁じ得ない。厩戸は、自分が絶望の奥底にいることを自覚したところである。七歳の男児が味わうにはむごすぎる境遇だ。恐怖に打ち震え、なすすべもないはず。事実、厩戸の顔色を見れば、彼の頭脳、絶望と恐怖の二色のみに塗りつぶされている。そのような状況に置かれながらも、知性は、感情に何ら左右されることなく虎杖の言葉を冷静に聞き分け、分析し、反応すべき箇所で然るべく反応したのだ。

「帝は追手を放ったと見て間違いありません」虎杖は硬い声で応じた。「御子を探し出すためこの国の隅々にまで。御子がお元気を取り戻されたら、すぐにもここを出発しなければなりません」

「どこへ、どこへゆくの?」

「わたしたちは船に乗ります。この国を出るのです」

厩戸は一瞬、呆気にとられた顔をし、続いて首を左右に激しく振った。「いやだ、そんなの」

「選択の余地はありません」返す言葉を探す虎杖に代わって柚蔓は話を先に進めようとした。「帝はこの国の支配者です。どこに隠れようと探索の目を逃れることはできません」

「いやだよ、いやだといったらいやだ」

「どんなにいやでも、ゆかねばなりません。それが御子の――」柚蔓は思い切って口にした。「さだめなのです」

「あんまりです」狭比が声をあげた。「御子さまは怯えておいでではありませんか。柚蔓さまは厳しすぎます。もっと優しい、女子《おなご》らしい云い方があるはずです。可哀そうな御子さまのお心をどうかよくお察しになってください」

「口が過ぎるぞ」眞史が諫め顔で云った。「事情をよく存じ上げぬ我らが口を挟むことではない。こちらのお客人は御子さまの運命に全責任を負ってのようだ」

「柚蔓さまの話しぶりを云っているのです」狭比は引き退がらなかった。「御子のお齢をお考えになれば、そんな残酷で指図がましい云い方はできないはずです」

「御子は仏法に関心をお持ちですね」虎杖が話の継ぎ穂を引き取った。「大臣からそう伺いました」

「それがどうしたっていうの」身構えるように厩戸は応じる。

「このお屋敷には、倍達多三蔵法師という百済の高僧が滞在しています。法師の名はご存じですか」

厩戸は首を横に振り、「じゃあ、百済にゆくの？」と話を先回りして訊いた。あまり気乗りしない様子だった。百済という言葉は、絶望の底にいる厩戸に届く光とはならないようだ。

「百済ではありません」厩戸の関心に訴えつつ徐々に核心に迫ってゆく虎杖の話の進め方

は、柚蔓にはまだるっこしく思われた。自分ならば行く先をずばりと告げやるものを。

「――彼《か》の国でも御子が安全とはなりません。何となれば古《いにしえ》より帝の勢威は百済にまで及んでいるからです。百済王は帝に命じられれば点数稼ぎの好機とばかりに喜んで御子を探し出し、捕らえて送還するでしょう。行く先が百済ではないもう一つの理由は、倍達多法師が百済人ではないからです。法師は百済から故国に戻ろうとして、運悪く船が難破し、筑紫に流れ着きました。そこで大臣と大連は法師を送り届けるべく船を仕立てることにしたわけです」

さすがに鷹嶋、灘刈、速熯が咎《とが》め立てをする顔を虎杖に向けた。法師を揚州に送ろうと図ったのは守屋なのであって、馬子は後からこの計画に乗ってきたに過ぎない。それも守屋から誘われてだ。守屋が馬子を一枚噛ませたのは、神託の件を何も知らない馬子が帝に取り込まれ、守屋を妨害する挙に出るのを慮《おもんぱか》ったからだ。それでなくとも物部と蘇我は、倶《とも》には立たないと云われる両雄の関係にあり、しかも御子は蘇我系の皇族である。権謀に長《た》けた帝は、仏法に関心を寄せる厩戸を守屋がかどわかしたと馬子に吹き込みかねず、そうなれば唆《そそのか》された馬子が帝の先兵となって探索を買って出るのは必定である。この展開を守屋は危惧《きぐ》し、いっそ馬子にすべてを明かすことで、いわば対帝同盟を持ちかけたのだった。そうした経緯を一切はぶいて、あたかも馬子と守屋が最初から計画を立てたかのように説く虎杖に鷹嶋たちは立腹したのである。だが厩戸の説得を優先させねばならないことは彼らとて承知はしていた。

「そのようなわけで」虎杖は言葉を継いだ。「以前から船の準備が進められておりました。あと数日で出港できるとのこと。追われる御子にとっては、これぞまさしく渡りに船です」

「ぼくを船に乗せて」厩戸の声には力がなかった。「倭国から追い出そうというんだ」

「帝の手から逃れる道はそれ以外にないのです。しかし御子お一人ではありません。わたしたち二人がお伴いたします。柚蔓どのと、大臣の信任厚いこの虎杖が」

力を込めた声で云い、反応を待った。厩戸は何とも答えなかった。行く先すら訊かなかった。うなだれ、布団の端をぎゅっと摑んだ自分の手を見下ろした。やむなく虎杖は先を続けた。「まずは揚州へ参ります。陳国の大きな港湾都市です。倍達多法師はこの地から百済に渡ったと聞いております」

「揚州までは長い船旅となりますが」鷹嶋が口を挟んだ。「ご心配はご無用に。我が筑紫物部は揚州までの航海をこれまでに幾度となく行なっております。御子のお乗りあそばす船には、最も経験豊かな船乗りたちをおつけする所存にて——や、御子？」

厩戸の身体がぐらりと揺れ、鷹嶋は慌てて腰を浮かした。厩戸は上体を布団に突っ伏すかに見えたが、斜めに弧を描いて仰向けに倒れかかった。思いがけない素早い動きで厩戸を抱きとめたのは狭比だった。厩戸の額に手をあてがい、顔色を変えた。

「まあ、何てひどい熱！」

外洋船の艤装は順調に進んでいた。破損した部分には適切な修理が施され、老朽化した装具は惜しげもなく新品に取り換えられた。船は日を追って若返ってゆき、見た目には新造船とほとんど変わりがなくなった。食糧、水、対海賊用の武器、衣類、衛生品——その他にも長い航海に必要な品々が運び込まれた。船荷を積み込んで交易船としての面目を施すこともできた。倍達多法師のみを揚州に送り届けるという当初の予定が変更となり、出港を急ぐべく品物の積載の取り止めが検討されたが、大型の船体を安定させるにはある程度の積荷が必要という船長の主張が通ったのである。

倍達多法師の恢復ときては、これはもう驚異的といわねばならなかった。初対面の翌日、虎杖と柚蔓が客館を訪ねてゆくと、布団はきれいに取り払われていたばかりか、代わって床の上に敷かれた一丈四方ほどの布の上で倍達多は奇怪な体勢をとっていた。両腕と両脚が複雑に絡み合うさまは烏蛇《からすへび》の交尾を思わせ、その複雑な結び目の中から亀の頭のようにニユッと顔が突き出されている。人体のありようを嘲るような姿だ。

「瑜伽行《ゆがぎょう》なり」

目を瞠る二人に倍達多は云った。その声は昨日とは違って霊気森々、厳《おごそ》かな響きを帯びている。

「本来は定《じょう》、すなわち瞑想に入るための手段の一つだが、ご覧の通りの身体技法であるがゆえに、肉体の鍛錬にもなる。これにより二、三日で元通りの身体を取り戻せよう」

その珍奇な体勢のまま瑜伽行に関する説法が始まった。初めは気を呑まれ、大人しく耳を傾けていた二剣士だったが、深遠な実践理論を説こうとして内容は難解さを増し、しかも延々と続く気配だったので、早々に退散した。

「あれが仏法?」外に出ると柚蔓は空を仰いで歎息した。「たわごとね、まるで」

「おかしいな」虎杖は否定しなかった。それどころかしきりに首をひねって云った。「わたしが馬子さまから伺った説法とはまるで別物、似て非なるものだ。どういうことなんだろう」

「船旅の間じゅうあれを聞かされてはたまったものじゃないわ」

「船旅? その後もじゃないか」

途端に柚蔓は石を呑んだ顔になった。

倍達多は、その夜から客館の周囲を歩き始め、自らの言葉通り三日と経たず常人同様の身体となった。

問題は厩戸だった。一時の高熱はおさまったものの微熱が続き、終日眠り続けている。眞史によれば船旅など以ての外《ほか》という。厩戸がこれほど衝撃を受けようとは二剣士の予想を超えていた。実年齢より大人びて見え、大人にも理解できない文献を読みこなすことができるという風聞も耳にしていたから、人並み外れた天才児との思いこみの目で見てきたのだ。仏法に関心を抱いていることゆえ、喜んでこの話に飛びつくはずという守屋と馬子の共通の見立ても、見事に外れた。

所詮は七歳の子供だったのだ。

かといってこの地に長く腰を据えているわけにはいかない。それでは帝の追跡の手を待っているようなものだ。

船の出港準備が予定通りに整う前日、二剣士の焦りは頂点に達した。夕刻、彼らは物部鷹嶋の屋敷の横手にある小丘陵へと足を向けた。岬の丘という呼び名の通り、丘陵は先端部が海に突き出し岬になっていた。眼下に目を落とせば垂直に切り立った崖の下、海面から怪獣の牙のように不気味に突き出した岩礁が白い波しぶきを撒き散らしている。海岸線はその先、港湾地帯へと続き、彼らの乗り込む予定の外洋船がいちばん手前の桟橋に繋留されているのが望見された。出港の準備はおおかた整い、船に出入りする作業員の数は減っていた。西の彼方に大きく傾いた陽光を照り返して入江の海面は赤銅色に沈み、船は次第に影絵の趣を呈してゆく。

「この際だから」内心の迷いを隠さない声で柚蔓は云った。「倍達多を引き合わせてみてはどうかしら、やはり」

そのことは虎杖も考えないではなかった。倍達多のほうは厩戸に強い関心を示し、毎日のように対面を催促していた。先々のことを考えれば一日も早く二人を引き合わせるのが望ましい。先延ばしにしてきたのは、倍達多の外貌が厩戸に与える衝撃を考慮したからである。気力、体力ともに恢復してから——そう考えてのことだった。

「御子は絶望しきっているわ」虎杖が答えないので柚蔓は続けた。「自分の与り知《あずかしら》ないところで下された一片の神託によって、親から引き離され、大和を追われて、この国に居場所をなくしてしまったのだもの」

「まったくだ」虎杖は憤りのにじんだ声で応じた。「ぼくを船に乗せて、倭国から追い出そうというんだ——あの言葉に答えるのは、辛かったよ」

「そのうえ御子は親しい者を二人まで目の前で亡くした。残念なことに、あなたもわたしもまだ御子の信用を得られていない」

「御子の目から見れば、わたしたちは御子を海外に連れ出す人攫《ひとさら》いも同じだからな。もっと頼っていただきたいものだが」

「そこよ。絶望した者には頼るものが必要だわ。仏法こそそれに相応しいのではなくて？御子は打ちひしがれて自分の殻に閉じこもってしまっている。倍達多と接すれば仏法への憧れを甦らせるかもしれない」

「そうかもしれないが……」虎杖は逡巡《しゅんじゅん》して腕を組み、促すような柚蔓の視線から目をそらせて外洋船をじっと眺めやった。まるでそこに答えがあるとでもいうように。

「何をまだ迷うことがあって？　わたしたちには時間がないのよ」

「今の状態で法師と会わせれば、逆効果になることだって考えられる。海外への拒否感を強めるだけの結果に終わる可能性は捨てきれないよ。そんなことになったら打つ手なしだ。どうだろう、せめてあと二、三日様子を見てみては」

答えは返らない。虎杖は顔を向け戻した。柚蔓はそこにいなかった。振り向くと、坂道を引き返してゆく後ろ姿が目に入った。

「──おい、どこへゆくんだ」

呼びかけたが柚蔓は足を止めない。虎杖は後を追って駆け出した。翻るマントの裾に見え隠れする柚蔓の足取りは、走っているとも見えないのに、二人の懸隔はなかなか縮まらなかった。傍目から見れば彼らは二つの旋風《つむじかぜ》が競い合うかのように丘陵を駆け下っていった。

追いついたのは、倍達多の客館に近づいた辺りだった。ちょうど陽が落ちたところで、夕闇の気配が濃く迫っていた。虎杖は肩を摑もうと手を伸ばし、柚蔓は身を翻して逃れると、向き直って身構えた。

「何だというの」

「わたしの話をなぜ聞こうとしない」虎杖は腹立たしげな声をぶつけた。「独りでことを進めないでほしいな」

いわ」

「決断できない男の」柚蔓は冷ややかに応じた。「うだうだしい話を聞いている時間はな

「ここは慎重にゆこう。一か八かに賭けるのは無謀に過ぎる」

「慎重――あなたの剣捌《けんさば》きのように？」

虎杖は柚蔓の声に嘲りの響きを聞き取った。挑発に乗るな。自分を戒めたが、口のほうで勝手に動いていた。「わたしの剣を莫迦にするのか、物部の女剣士」

「事実を指摘したまでよ、蘇我の男剣士」

二人の手は同時に閃いた。それぞれの腰に佩いた剣の柄に向かって。

「確認しておこうじゃないか」柄を握って虎杖は云った。「わたしたちは厩戸御子の護衛剣士として対等な立場のはずだ」

「それは認める」柚蔓は握った柄をゆっくりと身体に引き寄せてゆく。「話し合って埒が明かない時には、どちらかが主導権を取らなくてはならない」

「それがあなただというのか」

「そうよ」

「勝手に決めてくれて」

「一切の計画を立てたのは守屋さま。その意を体《たい》しているのがわたし」

「そんな理屈があるものか」

「あなたはね、わたしに従っていればいい」

「船の上では、うまく力を合わせられたと思ったんだがな」

「あれはあれ、これはこれよ」

虎杖はすぐに言葉を返さなかった。ためらった末に出た声はきっぱりとした決意を含んでいた。「――よし、決着をつけよう。剣の敗者は剣の勝者に従う、これでいいな」

「もとよりそのつもりよ」

二人の剣が鞘から滑り出ようとした寸前、

「――何を云い争うておるのじゃな、ご両者」

百済語の落ち着いた声がすぐ間近で聞こえ、動きを止めた柚蔓と虎杖は、薄暮の中、腰の高さほどの辺りに、炯々とした緑色の双光が一対の星のように輝き出したのを見た。閉じていた双眸を倍達多法師が見開いたのだと気づいた時には、薄い闇に自然に溶け込んでいた身体の輪郭も見分けがついた。倍達多は黒い下帯一つの半裸身で地面に坐り、二人にはもう見慣れたものとなった瑜伽行の複雑怪奇な体勢をとっていたのである。

柚蔓と虎杖は素早く顔を見合わせた。これほどまで近くにいた倍達多を見逃した剣士としての不覚をお互いの顔に認め合う。二人が先を争うように口を開いて倍達多に訴えかけようとした時、新たな声が響いた。

「――ここにおわしたか」

倭国の言葉。薄闇の中から跳ね飛ぶように現われたのは真壁速熯だった。血相を変え、二人に何か告げやろうとしたが、ぎくりとした表情で目を剝いた。「やっ、二人ともいったい――」

自分たちがまだ剣を握っていたことに気づいた柚蔓と虎杖は同時に手を離した。

「何の用です、真壁どの」柚蔓が平静な声音で訊いた。

速熯は本題に立ち返った。「不審船だ」

「不審船？」

「目撃した者の話によれば、桟橋ではなく砂浜に向かい、小舟を下ろして上陸したという。この港では桟橋以外での着船はご法度なんだ。無許可上陸した人数は七、八人で、そいつらは砂浜を突っ切り、港の人ごみの中に紛れてたちまち見えなくなった。船のほうはといえば、小舟を下ろすやすぐに回頭して、逃げるように入江を出ていったそうだ。湾内を航行していた監視船が後を追ったが、船足が速く、外洋に出て間もなく見失った」

「いつのこと？」

「今さっき聞いた。お伝えしようと探していたんだ。どう思うね、こいつを」

「追手よ、間違いなく」柚蔓は答え、今の今まで剣を交えようとしていた相手に同意を求める目を向けた。

虎杖はうなずいた。「こんなにも早くやってくるとは――ぎりぎりのところだという貴女の予想が正しかった」

「探し出さなくては」

今にも駆け出しそうな柚蔓を速熯は制した。「灘刈がやっている。能《あた》う限り人手を繰り出し、市場、倉庫、宿屋までしらみつぶしに検《あらた》めると請け合った。当地は筑紫物部の所領だ。探索は彼に任せておくに限る。港湾都市という性格上、どこもかしこも他所者《よそもの》であふれ返っているから、見つけ出すのは容易なことではないだろうが。わたしは鷹嶋どのと屋敷の警護に当たる。あなたたちは御子を」

まくしたてるように云うと、速熯は夕闇の向こうに走って消えた。その場に倍達多がいたことに気づいた様子はまったくなかった。

「何か大変なことが起こったようじゃが」倍達多が訊いた。

「お話があって参ったのですが」柚蔓は急ぎ応じた。追手が間近に迫ったからには、厩戸の身辺から離れているわけにはいかない。「それまた後に」

「話？　じゃが、おまえさんたち、今にも剣を抜かんばかりの見幕だったではないか」

「あれは、その——今は事情が変わったのです」虎杖はきまり悪そうな表情で答えてから、柚蔓に顔を振り向けた。「この際どうだろうか、法師にも一緒に来てもらうというのは？」

「でも、あなたは」

「考えを改めたんだ」柚蔓がうなずくのを見て、虎杖は自分から口にした。「法師、わたしたちとご同行願います。厩戸御子のところへ――」

「ようやく引き合わせてくださるか」倍達多は複雑な瑜伽行の体勢を一瞬のうちに解いて立ち上がった。その時、またしても別の声が黄昏の空気を劈《つんざ》いた。

「虎杖さま」

女の声のするほうを振り返った。狭比が薄闇を振りきるようにして駆け寄ってきた。息せき切り、身悶えし、今にも虎杖の胸に飛び込まんばかりだ。「ああ、こちらにいらしたのですね。大変です、虎杖さま、大変なことが――」咽喉を詰まらせ、咳き込んだ。

「何事です」虎杖が身構える顔になって訊いた。

「御子が」狭比は声を搾り出した。「御子がお部屋からいなくなってしまって」

「何だって」虎杖は柚蔓と顔を見合わせた。

「いなくなったというより、煙のように消えておしまいに」

「何を莫迦なことを」柚蔓が鋭い声を出した。「御子のお側《そば》には、常に誰かが付き添っているはずでしょう」

「部屋にいたのはわたしだけではありません」狭比は柚蔓を見ず、あくまで虎杖を頼るようにその目を捉えて訴えかける。「奥方さまの侍女たちも一緒でした。枕元にはわたしが、侍女の石蕗《つわぶき》と磯菊《いそぎく》はいつものように戸口におりました。新しい薬を調合して戻ってきた父が、ぎょっとした顔になって、扉が開きっぱなしだと大声を上げました。それで、わたしたち、御子の姿がなくなっていることに初めて気がついたのです。いいえ、父にもきつく問い詰められましたが、居眠りなどしてはおりません。三人とも神に誓ってそのようなことは」

「しかし、あの部屋に出入りできるのは一か所だけのはずだぞ」

「そんな詮索は後よ。今は御子を探さなくては」

柚蔓は足を踏み出しかけ、あっと声をあげた。突如として甦った一片の記憶に脳裏を直撃された。日没の弓弦ヶ池畔——青の鳥居での不思議な出来事。布都姫の姿はあの時、彼女の視界から突然に消え去った。それこそ狭比の云う煙の如くに。説明を求めても、姫は言を左右にしてはぐらかすばかりだった。あの場で柚蔓は初めて厩戸を見たのだが、亡き大淵蜷養は何と云っていたのだったか。

——いきなりお消えになり、いやはや、どれほど心配したことか。

憶えている、一字一句、鮮明に。驚きと、安堵の入り混じった彼の声音も。どうして忘れられよう。それは布都姫に対する柚蔓自身の思いでもあった。その時は気にも止めなかった。自分の運命が厩戸の運命と交差しようとは思ってても見ないことだった。布都姫の身辺には時折り不思議なことが起こる、という噂があった。もしや厩戸も——。

得体の知れない予感に搏《う》たれて柚蔓はその場に立ち尽くし、虎杖に不審の目を向けられながら身を震わせた。

厩戸は夢を見ていた。蜷養と田葛丸に襲われている夢だった。蜷養の身体には田葛丸の首、田葛丸の身体には蜷養の首が生え、どちらも全身に無数の蛆虫《うじむし》を集《たか》らせている。二人が足を踏み出すたび、腐肉を這いまわる白い蛆が黒い腐汁とともにポロポロとこぼれ落ちる。彼らに肉薄された厩戸は、坂道を上へ上へと追い立てられてゆく。頂に達すると、その先、道はなく、見下ろせば断崖絶壁の上とわかった。眼下は海。白波が鋭い岩礁を打ち砕かんばかりに渦巻いている。その光景を目にした途端、足が滑り、落下してゆく感覚は現実そのものだった。余りの生々しさに厩戸は目を開けた。

だるい。まだ熱は下がっていないようだ。その一方で、体調とは異なる不快感があった。外界からの刺激によるもの。この感覚って——すぐにその原因に思い当たり、厩戸は総毛立った。禍霊！　あの不浄なるものたちが出現する前触れではないか。跳ね上げるように上体を起こし、四囲を見回した。誰の姿も見えない。布団に寝ている自分一人だけ。これはとりもなおさず、今もなおこの部屋にいる者たちからすれば、自分は隠された存在になってしまったということなのだ。

——意識の次元で介入、干渉してくる。柚蔓は現実にはわたしを見ていながら、見ているという意識を遮断されてしまったのです。

厩戸は布都姫の説明を思い出した。来る、やって来る、禍霊が。逃げなきゃ、逃げなきや。もう読経《どきょう》は効かない、布都姫の助けもないのだから——その切迫した思いのほか何一つ考えられなくなった。厩戸は布団を脱け出し、戸口に向かって急いだ。扉を開くと長い廊下が続いていたが、ためらうことなく部屋を飛び出した。屋敷は広く、廊下は迷路さながらだった。左右に分岐すれば右を選び、三つに分かれていれば真っ直ぐ進んだ。誰とも遇《あ》わなかった。まるで幽霊屋敷のようだ。そんなことのあり得るはずがなく、禍霊の介入と干渉がまだ継続しているということなのだ。

気がついた時には外に出ていた。立ち止まって周囲を見回す。久しぶりの陽の光に目が眩《くら》んだ。背後には、一目見るや思わず息を呑んだほど広壮極まりない館が聳えていた。天を衝かんばかりの高さを誇る楼閣を四隅に備え、その威容たるや帝の君臨する乎沙多幸玉の宮殿を凌《しの》いでいるかにも思われる。少なくとも池辺双槻館《いけのべのなみつき》など比較にならない。では、これが物部鷹嶋の屋敷なのか。物部という氏族の強大な勢力を見せつける建築物。敷地内には他にも大小さまざまの建物が立ち並んでいる。禍霊出現の徴候に怯え、ここまで逃げてきたはいいが、この先どうしたものかと厩戸は迷った。

ふと、自分を衝き動かしていた不快感が急速に遠のいてゆくのを感覚した。と同時に、目の前の光景がかすんでぼやけ、次の瞬間には、人っ子一人見えなかったはずの敷地を忙しそうに行き交う人影が目の中に鮮明な像を結んだ。あわてて厩戸は近くにあった小さな建物の陰へと飛び込んだ。咄嗟にそんな行動に出てしまった己を怪しみつつ、自分の身体を見下ろす。寝着《ねまき》の上に絹の長衣、そして裸足《はだし》。あっ、履物を、と思ったが、それに反発するかのように一つの意志が、確乎たる明白な意志が頭を擡《もた》げた。

〈館には戻りたくない！〉

戻れば、あの二人の剣士に力ずくに連れていかれるだけだ、海の向こうへ、国外へ。こともあろうに蜷養を斬った女と、馬子の大叔父の忠臣というけれども実はよく知らない刀創の男。そんな二人の意のままにされるのはいや、絶対にいやだ。帰るんだ、大和へ。どうしたら大和へ帰れるのだろう。

強い意志とは裏腹に、厩戸は途方に暮れた。これまでは蜷養がいた、田葛丸がいた。それが当然の日常だった。今は自分一人で行動しなければならない。そんな経験は片手で数えるほどしかなかった。厩戸は圧倒的な無力感に打ちのめされた。呼吸が乱れ、胸が苦しい。頭は重く痛んだ。建物の陰でしばらくの間、みじろぎもせずうずくまっていた。と、闇の中に一点の小さな光が燈るように思い出される記憶があった。布都姫を訪ねた時のことだ。田葛丸に導かれた後、二度目は自分だけで行けたではないか。やってやれないことはないはず、という思いが心の中に広がった。こんなところで立ちすくんでいるよりはましだ。こんなところ？　そうだ、まずは自分がいる位置を正確に知らなきゃ。

柚蔓が蜷養を斬り下げるのを見た衝撃の余り気を失った厩戸は、目が覚めると布団の中にいたのだった。その間の記憶はそっくり抜け落ちている。筑紫の港を見た覚えもなければ、鷹嶋の屋敷に運び込まれたことも記憶にない。ともかく大和に戻るには船に乗る必要があるのだから、それには港へ行かなければならないはずだ。よし、港を探そう。厩戸は要慎しながら建物の陰からそっと出ると、周囲を見回した。日没の時間だった。西の空は美しい茜色に染まり、方向は逆だがその色は大和への思いを激しくかき立てた。夕空の下、くっきりと黒い影絵となった小丘陵が目に留まった。あの上に登れば、港が見えるに違いない。

厩戸は呼吸を整え、田葛丸から教わった風翔けの術を試みた。体調が万全ではないせいか、いつものようには楽々と走れない。だが、とりあえず足の裏を傷つけないようにするには事足りた。丘陵を目指して建物伝いに敷地を横切ってゆく。建物群が背後に去ると、灌木《かんぼく》がまばらに生えた草地になった。ところどころに丈高の草むらが生い茂り、身を隠してゆくには好都合だ。麓まで到ると、登り道を探した。緑葉を繁らせた樹々が隙間なく密集し、下生《したば》えも濃い。登り口はなかなか見つからず、厩戸は焦りを覚えた。西の空の茜色は美しさの絶頂に達している。やがて残光が消えれば一気に夜がやってきて、港は闇の帳に覆いつくされてしまう。

その時、跫音《あしおと》を聞いた。丘陵を駆け下ってくるようだ。厩戸は近くの草むらに身を屈め、跫音のする方角に目を向けた。と、真っ黒い風が丘陵の繁みから躍り出るように現われ、一瞬にして館の方向へ走り去った。美しいけれども冷たい横顔がちらりと映じた。マントを羽ばたかせた男装の女剣士。立ち上がりかけた厩戸は、すぐにまた跫音を聞いて腰を落とした。今度現われたのは虎杖だ。その横顔は憤っているようにも見え、肩の上ではマントが柚蔓のそれ以上に怒り狂ったように乱れ躍っていた。

それきり跫音が続かないのを待って、草むらから出る。二人が出現した辺りをよく捜すと、見落としていた登り道が見つかった。後ろを振り返り、誰も見ていないのを確認してから、厩戸は坂道を駆け上っていった。


二人の男はあわてて灌木の陰に隠れた。危ないところだった。長衣を着た素足の少年は、足を踏み出すかに見えて、いきなり背後を顧みたのだ。その姿は、しかしすぐに樹々の間に滑り込むように消えた。

「どう思う?」

「聞かされていた年恰好とは一致する。あの長衣に気づいたか。とんでもなく贅沢《ぜいたく》な代物だぞ」

囁きと違わぬ声が交わされる。二人とも厩戸の顔を知らなかった。知っているのは頭目の細矛鵜坂だけだ。

「おれも気づいた。物部の小倅《こせがれ》の一人ということも考えられる」

「だとしても、こんな時間に一人でどこへゆくというのだ。妙ではないか」

「そうだな。やはり鸕坂さまにお伝えすべきか」
「おれがゆこう。おまえはあの小童《こわっぱ》の後を追ってくれ」

厩戸は熱があるのも忘れて坂道を駆け上った。急がないと日が暮れてしまう。走っているうちに蜷養と田葛丸のことが思い出された。まだまだ遊び足りず、ずっと外で遊んでいたい自分を追いかけてくる彼らの声が聞こえるかのようだった。――御子さま、もうお帰りになる時間です、どうかお戻りください、ぐずぐずしていると夜になりますぞ、御子さま、どうか……。

後方に次々と吹き流れる涙の粒は、ほんの一瞬だけ残照を反射して、緒から飛び散った珠のようにきらめいた。

丘陵の頂は平坦に均されていた。左右は樹木が視界を遮っているが、前方はそのまま夕空へとつながっている。すでに陽は沈み、さしもの美しい茜色も褪《あ》せ始めていた。厩戸は足を止めた。周囲は闇に呑み込まれつつある。ゆっくり前に向かって進んだ。鈍色の海が見えてきた。地面はいきなり途切れ、その先は虚空。自分が断崖絶壁の上に立っていることを知った。さっき見た悪夢を思い出し、思わず後ずさりする。夢の中の情景と妙に似ている気がした。遠くに目を凝らしたが、海と陸地の区別がつかない時間になっていた。けれども、これで方角はわかった。港も近くにあるはず。

疲労感が一気に込み上げた。両膝が震え、立っていられなくなり、その場に坐り込んだ。暗闇が全身を包み、さらに心の中にまで押し寄せてくる。

いやだ、こんな暗い海が見たかったんじゃない。青く煌《きらめ》く海でなければならなかった。大和への帰り道となるのだもの。その大切な道が、目の前で閉ざされてしまった——。


家僕二人は固唾を呑む思いで倍達多を見守っていた。宿館の一室、蠟燭の炎が漂着僧の奇怪な体勢をおどろおどろしく照らし出している。どう見ても尻の谷間から顔が突き出ているとしか思えない。およそ人間わざでないその異様な体勢が瑜伽行というものであることは聞かされていた。瞑想のためになくてはならない行、だということも。世話をしてきた二人には見慣れた体勢だった。しかし今夜ばかりはどうにも違って見える。どこがどう違うのか言葉にはできないが、倍達多の全身からは異様な迫力が放たれているように感じられるのだ。いつもだと、室内の空気に同化したような静けさが醸《かも》し出《だ》されているのだが。外の様子は相変わらず騒がしい。姿を消した厩戸御子の行方を皆が総出で捜しているのである。二人もそれに加わるはずが、倍達多から傍らに付いているよう有無《うむ》を云わさず命じられたのだ。

と、突然、「見ゆ、見ゆ、見ゆ」と三度繰り返して倍達多が目を見開いた。一対の緑の宝石が空中に出現したかのようだ。「この近くに岬はありますかな」気ぜわしい声で倍達多は訊いた。「丘が細くくびれて、そのまま海に突き出したような地形じゃが」

「ございます」交易港の住人の常として二人の家僕は百済語を解する。

「柚蔓どのと虎杖どのに至急お伝えあれ。御子は岬の突端におわすと」

家僕は顔を見合わせ、早さを競うように目をしばたたかせる。

「早う。御子の身には危険が迫っておるようじゃ」

急き立てられた二人は、不得要領《ふとくようりょう》の表情のまま出てゆこうとしたが、すぐに呼び止められた。

倍達多は複雑な結び目をするりと解くように立ち上がった。そして、背の低いほうの家僕を指名して命じた。「おぬしは拙僧を岬へ導くのじゃ。急げ、事は一刻を争う」


気がつくと月が皓々と輝き出していた。不気味な海鳴りが遠く近く聞こえ、眼下の岩礁に砕け散る波はこの世のものとは思えぬ凄惨な輝きを放った。海面から突き出た鋭い岩は、絶壁の底深くに身を潜めた巨大な怪獣の背びれかとも見える。それを見つめるうち厩戸は暗い海の甘美さに魅せられた。からめ取られるが如くに引き寄せられてゆく。ふと、普陀《ふだ》洛《らく》という三文字が頭に浮かんだ。初めて勒紹法師と会った時に教えられた言葉だ。苦しむ人々を大慈大悲で救い給う観音菩薩の住む浄土で、南の海の彼方にあり、一切の苦痛の及ばぬ世界だという。どうせ自分は天照大神から厭われた身なのだ。もしや観音菩薩にすがれば、伊勢神宮の神託が突如もたらしたこの逃げ場のない苦しみから脱することができるのではないか。

ふらふらと立ち上がった。断崖の果てに向かって歩み出そうとした。

あと三歩進めば――。

足は、動かなかった。目の前に透明な壁が出現したかのようだ。不可視の壁は、みるみるうちに色づき始めた。腐生菌、すなわち黴《かび》の華やぎを思わせる赤、紫、黄、青、緑の仄《ほの》暗《ぐら》い彩りに。夜空の月光とも星影とも関係なく、それ自体で発光する妖美な黴の壁だった。

厩戸の心から普陀洛や阿弥陀への暗い誘惑が叩き出された。代わって圧倒的な恐怖が支配した。禍霊への恐怖が。

厩戸は崖から離れ、後ろに向きを変えて逃げ出そうとした。だが数歩と進まぬうち、新たに出現した黴の壁に遮られた。気力は萎え、両膝を折った。身をすくませることしかできない。仏典を唱えることも思いつかなかった。

――御子よ、聞け。

恐怖の坩堝の中で〝声〟を聞き取った。

――如何にぞ皇統の連枝にして、反りて仏なる蕃神を拝むや。

禍霊の〝声〟は鼓膜、いや脳髄の中心で直接響き渡った。それは一人が語りかける声のようでもあり、何万、いや何億、何兆もの声が一斉に共鳴するかの如くでもあった。

何、これ？　話しかけられている？　ほんの少しばかり恐怖が和らぐのを覚えた。廐戸は目を見開き、おそるおそる口を開いた。

「誰？」

答えが返るまでには少し間があった。

――禍霊《まがつひ》、そなたが禍霊と呼びしものなり。

「だって、そんな」

――我らとて学んだのだ、御子よ。これまで、ありのままの姿でそなたの前に顕現したる結果、そなたを徒に脅えさせるだけに終わってきたということを。今はどうだ、そなたの目に我らは美しき花となって映じているはず。

「花？」

――さなり。こうして、そなたに意を通じることが我らの願いであった。なんとなれば、我らにはそなたが必要だからだ。

恐怖は引き潮のように退《ひ》いてゆき、廐戸は自分でも驚くほど大胆になった。「どうして」口を衝いてほとばしり出たのは、叩きつけるような怒りの言葉だった。「どうして蜷養と田葛丸を殺したんだ」

虎杖は土地の魔物だと云い、柚蔓は黄泉の怪物だと云った。だが廐戸は内心、禍霊の仕業ではないかと疑っていた。

――我らにては非ず。帝は、黄泉路へと旅立たせた娘をして、死の国の支配者たる伊奘冉尊に懇歎《こんたん》せしめた。それによって送られてきた八人の泉津醜女が為した所業であるぞ、あれは。我らはそなたを見守り、最後の最後には介入して、助けてやるつもりであった。

「ぼくを助けるだって？」

――そなたが今、崖から身を投げんとするのを救ったように。

「何の、何のつもりなんだ」

――御子よ、厩戸御子よ、伊奘諾、伊奘冉の霊統を継ぐ者、霊の子よ。そなたはまだ知らぬ、自分がどれほどの力を秘めて生まれてきたかを。我らはその力を欲する。冀《こいねが》わくは、そなたの力を以て我らを率い給わんことを。

「何だって？」

――我らの王に迎え奉らん。葦船にて流し去てられし水蛭子《ひるこ》神族の王として。

厩戸の頭は混乱した。禍霊の語り始めたことは、およそ彼の理解の範疇《はんちゅう》を超えていた。

――来おった。

禍霊の声調が微妙に変わった。

――そなたの命を奪わんとする者たちが来おったぞ。

――来おったぞ、帝の送り込んだ刺客たちが。

――見せんか、我らがそなたの味方なることを。

——見せてやらんか、我らが闇の力を。

——統《す》べよ、統べよ、我ら水蛭子神族の暗き力を。

声は数知れぬ響きの欠片《かけら》となって頭の中を駆け巡り、千億、万億の渦を巻いた。しかし厩戸は自分でも驚いたことにそれらを一つ残らず聞き分けることができたのだ。

その時、目の前を遮断していた黴の壁が忽然《こつぜん》と消失した。代わって厩戸の網膜に映じたのは、短刀を月光に光らせて近づいてくる一団の男たちだった。


「あれは、何をしているのだ」

「さあ」鸕坂の問いに対して、部下の頭は横に振られる。「わたしが見張ってから、ずっとあの姿のままです。多分すぐ先は断崖だというのに。で、如何でございましょう」

「そうだな、背恰好はそっくりだが——」

細矛鸕坂は明言を避けた。小童は背を向けてうずくまり、動こうともしない。あれが厩戸ならば、ここでいったい何をしているのか。常に傍に付いている大淵蜷養や田葛丸の姿が見えないのも不審といえば不審である。が、こんな絶好の機会を逃す手はない。鸕坂が足を踏み出そうとした時、小童がふらりと立ち上がった。

「や、何をせんとて——」

鸕坂は慌てた。小童は前に歩を進めるかに見えたのだ。断崖へ向かって。と、いきなり回れ右をした。澄明《ちょうめい》な月光がさっと射しつけ、恐怖に歪んだ顔を鮮明に照らし出した。

「御子だ」

即座に鷗坂は断言した。背後に従えた部下たちがにわかに色めき立つ。

厩戸は駆け出したが、すぐに立ち止まり、くずおれるように両膝を地面についた。こちらが待ち構えていることに気づいたのではと懸念したが、そうでもないらしい。

「あれは、何をしているのだ」鷗坂は途惑い、第一声を繰り返した。

「さあ」見張り役の部下も同じくまた首をひねる。「誰かと喋っているようですが」

声はここまで届かない。だが、厩戸の口は確かにそのように動いている。

「喋る？　誰と喋るというのだ」鷗坂は懐中から短刀を取り出し、鞘を払った。砥ぎあげられた鋼の刃が月光を蒼く反射して凄惨な輝きを放った。「ゆくぞ」

七人の部下が立ち上がった。

「厩戸御子さま」中央の男が慇懃《いんぎん》な声を発した。ずんぐりとした体形、色白の丸顔で、額に一文字の矢傷が走っている。「細矛鷗坂と申します。勅命により、お命を戴きに推参」

厩戸の顔が激しく引《ひ》き攣《つ》った。それを看て取った鷗坂は満足げに笑った。しかし厩戸が怯えの色を露わにしたのは、八人の男たちの背後に、いったん消えた禍霊の群れが再出現するのを見たからだった。触手、繊毛、粘膜、蠕動、腐敗、汚穢……これまで彼をさんざん震え上がらせてきた、目も背けんばかりのおぞましい姿で。

甦戸が恐怖に目を見開いて凝視するうちにも禍霊は分裂を始めた。四つの群れが形成された。渾沌とした動きながら、瞭らかに隊伍を組んだのである。四隊に編制された禍霊は、それぞれ四人の男の背後に蝟集《いしゅう》し、その肉体に自分たちを溶かし込んでいった。

次の瞬間、四つの短刀が四筋の光の弧を描き、四人の悲鳴があがった。

右側にいた部下の短刀が己の脇腹を深々と抉っているのを麤坂は信じられない思いで見た。手にしていた短刀は衝撃で取り落とした。脇腹はさらに斜め上方に斬り裂かれてゆき、血霧が音をたてんばかりに勢いよくほとばしった。

四つの身体が無造作に仕留められ、一瞬のうちに地面に倒れ伏した。残った四人はただちに死闘を開始した。禍霊に支配された肉体は生ける屍も同然であり、だからそれは防御の意志を寸分も持たぬ者同士の凄惨極まりない殺し合いとなる。甦戸はその一部始終を見た、いや見せられた。刃が月影を閃光のように照り返すたび真っ赤な血潮が噴き上がり、斬り落とされた指が空中を行き交い、身体のどの部位とも知れぬ切片が次々と飛ばされていった。

やがて立っている者は誰もいなくなった。八つの死体が散乱していた。その上に禍霊の群れが現われた。

――見たか、御子よ。我らの力を。

――帝の刺客など、このざまだ。

――この力をそなたに委ねようというのだ。

――王たれ、王たれ、我らの王たれ。

禍霊どもの、声という声が、荒れ狂う暴風のように、頭の中を駆け巡る。厩戸は、眼前に群れ集う禍霊に以前ほどの恐怖を感じなくなっている自分に気づいた。血が噴き、肉が飛ぶ、そんな酸鼻な殺し合いを目の当たりにして、神経が麻痺してしまったのだろうか、それとも……。

――御子よ、伊勢の神託にひれ伏すつもりか。

――負け犬のように海外へ追い払われるのだぞ。

――それでもよいのか、御子よ。

――大和へ戻りたくはないか。

――戻りたくはないか。

――心を決めよ。

――決めよ。

――王たれ、王たれ、我らの。

厩戸が立ち上がろうとした時、声は不意に断ち切られたように止んだ。次に聞き取ったのは、悲鳴だった。何と禍霊どもが悲鳴をあげている。ありとあらゆる不浄の融合態だった禍霊は、吐瀉物のようにばらばらになり、厩戸には目もくれず、断崖絶壁から身を投じるようにして海へと逃げ戻ってゆく。弓弦ヶ池で布都姫の祝詞を浴びせられた時の反応と同じだった。

たとえようもなく清浄な風が吹き寄せてきた。厩戸は癒されるような思いで目をこすった。炬火の炎がこちらに向かってくる。その後ろで、坂道を駆け上ってきた跫音が入り乱れた。

「おお、法師」

「御子の身に危険とはいったい」

「や、あれを見ろ」

声は次々に重なり、炬火を追いこして柚蔓と虎杖の姿が月光の中に現われた。二剣士は一瞬、血の海に転がった八つの死体に目を奪われ、息を呑んでいるふうだったが、厩戸に気づくのに時間はかからなかった。

血相を変えて駆けつける二人に厩戸は目を向けなかった。

「御子」

「お怪我は」

その問いに答えを返すよりも、清浄な風の中心が近づいてくるのに神経を集中していた。

炎が止まった。

炬火を手にしているのは家僕の風体をした男。その後ろに、緑色の澄んだ光を帯びて一対の眼球が宙に浮かんでいた。その時、月光がひときわ強く輝き、緑の目の持ち主の真っ黒な肌を照らし出した。

第三部 揚州

揚州《ようしゅう》——広陵《こうりょう》の港はこの日も、ごった返す大勢の人の渦と、あふれんばかりの大量の荷物の渦とで大賑わいだった。およそ三百五十年前の魏《ぎ》、呉《ご》、蜀《しょく》三国鼎立《ていりつ》時代に、呉の孫権《そんけん》が都を建業《けんぎょう》においたのが始まりで、以来漢土の南半分を支配する帝国は東晋、宋、斉、梁、そして今の陳で六つ目を数えるが、国は変われど王都は建康《けんこう》と呼称を改めるのみで不変。その窓口的役割を果たす港湾都市として発展を遂げてきたのが、ここ広陵だ。北、東、南からあらゆる物資がまずはこの港に陸揚げされ、取り引きされて、帝国の各地へと分配されていく。異国船の出入りも多いが、八割以上は漢土内の各地域からの交易船である。漢土の北半分は異民族の鮮卑《せんぴ》族が支配する占領地となって久しいが、政治と経済は別という現実主義と功利主義。南北の取り引きは盛んであった。

初めて広陵港を目にする者は、決まってその規模の大きさに度肝を抜かれ、渾沌、無秩序の極みではないかと息を呑む。雲集する人の数、四方八方に目まぐるしく移動する荷車、海面が見えないほどの数で停泊した交易船の多さに目を眩まされただけのことで、落ち着いてよくよく観察すれば、そこは三百年以上もの伝統を誇る江南第一の港湾都市、複雑怪奇な動きの中に一定の規律があることが見えてくる。船舶司――呉以来の王朝が設置し続けた交易を掌る役所が、たとえ帝政が麻痺し、国家の屋台骨が揺らごうとも、この役所だけは正常に機能することを止めず、常に港湾を秩序立ててきた。荷の揚げ下ろし、取り引きのやり方、船の停泊の手順など、すべてが伝統的な定めに則《のっと》って行なわれ、それに反する者はすみやかに排除される決まりだった。喧嘩騒ぎなどご法度で、現に今も埠頭にほど近い一角で荷車同士が正面衝突をやらかし、横転した車体から互いの荷が派手に路上にぶちまけられたところだが、港湾労働者らが激しい罵《のの》り合いを始めるやいなや、武装した役人の一団がただちに駆けつけ、仲裁に入った。市中の雑踏ならすぐにも物見高い見物人の輪が二重、三重にできるはず。ここではそんなことにならない。荷車の事故など物珍しくもない光景だし、誰もが忙しい身なのだ。

相手の非を一方的にまくしたてる双方の港湾労働者の訴えに辛抱強く耳を貸す役人たちの脇を抜け、埠頭に向かって歩を進める二人の姿があった。中年の域に差しかかったばかりと見える顎の長い男、その後から悠然と歩を進めるのは倍の歳はあろうかと思われる老人である。二人はともに鶯《うぐいす》色《いろ》の道服に身を包んでいる。港湾に道士が出入りするなど滅多にないことだが、好奇の目を留める者は誰もいない。二人の道士は〝迷彩の気〟を己の周りに立ちこめさせて周囲に溶け込んでいるのだ。

埠頭、桟橋の数は、幾十あるとも知れなかった。鉤状に入り組んだ運河が幾つも掘られ、迷路と呼んでは大袈裟にすぎようが、実に複雑な区割りとなっている。最初から計画的に造成された港ではなく、発展に次ぐ発展に応じ拡張に拡張を重ねてきたものだからだ。中年の道士は時折り立ち止まって、何やら念じているふうであったが、すぐに頭を横に振って歩き出す——その行為を幾度か繰り返した果てに、ようやく足がぴたりと止まって、

「ここでございます、九叔《きゅうしゅく》さま」

と確信を込めた声で云った。港の中でも端に位置する桟橋の前だった。

「間違いはないかの、正英《せいえい》」

「聖なる気、確かにあの船より放たれております」

正英と呼ばれた中年の道士が指し示す先には、今しも接岸しようとする大型船が迫っていた。

「ふうむ、異国の船じゃな」

胸まで伸びた白い顎鬚をしごきながら九叔道士は云う。そこかしこに停泊中の漢土の船とは、素人眼にも異なる形状の船体だ。武骨で、優美さに欠ける。

「どこぞの国の船ならん」

老師のその問いを待たず正英道士は手近にいた港湾労働者の一人に話しかける。桟橋の付け根には、荷揚げに当たる港湾労働者の一団が今や遅しと手ぐすね引いて待ち構えてい

る。

「倭国の船とのことに」

正英が倭国について九叔に説明する間に倭船は桟橋に身を横たえた。碇《いかり》が沈められ、甲板から桟橋に昇降階段が下ろされる。溜まり場では港湾労働者たちが威勢よく立ち上がった。

「珍しくもない交易船です。商売となるとまた話は別ですから。倭王の臣下の商館が、この広陵に二つ設けられておりまして、一つは——」

正英は口をつぐんだ。赤銅色に日焼けした船員が昇降階段を下りてきた。待ち構えていた船舶司の役人と談じ込み、しばらくすると話がついたらしく、船員は船の上に向かって手を振った。二人の道士は下船の様子に見入った。最初に二人の男が下り、次に腰に長剣を佩いた二人の若い武人が続いた。武人と云うには双方ともに整った美しい顔立ちをしているが、桟橋の周囲を警戒する眼差しは鋭く、それなりの遣い手なのだろうと察せられる。その後から真っ黒な肌をした老人が続き、若い女が十歳ほどの男児の手を引いて桟橋に下り立った。

「胡僧か」漆黒の肌の老人が真っ先に九叔の目を引いた。「あの皮膚の黒さ——天竺人であろう」

「はて、天竺人の僧侶が倭国から？」正英は怪しむように云った。「倭国は仏教を受け容れてはいないはず」

「僧服は身にまとっておらぬが、あの身のこなし、仏門の徒ならではのものじゃ……待てよ、あの顔、何やら見覚えがあるような……」

記憶の底を探るかのように九叔は白い眉を深々と寄せた。吸い寄せられるようにして再び下船者の一行へと向けたその顔に、次の瞬間、驚きの色が弾けた。

「そうじゃ、確かにあいつじゃ」九叔は大きな声を上げて手を打ち鳴らした。「ええい、名は何と申したか……何しろかなり前のことだからな。わしはあいつと建康の路上で論争したことがあるのだ。あの真っ黒な顔で流暢な漢語を操り、道行く人々に道教に対する仏教の優位を説きおる。しかも話が上手く、大勢が足を止めて聞き入っておったで、わしは我慢できず、王浮《おうふ》の『老子化胡経《ろうしかこきょう》』を楯に応戦したのだ。まだ若く、血気盛んだったからな。そう、五十年以上前のことだ。その後あいつは漢土に見切りをつけて百済に渡ったのだ。百済王から国師の待遇を受け、百済仏教の格上げに力を尽くしたとか……何とかダッタと申したな……ヴァ、ヴァル……思い出したぞ、ヴァルディタム・ダッタじゃ。百済では倍達多と呼ばれたとか。いや、待て。倍達多と云えば、最近こんな消息を耳にしたばかりじゃ。百済を辞して帰国船に乗ったはいいが、船は嵐に遭うて行方知れずになった。仏教取るに足らず――そう柳雨錫《りゅううしゃく》が嘲っていたのを聞いたのだった。では、何ということか、倍達多が生きていたとは！　これぞ仏の加護と、坊主どもが湧きかえるさまが今から目に見えるようじゃ。忌々しいにもほどがあろう。まさか正英、おまえの感知したという聖なる気――道教中興の祖となるべき大いなる聖人の渡来とは、まさか、まさか、あの倍達多だというのではあるまいな？　――正英？」

最後は不審の声になった。ようやく九叔は、正英の相槌もなしに興奮のあまり一人勝手に喋り続けていた自分をかえりみたのだった。正英に目をやれば、思案に落ちない顔で、下船した一行に視線を注いでいる。

「如何いたした、正英？」

「仰せの通り、あの胡僧ではありません。聖なる気は――」正英はかすれた声を返し、わずかにためらった後、若い女に手を引かれた男児を指差して云った。

「あの少年より放たれております」

少年の名は広《こう》といった。長く濃いまつげに縁どられた黒い瞳は大きく、頬は薔薇色《ばらいろ》の艶《つや》を帯び、鼻梁《びりょう》は高く、小さな唇は朱をさしたように紅い。歳は十歳だが七、八歳ほどの背丈しかなく、身体つきも華奢《きゃしゃ》で、どう見ても美少女だった。

広は好奇心に輝く瞳で周囲を見回した。象牙《ぞうげ》が山積みにされた荷車が目の前を通り過ぎてゆくかと思えば、後方からは金茶色の毛が生えた獣の後肢を数十本も吊るした荷車が彼を追いこしてゆく。右手できらぎらしく光を放ってまぶしく見えているのは、南方の海の底でしか採れないという珍奇な貝殻の山だろうか。

「若さま、もうお戻りになりませんと」

裴世清《はいせいせい》がしびれを切らした声で促した。同じ言葉を口にするのは、これで五回目だ。

「もうちょっとだけ。ね、いいだろう」

広は裴世清を見ずに返事する。目の前で繰り広げられる光景を追うのに忙しい。

「まったく若さまは港がお好きでございますな」

「こんな面白いところ滅多にあるもんじゃないだろ。長安にもないし、建康にだって」

「しっ」裴世清は口に指を立て、広の今の言葉を聞いた者がいなかったか周りを用心深くうかがった。幸いなことに、荷を運ぶ港湾労働者、商人たちは他人の話に耳を欹てるほど暇ではないようだ。

「長安の名を出してはいけませぬと、あれほど申しましたに」裴世清は声を低めながらも強い叱責口調で云った。「我らが周より来た人間とわかってしまうではありませんか」

「いっけない、うっかりしてたよ」広はぺろりと舌を出した。「ごめんね、世清」他の子ならば癪に障るところだが、美少女と見まがうばかりの彼がこれをすると、まことに愛らしい。

「ま、今はようございました。これからはどうかお気をつけください」

「あ、あれは何かな」広の注意はたちまち別のところに向けられた。「鳥だ。すごく大きいや。何て変わった鳥だろう。見てよ、世清。脚が身体の半分もある。まるで長箸が刺さってるみたい」

それは裴世清も初めて目にする鳥だった。背丈は人間の大人ほどもあり、脚は広の云う通り長く細く、首もまた長い。その先に丸い頭が載っているところなどまるで葱坊主《ねぎぼうず》だ。鳥は首に結わえられた縄で数珠《じゅず》つなぎにされ、胸を突き出して辺りを睥睨しながら、黒い肌のインド商人に大人しく引かれていった。

「ぼく、ずっとここに住みたいな」

広は云った。それが何とも感極まった声だったので、裴世清は驚いた。

「何を仰せです、若さま」

「だって珍しいものがいっぱい見られるんだもの。普段の食べ物も美味しいし、暖かい風が吹いてて気持ちがいい。空も青くて、緑も目にまぶしいくらいくっきりしてる。それに較べたら」口の形だけで「長安は」と云い、「寒くて、埃《ほこり》っぽくて、どこか暗くてさ」

「都の悪口を云うものではありませんぞ」

「ほんとのことなんだもの」

「たしかに若さまのおっしゃることはわからないではありません。わたしだって……いいえ、何を云わせるのです。ともかく、それは夢でございます。この広陵は敵国の都市なのですから」

「父上がね」広は思いきり声を低めた。「もう一息だって。陳の国運はまもなく尽きるはずだって」

裴世清ははらはらした顔で再び周囲を見回し、それからにっこりと笑った。「その晩には、お父さまに頼んでここに別荘を造っていただくのですな」

「別荘かあ！」

「さ、若さま、今度こそ本当に引き揚げましょう。法師さまがご心配なさるといけませんから」

「うん」

この日初めての素直な返事だった。だが広はその場を動かなかった。

「はいはい、今度は何でございます」

裴世清は溜め息をついた。広の顔は、奇妙な鳥が引かれていった方向とは反対側に向けられている。

「異国人たちでございますな」裴世清は広の視線の先を追った。「今しがた船から下りたばかり、というところでしょう。変わった装いですが、どこの国なのか……おや、あの黒いのは天竺人のはず。とすれば僧侶ですが、それにしては僧衣を身につけていないのが不思議」

広の反応はない。とすれば、黒い肌の天竺人に関心があるというわけではないらしい。

考えてみれば長安は漢の武帝《ぶてい》以来、西域に向かって開かれた玄関口で、胡僧は見馴れた存在なのである。裴世清は広の顔に目を向け戻した。美少年の表情は茫洋《ぼうよう》として、自分でも何に興味を引かれているのか腑に落ちないといわんばかりだ。

「若さま？」

その時、広の目が見開かれ、頰に朱が射した。薄い薔薇《ばら》色だったのが、いきなり唇にも負けないくらいに紅潮したのである。

裴世清は異国人の一行に再び視線を向けた。

若い女に手を引かれていた男児が立ち止まり、こちらを振り返っていた。十歳くらいだろうか。その年齢にしては背がすらりと高く、凜々《りり》しい顔立ちの少年だった。個々の造作はまったく違うのに、その整って繊細な美貌は広に似ているもののように思え、なぜか裴世清は背中にぞくりとするものを覚えた。

やがて、異国の少年は若い女にうながされるようにして歩き出し、雑沓《ざっとう》する人波にまぎれて見えなくなってしまった。

広陵の街は運河が蜘蛛《くも》の巣のように張り巡らされている。膨大な量の荷を運ぶためには荷駄で陸上をゆくより漕運のほうが好都合だ。厩戸一行は再び船上の人となった。賃漕の交通網も細かく整備されているのである。船長の市杵十鍬《いちきのとくわ》以下の船員たちは積荷を下ろすため港に残り、船医の柘植乙麻呂《つげのおつまろ》が案内役に立った。曽根眞史《そねのさねふみ》の弟子である乙麻呂は幾度も筑紫と揚州を往復していた。

運河の両側に展開する光景は、異国に来たことを実感させてくれた。二階、三階の高層建築物が軒を連ね、瓦屋根が鏡面のように秋の陽光をまぶしく反射している。道を行き交う人々は色とりどりの服装を身にまとい、奇抜な髪形や華美な装身具に趣向を凝らし、自分を飾り立てることを競い合うかのようだ。

「あそこに着けてくれ」

乙麻呂が船頭に漢語で声をかける。船は指定された桟橋に横付けされた。一行は船を降り、乙麻呂が賃金を払って最後に桟橋に立った。

辺りは倉屋敷街のような一帯だった。どの屋敷も、高い塀の向こうに白亜に輝く倉を幾つも擁している。

「これが広陵の物部商館です」

乙麻呂は目の前の屋敷を指差した。周囲の倉屋敷に較べて遜色のない規模だ。純漢風の建築で、主人が倭国人であることを感じさせるものは片鱗《へんりん》もない。今は水門が閉ざされているが、開門すれば屋敷の裏側に直接船を乗り入れ、荷を積み下ろすことができるようになっている。

「そしてあれが――」

乙麻呂は虎杖《いたどり》に愛想よく笑いかけながら云った。「蘇我の商館です」

虎杖は苦笑を禁じ得なかった。ここでも両者は張り合うように、蘇我商館は通りを隔てて物部商館の真向かいに建っていた。規模、様式とも変わりがない。運河も蘇我商館の裏側に向かって支流が掘り込まれている。

苦笑いを洩らしたのは虎杖だけではなかった。

「何とまあ。耳にはしていたが、まさに目と鼻の先じゃないか」

速熯《はやひ》は呆れたように云い、互いの表情を虎杖と認め合った。「今ゆくかね、蘇我の旦那」

「顔を出すのは後にしよう」

「なるほどなあ、これだけ近ければ」灘刈《なだかり》までもが面白がって云った。「お互いの動きがわかって安心していられるというわけだ」

「それもありますが、何といってもここは異国ですからね」乙麻呂がしかつめらしく云った。「いざという時には同じ倭国人同士、連携し合えるという利点があるのです。現に、三十年ほど前に侯景《こうけい》の乱《らん》が起きた時には、物部と蘇我は協力して事に臨んだって話ですよ」

「先に建てたのはどちら？」柚蔓《ゆづる》が訊いた。

そこまでは、と首を横に振った乙麻呂に代わり、灘刈が答えた。「もともとこの屋敷は大伴《おおとも》のものだったんだ。物部商館は別の不便な場所にあったという。蘇我商館は大伴金村《かねむら》卿の斡旋《あっせん》によって建てられた。稲目《いなめ》卿を引き立てたのは金村卿だからな。金村卿が任那《みまな》割譲の件で失脚して、いろいろあったんだが、結局これは物部の手に渡った。だから公平に見てどちらが先とは云い難い」

「お話の続きは後で」乙麻呂がうながした。「屋敷に入って落ち着くといたしましょう」

驚いたことに商館の主、物部鷲城《のすりき》は屋敷の玄関口に立って一行を出迎えた。

「我が甥よ、久しく見ぬうちに、ずいぶんと大きゅうなったものかな」

朗々と響く、それが鷲城の第一声だった。彼の両側には屋敷の使用人が三十人ばかり、ずらりと整列している。

「これは叔父上——いや、その、どうしてわたしが来るとわかったのです」

灘刈は挨拶も忘れ、唖然とした声をあげる。

「何も驚くほどのことではない。常に何人かをぶらつかせているのだ。市中、港湾に目新しいことが起こったらすぐに知らせるようにと。その者の一人が倭船の入港を告げて参った。一行の中に旦那さまとよく似た顔立ちの若者が混じっております、という。それでぴんと来たわけだ」

「しかし、この賑々《にぎにぎ》しい出迎えは、いったい——」

「筑紫物部の惣領息子が初めて漢土を踏んだのだ。歓迎しない道理があるか」

鷲城は目を細めた。彼は鷹嶋《たかしま》の弟で、灘刈には叔父にあたる。頭のてっぺんから爪先に至るまで完璧に漢人の装いだが、その顔は鷹嶋と双生児のようにそっくりだ。鷲城は広陵に常駐して物部商館のいっさいの差配に当たっている。海原を渡って里帰りするのは、ほぼ十年に一度。灘刈が最後に鷲城に会ったのは、まだ十代の頃だった。

「それよりも、おまえのほうこそ、突然どういうわけだ。よもや兄者の身に何かあったというのではあるまいな？」

「父上は相変わらず達者でやっています。ご心配はいりません」

「そうか、ならば重畳《ちょうじょう》」鷲城はほっとした声で云い、一行を興味深げな眼差しで眺め渡した。「面白いな、え。実に面白い顔ぶれではないか。剣士に女子に子供、そして天竺人か。とても商取引にやって来たとは思われぬ。して、この子は？」鷲城の目は厩戸に向いた。「そなたの子――のはずはないな。弟御でもあろうか」

顔を跳ね上げた狭比が、滅相もございませんという表情で反射的に答えかけるのを、灘刈は慌ててさえぎった。答えを聞けば鷲城は屋敷の使用人たちの見ている前で平伏しかねない。厩戸であることは極力伏しておくというのが申し合わせ事項になっていた。

「叔父上、我らは長旅を終えてきたばかり。まずは――」

「これは気がきかぬことを。おまえの突然の来訪に心が昂ってしまったようだ。さあ、ともかく入ってくれ」

広が宿にしている法開寺は広陵の東南の町はずれにある。五日前、慧遠《えおん》法師は建康滞在を切り上げ、広と裴世清を連れて大河を下った。半日の船旅で広陵に上陸。光宅寺の末寺と聞いてどれほどのものかと想像を逞《たくま》しくしていた広の期待を見事に裏切り、拍子抜けするほど小さなこの寺に挂錫《かしゃく》した。陋巷《ろうこう》にありがちな、みすぼらしい造りの寺である。

慧遠法師は本堂に坐し、外にいても聞こえるほどの大音声《だいおんじょう》で経を唱えていた。広と裴世清が入ってゆくと、背中に目があるものの如く、ぴたりと読経を止めて振り返った。

「若、今日もまた遅いお帰りでございますな。午後は拙僧と経を読むことになっておりましたが」

法師はぎょろりと目を剝いて広を睨んだ。今年五十六歳だが、一文字の眉は黒々と濃く、頭も頬も顎も剃り痕は青々として、若さと精気が全身にみなぎっている。大柄で、恰幅《かっぷく》もよく、若い頃に山中で修行中、熊と間違えられて猟師に何度も射られたという逸話もさもありなんと思わせる。法衣の合わせ目からのぞく胸元には濃い剛毛が黒い蔦《つた》のように密生していた。

「港に行っていたのでございます」

かばうように裴世清が云った。

「港」法師の声は本堂を揺るがした。「昨日も、そのまた昨日も港へおいでてしたな」

「何度行っても見飽きないの」悪びれた色もなく広は云った。「長安では一度も目にしたことのない珍しいものがいっぱいあって。それに、毎日違うものが見られるんだもの」

広の取り繕わない答えに裴世清はおろおろと気を揉《も》む顔色になったが、意外や慧遠法師の気に入るところとなったらしく、

「それはようござった」大きくうなずいて法師は云った。「お父上が若の同行をお許しになりましたのも、一つには、広く世間をその目で見て参れとの思し召しなれば。なるほど広——名は体《たい》を表わすと申しますが、まさしく若は長じて広い天下に力を発揮する英傑となりましょう」

「でも、仏法のことを忘れてはおりません」一転、広は神妙な顔で続ける。「法師さまは教えてくださいましたね。求那跋陀羅《ぐなばっだら》三蔵や真諦《しんだい》三蔵が上陸された広陵の港は、迦葉摩《かしょうま》騰《とう》法師や竺法蘭《じくほうらん》法師のために白馬寺が建てられた洛陽《らくよう》に優るとも劣らない聖地だって」

「よく憶えておいでで」慧遠は破顔した。「北の洛陽、南の広陵、これ漢土の二大仏聖地なり。確かにそう申し上げたことがございましたな」

「法師に同行したいって父上にご無理をお願いしたのは、珍しいものを見たかったこともありますが、やっぱり仏法の研鑽《けんさん》を積みたかったからです。遅れてごめんなさい。今から読経をご一緒していいでしょうか」

「もちろんですとも。連日の港通い、今は亡き求那跋陀羅三蔵、真諦三蔵が若を縁故の地にいざなっているのやも知れませんな。何か出会いがあるはずですぞ。御仏が結ぶ仏縁の

出会いが」

「出会い？」広は小首を傾げたが、すぐに手をぱちんと打ち鳴らした。「あれが法師のおっしゃる出会いかどうかはわかりませんが、さっき、不思議なやつを見ました」

「不思議とは？」

「それが……う一ん、どう不思議なのか言葉では云えないのですが、そいつはぼくと同い齢ぐらいで、港に着いたばかりだったと思います。どこか知らない国から船に乗って――」

とまで広が云った時、腐りかけた廊下をそろそろと渡ってくるミシミシという跫音がして、法開寺の住職である道恭《どうきょう》和尚が姿を現わした。お寺の建物同様に貧相な顔立ちだが、清雅な気品を常に漂わせて妙味がある。

「法師さまを訪ねて参った者が。何やら至急の用件とのことで」

本堂に旅装の二人が招じ入れられた。一人は広もよく知っている男だった。武装秘書官の一人として父の側近くに仕えている温国宝《おんこくほう》だ。見馴れた甲冑《かっちゅう》姿ではなく、埃にまみれた粗衣をまとって、江南の庶人に見える扮装をしていた。

「若さま、お久しゅうございます。ご無事のご様子、何より」

温国宝はほっとした顔を広に向け、同僚である裴世清には親しげにうなずいてみせた。

今一人は僧形《そうぎょう》だった。立ち居振る舞いは僧侶そのもので、こちらは変装というわけではなさそうだ。

「お探し申し上げましたぞ、法師さま。てっきり建康にいらっしゃるものと思っておりましたが、まさか広陵の、それもこんな小寺に。長安にその人ありと謳《うた》われた慧遠法師さまともあろう高僧が」

「瑞念《ずいねん》よ」慧遠は僧侶をくわっと睨みすえた。「寺の大小など何ほどの価値もない。それをおまえに何度申したことか」

「そ、そうでございました」瑞念と呼ばれた僧侶はうなだれた。

「わしはともかく、若の身元だけは知られるわけにはいかぬ。目立ったことのできぬ道理ではないか。そんなことより」側に並んだ温国宝にも目をやり「何しに参られたかな、ご両人」と訊いた。

「それでございます」瑞念は勢いこんで再び顔を上げたが、続きの言葉を吞み込み、温国宝を促した。それで広には、この二人を遣わしたのが父であるとわかった。あくまで瑞念は添え役なのだ。

「皇帝陛下、崩御にございます」

あまりに平静な声で温国宝が云ったので、広はすぐには、事の重大性が吞み込めなかった。

一瞬、座を名状しがたい静寂が支配し、裴世清の裏返った声が沈黙を破った。「ま、まことか、それは？」

「至急、若と法師に知らせるようにと、将軍がわたしを遣わした」温国宝が答えた。「瑞念どのに道案内をお願いした次第」

広は慧遠の顔を振り仰いだ。慧遠は目を閉じ、瞑目していた。

「詳しゅう」裴世清が促す。

「突厥《とっけつ》を征すべく自ら軍を率いて長安をご出撃あそばされたものの、征途なかばにして、お病みになり——。親征は中止、長安にて陛下は——」

「帝位は——」

「贇《ひん》さまが践祚《せんそ》あそばされる。周帝国第四代皇帝に」

「ということは、将軍が——」裴世清は絶句した。

ようやく広にも理解できた。姉上が皇后に、父上が新帝の岳父になるのだ。

温国宝は大きくうなずいた。「これも間違いなかろうが、閣下は丞相《じょうしょう》になられよう」

「では、廃仏は、廃仏はどうなるのか」

裴世清の問いを聞いて慧遠の目が見開かれた。広もこれまで以上に耳を傾ける。

周帝国の第三代皇帝宇文邕《うぶんよう》が廃仏毀釈《はいぶつきしゃく》——仏教を廃し、釈迦の教えを棄却する、との詔《みことのり》を発したのは四年前、帝位について十五年目のことだった。廃仏はその百三十年ほど前にも北魏帝国の太武帝《たいぶてい》が挙行したことがあり、今回はその規模の大きさと過酷さにおいてそれに匹敵するものとなった。仏教を禁じ、経典はすべて焼き、仏像はことごとく破壊し、僧侶は全員還俗《げんぞく》せよという厳命は、当初さほど行き渡らなかった。仏教徒たちが激しい抵抗を繰り広げたからである。二年後、つまり去年のことだが、皇帝は隣国の斉を滅ぼし、新たに領土として組み入れた占領地でも仏教を禁じたことにより廃仏に弾みがついた。今年初め、皇帝は新たな詔を発した。

――凡《すべ》てこれ経像は尽《ことごと》く皆な廃滅せよ。父母の恩重きに沙門《しゃもん》の敬はざるは勃逆の甚だしき、国法豈容《あにゆる》さんや。並びに退きて家に還り、もつて崇《あが》むるが孝の始めなり。

この暴虐に、一人敢然と起《た》って諫言《かんげん》したのが慧遠だった。返答に窮した皇帝は激怒し、慧遠を追放に処した。広の父である楊堅《ようけん》は熱心な仏教徒で、日頃から慧遠の檀越《だんえつ》を以て自らを任じていたから慧遠を匿い、保護することを躊躇わなかった。慧遠は、それでは楊堅に迷惑をかけるばかりであり、これを好機に以前からの宿願であった南地の巡錫《じゅんしゃく》に旅立ちたいとして、秘かに長安を発し、長江を越えたのである。その皇帝が、いわば仏敵が死んだ――。

廃仏はどうなる。裴世清のその問いに、温国宝は喜びを隠さぬ声で答える。

「新帝は、父帝の廃仏毀釈政策に批判的であらせられた。いいや、正確には、父帝のすべてに反抗的であったというべきだが、ともかくそのようなわけで、我らが将軍閣下は、近く廃廃仏の詔が発せられるは必定と断言なされた。よって法師さま」

温国宝は慧遠を仰ぎ見た。「巡錫の旅は即刻中止、急ぎ長安にお戻りくださりたい。閣下はさよう仰せでございます」

「ぼくも？」広は訊いた。

「もちろん若さまもでございます」

「承った」叫ぶように云って法師は立ち上がった。巨大な熊が咆哮《ほうこう》して身を起こしたかと錯覚される迫力だった。丈の短い僧衣の裾からニョッキリ突き出された太い脛《すね》を剛毛が黒々と覆って獣毛のようだ。

「ああ、わしはこの報《しら》せを一日千秋《いちじつせんしゅう》の思いで待っておった。果報は広陵で待て、か。まさに広陵嘉《よみ》すべし。若さま、お支度を」

ただちに出立、という次第にはならなかった。慧遠法師は広陵の諸寺を訪ねる約束をしていた。果たせなくなったことを自ら告げてまわらねばならなかった。出立は明早朝と決まり、夕闇が迫る頃、法師は道恭和尚を帯同して寺門を出ていった。

「やっ、出かけてゆくぞ」

その声は、法開寺の正門を見渡すことのできる柳から聞こえた。狭い掘割沿い、柳並木の一本である。周囲に人の姿はない。ちんちくりんの僧衣をまとった大柄な沙門と、寺の住職が連れだって街路を進み、おぼろおぼろとした黄昏の中に消えてゆくのを見送って、

「ということは、あの小童は寺に残ったのだな。これぞ幸運。あの熊坊主の放つ神気がお

そろしく強いので、下手に接近しておれの存在に気づかれ、警戒されてはならぬと手控えてきたのだ。よし、今こそ好機なれ。熊坊主がどこへ何しにいったかは知らぬが、やつが戻って来ぬうちに――」

与えられた広い客室で旅装を解いてまもなく、湯浴《ゆあ》みの用意が整ったと告げられた。虎杖は時間を気にすることなく心ゆくまで湯につかり、旅の垢《あか》を落とした。指先がふやけるまで湯の中で過ごし、さっぱりとした気分になって上がると、すでに陽は傾き、夕暮れ時を迎えていた。部屋で軽い食事が供された。歓迎の宴は明夜に催すという。今夜はぐっすり眠って旅の疲れをとられたしという鴛城の配慮だった。

食後、虎杖と柚蔓は鴛城のもとへ案内された。柚蔓は男装の結髪を解き、袖巾の広い女ものの漢服を身に着けていた。案内の侍女が手にする蠟燭の炎が柚蔓の白い肌をなまめかしく照らし出し、背中に流れて揺れる長い黒髪は艶を帯びて匂うが如くだ。左手に長剣を無造作に、如何にも手慣れて握っているのが何かの間違いではないかと思われる。

柚蔓を目にするや鴛城が目を裂かんばかりに見開いたのは、男とばかり思っていたからだろう。だが彼は自分の思い違いについて口に出すことはせず、代わりに傍らの灘刈と速熯を非難の目で見やった。なぜ黙っていたのだ、と。

「柚蔓です」柚蔓は涼しい声音で云い、両手をつかえた。

「守屋さまご信任の遣い手と聞いた。ようぞ参られた」

鷲城は貫禄たっぷりの声を返し、次に虎杖を見やった。「蘇我の剣士だとか。歓迎いたす」

「虎杖と申します」虎杖は神妙に云った。

「二人のことは叔父貴に話しておいた」灘刈が口を挟んだ。「そのほかのことは、ご両人から直接伝えるほうがいいと思い、まだ何も話しておらぬ」

「聞かせてもらおうか」鷲城が身を乗り出した。「こともあろうに物部と蘇我の剣士が手をたずさえ海を渡って来た。天竺人、そして物腰から仏僧と察せられる老人と、口のきけぬ少年を伴って。いったいどういうわけだ。わしは早く知りたくてならぬ」

柚蔓が話し始めた。虎杖は既視感にとらわれた。彼らがいるのは中庭に設けられた楼閣の二階である。円卓を囲むのは五人。つまり、筑紫の物部屋敷で鷹嶋に事の次第を告げた時とほぼ同じ状況なのだ。顔ぶれは速熯、灘刈、柚蔓、そして虎杖と四人までが共通で、鷹嶋の代わりに、よく似た顔立ちの弟が加わっている。違いをいえば、あの夜、空に月はなく星もなかったが、今は星明かりも圧するほどの輝きで月輪が君臨していることぐらいだろうか。漢土の月、広陵の月が。話のほうはすっかり柚蔓に任せ、虎杖は月に心を奪われた。時折り柚蔓から確認を求められたり、続きを振られたりすると、そのたびに気を取り直さなければならなかった。

柚蔓が口を閉ざすと、鴦城は呆気にとられた顔のまま、しばらくの間は言葉も見つからないというふうだった。やがて彼は左右を交互に見やり、「いや、途方もない話だな」と吐き出す息とともに云った。

「お察しします、叔父上」灘刈が点頭した。「わたしたちも最初はそうでしたから」

「兄上はこの話を信じたというのか」

「柚蔓どのは、守屋さまから授かった蛇比礼《おろちのひれ》をお持ちでしたので」

「おお、蛇比礼」柚蔓を見つめ直す鴦城の目に畏敬の光がともった。「ならば是非もない」

「ここに――」柚蔓は懐中から鹿革の袋を取り出し、鴦城の前にすすめた。「筑紫の御前さまよりご返却くださいとお願い申し上げ、いったんはご承諾をいただいたのですが、やはり自ら返すようにとおっしゃられて。旅の間、身に帯びていよというのが守屋さまの本意であるに違いない、と」

鴦城は袋の口を縛っていた紐を解くと、中をのぞいた。神秘の光が彼の顔を照らした。鴦城は唸《うな》り声をあげ、すぐに紐を縛り直した。「まさしく」恭しい仕種で柚蔓に差し戻した。

「筑紫でのことは」速熯が云った。「灘刈とわたしが証人になります。厩戸御子がお命を狙われていたのはまぎれもない事実です」

「諒解した」鴦城はきっぱりと云い、真偽の問題は打ち止めにした。「必要なものはすべて用立てよう。しかし、天竺への船となると難題だぞ。わしも——」と虎杖の顔をちらと見やり、「蘇我のほうでも、天竺には船を出しておらぬので。つきあいのある漢人商人に仲介させて話を進めるよりないが、彼らとて天竺との交易はさほど盛んというわけではない。何しろ遠国だからな。すぐ、というわけには参らぬ」

「その点はお気づかいなく」虎杖は云った。「伝手《つて》は自分にあると倍達多法師が申しておりますので。今後はすべて法師に任せることになります」

「五十年間も百済にいたのだぞ」鷲城は怪《あや》しみの色を見せたが、すぐに納得したようにうなずいた。「なるほど、仏徒どもの間には仏徒どもなりの組織が細かな網目のように張り巡らされていると伝え聞く。こなた南朝の陳、かなた北朝の周——国は違えど僧侶の交流は盛んだともいう。それにしても倍達多が生きていたと知ったら、みな驚こうな」

「驚く？　五十年間も百済にいたのですよ」鷲城の言葉をほぼそのままに今度は灘刈が不審の声で問い質した。「あの黒い坊さん、この地ではそれほど有名人だったのですか？」

「そうではない。半月ほど前、百済からの商船が広陵港にやって来て、仏法に熱心な船乗りの一人が、先にご出発なされた倍達多法師はご無事に到着なさったでしょうか、是非にもお目にかかりたいのですが、と聞いて回ったのだ。それで、百済国の仏法国師まで務めた天竺生まれの老僧が帰国のため渡海し、途中で海の藻屑と消えたという悲劇がこの地に感動を以て広まったというわけだ。大きな廃仏が二度も起きた北地と違って、南地は仏法の信仰が篤くてな。百済国という辺境での布教に生涯を捧げた天竺僧の不運を惜しみ、歎《なげ》く声は少なからず。遺骸のないまま、近く追悼法要が行なわれるとも聞いているが」

「それでは、ますます驚くはずだ」速熯が笑い声をあげた。


狭比《さひ》の部屋の扉の下から明かりが洩れていた。まだ眠ってはいないのだ。虎杖は柚蔓にうなずき、扉越しに声をかけた。「狭比さん、虎杖です。御子の様子を拝見に伺いました」

本来なら柚蔓か虎杖の目の届くところに置くべきで、揚州を出立すれば是非もなくそうなるが、厩戸が嫌がる素振りを示したので、倍達多と同室になった。倍達多が日課の経をあげているうちに厩戸は寝込んでしまい、案じた狭比が引き取ったのだ。読経の側ではよく眠れないだろうから、と。

「虎杖さま」扉が開き、狭比が輝くばかりの笑顔を見せた。その笑顔は、虎杖の肩越しに柚蔓の顔を見つけて、ぎこちなく固まり、ついで驚きに目が見開かれた。狭比にしても、柚蔓がここまで女の姿に戻ったのを見るのは初めてだった。賢明にも、何かの色を見られるのを恥じるように狭比はさっと伏し目がちになり、長いまつげで虎杖の目から瞳を隠した。

「さあ、どうぞお入りください」

燭台は部屋の中央に一つだけだが、磨き抜かれた床や壁が蠟燭の炎をつややかに反射して、思いのほか明るかった。虎杖の部屋と同じ賓客用の造りで、窓に面して黒檀《こくたん》の机と椅子が置かれ、北側の壁にかけられた一幅の山水画と、珍奇な壺、踊り子を象った土俑《どよう》、玉製の彫刻を収めた豪奢な棚が部屋の装飾になっている。新たに運び込まれた小寝台に厩戸の姿はなく、安らかな寝息は、この部屋のものである絹の天蓋で覆われた寝台から聞こえた。

虎杖は天蓋の中をのぞき込み、厩戸が昏々と寝入っているのを確かめると、場所を柚蔓に譲った。

「ぐっすりお休みです」声を低めて狭比が云った。「船旅の疲れが出たのですわ」

「御子にとって今がいちばん休まっているはずだ。筑紫までは追われる身だったし、船旅は難破、漂流、遭難の危険が常についてまわったから。帝の刺客もここまでは追ってこられない。柚蔓どのもわたしも少しは気をゆるめられるというものです」

「それも天竺に向かうまでなのですね。出発はいつですの?」

「倍達多法師が明日、旧知の僧侶を訪ねるということです。進展はそれからだな」

柚蔓は山水画を眺めていた。

「その絵が何か?」

虎杖の問いかけに柚蔓は肩をすくめた。「わたしの部屋にも同じような絵がある。構図は違うが、筆遣いは同じ」

虎杖は絵に近づいた。峨々《がが》とした岩山の上空に月が輝き、岩肌に生えた老松《おいまつ》、しぶきをあげる滝、深い渓谷を淡く照らし出している。よく見ると人がいた。杖を衝いた老人が一人、断崖に突き出した岩棚に立って谷底を見下ろしている。墨の濃淡ですべてが表現された絵だった。

「わたしの部屋にも同じものがかかっている。老人ではなく、虎が月に向かって吠《ほ》えている絵だが。絶域というしかない山中だな。こんなところ、現実にあるんだろうか。ましてや老人が――」

「仙人ですわ」狭比が云った。

「仙人？」

「道教で理想とする人のことです。人間界を離れて、この絵のような深い山の中に住み、老いず、死なず、神変自在の法術を身につけているといいます。道教の道士たちは仙人に憧れて、自分も仙人になろうと修行するのだとか」

「道教の道士――倍達多法師には商売敵というところね」柚蔓は皮肉な冷笑を浮かべたが、ふと眉をひそめ小首を傾げた。「そういえば読経が止んでいるわ。法師も眠ったのかしら」

虎杖は耳をすました。倍達多法師の部屋は廊下を挟んで向かいにある。狭比に頼まれて厩戸用の小寝台を新たに運び入れたのは物部鷹城に会う前のことだが、その時は倍達多の声がこの部屋まで鳴り響いていた。今は何も聞こえていない。

「法師さまでしたら、外で瑜伽行をしてくると、さきほどお声がけしていただきました」狭比が云った。「やはり外気を体内に循環させないと、とおっしゃって」

柚蔓が首をかすかに横に振った。「仏徒には仏徒のこだわりがあるってわけね」

「我々は休むとしよう」虎杖は柚蔓を目で促し、狭比に向かって云った。「御子を頼みます。何かあったら遠慮なく呼んでください。すぐ駆けつけますから」

狭比の部屋の向かって右が虎杖、左が柚蔓という配置だ。

廊下に出ると柚蔓が云った。「法師に会っておかない？　御子はもう心配はいらないと思うのだけれど……」

「今それを云おうとしていた。これからの具体的な考えを聞かせてもらいたいからな。とりあえず明日どうするつもりなのかってことぐらいは」

「わたしが云いたいのは」柚蔓は乾いた目で虎杖を見やり、少し間をおいてから語を継いだ。「あの法師からは、目を離してはいけない気がするのよ」

用意された寝衣に着替える前に、狭比は寝台に歩み寄り、天蓋の中に頭を入れた。御子は相変わらずぐっすりと寝入っていた。

天蓋を元に戻し、子供用の小寝台に向かおうとした。御子のために運び入れてもらったものだが、簡易な造りだったので自分が使うことにしたのだ。

扉が少し開いているのが目に入った。掛金こそ下ろしてはいなかったが、確かに閉めたはず。風の仕業だろうか。狭比は急いで室内を見回した。御子の様子をうかがっている隙に、こっそりと誰かが忍び込んだのではないか。明るさが減じているような気がした。燭台に視線を向けようとして、視界の端がかすかな動きを捉えた。狭比は室内を横切り、山水画の前に立った。どの辺りだったろう――顔を近づけ、目を寄せた。次の瞬間、あっと声を呑んだ。そんなことってあるものだろうか。岩棚に立った仙人は、一人ではなく二人になっていた。老仙人の横に、顎の長い中年の道士が寄り添っている。老仙人のほうにも変化が起きていた。もう杖は握っていないし、短かった顎鬚は胸まで伸びている。谷底をのぞき込んでいたはずなのに、正面を向いて――つまり狭比を見つめている。二人の道士は狭比に向かってにやりと笑った。

狭比は小さく悲鳴をあげて後ずさった。まぶたを激しくしばたたかせ、息を整えた。何を驚いているの。自分は苟《いやしく》も医学の徒ではないか。もう一度絵をのぞき込んだ。岩棚の上には誰もいなかった。最初から描かれていなかったかのように。

「疲れているんだわ」強いて自分に言い聞かせ、絵から無理やり視線を引き剝がした。長い船旅で溜まった疲労が目にきたに違いない。早く休むに如かず。踵を巡らそうとして狭比は凍りついた。

目の前に人が立っていた。絵の中にいたのとそっくり同じ姿をした二人の道士が。咽喉を衝いてほとばしろうとした悲鳴は途中で堰き止められた。舌が口腔内を圧するほどに膨れ上がっている感覚があった。

「すまぬな、娘さん」

老道士が悠然と白鬚をしごきながら云った。漢語だった。「声は出せぬ。身動きもならぬ。邪魔をしてもらいたくないのでな。なあに、ほんの少しの間の辛抱じゃよ」

道士たちは天蓋の寝台へと向かった。狭比は瞬きすることも叶わず、二人のすることを見ているしかなくなった。天蓋を大きくかき分けて二人の道士は上半身を入れる。

「おお、この子じゃ。港で見た子に違いない」

「ようくお休みのご様子。失礼いたしますぞ」

「そうっと、そうっとな。くれぐれも粗相のなきよう」

「心得ております。彭祖《ほうそ》さま、王遠さまの生まれ変わりやもしれませぬゆえ」

すぐに二人の道士は戻ってきた。顎の長い中年の道士の腕の中に、御子は安らかな寝息をたてて抱かれていた。狭比は渾身の力をふりしぼって叫ぼうとした。舌は依然として石と化したかのようだった。道士たちは狭比には目もくれなかった。中年の道士は繊細な玉の器を運ぶ以上の慎重さと恭しさで御子を抱きかかえ、白鬚の老道士は傍らから畏敬を込めた目を注いでいた。信じ難いことだが、彼らが絵の中に吸い込まれるようにして消えてゆくのを見た後、狭比の意識はぷっつりと途切れた。

「さような心配は無用ですぞ、柚夫人」

柚蔓を見るなり倍達多は静かな笑みを向けてそう云った。柚夫人に虎童子——二人はそんな仏法的趣の呼称を勝手につけられていた。

夜の屋外に倍達多を探すのはさほど手間がかからなかった。その姿は一目瞭然だったからだ。中庭を巡る白堊《はくあ》の漆喰壁《しっくいかべ》の前で、倍達多はいつものような複雑怪奇の瑜伽行の体勢を組んでいた。月光が降り注ぐ壁は高貴な璧《へき》で出来ているかのように清澄に輝き、着衣を脱いで下帯一つの半裸になった倍達多の黒い身体は、それ自体が白壁に映じる玄妙な影であった。

柚蔓は先制攻撃を浴びたかのように身構え、顔を引き緊めた。

「心配？」虎杖が首を傾げつつ間に入った。「何のことです、いったい」

「柚夫人は、わしが乗り逃げするのではないかとお疑いなのだよ」

「乗り逃げ？　ますます以て何が何だかわかりませんが」

虎杖は柚蔓と法師の顔を交互に見やった。

「揚州——広陵に着いたのをこれ幸いとばかり」倍達多は笑みを絶やさず柚蔓を見つめて云う。「あの怪しげな坊主は、約束を果たさず行方をくらますのではないか、あるいは御子を置き捨てて自分一人でインドに帰ってしまうのではないか。そなたの顔にそう書いてありますぞ。どうですかな、柚夫人」

　柚蔓は口を真一文字に引き結んで答えない。

「なるほど、乗り逃げか。まさかそんなことは」虎杖は頰をゆるめたが、すぐに笑いをおさめた。この先、生殺与奪の権は倍達多が握っている――。

「虎童子、あなたまでも。嘆かわしいことじゃな」

「いいえ、法師。誓ってわたしは――」

「誓ってわしはそのような没義非道《もぎひどう》をいたさぬ。なんとならば不妄語、すなわち嘘をつくまじとは五戒の一つで、仏法の信者は必ずこの誓いを守らねばならぬものなれば」

「仏法の正体は方便なり」柚蔓が冷ややかに云った。「と、我が君はそう申しておりました」

「ううむ」倍達多は感に堪えぬ声をあげた。「倭国を離れる前に、是非とも守屋公に会うておきたかった。守屋公は倭国廃仏派の首魁《しゅかい》と、その名は百済の宮廷にもとどろいていたが――仏法の正体は方便なり、か。そこまで卓越した見識を持たれた方は、仏法立国を唱える百済にもおらなんだ。その洞察、真実であるが誤解も誤解。拙僧の話を聞けば仏法への誤解は解かれたものを。が、まあ、よしとせん。遠く海を隔てた広陵の地で歎いても詮なきこと。よいですかな、ご両人。わしは御子を心底からインドにお連れしたいと思うておるのじゃ。足手まといとか荷物とか、さようなことはまったく考えてもおりませぬ」

穏やかながら、烈々としたものを感じさせる声。一呼吸おいて倍達多は続ける。「厩戸御子は仏の子、わしがそう申し上げたのを憶えておりましょう。この言葉に嘘も偽りもない。御子は途方もない力を秘めておいでなのです。わしにはわかる、それが感じられる。このお方こそ、いずれ必ず目覚めた人になるに違いない、と。正直に申し上げるが、わしが帰国を望んだのは百済での布教に絶望したからなのじゃ。いいや、百済だけではない。百済に仏法を伝えた漢土にしてからが、仏法はブッダの教えとは似て非なるものに変質してしまった——と、これは以前にも申し上げましたな。その繰り返しになるが、ともかく百済でわしは改革と刷新に努めたものの、五十年かかった挙句、自分では力足らずだったと思い知らされるに終わった。もはや老残の身、如何ともしがたい。わしは無力感、敗北感に打ちのめされた。生まれ故郷のインドで死にたいという沙門にあるまじき執着心を起こした。嵐に遭った船から荒れ狂う波濤《はとう》の谷に投げ出された時、これも前世の宿縁と諦めきったほどだった。しかし、わしは死ななかった。御子と出会った。豊かな仏性を宿した稀有《けう》の子に。そう、あの夜の断崖でのことです。血肉地獄と化した死体の中で言葉を失って立ちすくんでいた男の子を見た瞬間、わしは泥濘《でいねい》に咲く白蓮華を連想した。そしてわかったのです。この子こそは、鳩摩羅什の生まれ変わりに違いないと。わしがインドを離れて漢土に赴き、漢土から百済に渡り、絶望して帰国を決意したのも、すべては御子に出会うためだった、と。ならば、わしの務めは——老い先短きこのわしに残された時間は、厩戸御子さまを教え導き、その仏性を目覚めさせ、悟りを得ていただくことにある。そのためには、是非ともインドで仏法を修行してもらわねばなりませぬ。どうじゃな、わしの決意を理解してくれようか、柚夫人」

呼びかけておきながら倍達多は柚蔓の反応を待たず先を続けた。「そして、目覚めた人となった御子には、何としてでも倭国にお戻りいただきたい。本当のブッダの教えをまずは倭国で説き広め、そのうえで漢土、韓地に蔓延《はびこ》る歪曲《わいきょく》された偽仏法に逆襲をかけていただきたい。このヴァルディタム・ダッタの果たせなんだことを御子にやり遂げていただきたいのじゃ。厩戸御子は、わしの最後の夢なのです、柚夫人」

「皇族である御子が帰国し、本場仕込みの仏法を教え広める。これこそ馬子さまが望んだ展開だ」虎杖は自分でも思いがけない熱っぽさで口走るように云ってから、柚蔓を見やって、声の調子を落とし気味にした。「すべてを企てた大連には気の毒なことだが」

その時、倍達多の様子に異変が生じた。目を閉ざし、まぶたの下で眼球が激しく動いているのが看て取れた。目はすぐにも見開かれた。眼光が緑の輝きを強めていた。

「見ゆ、見ゆ、見ゆ」

その言葉と同時に倍達多はするすると瑜伽行の体勢を解き、一本の黒い紐のように立ち上がった。「御子に邪気が迫っておる」

――これからどうなるんだろう。

広は寝返りを打った。いつもなら寝台に入るか入らないかのうちに寝入ってしまうのに、今夜に限って眠りはなかなかやってこなかった。目が冴え、つい考えごとをしてしまう。

南地の旅がこんなふうに唐突に終わりを告げようとは思ってもみないことだった。思い返せば、そもそもにしてからがあり得ない旅なのだ。慧遠法師ほどの高僧が雲水のように帝都長安を離れ、況《ま》して、自分がその巡錫に同行できるなんて。法師が、そして父が、よくもまあ許してくれたものだ。

それにしても楽しい旅だった。法師と従者の裴世清と自分の気ままな三人旅。長安を出て峻嶮《しゅんけん》な秦嶺《しんれい》山脈を越え（それは山岳修行を兼ねていた）、巴東《はとう》の地を踏んだ後は、船に乗って長江を下り、建平《けんぺい》、江陵《こうりょう》、長沙《ちょうさ》、巴陵《はりょう》、江夏《こうか》、尋陽《しんよう》、鄱陽《はよう》、建康と尋ねてまわった。蜀漢の昭烈帝が崩じた白帝城では瞿塘峡《くとうきょう》の壮大な景観に息を呑み、巴陵からは洞庭《どうてい》湖《こ》を一周して楚の屈原《くつげん》が身を投じたという汨羅《べきら》などの旧蹟を見た。赤壁の古戦場では幼いながらも武人の血がたぎる思いがしたし、鄱陽からは廬山《ろざん》に登り、法師と同名異人である故慧遠上人が白蓮社を結成した東林寺や、陶淵明《とうえんめい》の靖節《せいせつ》書院を経巡った。各地で多くの寺に足を運び、南地の高僧と盛んに交流した。国は違えど同じ仏門の徒であり、しかも北地にその人ありと知られた慧遠の訪問を誰もが歓迎した。それらの謦咳《けいがい》に接するだけでも広は徳を積んでいるような気になったものだ。剛毅寛容な人柄の慧遠は、旅の風に吹かれてつい舞い上がりがちな広を叱りもせず見守ってくれた。仏法の修行には容赦がなかったが、それは広の望むところであったから、まったく苦にならなかった。裴世清はどこか一本抜けているように見えて実は剣術、拳術の達人で、彼が側にいれば安心してどこへでも足を伸ばすことができた。漢土は広い。自分は本当に貴重な見聞を重ねることができた、と広は思う。長安のお屋敷にいては叶わなかったことだ。この旅を通じ大人になったような気さえする。残念なのは、広大な漢土が南北に分断されていることだ。北地に較べ南地は気候が温暖湿潤で、農業生産が盛んだ。人々の暮らしも豊かである。統一されればどれだけ強大な帝国が出現するだろうか。

――漢土の統一か！

広は胸が躍るのを覚えた。それを考えると眠りからますます遠ざかってゆく。かつて秦、漢の帝国が支配していた時、漢土は一つだった。しかし再統一といっても事は単純ではない。目下、北地を支配している周帝国は、始皇帝《しこうてい》の長城を越えて漢土に侵入した鮮卑族の皇帝が支配する国だ。広の楊一族も鮮卑人で、楊というのはあくまで漢風の通姓であり、音を漢土の文字で写した普六茹《ふろくじょ》というのが本来の姓である。楊広ではなく、普六茹広。それが彼の正式な姓名だ。漢土の再統一は鮮卑族の帝国が、漢族の帝国である南地の陳を滅ぼすことで成し遂げなくてはならない。漢土の再統一とは、だから漢が再び興ることではなく、鮮卑族による漢土の完全征服、すなわち再興でなく新生でなくてはならないのだ。

――それが新しい陛下におできになるだろうか。

広の思考は徒然《つれづれ》なるままに不遜な領域にまで及んだ。皇太子の宇文贇は英邁《えいまい》な父帝に似ない愚物《ぐぶつ》だ、という噂は十歳の広の耳にまで入っていた。姉の結婚相手であり、つまり彼にとっては義兄となるが、婚姻の式で一度会ったきりだ。眠そうな目をして、顔色が悪く、豚のように肥えた男。大好きな姉がこんなやつに嫁ぐのかと子供心に失望し、悲しくなったことを鮮明に覚えている。

――でも、父上がいる！

電撃のようにそう思った。沈毅《ちんき》重厚、武人の鑑《かがみ》のような父の風貌がなつかしく思い出される。温国宝によれば、父は間違いなく丞相になるという。父が剛腕を揮《ふる》ったなら、漢土の再統一は必ず果たされるだろう。そう、父ならば必ず、そして父は……。

さらに思考が禁断の高壁を乗り越えてゆこうとした時、ふと広の気は逸らされた。耳を澄ます。戸口近くで裴世清の規則正しい寝息が聞こえているのは相変わらずだが、夜気の中にサヤサヤという葉鳴りめいた音が混ざっていた。風が吹き始めたのか？　そうではない。どうも部屋の中から聞こえているようだ。

広はまぶたを上げた。窓の隙間から月光が射し込み、室内は不思議な明るさに満ちている。部屋の中央に一本の柳が生えていた。しなやかに垂れた枝が風にそよぐように波打ち、無数の細葉と細葉が触れ合って、弦楽のようなさやけき葉擦れの音をたてているのだった。

広は我が目を疑った。起きていたつもりが、いつしか寝入ってしまい、これは夢の中の出来事なのだろうか。頬をつねってみる。痛ッ。現実だ。目の前に二本の枝が伸びてきた。そのくねくねとした動きは広に、広陵港に隣接する魚市場で一昨日見た蛸《たこ》や烏賊《いか》の触手を思い出させた。布団をはねのけ、上体を起こしたまではよかったが、それ以上は身体が動かなくなった。急いで裴世清を呼ぼうとするも声が出ない。二本の枝は広の上体に巻きつき、信じられない力強さで彼をぐいぐいと引いた。たちまち広の身体は寝台を離れ、空中に浮いた。なすすべもなく柳の木へ手繰《たぐ》り寄せられてゆく。それだけでも信じ難いことなのに、柳の葉には顔があるのだった。一枚だけではない。すべての葉の表面に、細く切れ上がった目、鏃《やじり》のような鼻、両端が吊り上がった口――同じ顔が浮かび上がっている。同じ顔を樹幹にも見た。樹幹の口が薄っすらと開いて広を嘲笑う。すると、一枚一枚の葉すべての顔もさざなみのように笑い声をたてた。同時に枝も一斉に伸び、襲いかかるように広の身体を巻き込んだ。

柳の枝葉に包み込まれたのか、あるいは笑い声に呑み込まれたのか――定かならないまま広の意識はぷっつりと途切れた。

半狂乱情態に陥った狭比からどうにか話を聞き取った柚蔓と虎杖は顔を見合わせた。どちらからともなく掛軸の水墨画に目を近づけてゆく。何ら変わりはなかった。岩棚から深い谷底をのぞき込んでいる老人がいるだけだ。

「しもうた、やられたか」

二人は同時に振り返った。

「やられた?」柚蔓が挑むように訊いた。

「御子の霊性、秘められた力を感知した者がいたのじゃ」倍達多は緑の色を濃くした双眸で水墨画を睨みつけている。「ここは漢土じゃ。その可能性を考慮せなんだのは迂闊じゃったわい」

「どういう意味です」

倍達多は、詰め寄った虎杖を押しのけるように決然と歩を進めると、水墨画の前で印を組んだ。二つの掌と十本の指が複雑に絡み合い、深秘《じんぴ》の形象を写し取るかの如くだった。

「サードゥ!」

倍達多の口からこれまで一度も聞いたことのない鋭い気合いがほとばしった。と、掛軸の絵が小刻みに震え始めた。柚蔓と虎杖は息を詰めて見つめ、狭比までもが泣くのを止めて目を奪われた。やがて水墨画は蛇がのたうつ激しさでうねり出し、背後の壁にぶつかって音をたてた。絵の表面から黒煙が立ち昇った。その奇怪な現象は間もなく止んだ。掛軸は力なく垂れ下がったが、最も大きな変化は絵そのものが消失していたことである。代わりに漢字とも象形ともつかぬ不思議な文様の連なりが浮き出していた。

「これは……」柚蔓と虎杖の声は重なった。

「霊符じゃよ」倍達多は答えた。「道教の道士めが用いる呪法の具なり」

「この残臭は何としたこと！」夜半になって法開寺に戻ってきた慧遠の放った第一声がそれだった。「臭う、臭うぞ、臭う、臭う」

大音声で裴世清が飛び起きた時、狭い寺のことでもあり、慧遠の巨軀《きょく》はもう扉の前に立っていた。

「ここだな、臭いの元は」

「……に、臭いとは、はて」

寝惚《ねぼ》け眼《まなこ》をこすりながら裴世清は追い立てられるように室内を見回した。明かりを灯すまでもなく、射し込む月光でおおよその物が看て取れる。視線は広の寝台の上でぴたりと止まった。敷布はよじれ、掛け布団が床に乱れ落ちている。

「広さま？」

裴世清は瞬時に武術家の顔を取り戻したが、「そんなことが……」と呆然と呟いた。どんなに深い眠りを貪っていようが、守るべき広が起き上がって部屋を出たならば気づかぬはずはない、という不審の表情が色濃く浮かび上がる。

慧遠の背後には道恭和尚が従っていたが、さらに温国宝と瑞念が何事ならんと駆けつけてきた。

「広さまの姿が見えなくなったのです。どうやらご不浄ではないらしゅうございますぞ」

「何ですと」

道恭から告げられた二人は、顔から即座に眠気を吹き飛ばした。

「こんな夜中にどこへ」

「ともかく探さねば」

「待たっしゃい」駆け出しかけた二人の足を慧遠の声が止めた。「そは徒爾《とじ》なり」

「しかし、法師――」

「徒爾とはいったい？」

温国宝と瑞念の問いかけに慧遠は答えず、頭上に掲げた両手で印を組んだ。腰を落とし気味にし、広げた両足に力が入ると、今にも床板を踏み抜かんばかりに見えた。

「南無帰依仏！」

意外にもひっそりと、呟くように慧遠はその五文字を唱えた。次の瞬間、不思議な衝撃音が轟き、慧遠以外の者たちをたじろがせた。天井から吹雪《ふぶき》のように何かが降ってきた。たちまち床が埋め尽くされた。

「柳の……葉？」

道恭が魂を抜かれたような声を出した。あり得べからざる怪異に一同が呆然と立ちすくむ中、慧遠は最後にひらひらと舞い落ちてきた一枚を拾い上げた。それは柳葉ではなく、細長い紙――短冊であった。奇怪な模様で文字らしきものが描かれている。

「霊符か！」瑞念が呻き声をあげた。

「なるほど、この臭い、道教の徒の放つ悪臭であるか」慧遠は腑に落ちたように云ったが、ふと考え込む顔になって自問を口にした。「念のため結界を張っておいたが、このわしの法力を突破するとは、敵ながら天晴なやつ。ひとかどの道士と見たぞ。しかし、なぜ若を？」

厩戸は目を覚ました。周囲は薄暗く、不思議な匂いが立ちこめていた。夢の中で嗅いだ香りと同じだと思った時、まだ夢は続いているのではないかという疑いが頭を擡げた。奇妙な夢だった。厩戸はいつのまにか寝台を脱け出して、ぽつんと一人、深夜の山中に立っていた。夜空の支配者顔をした月が耿々《こうこう》と輝き、辺りの岩山をまぶしく照らし出している。老松の枝葉が月光を浴びて金色に発光し、遠くに見えている銀の流れは滝であるらしい。今までに一度も見たことのない奇絶の景色だった。足元に視線を落とすと、切り立った絶壁にわずかに突き出した岩棚の上にいることに気づいた。数歩先は虚空で、底知れぬ深さの暗黒が彼を招くかのよう。思わず身震いが出た。足から力が抜け、吸い寄せられるように身体がふらふらと前に傾いでゆく。次の瞬間、彼は左右から抱えられていた。見慣れない服をまとった漢人が二人、彼の腕を支えてくれたのだ。白髪をなびかせ、白鬚を胸まで生やした老人と、顎のおそろしく長い中年の男だった。

——安心おし。わしらがついておる。

老人の漢語を厩戸の耳は正確に聞き取った。眼光の鋭さとは裏腹に、その声音はやさしく、謙譲恭順の響きを含んでいる。

——ここはどこなの？　どうしてぼくはこんなところに？

そう問おうとした時、老人が告げた。「では、参りますぞ」

その瞬間、厩戸の足はふわりと岩床を離れた。爪先が二本の筆と化して暗黒の虚空を撫で滑り始める。二人の漢人が彼を両脇で抱え、長い袖が星の林に翻るさまは、高空を悠然と舞う鷲《わし》か鷹《たか》の両翼のようだった。眼下に岩棚がみるみる小さくなった。金松銀滝の岩山も一望できるようになり、やがて完全な球体に収斂《しゅうれん》されていった。見上げると、月が信じられない大きさで頭上に迫っている。わあ、このままだとぶつかってしまう、と思わず首をすくめた時、彼はまばゆい月光のただなかにいた。不思議な匂いが辺りに漂ってきた。月光と匂いが不可分に一体化し、それに包まれたと感覚した瞬間、不意に目覚めがやってきた。

厩戸は首を左右に振り、目をこすった。薄闇の中にうっすらと煙がたなびいているのが見えてきた。香が焚かれているらしい。

「おお、お目覚めになりました」

すぐ近くで声があがり、こちらに歩み寄ってくる跫音を耳にした。目の隅に炎が伸び上がった。薄闇が退いてゆく。厩戸は寝台から上体を起こした。蠟燭の炎が新たに投げかける明かりの中に、彼を見下ろして二人の人物が立っていた。夢の中で彼の前に現われた空飛ぶ漢人、顔も着物も寸分と違わない男たちだった。

「ここはどこ？　あなたたちは誰？」

思わずそう訊いたが、声が出ていないことに気づく。口がその形に動いただけ。白鬚の老人は厩戸が怯えているからだと受け取ったらしい。

「どうか怖がらんでほしい。そなたを連れ出したのは、危害を加えようとしてではない」

夢で聞いたのと同じ声で老人は云った。「そなたが吃驚《びっくり》しているのはわかる。目覚めて見れば、感触の違う寝台の上、見覚えのない場所、そのうえ見も知らぬ者たちに相対しているのじゃからな。が、崇高な目的あってのこと。その目的と申すのは——おお、そうじゃ、まずは自己紹介をしよう。わしは九叔という道士。これなるは正英といって我が愛弟《まな》子《し》である。弟子とは申しても、師たるわしを超える能力を備えている。そなたの漢土降臨を霊察したのは、この正英なのじゃよ」

「正英でございます」九叔に促されて顎の長い中年の男が頭を下げた。

「さあ、次はそなたの番じゃ」老人がにこやかに続けた。「名は何とおっしゃる」

長い沈黙があった。

「九叔さま」正英が云った。「倭国人の屋敷から連れ出しましたれば、もしやこの子、我らの言葉がわからないのではありますまいか」

「これはしたり」九叔が眉をひそめた。「わしともあろうものが、それに思い至らなんだとは。確かにこの幼さでは漢語がわからぬのも当然じゃ。さて、困ったのう。どうしたものか……」

厩戸は左手を咽喉に当て、首を横に振ってみせた。

九叔の目が見開かれた。「そなた、声が？」

こっくりと厩戸はうなずく。

「漢語は聞き取れるようじゃな。して、声が出ないのは生まれつきのものかの？」

首を横に振る。それから厩戸は筆を握ったように右手の指を曲げ、虚空に字を書く仕種をした。

「おお、字も書けるか」九叔は声を弾ませた。「正英、神聿《しんいつ》と霊帋《れいし》じゃ」

命じられた正英は、いったん炎の明かりの外に出ると、筆と紙を手に戻ってきた。筆の穂先はすでに墨を含み、紙は一片が三寸ほどの正五角形だった。筆と紙は九叔の手に渡った。厩戸が受け取ろうと手を伸ばすと、九叔はにっこり笑った。

「筆談をしようというのではない。そんな七面倒くさいことをせずとも、よい方法がある」

九叔は厩戸に見せるように身体の向きを変え、掌に載せた五角形の紙の上に筆を走らせた。紫色の墨で書かれたのは、厩戸の知らない漢字だった。漢字にしては画数が多過ぎる。

「霊符と申して」厩戸の顔に浮かんだ不審の色を読んだか九叔が云った。「我ら道士はこれを用いて神秘の力を発動させるのじゃよ。字には非ず、日月星の流動する真気《しんき》の象《かたち》を霊写したもの。その極意《ごくい》については、おいおい伝授いたそう」

九叔は紙を幾つかの手順で折りたたんだ。指先に載るような小さい五角形が出来上がった。「これを呑まれるがよい。心配はいらぬ。毒ではない」

渡された紙を厩戸は思いきって呑みこんだ。角があるにもかかわらず、咽喉の奥をするりと流れ下っていったが、ただそれだけのことだった。

「なーんだ、何も起こらないじゃない」

厩戸は問い返すように云い、それが声になって空気を震わせたことに驚いた。

「これでよし」九叔と正英はうなずき合う。

「ねえ、どうやったの？」厩戸は続けて云った。自分の声を聞くのは久しぶりだ。咽喉の強ばりが解け、滑らかに声が出てくる。「こんなの……こんなの、嘘みたいだ」

「これが霊符の、すなわち道教の力と申すもの。それをそなたは今、身を以て体験したのじゃ」

「道教？」

「さよう。声を取り戻すことなど、我ら道士には容易も容易」

「そうかなあ」

「ほう、何を疑うことやある」

「ぼくの声が出なくなったのはね、身体が壊れたからじゃないから、いつかは自然に治るって」

「誰がそのようなことを？」

「狭比だよ」

「狭比？」

「姉の狭比が」物部商館で厩戸の正体を知る者は当主の鷲城だけだ。他の者たちには狭比の弟で通している。この場でも厩戸はそれを踏襲した。「姉はね、女医なんだ。だから、姉の云ってた通りになっただけなのかもしれないよ」

九叔が呆気にとられたように口を開けた。今度は九叔のほうが言葉を失ったかに見えた。

「狭比だけじゃない。倍達多法師さまも同じことをおっしゃってた。いずれ治るから焦ることはない、仏法には喋らないという修行がある、今がそれだと思っていればいいって」

強がって、そうは云ったものの、厩戸は声が戻ったことに驚きと感謝の念を覚えてはいた。それが、自分を誘拐したこの老道士に対する恐怖心を減じさせ、子供らしい興味を芽生えさせた。

「仏法！」憤然とした声が正英の口からあがった。「よいですか、仏法などというものは――」

「まあ待て」九叔が袖を翻して正英を遮った。「それについては後でゆっくりと話すといたそう。倍達多法師とは、ヴァルディタム・ダッタのことじゃな」

「法師さまを知っているの？」

「古い知り合いでな。すると我ら二人は、ヴァルディタムを介して結ばれていたことになる。陳の道士九叔と倭国の――」

「耳だよ」咄嗟に厩戸は云った。「八耳《やみみ》」

自分が豊聡耳《とよとみみ》と呼ばれていることから、思わずその名が口を衝いて出た。八とは、豊聡が正式な漢語として通じるか自信がなかったので云い換えたのだ。

「ほう」九叔は小首を傾げた。その顔が突如として感歎の表情に変じた。まじまじと厩戸を見つめ、次に正英を見やる。正英の顔にも師に劣らぬ強い驚きの色があった。

「太上老君《たいじょうろうくん》」

正英は呆然とした声で云った。

九叔はうなずきつつも、強いて自分の感動を押しとどめるように首を左右に振る。「八耳とはまた変わった名だが」

「九叔っていう名前だって、ぼくには変わって聞こえるけど」なぜここまで二人の老師が反応するのかわけがわからないながら厩戸は云い返した。

「これは一本取られた。国が違うから、それも当然じゃな。お互いさまというわけだ。では八耳どの、陳国へ何しに参られた」

「当ててみてよ、道教の術で」

九叔はまばたきを繰り返した。「何のそれぐらい、術を使うまでもない。まず、そなたは倭国貴族の子と見た。庶民の子ならば働いていていい齢であろうが、その白い手は労働を知らぬ手だ。しかも漢語が喋れる。それもかなり流暢に。ということは、きっちりとした高等教育を受けているに違いない」

「ぼく、まだ七つだよ」

「七歳？」九叔は疑り深そうに厩戸を眺めやった。

「ほんとだよ。でも、九叔さんの云うことはだいたい当たってる」

「いやはや、それはどうも」九叔は咳払いし、再びまばたきをして、それで何とか気を取り直したように見えた。「先を続けよう。倭国は仏法を受け容れておらぬという。その倭国貴族の令息であるそなたが、ヴァルディタムとやってきた。あの老僧は天竺に帰るつもりらしいと聞いた。となれば、八耳どの、そなたはヴァルディタムと共にインドに渡り、本場で仏教修行するつもりなのであろう」

「すごーい」ずばりと当てられて厩戸は思わず手を打ち鳴らした。「その通りだよ。揚州で船を乗り換えることになってるんだ。そこまで知ってるのに、どうして九叔さんはぼくの邪魔をするの？」

「それはな……」あからさまに問いかけられて九叔は途惑っているように見えた。「何と申したらよいか、ともかく邪魔をしているのではないぞ。わしは八耳どのに聞いてもらいたい話がある。よって、このような手段に訴えざるを得なんだ。正面から頼んでもヴァルディタムは首を縦に振るまいからな」

「どうして？　法師はやさしくて物分かりのいい人だよ」

「仏法と道教は、敵対関係にあるので——」

「ねえ、道教って何？」

「よくぞ訊いてくれた」九叔の声に力がこもった。「それを知っていただこうと熱望したがゆえに、そなたに来てもらったのじゃ。道教とは何か。平たく申せば、天竺生まれの仏法が渡来する遥か前から、我が漢土に生まれ、育まれてきた固有信仰のことである」

「じゃあ、ぼくの国と同じだね」

「ほう？」

「倭国にもね、倭国の神さまがいるの。仏法を認めたら倭国の神さまが怒るって。だから、仏法を入れようとしている大臣と、それに反対している大連の仲はとっても悪いんだ」馬子と守屋の顔を思い浮かべながら厩戸は云った。

「まさしくそれと同じ図式じゃよ。倭国と違って、漢土にはもう仏法が入り込んでしまったがな。わしはただそなたに話を聞いてもらいたいだけなのじゃ。そのうえで八耳どのが望めば、あの屋敷に帰ってもらってもかまわぬ。引き止めたり、監禁したりというつもりは寸毫《すんごう》もない」

「ぼくがどこにいるかぐらいは――」

「その必要はない。ヴァルディタムほどの高僧なら、今ごろすでに道士の仕業と察しているはず。さすれば、わしらがそなたを粗略に扱わぬことぐらいわかるであろう。さあ、八耳どの、もっと話しやすい部屋にゆこうではないか」

九叔は背を向けて歩きだした。

厩戸は正英に手を取られ寝台を降りた。素直にその後についてゆく。少しも恐怖を感じていないのが不思議だった。身も蓋もない云い方をするなら、自分は誘拐されたのだ。怖くて泣き出しているか、早く帰してと暴れているところなのに。そう思うと、我ながらおかしくさえある。九叔という老人からは害意がいっさい感じられなかった。害意どころか、腫れものに触るような態度だ――今のところは。しかしそれ以上に厩戸が安心していられたのは、倍達多法師へ全幅の信頼を寄せているからなのである。あの夜、筑紫の断崖で彼を襲った禍霊《まがつひ》の群れを、修行を積んだ心身から放たれる聖なる光で瞬時に退散させた倍達多。その時から厩戸は法師を教えの父と仰ぎ、弟子となることを自らに誓ったのだ。叔父である現帝に疎まれ、天照大神の御神託により国外への追放を強いられて以来ずっと抱えていた悲しみと鬱屈は、あの瞬間、風に吹き運ばれる塵埃《じんあい》のように消え去った。法師はあの時、遠くに居ながらにして彼が危地にあるのを察し得たという。だから今も――という思いが厩戸に心強さを与えてくれている。

両開きの扉を出ると、薄暗い通路が続いていた。正英に手を引かれ厩戸は歩を進める。

「どうか足元にお気をつけて」

客人に対する言葉遣いで正英が云ったが、素足の裏に触れる石畳はひんやりと滑らかだった。香の匂いが次第に強くなってゆく。やがて正面に、巨人でも出入りするかのような大きな扉が現われた。九叔が近づいてゆくと、合図をしたとも見えないのに扉は重々しい音を軋ませて左右に開かれた。

そこは広いお堂のような空間になっていた。奥まで見通すことができないのは、燈火の数が充分でないせいもあったが、端から端まで相当の距離があるからだった。縦長の広間で、両側は剝き出しの岩壁になっているのがかろうじて看て取れる。大きな龕《がん》が間隔を置いて掘られ、内部に形状の異なる像が安置されていた。人間の背丈の二倍はゆうにある像である。幾つかの龕の前で、ゆったりとした長衣をまとった男女が蠟燭を供え、焚かれた香棒を手に礼拝を繰り返している。

部屋の中央に、これまたおそろしく長い卓が伸びていた。

「ここにお座り」

九叔が椅子の一つを引いて手招きした。大人用の椅子だが、上背《うわぜい》のある厩戸は座ることができた。九叔は隣りの椅子を厩戸と向かい合わせになるように引いて腰を下ろした。正英は老師の背後に立ったまま控える。

「ここは道観と云って、仏法で申せば寺に当たるところじゃが」厳かなようでいて、くだけているようにも感じられる調子で九叔は語り始めた。「本格的な寺を見たことはなかろう。倭国では仏法が禁じられておるそうな」

厩戸はうなずく。馬子の屋敷奥にこっそりと建てられた二層の木塔が厩戸の知る唯一の寺。百済や漢土の寺はこんなものではありませんと勒紹法師が口癖のように云っていたものだ。

九叔は龕の掘られた岩壁を指し示す。「信者がああして熱心に神像に祈りを捧げておる。龕の中に収められた像は道教の神々なのじゃ。目の前にいるのは九天応元雷声普化天尊《きゅうてんおうげんらいせいふかてんそん》と云って、天界の最上位に棲《す》む万霊の神」

金の冠をかぶり髪を長く伸ばした巨大な神像だった。

「怖い顔」

「雷の神さまじゃからな、平たく云うと。悪い人間を雷で打ち殺してしまう」

「あれは？」宝石や宝玉で華やかに着飾った巨像を指差して厩戸は訊いた。

「泰山府君《たいざんふくん》。死者の霊魂が集まる霊峰を主宰する神じゃよ」

「じゃあ、あっちのは？」少し離れていたが、仏像によく似た女性的な顔立ちが厩戸の関心を引いた。左右にも顔があり、腕は六本。

「斗母元君《とぼげんくん》と云う。北斗七星の母神で、あらゆる障難を取り除いてくれる。きりがないから、後で一つ一つゆっくり解説してあげよう」

「あの人たちは、何を祈っているの」

「それぞれの願いが叶うようにと祈っておる。子供を欲する者は子供を授けてくれるよう、子を産む者は安産を、遠くに旅立つ者は道中の無事を、病気の者は早く治癒するようにと、魔に苦しむ者は魔除《まよ》けを、貧しい者は富を、果ては不老長寿を。願いの数だけ神が存在する」

　倭国と同じじゃないか、と厩戸は思った。八百万《やおよろず》の神と云われるように、倭国には無数の神さまがいる。神によって司る事柄が決まっていて、死者の国は素戔嗚尊が主だし、旅の安全は道俣神《ちまたのかみ》に、食物は豊宇気毘売神《とようけびめ》に、強くなりたい者は天手力男神《あめのたぢからお》に祈る。

「我が道教の神は人間の願いを叶えてくれる。そこが仏法との最大の違いじゃな」

「そんなことないよ」思わず厩戸は云った。馬子の大叔父がそうではないか。自分の願いを叶えてくれると思えばこそ、あれだけ熱心に仏像を拝み、経典を唱えている。しかも大叔父が偉いのは、そんな尊い教えを自分だけで独占せず、広く倭国に行き渡らせようと努力していることだ。

「とは？」

「御仏は、心がけをよくすれば祈りに応えてくれるって」

道教の優位を説き始めた九叔道士に対し、仏法の擁護者、代弁者の役割を務めている自分を厩戸は冷静に意識していた。少し前ならこうはならなかった。数多くの仏法書を読んできたが、信者になると心を決めたわけではない。仏典の読解だけでは理解できないことが多過ぎたから。理性的な距離の取り方は、倍達多法師との出会いで変わってしまった。禍霊をいとも簡単に追い払った法師の聖なる力は厩戸を魅了した。祝詞を唱えた物部布都姫のように経文を口にすることなく、法師は悪しきものたちを退散させたのだ、出現しただけで。それが法師の、ひいては仏法の力であるからには、彼の弟子を志願し、翻心してインドでの修行を肯《がえん》じたのも当然のことだった。

「それはそれは」やんちゃな孫を諭《さと》す老人の柔和さを目尻に湛《たた》えて九叔道士は云う。「だが、そんなもの仏法の教えではないな、八耳どの」

「どういうこと？」

「仏法とは、解脱《げだつ》すること、つまり自らが仏になることを目指す教えなのじゃ」

「苦しみを滅すること——涅槃《ねはん》とも云うんでしょ」

「さすがはヴァルディタムについてインドに行こうというだけのことはある。仏法をある程度は知っているようじゃな。どのような経典を読まれたか」

厩戸がこれまで読んだ順に仏典の名を立て続けに口にしてゆくと、九叔は口をあんぐり開けた。

「待て、待て」

途中で厩戸をさえぎり、歎ずるように、憤るように云った。「何ということじゃ。倭国にそれだけの仏典がすでに運び込まれているというのか。危ういかな、危ういかな」

「それからね、般舟三昧経《はんじゅざんまいきょう》、観弥勒上生経、文殊師利浄律経《もんじゅしりじょうりつきょう》」それらは難波の大別王の書庫で読んだものだった。「その次に……」

「もうよい。わかった、わかった」九叔はうんざりした声を出した。「ならば話は早い」

「九叔さんも仏典を読んだことが？」

「そなたが今名前を挙げたものは、すべて目を通しておる」

「仏徒じゃないのに？」

「わしは道教にこだわっているわけではない。道士が目指すのは、宇宙の根本原理、永劫の真理じゃ」厩戸がまばたきして小首を傾げたので、九叔は少し考えた後、やさしく付け加えた。「人間はどうしたら幸福に生きてゆけるか、それを解き明かしたい」

「うん」厩戸はうなずいた。禍霊さえ出てこなくなれば、自分は何の心配もなく生きられる。

「その解答を得るのは至難の業じゃ。おそらくは、言葉によって表現する能わざる、人智を超えた境地にあるのじゃろう。だから人はそれを求めて宗教へと向かう」

「宗教？」

「神のような超越者、絶対者の存在を認め、それを信仰する教えの体系、それを宗教と云う。我が道教しかり、彼の仏法またしかり。そなたの倭国にも、さような神々の体系があるはずじゃ。さて、ここからが本題。仏法というものは、宗教でありながら、実は人間の幸福を求めぬ」

「そんなことないよ」

「今は黙ってお聞き。より正確に云えば、仏法は人間が誰しも幸福と思うことを幸福と思わないのが幸福だと考える宗教なのじゃ」

「どういうこと？」

「さっき申した通り、仏法の最終的な目的は解脱、自らが仏になることじゃ。では、仏になるとはどういうことであるか。あらゆる欲望や願いから自由になることだ、と仏徒は申す。すなわち、願いというものが心に起こらなくなる状態こそが理想というのだ。人間的な願望を叶えてくださいと祈ることは、釈迦の教えから最も反することなのじゃ。どうだね、これは実におかしなこととは思わぬか、八耳どの。人間が幸福に生きるとは、それぞれの願いが叶えられるということではないのかね」

九叔は厩戸の目をのぞき込むように見た。厩戸は答えに詰まった。一度も考えたことのない問いだった。馬子の大叔父にだって答えられるかどうか。というのも大叔父は、自分の願いを叶えてくれる力がより大きいという、いわば比較を判断基準にして、倭国の神々より外来の仏法のほうを選択したのだから。勒紹法師ならどう答えるだろう。倍達多法師だったら――。

「わしは仏典を手当たり次第に読んだ」九叔は言葉を続けた。「宇宙の根本原理、永劫の真理が書かれているのではないか。もしそれが正しければ、道教を棄《す》て仏法に鞍替えしてもよい、その意気込みで読んだ。しかし仏典読破の結果得た結論は、それだった。仏法の目指すところとは、仏になること、人間でなくなることだ。そうなれば欲望も願望も無縁となるから、と。そのような非人間的な教えが仏法じゃ。人間であることを止めようと唱えるのがな。それを何よりも物語るのが仏という字じゃ。本字の佛は、人に弗《あら》ずと書くではないか」

「神さまだって……」と厩戸は呟くように云い、その先は尻すぼみになった。人じゃないよ、と続けるつもりが、自分ながら説得力がまるで感じられない。

「そなたをインドに連れてゆこうとするヴァルディタムを始め仏門の徒らは、仏という非人間的な存在に憧れ、自分もそうなろうと志し、修行に明け暮れている阿呆《あほう》どもだ。一生を修行に費やし、その挙句に仏になれずに死んでゆく。インドの地でそなたを待つ運命とは、八耳どの、畢竟《ひっきょう》そのようなものなのじゃよ」

「ぼくは——」厩戸は反論の言葉を探した。このまま黙っていると、九叔の言を認めることになる。道教に屈してしまったことになる。「——鳩摩羅什《くまらじゅう》のようになりたい」

「鳩摩羅什?」九叔は一瞬、眉根を寄せ、「ああ、姚秦のな」とすぐに続けた。「なるほど、そなたは七歳と申しておったが、羅什めも確か——仏法修行のため生国の亀茲《きじ》を出たのは七歳の時であったと聞く」

「ぼくもインドで修行してみたいんです」

「羅什めは数多くの仏教典を漢語に翻訳し、仏法を漢土に蔓延らせた張本人。我が道教の一大宿敵と云っても過言ではないが、しかし八耳どの、訳経僧として羅什がいくら聖徳を積み、広く仏法を布教し、数多くの弟子を育成し、漢人信者から崇められようとも、やつは仏になれぬ。それどころか、死後は地獄に落ちたはず。今頃は業火《ごうか》に焼かれながら己の犯した罪を償っていることじゃろう」

「どうして」厩戸は目を見開いた。「罪って、鳩摩羅什が何をしたというの」

「知らぬのか? ならば、そもそも羅什のことはどうして知った?」

「百済から来た法師さまから」

「では、教えなかったのじゃな」九叔はもっともらしく溜め息をついてみせた。「都合のいいことばかりそなたに話して聞かせたというわけだ」

「ねえ、鳩摩羅什の罪って？」

「羅什は仏戒を犯したのじゃ。女犯《にょぼん》という罪を」

「女犯？」

「大人になればいずれわかる。そうじゃ、五戒は知っておるかな」

「不殺生、不盗、不邪淫、不妄語、不飲酒」

「その三番目の不邪淫に相当する」

　厩戸は信じられない思いだった。五戒は勒紹法師から教えてもらった。三番目と五番目は大人になればわかるという説明だったが、何にせよ信者が最も守らなくてはならない戒めだという。それを鳩摩羅什が犯していたなんて。

「嘘ではない」厩戸の顔色を注意深く読んで九叔は云った。「ヴァルディタムに訊ねてみるがよかろう。大人の世界には子供が理解できぬこと、まだ知らなくてよいことがある。百済から来た法師とやらは、それで教えなかったのかもしれぬ」

「ぼくは……ぼくはね、すべてを知りたいんだ！」厩戸は叫ぶように云った。勒紹法師にもそのように告げたが、九叔の言が本当なら、すべてを知りたいという彼の願いを法師は斥けたことになる。馬子の大叔父は大量の仏教書を隠し持っている、と物部守屋から聞かされた時に覚えたのと同じ歯がゆさ、もどかしさが胸に込み上げた。

「インドで仏法の修行に励みたい、とそなたは云う。七歳にして雄略な志だと誉めてつかわそう。しかし如何な志も方向を間違えると大変なことになる。そなたも倭国貴族の子息なら、いずれ国を支える者として、仏法導入がどのような惨禍を招くことになるか、ここで立ち止まってよく考えてみるのも悪くはあるまい」

厩戸は反論しなかった。その気力は湧いてこなかった。といって首を縦に振ったのでもなかったが。

九叔は余裕の笑みを浮かべてうなずくと、淀みない口調で新たに説明を開始した。

「この漢土に仏法が入ってきたのは、前漢哀帝《あいてい》の元寿元年、朝廷に博士弟子として仕える景盧《けいろ》なる者が、大月氏国の使者伊存《いそん》から浮屠経《ふときょう》を口伝えされたことを以てその嚆矢《こうし》とする。今を去る五百八十年前のことじゃ。結果として何が起きたか。その年、哀帝は崩御し、わずか二年後、前漢王朝は滅亡したのじゃ。後に漢は再興され、これを後漢と称して両朝を区別するが、こともあろうに後漢の皇帝たちはこの外来宗教の虜になってしまった。たとえば二代皇帝の劉荘《りゅうそう》は夢に金人が空から渡来したのを見たので使者を西域に遣わしたところ、迦葉摩騰《かしょうまとう》と竺法蘭《じくほうらん》という二人の僧が来漢した。劉荘は喜び、帝都の洛陽に白馬寺を建てて彼らを迎えたという。これが我が国最初の寺じゃ。また劉荘の異母弟である楚王の劉英は、これとは別に西域僧を招いて仏事供養を営んでいたという。後漢王朝も後半に入ると、さらに西域から異国人の僧が続々と渡来して、膨大な仏典をインド語から我が漢語に翻訳していった。これにより人々は容易に仏典を読めるようになり、仏法はいよいよ盛んになった」

耳を傾けるうちに厩戸は奇異の念を覚えた。漢土への仏教伝来史を、よりによって仏法に反対する道教の道士から聞くことになろうとは。

「しかるに、その結果どうなったか。またも同じことが起きたのじゃ。後漢は滅び、いいや、さのみか魏、呉、蜀の三つの帝国が鼎立するという為体《ていたらく》となり果てた。秦の始皇帝以来、四百年余にわたって続いた統一はここに破綻《はたん》し、漢土は春秋戦国の野蛮な時代に先祖返りして果てた。魏と、その後継である晋による短い統一期間はあったものの、漢土の北は長城を越えて大挙侵入してきた蛮族どもの占領地となった。前漢の帝都長安も、後漢の洛陽も、野蛮人めらの手に落ちて久しい。そしてな、八耳どの――」

九叔は厩戸にぐっと顔を近づけた。「――我が国土を侵略したこれら恥知らずの蛮族どもが、仏法の導入に大いに乗り気となったのじゃよ。と申すは、やつらは野蛮人だけあって力ずくで漢土の北半分を奪い取ったはいいが、長い歴史と輝ける文明を持つ我が漢人の文化の前には気後《きおく》れするよりなかった。漢人の偉大な文化に対抗するため、漢土のものではない理論的支柱が必要だった。その望みにぴったりと叶うものとして仏法に目をつけた。それこそが蛮族どもが仏教を積極的に取り入れた理由なのじゃよ。そなたが敬愛する鳩摩羅什は、五つの蛮族のうち氐《てい》族の符堅という支配者が呼び寄せ、符堅の死後は羌族《きょうぞく》の頭領姚興《ようこう》によって長安に招かれた。姚興の求めに応じて核心的な仏経典群を次々と漢語に翻訳した羅什は、わしら漢人の目から見れば侵略者の手先。つまり仏法とは侵略者の後ろ盾だ。八耳どのは倭国貴族の子息だというが、そのようなものを修行して、お国の将来をどうするおつもりか。聞くところでは、仏法は百済王が倭国に勧めたものとやら。果して百済王の意図、奈辺にありや」

「ぼくは……」何か云い返さなければ、と焦るほど、厩戸は言葉に窮する。

九叔は慨嘆の表情でその先を続けてゆく。「羅什めはまったく余計なことをしてくれたもの。やつが訳出した『妙法蓮華経』『阿弥陀経』『大品般若経』などを読んで仏法にかぶれる者が、蛮人に占領された北地だけでなく、ここ南地でも続出した。その最たる者が、口にするのも忌々しいことだが、梁の皇帝蕭衍《しょうえん》じゃ。武帝というより仏帝と諡《おくりな》するのが相応しいあの大たわけ者は、仏法に淫する余り、国費を惜しみなくつぎ込んで無数の寺塔を建て、無為徒食の徒である僧尼を十万人以上も養った。のみか、教義を学ぶに時間を割いて政治を疎《おろそ》かにした。世に〝皇帝大菩薩〟と呼ばれて自己満足にふけるうち、国運は傾いてゆき、悲惨極まりない最期を遂げた。仏法を崇めた者の末路じゃ。そして八耳どの、これらのことごとは、倭国が万が一にも仏法を公認した場合の未来図でもあるのだぞ」

いっそう厩戸は混乱に追い込まれてゆく。そのような歴史はまったく知らなかった。馬子の大叔父も勒紹法師も話してくれなかった。何がしかでも聞いていたならば、少しは云い返すことができるのに、と悔しさが込み上げた瞬間、

──隠していたのだ！

という思いが頭を直撃した。そうだ、あの二人、ぼくの関心をひたすら仏教に向けさせるために、不都合なことは聞かせないようにしていたに違いない。

反射的に、守屋の顔が思い浮かんだ。大連はこれらの史実を知っているのだろうか。当然そうに違いない。陳に交易船を送り、仏典まで入手しているのだもの。そして事あるごとに帝に注進しているはず。そうか、だからなのか──。帝が仏法の公認に踏み切らずにいる理由がようやくわかってきた気がする。もちろん、九叔道士の話が本当ならば、だけれど。

でも、どうして守屋はそのことを自分に話さなかったのだろう。新たな疑問がわき、厩戸は守屋と対面した夜の記憶をまさぐった。彼の記憶力は尋常ではない。どんなに時間が経とうとも、一字一句正確に脳裏に再現することができる。

──我が国には敬うべき神がある。

守屋の主張はそれのみだった。他には何も云わなかった。仏法をあれこれ論《あげつら》ってもよさそうなのに、いったいなぜ？　いや、こう云っていたっけ。

──仏法の正体がわかれば、御子が仏法の信者にならないという可能性もあり得ましょ

う。

あの時はわけもわからず聞き流しただけだが、これはつまり、仏法を是とするか非とするかについて思い巡らす自由を厩戸に与えよう、ということではなかったろうか。

——賭けているのですよ。

という言葉も、それを裏書きする。

目の前の九叔と守屋が重なって見えた。年齢も外貌も違うのに、どうしてだろう？　次の瞬間、厩戸はおぼろげながらも答えを得た。二人とも彼に期待をかけているようなのだ。それだ、きっと。だから似通ったものを感じるに違いない。両者は反仏法ということでも立場を同じくする。

厩戸はそれまで仏法に置いていた軸足を、一時的に守屋側に置き換えてみることにした。

——この場に守屋がいたら何と応じるだろう？

そう思うと、なぜか急に考えが楽になった。

「だったら、道教はどうしていたの？」

「何？」九叔は不意を衝かれた顔になった。

「長い歴史と輝ける文明を持つ漢人の文化、その一つが道教なんでしょ。それなのに、どうして仏法に負けちゃったの？」

「ま、負けてはおらぬ。だが仏法は、ひとたび入ってくるのを許してしまえば、それこそ米倉に大繁殖する鼠のように信者を増やしてゆく。文明の精緻さに対応することに倦《う》み疲《つか》れた者たちが引き寄せられてしまうのじゃ。そのことは是非とも警告として受け取ってもらいたい。今の倭国の状況は六百年前の我が漢土に似て、危ういことこのうえない、と。さて、八耳どの。今、負けてはおらぬと申したが、猖獗《しょうけつ》を極める仏法を我が道教が防ぎ得なかったことは、遺憾ながら事実じゃ。事実は事実として素直に認めなければならぬ。道教側も仏徒に対抗して教義を整え、教団を造り上げたのじゃが、仏教団にはとかく押され気味でな。その最大の原因は、我ら道士を導くに足る傑出した指導者の出現を得ないという一点にある」

九叔は言葉を切り、改めて厩戸を見つめた。九叔の背後に控えた正英の不穏な眼光までが強く意識され、厩戸はにわかに胸が波立つのを覚えた。

「だから、どうなの？」

「その一方で仏法の側には、彼らが神異僧などと呼ぶ人智を越えた能力を持つ者が続出した。晋の仏図澄《ぶっとちょう》や単道開《ぜんどうかい》、宋の釈慧安《しゃくえあん》、梁の釈保志《しゃくほし》といった坊主どものことだ。彼らの操る神異に魅せられ、大勢の人々が仏門を志願した。上は皇帝、王族、重臣、高官から、広くは庶民、辺民、下は奴婢《ぬひ》、賤民に至るまで。悲しいかな、我が道教はそのような逸材に乏しかった。輩出しなかった。北魏の道士であった寇謙之《こうけんし》どのは仙道の奥儀に到達して、支配者の信頼も厚く、大教団を組織するを得たが、その死とともに教団は急速に衰退した。

我らは、寇謙之どのが改革した天師道の、その別派ともいうべき上清派《じょうせいは》に属するものだが、事情は同じ。寇謙之どのに匹敵する傑材に恵まれず今日まで来た。かく云うわしとて、劫《こう》臈《ろう》を経たというだけの凡庸な道士に過ぎぬ」

そこまでを無念きわまりない表情で云ってから九叔は正英をかえりみた。「これなる我が愛弟子も、凡士であること愚師に優るとも劣らずじゃが、たった一つだけ傑出した才能を備えておる」

厩戸は正英に視線を向け直した。眼光が鋭くなっているのを除けば、こんなに長い顎の人は初めて見たという印象は変わらない。

「その才能とは」九叔は続けた。「仙種を嗅ぎ分けることにある」

「仙種？」

「仙人、仙士として開花する生得の種を持って生まれてきた者をいう。種なき者は、いくら修行を積もうと羽化登仙《うかとうせん》は叶わぬ。教団の論理からすれば、そのような者を道士として育てるのは徒爾ということになる――非情な云い方ではあるがな。この正英は、大勢の中から仙種を的確に選別することのできる稀有の道士なのじゃ。我が教団では、彼の目に叶《かな》った少年少女を勧誘して英才教育を施しておる。遠からず彼らの中から将来の有能なる指導者、仙士、仙人が誕生するであろう。事実、彼らは並の道士志願者に較べると、このわしも目を疑い、舌を巻くほど、修行において長足の進歩を遂げておる。やはり正英の眼識は大したものだ。さて、八耳どの。その正英が今朝――日付が変わったで、もう昨日の朝ということになるが――突然に云いだしたのだ。老師よ、老師よ、大いなる聖気がこの広陵に向かって来つつあります、と」

「大いなる聖気？」

「わしもそう訊ね返した。すると正英はさらに意気込んだ調子で云った。道教中興の祖となるべき大いなる聖人が渡来しつつあるのです、と。それを正英は肌で感じるというのだ。いや、その時の正英ときたらまさに見ものじゃったよ。気がふれたように踊り出しながらそう宣《のたも》うたのだから」

「自分で云うのも何ですが、あれこそ狂喜乱舞というやつでしょう」正英は食い入るように厩戸を見つめながら応じる。「これまでに感じたことのない、巨大で、強大な聖なる波動でしたから」

眼光の中には満足げな色が仄見《ほのみ》えた。厩戸は九叔が口にした〝眼識〟の二文字を奇妙な生々しさで意識せざるを得ない。

「正英はわしの手を取って道観を飛び出した」話の道筋は見えてきたであろうというように厩戸にうなずきながら九叔は語を継ぐ。「わしは引かれるがままとなった。正英は港へと導いた。そして、倭船から降りてきた少年を見たのだ。八耳どの、そなたをな」

沈黙は長く続いた。二人の道士は、厩戸のほうから反応を返さない限りは喋るまいというように口を閉ざしている。

「……ぼくが、その？」おそるおそる訊いた。

「そなたこそ、仙種の中の仙種」得たりとばかり九叔は力強くうなずく。「わしと正英は港からそなたらの後をつけ、倭商物部鵟《のすり》城《き》の屋敷に入るのを見た。後は正英が倭国について詳しく語るのを聞きながら夜になるのを待ち、日が暮れると、さっそく術の準備に取りかかった。ヴァルディタムが同室であればかくも上手く事は進まなかったが、結局はこうなる運命だったようじゃな。今そなたに間近に接してみて、わしにも正英の感じていたことが次第に呑み込めてきた気がするぞ。そなたの心身からは、得もいわれぬ聖気が漂っておる」

正英も老師に続いてうなずいた。「その聖気に圧倒されて、わたしは今にもあなたにひれ伏しそうになる自分を何とか抑えているのです」

「仙種中の仙種であるそなたを、是が非にも我が教団でお育ていたしたい。適切な修行によって、そなたは最短期間で仙人に――いや、仙人の中の仙人である神仙となるであろう」

厩戸はまばたきした。不意に九叔の顔が馬子の顔に重なって見えたのだ。おかしい。さっきは守屋と二重写しになったばかりだというのに。

「どうだ、神仙になりたくはないか、八耳どの。神仙になれば、もはや死の恐怖から解放される。死せず、老いず、病まず、生きる苦しみは何一つなくなる。のみか、さまざまな方術を思いのままに操ることができる。人の考えを読み、壁を通り抜け、空を飛び——」

「空を飛ぶ？」厩戸の声は九叔を遮った。「ほんとうに空が飛べるの？」

「おお、本当じゃとも」九叔は愛《め》でるように目尻を下げた。厩戸が如何にも子供らしくこの言葉に飛びついたと思ったのだ。「仙人の住まいするところは、崑崙《こんろん》しかり、蓬萊《ほうらい》、方丈、瀛州《えいしゅう》の三神山しかり、泰山、衡山、崋山《かざん》、恒山、嵩山《すうざん》の五岳しかり、いずれも壮大にして嵯峨《さが》たる幽邃《ゆうすい》の山中なれば、仙人たちは楽々と空を飛んで行き来するのじゃよ」

「それじゃあ九叔さんと正英さんも仙人だね」

「何？」二人の道士は揃って途惑いの色を浮かべ、顔を見合わせた。

「残念ながらわしらはまだ仙人ではない」九叔が首を横に振りふり云った。

「だって、飛んでたじゃない」

厩戸は夢の中の出来事を話した。夢とは思えないほど現実味の豊かだった夜間飛行の夢。それに耳を傾けた二人の道士は、案に相違して、みるみる感激の面持ちを刷いた。

「おお、これぞまさしく！」

「八耳どのが神仙となる証！」

師弟、手を取り合わんばかりの喜びようだ。厩戸は狐に抓《つま》まれたような顔になった。

「仙人ならざるわしらは飛ぶことはできぬ」興奮の口ぶりで九叔が云う。「してみれば、飛んだのはわしらではなく、そなたじゃ」

「ぼくが？」

「わしと正英を両脇に抱えて飛翔したのじゃよ」

「夢の話でしょ」

自分から口にしていながら、うんざりして厩戸は云った。

「夢は夢でも正夢というやつじゃ。いずれ必ずそなたは神仙となり、わしらを擁《よう》して空を飛ぶ」

「だけど」

「考えてもご覧。道教の何たるかも知らぬそなたが、道士とともに山中を飛行する夢を見た。道教ならではの夢を。不思議ではないかね」

「うーん、それはね……」

「正英よ」

「はい、老師さま」

「わしの心の片隅に残っておった一抹の疑いも、今この瞬間、春の陽光に溶ける淡雪の如く消え去ったぞ。間違いなくこの少年は神仙の種を備えておる。でかした、正英。これで我が上清派の中興は成ったも同然」

「老師さま、わたしも嬉しゅうございます」

「されば、八耳どの」厩戸に目を向け戻した九叔は狼狽《ろうばい》の声を発した。「あ――これ、どこへゆく」

「帰る」

椅子から飛び下りて厩戸はすげなく云った。九叔の顔が守屋に重なって見えた時は道教という未知の教えに対して興味を覚えた。ところが、馬子に似ていると思った途端、一気に興醒めしたのだ。

「悪いが、しばらくは辛抱してもらわねば」

九叔の言葉を受け、正英が先回りして厩戸の前に立ちはだかった。

「いつまで？」仕方なく足を止め、肩をすくめて厩戸は訊いた。

「まずは数日。その間に、わしが手ずから道教の基礎を教えて進ぜる。正英が集めた仙種の子らと修行もしてもらおうか。そなたは神仙の種なれば、覚醒するにそれだけの期間で充分のはず」

「覚醒って？」

「道を極め、神仙になるという自分の運命に気づくことじゃよ。そなたは道教の真理、つまり宇宙の根本原理を知りたいと願うようになり、自らの意志でここに留まろうと欲するであろう。もはや仏法のことなど歯牙にもかけなくなる」

「そうならなかったら、ちゃんと帰してくれる？」

たそう」

「万が一にもあり得ぬことながら、わしも九叔道士と呼ばれる男、必ずそうすると約束い

「でも、その前に」厩戸は挑むように云った。「倍達多法師さまがぼくを見つけ出してくれる。絶対にね。ここがどこかは知らないけれど、法師さまにはわかるんだ」

「やはりそう考えておったか」九叔は途端に抜け目のない顔になった。「ヴァルディタムが神異の法力を以てして、そなたの居所を突き止めるというわけだな。そして救い出しにここへ現われると」

「そうだよ」

「その顔から察するに、前にも何かそのようなことがあったのじゃな」

厩戸は軽くうなずくにとどめた。

九叔はしゅっしゅっと音をたてて白鬚をしごいた。下唇がめくれ、鋭い歯がのぞいた。

「さあて、今度ばかりはヴァルディタムも八耳どのの信頼に応えられるかどうか。ここにおわす道教の神々が、やつの法力など簡単に跳ね返すであろうからな」

九叔の視線に導かれるように、厩戸は左右の壁の龕にずらりと居並ぶ神像群を改めて眺めやった。揺らめく蠟燭の炎が投げかける妖しい陰翳に彩られた異形の神々は、さまざまな意匠を凝らして神秘的であり、威厳に満ち、穏和な仏像より手強そうに映じる。厩戸は背筋にぞくりとしたものを覚えた。一つの龕が空洞になっていた。さっきは確かにあった

はずの巨像が消えている。北斗七星の母神にして、あらゆる障難を取り除いてくれるという斗母元君の神像が――。

この日未明、広陵の物部屋敷は夜明け前の静けさと二つの意味で無縁だった。忽然と姿を消してしまった曽根狭比の〝弟〟を探すために時ならぬ大がかりな捜索隊が組織された。血相を変えた鷺城を先頭に、手蠟燭や炬火を手にした使用人が総出で家屋の内外をくまなく探しまわっているが、勝手を知る自分たちの屋敷ながら、どこをどう探しても少年を見つけ出すことができない。

「そんなはずがあるか。よく探せ」

おりませぬ、見当たりませぬ、という報告を受けるたび、鷺城も一つ覚えのように怒鳴りたてた。

もう一つの喧噪は、倍達多による読経の声がそれこそ家鳴りのように轟き渡っていることだった。

倍達多が己に与えられた自室に閉じこもり、大音声を発しインド語で仏典を唱え始めてから二刻が過ぎようとしている。止む気配は一向にない。柚蔓と虎杖は廊下に胡坐を組み、読経の結果を今か今かと待っている。柚蔓は男装に着替え、事あらば、ただちに屋敷を飛び出せるよう用意を整えていた。

速熯と灘刈は捜索隊に加わっている。倍達多の説明を一笑に付し、厩戸は好奇心に駆られて広い屋敷の中を探索しているうちに迷子になったかどうかして、屋敷内か庭か、ともかく敷地内にいるものと見なしたのだ。厩戸が怪しい道士たちに連れ去られるのを目撃した当の本人である狭比にしてからが、余りの怪異さのゆえにか、あるいは医学の徒として怪力乱神を信じないという自負のゆえにか、自分は夢か幻覚を見たのだと言い張り、これまた捜索隊の一員を志願した。なるほど、筑紫で厩戸がいなくなった時は、厩戸がおそらく自らの意志で部屋を脱け出したのが発端だったのだ。

柚蔓と虎杖とて倍達多の言を全面的に信じたのではない。ただ二人とも、法師が厩戸の身に異変の起きたと遠隔察知する現場に居合わせた成り行きもあって、彼の側から離れがたい——離れてはいけないような、自身も説明のつけられない不思議な思いにとらわれていた。待つだけの身は辛く、いっそ家探ししているほうが気がまぎれようというものだったが。

読経の声は時とともにいよいよ高まり、老僧とは思われない気迫が漲《みなぎ》っている。扉は目に見えて振動していた。

「もううんざりしてきたわ、いい加減」柚蔓が吐き出すように云った。「いやらしいほど耳につく言葉ね」

筑紫の物部屋敷から姿を消した厩戸の行方を正確に云い当てたのは倍達多だった。岬の先端であの夜、何が起こったのか、本当のところ不明のままだが、斬殺された八人の刺客の血肉の海の中で厩戸が発見されたことを思えば、発見が遅れていたら無事であったはずがない。今一度、仏法の法力に頼ろうとするのは、傍目にはどんなに莫迦げて見えようと、理がないことではないのだった。

倍達多は、狭比が道士の術中に陥ったとして、彼女の怪異な体験を全面的に肯定した。その説くところによれば、道教に人の目を欺く方術なるものあり。鬼を操る召鬼法、気や念の力を用いる禁呪、姿を消して侵入を図る隠形法《おんぎょうほう》などで、狭比はそのどれかをかけられたに違いない。意識を失っている間に厩戸を奪われたのだ。自分がなぜ道教に詳しいかといえば、実は漢土と地続きの百済では、仏法が二百年前に東晋の胡僧摩羅難陀《まらなんだ》の渡来によって伝えられる以前から道教が浸透しており、仏教の布教にあたって百済人道教徒と熾《し》烈《れつ》な鍔《つば》迫《ぜ》り合《あ》いを繰り広げたからだ、と倍達多は手短に語った。

道士が厩戸に触手を伸ばすのはなぜかという柚蔓の問いに対して、御子のような仏性に富んだお方は、仏門ならずとも、どの宗派も咽喉から手が出るほど欲しいはず、という答えが返ってきた。厩戸が生来秘める仏性、もしくは霊性と云ってもよいが、それを已《おの》が宗派の色に染め上げれば、古今に冠絶する偉大な聖人が誕生し、教派教団の飛躍的な拡大が望めるからである、と。

首を傾げる二人を前に倍達多は、厩戸御子とはさまでの逸材であり、歴史的に多宗教の経験を有しない倭国人にはそれがわからないのだ、と付け加えたものだ。

『ただし、ひとまず安心なされよ。御子の身に差し迫った危険はありませぬ。これは断言してもよろしい。今ごろ御子は道士たちから客分以上の手厚さ、鄭重《ていちょう》さでもてなされていらっしゃいましょうて。とはいえ事は一刻を争う。倭国の二宰相からお預かりした大切な御子、道教の卑俗な教えに染め上げられる前にお救いいたさねば。わしはこれから部屋に籠もる。邪魔をしないでほしい。相手は道士じゃ。しかも狭比さんの話から察するところ、かなり腕の立つ術客と覚える。向こうとしても、それなりの霊的防御策を講じているはず。かてて加えてここ漢土は道教発祥の地。筑紫でのように上手くゆくかどうか』

重々しい口調と硬い表情を見れば、倍達多がいかに事態を重く見ているかが察せられた。

要するに御子は道士に誘拐され、屋敷にはもはやいない、というのが法師の見立て。となれば捜索隊に加わるのは無駄である。倍達多が御子の行方を法力で突き止めたら、ただちにそこへ向かえるよう二人は辛抱強く待機しているのだった。

「前にも云ったけれど」柚蔓が口を開いた。「御子の周りには不思議なことが起こりすぎる。そうは思わなくて？」

「わたしが云ったんだよ」

「法師の云ったことが気になる。御子が仏性、霊性に富んでいるって」

「だから御子の周囲に不思議なことが続出すると？」

「無関係ではないような」

「仏性、あるいは霊性か——」虎杖は首をひねりながらゆっくり言葉を紡ぎ出す。「そもそもは帝が御子を恐れたことに始まった——とは我が大臣のお考えだが、だとすれば、現実の世界に君臨する帝が恐れるものといったら、現実の彼方にあるもの、つまり霊的な次元の何かだということになる。それに帝は神託で対抗しようとした。霊的にね。また我が大臣と、あなたの大連が御子にかけた期待は、御子が秘める未知の能力——霊性に対してだと云えなくもない。いずれにせよ御子がすべての発端になっているわけだ。しかし、わたしの考えもここまでさ。あなたは物部巫女集団の出身なんだって？　一介の剣士なんかに意見を求めるより、巫女の霊性で何かわかるのでは？」

「過去のことよ」柚蔓は素っ気ない口調で云った。「人を斬った途端に巫女の霊性なんて消えたわ。今はわたしも一介の剣士」

　いつ人を斬ったのだ、と訊こうとした時、まったく不意に読経の声が止んだ。二人は顔を見合わせ、耳をすませた。次の瞬間、叫びとも何ともつかない名状しがたい怪音が部屋の中から響いた。

　真っ先に駆け寄ったのは虎杖だった。

「法師、どうかしましたか、法師」

　扉越しに慎重に声をかけた。邪魔をするなと云われていたことが積極的な行動に出るのをためらわせた。

刹那、めりっ、めりめりっという音とともに扉が吹き飛ぶように内側から開き、避ける間もなく扉が激突した虎杖の身体は廊下の端まで飛んでいった。

柚蔓は息を呑む。目の前に真っ黒な影が立ち塞がったかに感じられた。背を丸め、転がるように部屋から飛び出してきたのは、身を起こせば廊下の高天井まで頭頂が届きそうな巨人だった。豪奢な服をまとい、金属的な肌をした女で、つるりと無表情な顔は、正面だけでなく左右、さらには後ろにまで付いている。腕は六本、うち一本は臂《ひじ》から先がなかった。柚蔓は即座に抜刀した。

蠟燭の炎を反射させた剣光でそれと気づいたように四面六臂の巨女も身構えた。六本の腕が複雑な動きを見せて扇形に展開する。が、その仕種はなぜか彼女に苦痛をもたらしたと見え、表情が歪み、今にも悲鳴をあげたそうに口が開かれた。その途端、巨女は黒い霧と化して瞬時に霧散した。廊下には、真っ二つに割れた扉と、虎杖が転がっているだけだった。

虎杖はすぐに身を起こして駆け戻ってきた。

「どうしたんだ、いったい」

剣を構えた柚蔓を目にするや、反射的に柄に手を走らせ、周囲を鋭く見回した。

柚蔓は剣尖を下げる。「見たでしょ」

「見た？」

すうっと、虎杖の額に細い朱線が一筋引かれてゆく。顔を真っ二つに断ち割るかのように、額の中央から鼻筋へと向かって血の糸は降りていった。

柚蔓は顔色を変えた。剣を抛《ほう》り出《だ》すと、虎杖の頭に手を伸ばした。

「あてててて っ」

虎杖が子供のように叫んだ。柚蔓の指先に触れたのは大きなこぶと、頭皮のわずかな裂け目だった。

「何をするんだ」

「あなたこそ何よ」ほっとした反動で、思わず突慳貪《つっけんどん》な声になった。「そんな声をあげて。みっともない」

虎杖は何か云い返そうとしたが、次の瞬間、柚蔓と先を争うように部屋の中に飛び込んだ。室内は惨憺《さんたん》たるありさまだった。寝台をはじめあらゆる調度がひっくり返り、割れて散乱し、天井までがところどころ穴を開け、板が床上に落下していた。瓦礫《がれき》といっていいその中に、倍達多が仰向けに倒れているのが見えた。口から細かな白い泡を蟹のように噴いている。見開かれた目の緑は限りなく薄かった。

虎杖が駆け寄って抱き起こした。

「大丈夫だ、生きている」

胸に耳を押し当て、安堵の声を吐き出す。抱き起こされたはずみで倍達多の肘が伸び、その手の中から何かが床に転がり落ちた。柚蔓の目はそれに釘《くぎ》づけになった。

金属製の腕——臂から先の前膊部《ぜんはくぶ》だった。

「——さまでの数の仏典を読んだということは、もしやそなた、書物を読むこと自体が好きなのではないかな」

九叔道士のやわらかな声が、厩戸の目を空っぽの暗い龕から引き戻した。瞳にぱっと光がともる。

「好きだよ、とっても」

書物と聞くや、厩戸は空龕の怪異をただちに忘れ去った。

「そうかそうか」九叔は孫の好物を見つけ出した老爺《ろうや》のように舌ねぶりする顔になった。

「仏典ほどではないにせよ、我が道教にも経典がある。まずはそれを読んでみる気はないかな」

「うーん」厩戸は答えを渋った。九叔の魂胆などお見通しだ。自分を誘拐した男の勧める書物を読むのは抵抗がある。読書の誘惑に屈してしまうのはわかっていたが、すぐに飛びつくのが癪なのだ。

「読んだのは仏典だけかな？　他の書物も倭国には入っていると思うが。例えば、歴史書だが司馬遷《しばせん》の『史記』はどうじゃ」

「読んだことあるけど」

「それは偉いの。では話が早い。『史記』列伝に、老子という人物について書いてあるのじゃが、その名に記憶はあるかな。いや、何しろ百三十巻という大部の書物ゆえ、憶えていずとも無理はないが」

「老子は楚の苦県厲郷《ごらい》曲仁《きょくじん》の人、名を耳、字《あざな》を聃《たん》、姓を李氏といい、周の守蔵室の――」厩戸は「老子韓非《かんび》子《し》列伝第三」の冒頭から諳《そら》んじていった。諳んじるというより、彼の場合は頭の中にかつて読んだ書物の頁が自然と鮮明に蘇り、それをただ漢語で音読してゆくだけのことなのだが。

　九叔は正英とともに驚きに打たれたように聞き入っていた。やがて気を取り直し、顔に感に堪えた色を浮かべ、恭しい仕種で厩戸を押しとどめた。「結構、もう結構じゃ。その老子が隠遁《いんとん》の途次、関の役人尹喜《いんき》の請いに応じて書き遺したと『史記』記すところの上下二篇の一書がここにはある」

「ほんとう?」しまったと思った時は遅く、厩戸は喜色も露わに口にしていた。「それ、ずっと読んでみたかったんだ」恥ずかしさで頰が火照った。

「気づいておるかな?」九叔が愛でるように云った。

「何のこと?」

「老子の名じゃ。そなた、今何と申した」

「だから、耳って——あっ」

「ふふふ、これぞ偶然の一致というやつかのう、八耳どの。この老子さまこそは太上老君とも呼ばれておって、我が道教の開祖なのじゃ。どうだ、ますます興味がわいてきたであろう。それでは『老子道徳経』上下二篇をそなたに見せて進ぜん。ついてきなさい」

九叔は椅子から立ち上がると、道服の裾を引いて歩き始めた。

「さあ、八耳さま」

正英にうながされ厩戸は歩を進める。二、三歩歩いたところで立ち止まった。

厩戸は声を呑んで龕の一つを指差した。斗母元君の神像が戻っていた。前と変わらぬ穏和な静謐《せいひつ》さで。いや、一点だけ違うところがある。六本の腕のうちの一本だけ臂から先がなくなっていた。

「どうなさいました」

正英は頭を下げて神像を拝んだ。「名誉の負傷というやつでございましょう」

「名誉の負傷？」

「あのように穏やかなお顔をしておいでですが、斗母元君さまは戦いの神。霊障、邪気、火難、水難などあらゆる障害と戦い、これを斥け、利益を賦与してくださいます。今も、我が道教に讐《あだ》なさん邪気と戦って、お戻りあそばしたのでしょう」

　正英は意味ありげに云ったが、霊障、邪気と聞いて厩戸が真っ先に連想したのは禍霊のことだった。

「道教って、魔物や災いを退治できる？」

「もちろんですとも。斗母元君だけではございませぬぞ。悪鬼悪霊の侵入を防ぐ門神や、絶大な法力を発揮する斉天大聖《せいてんたいせい》、悪霊を掃蕩《そうとう》する武の神の関聖帝君《かんせいていくん》、ほかにも妖気邪鬼を祓う神々には事欠きませぬ」

　厩戸は心臓が音をたてて高鳴るのを覚えた。正英に倣って斗母元君に一礼した。そして前よりは軽い足どりで九叔の後を追って駆け出した。

　階段を下り、薄暗い長い廊下を進み、幾つも角を曲がり、部屋を抜け、階段を上り、また下りた。広大な地底の迷宮を歩いているような感覚だった。とある部屋では信者と思しき一団が胡坐をかいて瞑想にふけっていた。別の部屋では老若男女の唱える呪文が音楽のように響き渡っていた。また違う部屋では下帯一つになった男たちがゆっくりとした律動で円を描くように身体を動かしていた。どの部屋でも香が焚かれ、白い煙が厳かに床を這っていた。

「皆、仙人になるべく修行に励んでいるのです」

　正英が云った。彼はもっと説明したいようだったが、先を歩く九叔がどんどん進んでゆくので、遅れないようにするのがせいいっぱいだった。

「こんな暗いところで？」

「もちろん野外でも修行します。森林、深山幽谷《ゆうこく》、清流のほとり、不変の回転を続ける星空の下で。不老不死の源は、陰と陽の調和にあり、天と地の和合にあるのです。ここでは主として、陰と地にかかわる修行が行なわれています」

果てしなく続くかに思われた迷宮歴程にも間もなく終わりが来た。九叔が案内したのは蔵書室だった。書棚は高く、二階部分には狭い回廊が巡っている。天井は吹き抜けになっていて、見上げると明け方の空が見えた。星々は輝きを弱め、来《きた》るべき曙光《しょこう》に追い払われかけている。

「折りたたみ式でな。雨の日も問題はない」

命じられた書物を取りに林立する書棚の奥に正英が姿を消すと、九叔が天井の仕掛けを説明した。

厩戸は室内を見回した。物部大連の書庫の広さにも驚いたものだが、ここはその優に十倍はあるだろうか。一角が読書のための区画になっていて、卓と椅子が置かれている。卓上に書物を山のように積み上げて調べ物をしている道士や、書見台とにらめっこしているかのような道士、書物を書き写している道士――思い思いに書に向かっている道士たちの姿が、それぞれの卓の燭台が投げかける光の輪の中に見えている。

「おいで」九叔は厩戸の手を取り、空いた卓へと導いた。彼が袖を翻すと、燭台の蠟燭の芯に突然炎が伸びあがるように灯り、卓の下に押し込まれていた椅子が音もなく滑り出てきた。「今からここがそなたの席じゃ。八耳どの以外の者が坐ろうとすれば、椅子のほうでその者を拒んでくれる。この席にて、思う存分万巻の書物を読むがよい」

正英が鼻下にまで達する数十冊の書物を抱えて戻ってきた。卓上に書物が山を成す。

「まずはこのようなところでよかろう」九叔は山の中から書名をろくに見もせず無造作に二冊を引き抜いた。「これこそ尹喜が老子の聖言を書き取った『老子道徳経』上下二篇。我が道教の根本聖典じゃよ。最初はちんぷんかんぷんかもしれん。しかし、注釈書を頼りに読めば呑み込めるはず。どうしてもわからないことがあれば、いつでもわしを呼ぶがいい。それから、これもなかなか興味深い一冊でな」

厩戸は『老子道徳経』の脇に並べ置かれた書物の題名を声に出して読んだ。「――老子《ろうし》化胡経《けこきょう》？　どんな本なの？」

「仏法が我が漢土に伝えられた時、その教えの内容が道教と余りに似ておるので、当時の道士たちは首をひねった。たとえば、仏典にいう般若や空とは、老子の説いた無の思想の焼き直しのようであった。それもそのはず、この書を読んで彼らの疑問は氷解した。『老子化胡経』には、老子が尹喜の許《もと》を去った後、インドに入り、仏陀を弟子にして、無為自然と神仙の教えを説いた。後に仏陀が弟子たちにこれを広めたので、インドでは仏陀の法、仏法と呼ばれた――そう書かれてある」

ってていた。

九叔がその先を続けようとした時、厩戸はもう椅子に坐って『老子化胡経』の頁をめくっていた。

波が岸を洗っている音がする。繋がれた小舟は夕靄《ゆうもや》に漂っているかに見えた。その側に、とっくの昔に打ち捨てられたような漁師小屋が一軒ぽつんと建っている。壁板はところどころ破れ、藁《わら》葺《ぶ》き屋根は半ば緑の雑草が生い茂っている。絵に描いたような廃屋で、詩心のある者なら五言絶句にも読むだろう。ただし、よくある風景だから、よほどひねりを利かせない限りは凡庸な仕上がりにしかなるまいが。

河原の葦の繁みに身を伏せて眼光鋭く小屋を見つめる四人の男は、そんな風流さとは無縁だった。

「まさしく身を隠すにはうってつけ」

逸《はや》る声でそう云ったのは温国宝である。

裴世清が慎重な声で応じた。「おぬし、先ほども同じことを申したぞ。あの炭焼き小屋を見た時にな」

炭焼き小屋は蛻《もぬけ》の殻だった。とはいったものの彼も温国宝と同じく今にも抜かんばかりに刀の柄を握っている。

「法師さま、今度は？」

二人の背後にいる瑞念が、後ろを振り返っておそるおそる訊く。

「うむ、今度こそ」

慧遠の目がくわっと見開かれた。間断なく法力を駆使した慧遠は、この半日余りで別人になったようなやつれぶりだった。頬はげっそりと削げ落ち、目の下に黒々と隈《くま》をつくり、熊は熊でも獲物にありつけず山を降りて人里に出現した人喰い熊を思わせる凄惨な外貌に変じている。

「では？」

温国宝と裴世清は声を揃えて確認を求める。夕陽は山《やま》の端《は》に沈もうとしている。

「ゆけ」

人喰い熊が吼《ほ》えた——いや、慧遠法師は命じた。

二剣士は素早く身を起こすや廃屋を目指して駆け出した。走りながら抜刀する。壊れたも同然の扉を蹴倒し小屋の中に躍り込んだ。

壁板のあちこちの破れ目から射し込む光で小屋の中は屋外と変わらぬ明るさだった。天井から一人の少年が逆さ吊りにされていた。糸かと見える細い縄が左足首に絡みついて結び目を作っている。少年の頭は彼らの背丈より上にあった。

「若」

「広さま」

二剣士は叫んだ。少年の身体が反応して身じろぎしたかに見えた。二人はあわただしく小屋の中を見回した。足台になりそうなものは何もない。

「おれが跳躍してあの縄を斬ろう」

「よし、わしは若を受け止める」

二人はうなずき合うと、裴世清は剣を鞘に斂め、少年の下で両腕を広げた。温国宝はやや後退し、気合いとともに高々と跳躍。剣光一閃、少年を片足吊りにしていた細縄は、その三寸ばかり上方でぷっつりと断ち切られた。

瑞念を従え、慧遠がのっしのっしと小屋に踏み入ってきた。

「——南無三」

慧遠の口からほとばしったのは、憤怒《ふんぬ》と無念が綯《な》い交《ま》ぜになった慙愧《ざんき》の叫び。

その声を背後に聞きつつ、温国宝は落下してきた広を無事に受け止めたのだったが、

「やっ？」

彼の腕の中から広は消え、その代わり、差し伸べた両掌の上に載っているのは仰向けになった一匹の蝦蟇《ひきがえる》であった。体長一尺はあろうかという大きなやつ。両脚が掌からはみ出してだらりと垂れている。晒した白い腹に紫の液で記されているのは、奇怪な霊符文字ではないか。それを見て裴世清もあんぐりと口を開いた。

ぴくっぴくっと蝦蟇が身動きした。何度か上体をねじるようにして頭を起こし、きょと

んとした目で温国宝を見つめる。蝦蟇のほうでも事態を呑み込めていないようだったが、次の瞬間、長い脚を引き縮めたと思うや掌を強く蹴って空中に跳躍した。左足首には細縄が結びつけられたままだった。抛物線《ほうぶつせん》を描いて着地すると、何度か跳躍を繰り返し、壁板の破れ目から外へ飛び出していった。

「ざまをみろ」

柳雨錫は声をひそめて笑った。廃屋からほど遠からぬ葦の繁みの中に彼は身を屈めている。勢いよく廃屋に突入していった四人が、がっくり肩を落として出てくるところだった。陽は落ち、残光も乏しく、顔も定かではないが、さぞかし無念の表情を浮かべていることだろう。二度ならず三度目も、と。寧《むし》ろ、あらゆる色の消えた寒々しい影絵のような情景が彼らの内心の失望を雄弁に物語るかのようだった。

市中の隠れ家に踏み込まれた時は萱鼠《かやねずみ》を、山中の炭焼き小屋では土竜《もぐら》を、そして今回は蝦蟇を用いた。小動物を身代わりにして追跡者の目を欺き、稼いだ時間で逃走する――代蠱《だいこ》と呼ばれる方術は、柳雨錫の得意とするところだった。

すぐに柳雨錫は笑いを止めた。敵にとっても三度だが、自分にとっても同じく三度。一日に三度までもこの方術を用いねばならぬということは、彼の後を確実に追ってくるあの怪態めいた僧侶の法力がそれだけ強力であることを意味する。やつが少年の側にいる限り近づくこともできなかったのだから、その能力をある程度は承知していたつもりだったが、まさかこれほどまでとは。次なる隠れ家もすぐに嗅ぎ当てられてしまうに違いない。

——茅山《ぼうざん》まで逃げ切ることができるだろうか。

柳雨錫の胸に不安が忍び寄る。傍らに置いていた大きな袋を肩に担いで歩きだした。袋の中から小さな呻き声が聞こえた。

倍達多が気力を恢復するまで一昼夜を要した。厩戸は依然として見つからなかった。屋内の捜索はその日の昼前までに打ち切られた。方術で屋敷に侵入した道士が厩戸を連れ去ったという倍達多の断言は、今や鸞城以下の受け容れるところとなっていた。

柚蔓の前に出現した巨女を虎杖は見ていなかった。彼が憶えているのは、扉が生き物のようにぶつかってきて跳ね飛ばされ、廊下の壁に頭をぶつけたことだけ。柚蔓は証拠を示そうと瓦礫の中を探したが、どうしたことか金属の前膊部は見つけることができなかった。考えられるのは、この屋敷の誰かが騒ぎのどさくさにまぎれてこっそり持ち去ったか、あるいは前膊部もまた黒い霧となって消え去ったか——そのどちらかしかなかった。

意識を取り戻した倍達多に、柚蔓は自分の見たままを告げた。倍達多は別室の寝台に寝かされていた。

「あなたにも」柚蔓の話を聞くや、その目は驚きに見開かれた。「見えたというのですか、あれが！」

「あの女ですのね、法師をこんな目に遭わせたのは」

「あれは斗母元君といって、道教の信者どもが崇める神の一人です。もともとは仏法の守護神である摩利支天の霊格を道士たちが盗用しているのだが」倍達多は歯噛みするように云った。「よもや向こうのほうから仕掛けてこようとは。ああ、ヴァルディタムよ、おまえともあろう者が油断続きにもほどがあるぞ」自分に対してひとしきり毒づいてから、意外にも負けん気の顔を柚蔓に向けた。「ま、こちらも相応のお返しをしてやりましたがな。しかし柚夫人、あなたにもあれが見えたとは！」

　倍達多には、斗母元君の襲来よりも、そちらのほうが大いに関心事のようだった。それから法師は、呆気に取られた顔で二人のやり取りを聞いていた虎杖に向かって云った。

「あなたにお願いしたいことがあるのですが、虎童子」

　僧衣を所望という。虎杖は速熯に伝え、速熯から灘刈を通じ鴛城に伝わった。二つ返事で引き受けた鴛城は、すぐに困惑することとなった。倭商として幅広い交友関係を持つ彼には、僧侶の着物一つ手に入れるくらい造作もないことだが、倍達多の需《もと》めるものはどの寺にも見当たらなかったのである。やむなく屋敷の針女にそれを縫わせることで鴛城は法師の望みを叶え得た。

「では、出かけるといたしましょう」

翌朝、床を離れた倍達多は、用意された僧衣を手早く身にまとった。前日の衰弱ぶりとは別人のように平素の矍鑠《かくしゃく》さを取り戻していた。

倍達多の姿に虎杖は困惑した。昨日、彼の要求を聞いた時にも怪しみ、できあがってきたものを受け取ってさらに驚きを深めたものだが、それを着用した姿を目の当たりにすると、改めて途惑いを覚えずにはいられなかった。彼は馬子の許に出入りする百済人僧侶たちを飛鳥の本宅だけでなく河内や難波の別邸でも幾度となく目にしてきた。彼らは斉しく金襴緞子《きんらんどんす》の豪華絢爛《けんらん》たる法衣を悠然と着こみ、その姿はさながら貴族と見紛《みまご》うかのようだった。馬子も虎杖も当然のことと受け止めていた。僧侶たちは、法の世界に君臨する仏陀という王に仕える貴族たちなのだから、と。倍達多が身につけたのは、およそ僧衣とは思われない代物だった。薄汚れた布切れ、色の褪せた捨て布、ぼろぼろになった厨房雑巾を縫い合わせたものなのである。

「僧侶には見えませんが」

倍達多の容態を慮って訊ねるのを控えていたが、思いきって口にした。こんなものを着て出歩いたら気がふれた老人と思われるに違いない。

「これが本来の僧衣なのですよ、虎童子。パームスクーラ、漢語では糞掃衣《ふんぞうえ》といって、仏陀は糞塵の中に捨てられた弊衣を洗って縫い合わせたものを着ておられました。出家者は執着を離れるためにこれを僧衣とするのです」

倍達多の視線は虎杖を離れ、傍らの柚蔓に移った。彼女は興味を引かれた目で倍達多を見ていたが、その顔色は虎杖ほど驚いてはいなかった。「あなたは自然に受け止めてくれているようですね、柚夫人」

柚蔓を見る倍達多の目には瞭らかに変化が表われていた。その緑の目に浮かぶのは、これまでにはなかった親しみの色だ。

「いいえ、呆れています。倭国の神は何よりも清らかさを求めますから。そのような汚れたものを身にまとうなど考えられません。でも――」

「でも？」

「飾らないこと、素なることという意味では」柚蔓はためらいがちに口にする。「どうしてかしら、惹《ひ》かれるものを覚えるのです」

「それはそれは」倍達多は微笑し、再び虎杖に顔を向けた。「わたしはね、虎童子、豪奢な僧衣で着飾るを得なかった百済での偽りの姿には真底うんざりしていたのです。旧友を訪ねるのだから、昔の姿で――百済国師の倍達多法師ではなく、修行僧ヴァルディタム・ダッタという本来の自分に戻りたい。それがあなたたちのお手を煩わした理由です。このことはいずれ詳しくお話しいたしましょう。しかし、今は御子を見つけ出すのが先決です」

倍達多は柚蔓と虎杖を促して屋敷を出た。速熯と灘刈も従う。

広陵の街は朝が早い。陽はさほど高く昇ってもいないのに、街路は車馬の往来が喧《かまびす》しかった。荷物を抱えて行き交う商人風情の男や小僧たち、声を張り上げてさまざまな品の名を連呼する物売り、将棋の盤を広げている老人たち、楼閣の前では眠そうな顔、二日酔いの顔でふらふらと馬にまたがる風流子の姿を何人も見かけた。いずれも倭国では見られない光景だが、のんびり眺めやっている余裕はない。糞掃衣の裾を翻して先を進む倍達多の後を追うだけである。鷲城は案内役として家人を一人つけてくれたが、その必要がないほど倍達多は街の隅々を正確に記憶していた。百済に渡る前は、広陵が托鉢《たくはつ》の地であり、路地の一本一本まで知っているのだという。

「昔はもっと活気があったものだが……」

「昔とおっしゃいますと、いつ頃のことでございましょうか」倍達多の独り言を聞きつけ物部の家人が訊ねた。案内役の彼は立場上、倍達多と先を争うようにして彼の傍らを歩いていた。

「まだ国が梁だった頃ですよ」

「そんなに昔からですか」還暦近い年齢と見える家人はびっくりしたように云った。「実を云いますと、旦那さまも常々申しております、この街はさびれゆく一方だと。わたしめもそのように感じております。時たま使いする帝都も同じようなものです。梁が滅んだ後は陳覇先《ちんはせん》将軍が国を新たに建てて帝位におのぼりになり、今は四代目となる皇帝の陳頊《ちんさ》さまのご統治ですが、往時の賑わいはなかなか戻りません」

「百済にて伝え聞いたところでは、梁帝の行き過ぎた仏法信仰が結局は国を傾けたそうですな」

家人はうなずいた。「旦那さまの口癖です。仏法は国を滅ぼす流行病《はやりやまい》だ、と。やっ、これはお坊さまに向かって失礼を申し上げました」頭を下げたが、あまり失礼だとは思っていない様子だった。

「蕭衍《しょうえん》さまか。あのお方は仏法に淫する余り、仏法に執着し過ぎたのですよ。仏法の第一義は執着を離れることにあるのだが、それを理解なさらなかった。執着すなわち仏法信仰の強さであると誤解したのです。あの時、わたしはもう少し強くお諫めすべきだった。今となっては詮のないことだが」

「お会いになったことがあるのですか、梁の武帝に」家人は驚きを口にした。

「漢土の皇帝が僧侶を広く求めている――そんな噂が伝わって、わたしは布教の志を同じくする僚僧とこの地にやってきたのです。さっそく蕭衍さまの前に召されましたが、わたしの口舌《こうぜつ》はあの方の受け容れるところとはなりませんでした。身なりからしてお気に召さなかったようで――今のようなものを着ておりましたが――口にこそお出しではないものの、如何にも不興げな顔でした。建康の都に居づらくなり、この広陵にやってきたというわけです」

「それでお詳しいのですな」

「そのうちに百済王が天竺僧を欲しているという百済商人の口車に乗せられて海を渡りました。仏法が入ってまだ間がない百済なら、ほんとうのインド仏法を広められるかもしれないと期待したのは確かです。しかし——」

「しかし?」

「一言で云えば、百済の餘明穠《よめいじょう》王は梁の蕭衍皇帝を熱烈に範と仰ぐような人物だった。かく王が蕭衍皇帝のために建造した寺を、梁の年号を採って大通寺と名づけたほどです。かく申す拙僧が、その開基の役を仰せつかったのですが。一事が万事この調子でしたよ」

「百済王も悲惨な死を遂げたとか。梁の武帝が横死してまもなく」

「お詳しいですな」

「旦那さまの受け売りです。耳に胼胝《たこ》ができるほど聞かされておりますから。仏法は国を滅——」と口にしかけて家人はおどけたように自ら額をぴしゃりと叩いた。「お坊様の話は旦那さまが是非とも聞きたがると思いますよ」

「今はそれどころではありませんぞ」やんわりと倍達多は云った。

どこまで続くかと思われた賑やかな町並みもやがて途絶え気味になり、まだ都城の内側とはいえ辺りの景色が如何にも郊外めいて目に映じ始めた頃、一行の前に大きな門が迫った。扁額《へんがく》に『伯林寺《はくりんじ》』の字が雄渾《ゆうこん》に躍っている。門の向こうに、高々と聳える塔が蒼天に向かって突き出されているのが見えた。どよもす読経の声が洪水のように門前にまで流れ出している。

門をくぐると、黒衣の僧侶がまるで衛兵であるかのような動きで駆けつけてきた。

「本日、一般人は立ち入り禁止である」

厳しく申し渡すように云った。しかつめらしい顔をした僧侶で、有無を云わさぬ口調だった。

一般人と云われて、虎杖たちは互いの恰好を見やった。男装の柚蔓も含め、倍達多を除いた五人は漢人の着る衣服を身に着けてはいる。

僧侶は引き返そうとして、倍達多の肌の色と禿頭《とくとう》に目を止め直した。視線は当初、ぼろ布の衣を素通りしたものらしい。口ぶりをやや改め、「これは失礼いたしました。参列にお見えでございましたか。してどちらの寺刹《じさつ》から」

「参列？」倍達多が首を傾げる。

「葬儀に参列しにお越しでは？」そうではないと看て取るや僧侶はすぐにまた肩をそびやかした。

「どなたの葬儀ですかな」

「倍達多三蔵法師さまの葬儀である」

全員が——倍達多も含めて——あっと声をあげた。しばらくの間、誰もが口をきかず、身動きもしなかった。

「用のない方はお帰りを」僧侶は手を振って犬でも追い払う仕種をした。

「本日は、当寺の住持であらせられる月浄《げつじょう》法師さまのご盟友にて、ともに仏誕の地インドから当地へ布教に渡来された倍達多三蔵さまの葬儀の日。我が法師さまは漢土に留まったが、あちらは百済に渡り国師として遇せられた。その倍達多法師さまの追善を弔う法要が行なわれている。この読経が耳に入らぬか。広陵のみならず、近隣の寺から僧が集い、不幸にも海の底に沈んだ倍達多さまを供養しているのである」

「わしが、その倍達多ですじゃ」倍達多が静かに告げた。

僧侶はのけぞって笑った。「乞食坊主めが罰当たりなことを」

「何が罰当たりなものか、わしがその倍達多なのじゃよ」

「それなら拙僧は仏陀であるぞ」

「黙らっしゃい」

倍達多の声はとりたてて大きなものではなかったが、僧侶は雷霆《らいてい》に打たれたかのようにその場にへなへなとしゃがみこんだ。

「くだらんことをぬかしておるひまがあったら、さっさとチャンドラプニヤに取り告ぐがよい。ナーランダーのパンターナハ僧院で、一握りの托鉢の米を分け合ってひもじさをしのいだヴァルディタム・ダッタが久闊《きゅうかつ》を叙《じょ》しに参ったとな」

そう云われても、尻もちをついた僧侶は啞然とした顔で倍達多を見上げるばかりだ。

「ゆけや！」

今度こそ倍達多は一喝を落とした。僧侶は跳び上がった。脱兎《だっと》とはまさにこのことかと思われる勢いで駆け出し、塔の側をまわって姿を消した。

「月浄法師のお知り合いでございましたか」案内役の男が見直すように倍達多に云った。

「何だ、その月浄法師というのは」灘刈が割って入った。「そんなにも有名人なのか」

「有名も何も、広陵では知らない人はいないという高僧です。ここは当地でいちばん大きなお寺ですが、この伯林寺の住職を務めているのが胡僧の月浄法師で。聞くところによれば、建康の皇帝がいくら呼び寄せても頑として広陵を出ない。そんな一徹さも崇敬されて、仏法を信じていない人の間でも人気が高いのだとか」

「気骨《きこつ》のある坊さんというわけだ」

「鴛城さまも実はお世話になっております」

「どういうことだ」

「お経を頒《わ》けてくださいますのは主に月浄法師さまなんですよ。ご存じかどうか知りませんが、お経ってものは一字一字を手で写しますので、一巻を複製するのにえらい時間と手間がかかるんです。ですから寺にしたら貴重なもので、どこもなかなか手放したがりません。まして我が物部は本国で仏法の布教を拒んでいると広く知られておりますから、謂《い》わば仏敵です。仏敵に頒けてやろうという寺のあろうはずがない。ところが月浄さまだけは快くお与えくださいます。お経を需める目的が何であれ、仏陀の尊いお言葉を記した経典が倭国に渡るのはよいことだ、仏陀の御心にも叶うことだと仰せられまして」

案内役はいったん言葉を切り、意味ありげに片目をつぶってみせた。「もっとも、鵟城さまもそれなりの金品は弾んではおりますがね。それが証拠に――ほら、目の前の九重塔ですが、まだ新しいのがおわかりになりますか？　去年建て替えられたばかりで、ここだけの話ですが、鵟城さまはあれを物部塔と呼んでおいでなのです」

「物部が仏典を？　わたしの聞き間違えかな」虎杖が首をひねって柚蔓に訊いた。

「さあ、何のことかしら」柚蔓は言葉を濁したが、守屋の三輪屋敷に仏典が数多く収蔵されているのは知っていた。あの経典群がこの寺で書写され、鵟城に買い上げられて、海原を渡ってきたものだと思うと、自分がこの場に立っていることに不思議な感慨を覚えずにはいられない。

「なるほど、物部のストゥーパですか」倍達多はうなずいて案内人に応じた。「ストゥーパというのは仏塔のことですが、仏塔は在家信者たちによって建立され、管理運営されたのがそもそもの始まりです。在家信者が主体となって興した仏塔信仰は、大いなる宗教的実践でした。ともすれば経典研究という隘路《あいろ》に陥り込みがちな出家者にも大きな影響を与えましたからね。仏塔には金銀宝物が寄進され、華花《けか》、香料、食物などが供えられ、音楽、舞踊などの法楽《ほうらく》も供養《くよう》されて、宗教者の生活基盤とさえなったのですよ。鷲城さまがあれを物部塔と自負しているとは実に尊きこと。仏の御心に叶う立派な喜捨と申せましょうな」

案内人は出端《ではな》をくじかれた顔で首をすくめた。

「そうそう、月浄とは知り合いか、とのお訊ねでありましたな」倍達多はにこやかに続ける。「百済に渡った後も、書輸《しょかん》のやり取りを欠かしませんでした。仏法の教理研究は日進月歩。百済のような僻地《へきち》にいては研究の進歩から取り残されるばかりです。チャンドラプニヤはそれを心配し、天竺、漢土の仏法界の動向を詳しく書き綴り、併せて最新の論書なども惜しみなく送ってくれました。わたしが手紙に書いたことといえば僻地布教の愚痴ばかりで、思い返すたび恥ずかしさを禁じ得ないのですがね。そのようなわけで、いざ帰国を決意すると、その旨を真っ先にチャンドラプニヤに書き送り、インドへ向かう商船への同乗を手配してくれるよう頼んでおいたのです。ところがいつまで経ってもわたしは現れず、そのうちに百済船が難破したという報せが伝わって――」読経に耳を傾ける仕種をしてみせ、「このような次第になったわけですな。これほどまでにわたしの死を悼んでくれるのだと思うと、さすがは我が心友です。チャンドラプニヤとは同じ村に生まれた幼馴染みでした。どちらも小さいうちに飢饉《ききん》で両親を失い、孤児となった。二人で肥溜めから糞を壺に汲みあげて売りさばきながらその日暮らしをしていたのですよ。それが仏縁によってナーランダー寺院で修行僧見習いとなったのです。わしは万事もの覚えが悪く――」

倍達多は口を閉ざした。話題になっていた九重塔の裏側から先ほどの僧侶が現われた。その後に、立派な僧衣をまとった法師らしいのが三、四人ばかり従っている。先導する僧侶がこちらを指差した。すかさず倍達多は数歩前に進み出、胸の前で合掌した。法師たちはこちらをうかがい見る様子だったが、いきなり一人の法師がぱっと両腕をひろげ、倍達多に向かって駆け出した。大きな両袖が翼のように翻り、巨鳥が滑走してくるかのようだった。近づくにつれ、肌の色が黒であることが見てとれるようになった。その他の者があたふたと彼の後を追ってくる。

ぜいぜいと息を切らして駆け寄った法師は、着ている法衣の彼我の落差に目をつむれば、倍達多と同じく高齢で、黒い肌といい骨相といい、同一種族の出身であることが一目瞭然だった。

その口から驚きと歓喜の叫びがほとばしり出た。

「ヴァルディタム！」

半刻後、一同は月浄法師の居室に落ち着いた。倍達多と月浄を除いた者たちは、高僧二人の対談を見守る観客という役どころか。伯林寺の側からも、月浄に仕える高位の僧侶が五人同席している。寺域に張っていた熱い興奮はようやく鎮まり、今は寺らしい清雅な静寂につつまれているが、ちょっと前までは大変だった。あれから繰り広げられたのは宗教施設におよそ相応しからざるドタバタ劇で、月浄法師が広い本堂を埋め尽くした僧侶たちを前に感極まった声で倍達多の生還を告げると、どよめきが起こった。東晋中期の創建以来初めてといっていい大歓声は金堂の大伽藍《だいがらん》を大揺るがしに揺るがした。後に報告されたところでは、軒先に滑り落ちた屋根瓦の数は百枚を下らなかったという。倍達多は、切迫した事情があるのでまず自分の話を聞いてほしいと月浄に訴えたが、狂喜の激情に衝き動かされた月浄はまったく耳を貸さなかった。ただちに葬儀は中止された。前代未聞の慶事である。参列した僧侶たちの信仰心がここぞとばかりに爆発した。倍達多の帰還を祝う者、不死の奇蹟に感動する者、仏の功徳を高らかに口にする者はまだしも、いや、倍達多こそは生き仏なりと彼の周りを取り囲んで伏し拝む者、身体のあちこちを触る者、釈迦も死なずどこかでまだ生きているに違いないと『大般涅槃経《だいはつねはんぎょう》』を否定する仮説を説き始める者、葬儀をこのまま盛大な祝典に替えるべしと声高《こわだか》に主張する者、帝都建康におわす皇帝陛下にこの奇蹟を伝えれば莫大な額の布施が期待できると算盤《そろばん》をはじく者、その他、泣き出す者、踊り出す者その数を知らず、祭日か縁日の庶民と見分け難い大騒ぎとなった。さしもの倍達多もこの熱情の渦から身を避けるのがせいいっぱいで、唖然と傍観しているよりなかった。熱気が最高潮に達し、大伽藍が飽和状態になった時、一人の僧が叫んだ。

――かかる奇蹟、かかる仏徳、かかる真理、娑婆世界に呻吟《しんぎん》するすべての有情《うじょう》に知らさばや！

応じる声は引きも切らず、伽藍に充満しきっていた昂揚があたかも捌け口《はぐち》を求めるように、僧侶たちは未曽有の一大奔流となって広陵の街へと繰り出していった。その結果として、嘘のように静けさが戻ってきたのだった。

今、月浄法師は厳粛な面持ちで倍達多の語るところに耳を傾けている。柚蔓の見るところ、少し前まで狂躁状態に陥っていた人物だとは思えなかった。そもそもあの騒擾《そうじょう》は月浄の狂熱が僧侶たちに伝染して起こったようなものだった。両者を間近に見較べてみると、二人の老僧は黒い肌をした同じ天竺人種でも、顔立ちの違いがはっきりとわかった。倍達多は左右対称の卵形で造作も小づくり、月浄は岩を切り出してきたような角ばった顔立ちをして、彫りが深い。目の色は倍達多が緑であるのに対し、月浄のほうは池の氷に映る冬の朝空のような澄んだ色だ。しかも両者の歩んできた人生が明確な個性の差となって表われているのか、倍達多からは神秘性、月浄には慈しみというべきものを柚蔓は感じ取った。

「どうであろう、月浄。わしはその子が道士の隠れ家に閉じ込められているものと愚察する。なんぞ思い当たる節はないか」

倍達多は、厩戸の類い稀な仏性こそ大いに強調したが、素性については高貴の血筋であるとのみ語るにとどめた。

「上清派の仕業であろうな」月浄は言下に答えた。

「上清派？」

「おぬしが百済に渡った後、ここ広陵でも急速に勢力を伸ばしてきた連中よ。北地に興った天師道の流れを汲《く》む一派だ。ということは五斗米道《ごとべいどう》の傍流になるわけだが。茅山に本拠を置くゆえ、茅山派の名でも呼ばれておる」

「茅山といえば、当地からほど遠からぬ山岳ではないか。別名を句曲山《こうきょくさん》と申したかな」

「楊羲《ようぎ》なる信徒が、上清境禹余天《じょうせいきょううよてん》の神仙から啓示を受け、天師道の改革に乗り出した。その後、陶弘景《とうこうけい》という道士が現われ、上清派の組織化を図り、今日の隆盛に導いたのだ」

「何、陶弘景？　その名前には聞き憶えがあるぞ。確か、梁帝蕭衍と昵懇《じっこん》の間柄だったが、蕭衍が仏法に改宗して道教を禁じたので、帝都を追われた男ではなかったかな」

「その通り。陶弘景は早くに死んだが、菩薩皇帝が悲惨な最期を遂げたものだから、上清派は息を吹き返したのだ。今は陶弘景の衣鉢《いはつ》を継いだ王遠知なる指導者が茅山に君臨して、各地の道士を統率している。ここ広陵に乗り込んで参ったのは——何と申したかな」

月浄は傍らを見やった。

「九叔めにございます、法師」

五人のうち、いちばん端に控えた僧侶が答えた。他の四人はそれなりの高齢だが、彼のみ若く、青々とした剃り痕は広い額につながり、いかにも利け者という顔をしている。

「九叔には、柳雨錫、正英という腹心の道士がおります。二人は兄弟弟子ですが、目撃された容貌から考えますに、もう一人は正英のほうではないかと。その顎の長さときたら遠目にもやっと判別がつくほどですから」

なるほど、と柚蔓はひそかに合点した。では上清派のほうでも月浄以下の伯林寺の陣容を把握していることだろう。教勢の拡大にしのぎを削る仏法と道教は互いに相手の動向を監視し、把握し合っている——物部と蘇我のように。

月浄はうなずき、さらに問いを重ねた。「隠れ家の見当はつくか、祇洹《きかん》」

祇洹と呼ばれた若い僧侶は眉宇《びう》を顰めた。

「この広陵における廟と観は、もちろん押さえております。ただ、高位の道士、篤志の信者、選抜された修行者にしか所在を教えぬ秘密の道観が幾つか分布している模様でございます」

「場所は？」

「目下、探り出しているところですが、なかなかに」

「となると」月浄は腕組みをした。「やはり法力に頼らざるを得ぬか」

「わし一人では無理じゃった。それどころか、今も話した通り、やつらはわしの思念を逆にたどって斗母元君を送り込んできたからな」

「それほどまでして手中に収めておきたい珠というわけか。倍達多よ、おぬしの執心する少年、よほどの逸材なのだな」

「これは僧侶にあるまじき譬《たと》えだが」倍達多は額を手で軽くはたき、「あの子は清らかな乙女《おとめ》じゃ。その処女性を破って霊性を開花させるのは、我ら仏法徒でなければならぬ。道士どもに先を越されてなるものか」

「案ずるなかれ。わしと、我が伯林寺の比丘一同が合力《ごうりき》いたす。必ず取り戻してみせよう」

「ありがたい。頼りにしておるぞ」

「そなたたちも、宜しいな」

月浄の念押しに、五つの頭が同時に振られる。

「つきましては月浄さま」最も年輩に見える僧侶が云う。「れいの天台僧、もしや、それなる少年のことを申していたのではありますまいか」

「おお、そうであった」月浄は声をあげ、両手を打ち鳴らした。「さっそくここへお連れしてくれ」

「わたくしが」

最年輩の僧侶に代わって祇洹が席を立った。

「実はな」もの問い顔の倍達多に向かって月浄は云った。「昨年、南岳大師がご逝去されたことはおぬしにも手紙で伝えたと思うが」

「慧思《えし》法師じゃな。サッダルマプンダリーカの妙理を体得すべく、天台山で専念しておったとか」

「その弟子と申す僧侶が数日前にこの寺にやってきて、摩訶不思議なことを申したのだ」

「不思議なこと？」

「我が師は東方に生まれ変わった。まもなく広陵にやってくるので、こうして会いに参った、と」

「…………」

「もう少し詳しく云うと、その者の夢に南岳大師が現われ、自分は東の彼方、まだ仏法の教化が及ばぬ未開の国に転生した、とのたまったそうな。続けていわく、それというのも、長じてこの国に仏の徳を広めんがためである。ついては本場インドに修行に出向くことになったので、途中、広陵に立ち寄るから、自分に会いたければやって来るがよい。伯林寺にて会おう――そうと告げて夢は終わったという」

「それが既――わしの探す子じゃというのか。如何にも霊異な話だが、惜しむらくは年齢が合わん。その子は七歳なのじゃよ」

「わしも云うてやった。昨年亡くなったばかりの大師の生まれ変わりなら、まだ赤子のはずだ。何で赤子がインドまで行けるものか、と」

「で、何と答えた、その者」

「貴僧それでも仏法の徒か、とこうだ。苟《いやしく》も僧侶の身で、仏の功徳を疑い、奇祥《きしょう》奇瑞《きずい》が信じられぬと云うのなら今すぐここで僧衣を脱ぐがよかろう、ときた。鼻っ柱の勁《つよ》さが大いに気に入って、大師の生まれ変わりとやらがやって来るまで駐錫《ちゅうしゃく》させることにしたのじゃが、おぬしの葬儀の準備に取りまぎれて、すっかり放念しておったわい」

ほどなく祇洹が話題の主を連れて戻ってきた。年の頃は四十歳前後。風采の上がらない、気の毒なほど貧相な顔をしていて、異邦人で非仏法徒の柚蔓の目から見ても、なるほど、これでは向こう気が強くない限り人から莫迦にされて生きてゆく宿命であろうと思わせるほど存在感の薄い僧侶だった。

僧侶は倍達多に合掌して名乗った。

「天台山から参りました智顗《ちぎ》と申します」

（「神を統べる者㈡　覚醒ニルヴァーナ篇」につづく）

特別付録

『神を統べる者』全三巻刊行記念対談

里中満智子
荒山　徹

厩戸皇子《うまやどのみこ》（作品内では厩戸御子《うまやとのみこ》）を主人公にした歴史伝奇小説「神を統べる者」（全三巻）を執筆した荒山徹さんと、持統《じとう》天皇の生涯を描いた『天上の虹』や『長屋王《ながやおう》残照記』など、古代を舞台にした作品も多い漫画家の里中満智子さんに、ブームである日本の古代史の魅力について語っていただきました。

『神を統べる者』と『天上の虹』の登場人物の誕生

厩戸皇子や持統天皇と、日本古代史の重要人物たちは、どのようにして、それぞれの作品で、魅力的なキャラクターとなったのでしょうか。

――新作の『神を統べる者』は少年時代の厩戸皇子（聖徳太子）を主人公にした伝奇小説ですが、なぜ聖徳太子を題材に選ばれたのでしょうか。

荒山　私は韓国に興味があり、韓国を題材にした小説を書いてきました。古代から韓国と倭国《わこく》（日本）の関係は密接で、聖徳太子の仏教の先生も高句麗《こうくり》の僧なんです。それで古代史を書くなら、主人公は聖徳太子にしようと決めていました。最初は高句麗との関係をメインにするつもりでしたが、この時代を勉強するうちに聖徳太子が日本の仏教の始祖だったと思い至り、朝鮮半島よりも直接インドとの関係を考えた方がいいとの結論になり、聖徳太子がインドに行く物語になりました。

里中　聖徳太子は、みんながイメージを作っているじゃないですか。それで書きにくいということはありませんでしたか。

荒山　聖徳太子が若い頃の話ですから、後に蘇我馬子《そがのうまこ》と政治を動かす時期とは違って、自分の想像を広げることができました。

里中　聖徳太子の時代は、仏教派の蘇我と神道派の物部《もののべ》が争っていました。荒山さんは定説と違って、物部も仏教に興味を持っていたとされています。それはどのように思いつかれたのですか。

荒山　物部の本拠地だった河内《かわち》には、渋川廃寺《しぶかわはいじ》があります。物部も仏教を信仰していて、物部と蘇我の争いは神道と仏教が原因ではないとの説も主流になっています。それで物部は『孫子』の「彼を知り己を知れば百戦殆からず」で、仏教を研究したと考えました。

里中　神道は何となく超絶的な存在がいるんだなという感じですが、仏教は仏陀《ぶつだ》が転生したり、修行で高みにのぼったりすることが教典に書かれ、お寺があり、儀式があります。だから神道と仏教は別のものと考えがちですが、仏教が入ってくると、神道も神殿を建て、拝礼の儀式ができ、神々の位置付けも変わってきています。日本は、どんな宗教も文化も柔軟に受け入れていますから、私も単純な仏教と神道の対立ではなかったと思います。ただ戦う時は大義名分が必要ですから、仏教対神道という分かりやすい理由にしたのかもしれませんね。

荒山　聖徳太子との関連で、蘇我氏についてはどのようなお考えですか。

里中　蘇我は横暴だったといわれますが、それは後世の創作ではないでしょうか。入鹿《いるか》がどんな人物だったかは分かりませんが、馬子は絶対に功労者ですよ。後の天皇家と藤原氏《ふじわら》のセットのように、推古《すいこ》天皇と聖徳太子がいて、それを馬子が補佐する形になっていました。権力は蘇我氏で、権威は皇室ですね。稲目《いなめ》から馬子、蝦夷《えみし》のラインは、本当に一生懸命、国造りをしたと思います。実は、蘇我満智という人が居るのでなんとなく縁を感じています。満智は男性ですし、発音も「まち」だったのか分かりませんが（笑）。

荒山　そうだったんですか。百済の木劦《もくら》満智と同じ名前とされる蘇我満智ですよね。

里中　小さい頃は「満智子ちゃんの漢字は」と聞かれたら、時代でしょうね「満州の『満』に天智《てんち》天皇の『智』」と答えていました（笑）。

荒山　物部守屋の父が尾輿《おこし》で、その父が荒山《あらやま》なんです。私は物部系なので、お互いの先祖は敵対していたかもしれませんね（笑）。天智天皇の母方の系統をたどると稲目にいくので、天智天皇にも蘇我の血がはいっています。

里中　狭い範囲で婚姻を繰り返していたので、誰かがどこかに繋《つな》がって行きますよね。職場結婚とまではいいませんが、父親が誰かと手を結ぼうと思ったら、子供同士を結婚させるのが一番早いわけです。私が父親だったら、家の位を維持するためにも、しかるべき相手に嫁がせるかを考えますよ（笑）。作中には推古天皇の若い頃が活発な女性として描かれていて、魅力的でした。

荒山　ありがとうございます。聖徳太子はやはり線の細いイメージでしょうか。例えば、里中先生の『天上の虹』（講談社刊）に出てくる草壁《くさかべ》のような。

里中　真面目《まじめ》で勉強家ですが、ひ弱ではなかったと思います。勉強も突き詰めると体力を使いますし、健康で仕事もこなしていますから、それほど線は細くはなかったはずです。そうなると面白くなります。その時、キャラクターが動き出し、風景が見えてくることがあります。漫画を描いているとキャラクターが好きな俳優さんの顔になることもありますが、年を取っていくキャラクターはイメージが定まりにくくて難しいです。登場人物が増えてくると、親子は似せようとか、この人とこの人は将来、恋愛関係になるので似合うタイプにしておこうとか、自分なりに考えて整理しています。実際に描いていて面白いのは、個性が押し出せて、奇麗《きれい》ではないけれど読者を惹《ひ》き付《つ》けるタイプですね。その典型が藤原鎌足《かまたり》で、美形でなくていいと思いオマー・シャリフをイメージしていました（笑）。

荒山　そうだったんですか。

里中　『天上の虹』も不比等《ふひと》が出てくる頃になると描き慣れて、顔も濃く骨格も極端にしています。その子供の四兄弟になると、藤原氏は全部、鎌足系の顔にしてやろうと思っていました。実際に親子は似ていますから、読者にも分かりやすいと考えています。物語を文章でお書きになる時は、設定やイメージをどのようにしているのですか。

荒山　里中先生と同じで、最初にこのキャラクターはこの俳優さんにやって欲しいというイメージを作っていないと、動いてくれない感じです。好みとか設定を決めて書き始めるのですが、小説は漫画や映画のようなビジュアルではないので、自分で設定をふっと忘れてしまうことがあり、その時は行き詰まります。そうなったら少し遡ってみて、このキャラクターはこういう人物で、この場面ではこのように動くのではないかと考えるとスムーズに進むことがあります。

里中　そうですね。頭の中にある人物が想像の通りに動いてくれると、ここは動きを派手にしようとか、ここは動きを抑えて表情だけで見せようとか、助けてくれることがあります。ただ子供の頃から成長していくキャラクターだと、途中でイメージが変わることがありませんか。

荒山　ありますね。『神を統べる者』では聖徳太子が男の子から男になり、第二巻では第二次性徴を迎え性欲も出てくるので、それを文字で表現するのは苦労しました。時間が限られた物語は書きやすいのですが、時間の長いドラマはすごく難しいです。

里中　そうですよね。漫画家は絵で表現するので、年を取ったら皺があってもいいんじゃないかと思うのですが、読者のイメージがあるので老けさせるのは難しいです。ただ現代の映画やテレビドラマでは、女優さんがみんな若いので、皺を描かなくてもいいかなと開き直っています。荒山さんはどうですか。

荒山　やはり主人公は好きな役者をイメージします。デビュー作の『高麗秘帖』で韓国の将軍・李舜臣《りしゅんしん》を書いたのですが、私は西部劇が好きなのでロバート・ライアンをモデルにして動いてもらいました（笑）。

古代はまさに激動の時代！

厩戸皇子、蘇我馬子、物部守屋、そして隋の煬帝。少し間違えたら、日本は中国に呑み込まれていたかもしれないこの時代とは。

――荒山さんはデビューから一貫して日韓関係をテーマにされてきましたが、古代もので は日韓に加え、中国も重要になっています。東アジアの外交史にこだわっているのは、なぜでしょうか。

荒山　今に繋がるかは別にしても、中国が統一され大国家の隋、続いて唐《とう》ができ、国を守るためには日本も統一された国家にならなければならないという危機意識が広がっていますから、古代はすごく面白い時代なんです。

里中　まさに激動の時代ですよね。少し間違っていたら、日本は中国に飲み込まれていたかもしれないんですから。先ほど、聖徳太子の家庭教師が高句麗の僧だったとおっしゃっていましたが、仏教の経典はサンスクリットか漢語ですから、この時代の日本人で仏教に興味を持つほど教養のある人は、漢語の読み書きはできました。今の日本人が、海外と取り引きする会社に勤めたら、最低限の英語が話せるようになるのと同じですね。そんな時代に大陸では大国が生まれ、脅威を感じた日本では〝民族のアイデンティティ〟が成立したわけです。東アジアの中で「独立国家」とみなされたために、涙ぐましい努力をしました。そんな中で聖徳太子が登場し、隋の煬帝に日本の独立宣言とでもいうべき「日出《い》ずる処の天子、書を日没する処の天子に致す、恙無きや」の手紙を送る。この時期、日本と隋は緊張関係にあったとか、煬帝は激怒したとかいわれていますが、実際はどうだったのでしょうか。

荒山　『隋書』には、「悦ばず」とあります。煬帝は不快だったかもしれませんが、怒ってはいないようです。日本を攻めるには朝鮮半島を取る必要がありますから、まず高句麗、さらに南の新羅《しらぎ》を滅ぼさなければならない。その時間とコストを考えると、日本まで軍を送る可能性は低かったと思います。

里中　国を傾けてまで戦争をすることはありえないですからね。日本がラッキーだったのは、海に隔てられていたことです。戦争をする前に船が沈んで犠牲者がでるかもしれないと考えると、よほどの金銀財宝がないと攻めてきませんよね。徐福《じょふく》は、不老長寿の薬を求めて日本に来たといわれますが、あれは独裁者の始皇帝《しこうてい》から巧く逃げたんだと思っています（笑）。日本は渡来人に寛容で、知識があればいい待遇で雇ってもらえましたし。

荒山　現代でいえば、顧問や相談役といったところですね。

里中　埼玉県日高市にある高麗神社は、七世紀に唐と新羅に滅ぼされた高句麗の人たちが移り住んだ地域にあります。韓国から来日した芸能人や赴任してきた韓国大使は、必ず高麗神社にお参りに行くそうです。最近、天皇、皇后両陛下もお参りされました。

荒山　話題になりましたね！

里中　三国時代の朝鮮半島は、互いの国がいがみあっていましたが、日本に渡来すると仲良く暮らしていますし、日本人もこころよく受け入れています。それは多くの人が食べていけるほど日本が豊かだったからです。

荒山　雨がたくさん降り、緑も多いですからね。

里中　中東など、砂漠が広がり草が生えないのが当たり前の地域もあります。そう思っていたら、周辺に川があるエルサレムは石垣の間から草が生えているんです。そんな場所には人が集まり、そうすると争いが起きます。人の気持ちは、気候によって変わりますから。

荒山　宗教も変わってくるかもしれないですね。

里中　変わりますよ。エジプトの砂漠は昼間は暑くて肌がヒリヒリするし、夜はかなり気温が下がります。昼間の太陽の下に居ると、この世に生まれたのは天罰かとも思えてしまいます。仏教の慈悲の心などは、じっとしていても草が生えるインドのような環境でないと生まれない発想です。インドは仏教発祥の地ですが定着せず、今もヒンドゥー教の教えが生きています。現在よりもカーストが厳格だった時代に、平等という常識を覆す思想が提示できたのは、仏陀が天才であり、ものすごいエネルギーを持っていたからだと思います。仏陀は新しい宗教を作ったつもりはなく、ヒンドゥー教の解釈を変えただけだと考えていたかもしれません。それはイエスも同じかもしれませんね。だから聖徳太子は敬虔な仏教徒といわれますが、最新の知識が詰まった教典を学ぶことで、日本に新しい文化や価値観を導入したかったのかもしれません。こうした史料にないことを想像して書くには、ファンタジーの手法を使う方がやりやすかったかもしれないですね。

荒山　史料が少ないので、腹をくくってファンタジーにするしかない部分もありました。他の時代は史料に寄り掛かって、史料と二人三脚のように書くのですが、今回は、この作品を書くためにファンタジー小説を読み、ファンタジーは現実にはあり得ないことを読者にリアルに見せなければならないので、その手法を学び活かしながら書いていました。

里中　ファンタジーは現代人、特に若い人には受け入れやすいですし、古代史は記録が少ないので、ファンタジーに近いところもあります。ファンタジーですが、荒山さんご自身の推理を交えながら、この時代の人たちの考えをうまく表現されていました。

荒山　飛鳥時代に蘇我氏がいて、天智、天武、持統天皇の前に畑を耕したのではないかと考えながら書いていました。

里中　そうでしょうね。現代と同じで、一代で何かができるわけではなく、試行錯誤をして、失敗したことや形にならなかったものの上に歴史が紡がれたのだと思います。現代も同じですが、リアルタイムの歴史は当事者でさえ何が起きているのか分からないことがあります。それを後の人が整理して、蘇我の権力拡大が目に余るから、藤原鎌足たちが討伐し、正しい世の中に戻したという分かりやすい物語を作るわけです。この大化の改新は、藤原氏が参加していますから、先祖を正当化するために、蘇我を悪役にしたのかもしれませんが、それにしても蘇我は悪くいわれ過ぎてますよ。

日本の原点である古代

古代史ブーム。その歴史になぜ我々は魅力を覚えるのでしょうか。そして、小説家と漫画家の二人が、この時代に興味を持ったこととは。

――ここ数年、古代史ものの歴史小説が、静かなブームになっています。実作者の立場から、今なぜ古代史ものが人気になったとお考えですか。

荒山　やはりルーツ探しというか、日本人はどのようにして国を作ってきたのかとか、今まであまり書かれてこなかったので新鮮だとかいう意識はあると思います。

里中　日本の歴史は、平安末期から武家が中心になります。そうなると国全体がどうなるのかではなく、狭い範囲での縄張り争いになってしまいます。ただ古代は、日本人が作ったシステムが存続できるか分からない、もし少し判断が違っていたら日本が別の国になっていたかもしれないという面白さがあります。聖徳太子は、この人がいなかったら日本がどうなっていたか分からないので、その物語にはスリリングな楽しみがありますね。

荒山　戦前への反動もあって、戦後の歴史学は、古代にまで遡って、天皇を頂点にしてまとまる歴史はけしからんとする風潮があり、神話に対しても冷たかったと思っています。日本を否定的にとらえる歴史学がこのままでいいのかと感じていますが、そこはどのようにお考えですか。

里中　歴史学者は、天皇が神の子孫というのは馬鹿馬鹿しいと全否定します。ただ、どの国も、どの民族も、神話はＳＦやファンタジーなんです。王朝交代を繰り返してきた国は、ここまでが神話、ここからが歴史で、その間の曖昧な部分が伝説と明確に区別されていきます。ただ日本は、王朝交代も国土が侵略されることもなかったので、神話から歴史までが繋がりました。『古事記』『日本書紀』は、嘘ばかり書かれているとか、天皇家に都合よく捏造《ねつぞう》されたとかいわれますが、『古事記』を読むと、天皇の先祖は鮫《さめ》ですよ。しかも女性に怒られてばかりです（笑）。これのどこが天皇礼賛なんだという感じです。

荒山　私も神話が事実だとは考えていませんが、神話には何らかの歴史的な裏付けや隠された真実が刻み込まれているような気がしています。森喜朗さんが首相の時、「日本は神の国」と発言して批判されましたが、私は女神の国だと考えています。それくらい日本の神話は男女平等、もしくは女性上位です。そうしたところを、もう少し教育現場でも取り入れればいいと思っています。

里中　そうですよ。神話は天皇家に都合がいいことだけが書かれているといわれますが、それを証明する史料もありません。古代の東アジアでは、大国の中国から真っ当な歴史書がない国など相手にできないよといわれ、派遣されてきた中国のエリートが歴史を書いたことで、完全に中国に飲み込まれた国も少なくありません。古代の日本人はそれが分かっていたからこそ、独立国としての矜持《きょうじ》を保とうとして、自分たちの手で中国に倣った政治システムを作り、法律を整備し、周辺諸国と同じくらい古い歴史を持っていることを証明するために歴史書を編纂《へんさん》しました。中国の歴史書を参考にし、中国的な暦に合わせて矛盾がないように神話を書いていったので、何百歳も生きた天皇が生まれたんです。ただ『旧約聖書』にも、何百歳も生きた人がたくさん出てきます。それは一人の人間が何百歳も生きたわけではなく、何代にもわたるリーダーが一人の人格になり、神話的に表現されたのかもしれません。だから私は神話から始まる日本の歴史を好意的に見ています。

荒山　不比等が歴史書を編纂する過程で蘇我氏を格下げしたと思いますが、蘇我系の聖徳太子もその時に格下げされたのではないでしょうか。大山誠一先生は、厩戸皇子はいたが聖徳太子は後世の創作とされていますが、私は聖徳太子は本来、仏教を究めた聖徳法王だったものが、不比等の格下げにより「太子」の呼称になったのではと考えています。

里中　それは面白い説ですね。世間の人は大山先生の本の『聖徳太子の真実』（平凡社ライブラリー）というタイトル見ただけで、「聖徳太子は本当はいなかった」と言う場合があります。だから私は、「飛鳥時代に聖徳太子と呼ばれた方はいませんよ。それは後世に付けられた名前ですから。リアルタイムで聖徳太子と呼ばれた方はいませんが、厩戸皇子はいて、それなりの働きをされました」と反論しています。聖徳太子の時代から『日本書紀』の成立まで約百年です。当時は、誰もが家の歴史を伝えていました。だから『風土記』が編纂されたわけです。蘇我氏は大化の改新で権力の座を追われ、蘇我氏の歴史書は焼かれたとされます。ただ蘇我氏は滅亡したわけではないので、伝えられた家の歴史書は誰かが保管していたはずですし、聖徳太子が収集していた歴史書もあったはずです。わずか百年で、それらの史料をなかったことにするほど、歴史は歪められないと思うんです。

荒山　『天上の虹』を読ませていただき、悪役のための悪役が誰も出てこない、何かいいことをしたいという意識をもって仕事に励んでいる人物が、少しのミスで悪とよばれるようになる歴史の流れが丹念に描いてあることに驚かされました。里中先生は、典型的な悪役を意図的に出さないようにしているのでしょうか。

里中　実在の方々ばかりなので、それなりに気にしています。

荒山　千数百年前の人物でも、気にされるんですか。

里中　そうです。昔の人は、後世の人間が好き勝手いっていても反論ができません。少なくとも描かせていただく以上は、その人になったつもりで真剣に考えています。そうするしか仕方ないことがあって、この結果になったと思えることがたくさんあります。現代でも、いい社会を作ろうと思っても方法論が違うだけで対立することがありますよね。それと同じです。だから悪役とされている人にも、歴史上あまり重きを置かれていない人にも、何らかの形で光を当てたいと考えています。そもそも『天上の虹』で持統天皇を主人公にしようと思ったのも、持統天皇をよく書いている本がなかったからです。親の七光、夫の七光、能力のない息子を排除してまで権力の座に登りつめた権力志向の女とされてきました。女だからこういわれているという悔しさもあったので、定説を覆したい、悪人と呼ばれる人の名誉を回復したいという想いで描いています。だから描いていくうちに、キャラクターと親しくなる感じがするのですが、荒山さんはいかがですか。

荒山　私は書いたら終わりという思いが強いです（笑）。親しくなるということは、描きながら登場人物を育てていく感じなのでしょうか。

里中　そうです。毎回毎回、登場人物の善悪を決めつけてはいけない、物語を盛り上げるために無理矢理なことをさせてはいけない、史実は曲げない、は心に刻んでいます。フィクションなら、ここでこのキャラクターを殺すと盛り上がるのにと思うこともありますが

（笑）、それは絶対にしないです。抜き差しならない状況がドラマになるので、そこをどのように切り抜けるかで、各登場人物らしさが出てくれればいいと考えています。

荒山　『天上の虹』のような大河ロマンを書かせていただく機会がないので、『神を統べる者』でも善玉は善玉らしく、悪玉は悪玉らしく書いてしまいました。いずれは、里中先生の言葉を活かせる作品を書いてみたいです。

（おわり）

【構成・文　末國善己　※この対談は単行本完結時に小社ホームページにて掲載されたものを、文庫化にあたり、収録したものです】

図版　瀬戸内デザイン

この作品は『神を統べる者　厩戸御子倭国追放篇』（二〇一九年二月中央公論新社刊）を改題したものです。

中公文庫

神《かみ》を統《す》べる者《もの》(一《いち》)
——厩戸《うまやとの》御《み》子《こ》倭《わ》国《こく》追《つい》放《ほう》篇《へん》

2021年2月25日　初版発行

著　者　荒《あら》山《やま》　徹《とおる》

発行者　松田陽三

発行所　中央公論新社
〒100-8152　東京都千代田区大手町1-7-1
電話　販売　03-5299-1730　編集　03-5299-1890
URL http://www.chuko.co.jp/

DTP　嵐下英治
印　刷　三晃印刷
製　本　小泉製本

Published by CHUOKORON-SHINSHA, INC.
Printed in Japan　ISBN978-4-12-207026-4 C1193

定価はカバーに表示してあります。落丁本・乱丁本はお手数ですが小社販売部宛お送り下さい。送料小社負担にてお取り替えいたします。

中公文庫既刊より

各書目の下段の数字はISBNコードです。978－4－12が省略してあります。

あ-59-3
五《ご》郎《ろう》治《じ》殿《どの》御《お》始末《しまつ》　浅田次郎
武士という職業が消えた明治維新期、最後の御役目を終えた老武士が下した、己の身の始末とは。時代の境目を懸命に生きた人々を描く六篇。〈解説〉磯田道史
206958-0

あ-59-4
一路（上）　浅田次郎
父の死により江戸から国元に帰参した小野寺一路は、参勤道中御供頭のお役目を仰せつかる。家伝の行軍録を唯一の手がかりに、いざ江戸見参の道中へ！
206100-2

あ-59-5
一路（下）　浅田次郎
蒔坂左京大夫一行の前に、中山道の難所、御家乗っ取りの企てなど難題が降りかかる。果たして、行列は期日通りに江戸へ到着できるのか──。〈解説〉檀　ふみ
206101-9

あ-59-6
浅田次郎と歩く中山道『一路』の舞台をたずねて　浅田次郎
中山道の古き良き街道風景や旅籠の情緒、豊かな食文化などを時代小説『一路』の世界とともに紹介します。いざ、浅田次郎を唸らせた中山道の旅へ！
206138-5

あ-59-7
新装版　お腹召しませ　浅田次郎
幕末期、変革の波に翻弄される武士の悲哀を描く傑作時代短編集。書き下ろしエッセイを特別収録。司馬遼太郎賞・中央公論文芸賞受賞作。〈解説〉橋本五郎
206916-9

い-132-1
走狗　伊東　潤
西郷隆盛と大久保利通に見いだされ、幕末の表舞台に躍り出た川路利良。警察組織を作り上げ、大警視まで上り詰めた男が見た維新の光と闇。〈解説〉榎木孝明
206830-8

お-87-1
アリゾナ無宿　逢坂　剛
時は一八七五年。合衆国アリゾナ。身寄りのない一六歳の少女は、凄腕の賞金稼ぎ、謎のサムライと賞金稼ぎのチームを組むことに⁉〈解説〉堂場瞬一
206329-7

お-87-2
逆襲の地平線 逢坂剛
"賞金稼ぎ"の三人組に舞い込んだ依頼。それは十年前にコマンチ族にさらわれた娘を奪還してほしいというものだった……。〈解説〉川本三郎
206330-3

お-87-3
果てしなき追跡（上） 逢坂剛
土方歳三は箱館で銃弾に斃れた——はずだった。一命を取り留めた土方は密航船で米国へ。友を、そして記憶を失ったサムライは果たしてどこへ向かうのか？
206779-0

お-87-4
果てしなき追跡（下） 逢坂剛
西部の大地で離別した土方とゆら。人の命が銃弾一発より軽いこの地で、二人は生きて巡り会うことができるのか？ 巻末に逢坂剛×月村了衛対談を掲載。
206780-6

こ-40-16
切り札 トランプ・フォース 今野敏
対テロ国際特殊部隊「トランプ・フォース」に加わった元商社マン、佐竹竜。なぜ、いかにして彼はその生き方を選んだか。男の覚悟を描く重量級バトル・アクション第一弾。
205351-9

こ-40-17
戦場 トランプ・フォース 今野敏
中央アメリカの軍事国家・マヌエリアで、日本商社の支社長が誘拐された。トランプ・フォースが救出に向かうが、密林の奥には思わぬ陰謀が⁉ シリーズ第二弾。
205361-8

こ-40-19
任俠学園 今野敏
「生徒はみな舎弟だ！」荒廃した私立高校を「任俠」で再建すべく、人情味あふれるヤクザたちが奔走する！「任俠」シリーズ第二弾。〈解説〉西上心太
205584-1

こ-40-20
エチュード 警視庁捜査一課・碓氷弘一4 今野敏
連続通り魔殺人事件で誤認逮捕が繰り返され、捜査は大混乱。ベテラン警部補・碓氷と美人心理調査官・藤森のコンビが真相に挑む。「碓氷弘一」シリーズ第四弾。
205884-2

こ-40-21
ペトロ 警視庁捜査一課・碓氷弘一5 今野敏
考古学教授の妻と弟子が殺され、現場には謎めいた古代文字が残されていた。碓氷警部補は外国人研究者を相棒に真相を追う。「碓氷弘一」シリーズ第五弾。
206061-6

各書目の下段の数字はISBNコードです。978－4－12が省略してあります。

こ-40-22
任俠病院
今野 敏
今度の舞台は病院⁉ 世のため人のため、阿岐本雄蔵率いる阿岐本組が、病院の再建に手を出した。大人気「任俠」シリーズ第三弾。〈解説〉関口苑生
206166-8

こ-40-23
任俠書房
今野 敏
日村が代貸を務める阿岐本組は今時珍しく任俠道を弁えたヤクザ。その組長が、倒産寸前の出版社経営を引き受け……。『とせい』改題。「任俠」シリーズ第一弾。
206174-3

こ-40-24
新装版 触 発 警視庁捜査一課・碓氷弘一1
今野 敏
朝八時、霞ヶ関駅で爆弾テロが発生、死傷者三百名を超える大惨事に！ 内閣危機管理対策室は、捜査本部に一人の男を送り込んだ。「碓氷弘一」シリーズ第一弾、新装改版。
206254-2

こ-40-25
新装版 アキハバラ 警視庁捜査一課・碓氷弘一2
今野 敏
秋葉原を舞台にオタク、警視庁、マフィア、中近東のスパイまでが入り乱れるアクション＆パニック小説。「碓氷弘一」シリーズ第二弾、待望の新装改版！
206255-9

こ-40-26
新装版 パラレル 警視庁捜査一課・碓氷弘一3
今野 敏
首都圏内で非行少年が次々に殺された。いずれの犯行も瞬時に行われ、被害者は三人組で、外傷は全くないという共通項が。「碓氷弘一」シリーズ第三弾、待望の新装改版。
206256-6

こ-40-27
慎 治 新装版
今野 敏
同級生の執拗ないじめで、万引きを犯し、自殺まで思い詰める慎治。それを目撃した担当教師は彼を見知らぬ新しい世界に誘う。今、慎治の再生が始まる！
206404-1

こ-40-28
孤拳伝(一) 新装版
今野 敏
九龍城砦のスラムで死んだ母の復讐を誓った少年・剛は苛酷な労役に耐え日本へ密航。暗黒街で体得した拳を武器に仇に闘いを挑む。〈解説〉増田俊也
206427-0

こ-40-29
孤拳伝(二) 新装版
今野 敏
松任組が仕切る秘密の格闘技興行への誘いに乗った剛は、賭け金の舞う流血の真剣勝負に挑む。非情に徹し、邪拳の様相を帯びる剛の拳が呼ぶものとは！
206451-5

こ-40-30
孤拳伝（三）新装版
今野敏
中国武術の達人・劉栄徳に完敗を喫し、放浪する朝丘剛。忍術や剣術など、次々と現れる日本武術を極めた強敵たちに、剛は……⁉。
206475-1

こ-40-31
孤拳伝（四）新装版
今野敏
岡山に美作竹上流の本拠を訪ねた剛は、そこで鉢須賀了太に出くわす。偶然の再会に血を滾らせる剛。果たして決戦の行方は――⁉　シリーズ第四弾！
206514-7

こ-40-32
孤拳伝（五）新装版
今野敏
それぞれの道で、本当の強さを追い求める剛とそのライバル達。そして、運命が再び交差する――。武道小説、感動の終幕へ！〈解説〉関口苑生
206552-9

こ-40-33
マインド　警視庁捜査一課・碓氷弘一6
今野敏
殺人、自殺、性犯罪……。ゴールデンウィーク最後の夜に起こった七件の事件を繋ぐ意外な糸とは？　藤森紗英も再登場！　大人気シリーズ第六弾。
206581-9

こ-40-34
虎の道　龍の門（上）新装版
今野敏
極限の貧困ゆえ、自身の強靭さを武器に一攫千金を夢みる青年・南雲凱。一方、空手道場に通う麻生英治郎は流派への違和感の中で空手の真の姿を探し始める。
206735-6

こ-40-35
虎の道　龍の門（下）新装版
今野敏
「不敗神話」の中、虚しさに豪遊を繰り返す凱。「常勝軍団の総帥」に祭り上げられ苦悩する英治郎。その二人が誇りを賭けた対決に臨む！〈解説〉夢枕　獏
206736-3

こ-40-36
新装版　膠着　スナマチ株式会社奮闘記
今野敏
老舗の糊メーカーが社運をかけた新製品。それは――くっつかない糊⁉　新人営業マン丸橋啓太は商品化すべく知恵を振り絞る。サラリーマン応援小説。
206820-9

こ-40-37
武打星
今野敏
一九七九年、香港。武打星（アクションスター）という夢があった――。ブルース・リーに憧れた青年が白熱の映画界に挑む、痛快カンフー・アクション。
206880-3

各書目の下段の数字はISBNコードです。978－4－12が省略してあります。

さ-49-1
カエサルを撃て
佐藤賢一
紀元前52年、混沌のガリアを纏め上げた若き王ウェルキンゲトリクス。この美しくも凶暴な男が、ローマの英雄カエサルに牙を剝く大活劇小説。〈解説〉樺山紘一
204360-2

さ-49-2
剣闘士スパルタクス
佐藤賢一
紀元前73年。自由を求めて花形剣闘士スパルタクスは起った。その行く手には世界最強ローマ軍が立ちはだかる!! 叛乱の英雄の活躍と苦悩を描く歴史大活劇。〈解説〉池上冬樹
204852-2

さ-49-3
ハンニバル戦争
佐藤賢一
時は紀元前三世紀。広大な版図を誇ったローマ帝国の歴史の中で、史上最大の敵とされた男がいた。古代地中海を舞台とした壮大な物語が、今、幕を開ける！
206678-6

さ-49-4
ファイト
佐藤賢一
ヘビー級王者、人種差別、戦争、老い……。全ての闘いでベストを尽くした不屈のボクサー、モハメド・アリの生涯を描く拳闘小説。〈解説〉角田光代
206897-1

し-6-22
古代日本と朝鮮　座談会
司馬遼太郎／上田正昭／金達寿 編
日本列島に渡来した古来・今来の朝鮮の人々は在来文化に新しい文化と技術を混入していった。東アジアの大流動時代の日本と朝鮮の交流の密度を探る。
200934-9

し-6-23
日本の渡来文化　座談会
司馬遼太郎／上田正昭／金達寿 編
文化の伝播には人間の交渉がある。朝鮮半島からいくたびも渡来してきた人々の実存を確かめ、そのいぶきにふれることにより渡来文化の重みを考える。
200960-8

し-6-25
日韓 理解への道　座談会
司馬遼太郎／鮮于煇／高柄翊／金達寿／森浩一
差別について、渡来と文化、歴史教育と教科書…。日韓交流の歴史を通して〝近くて遠い国〟を理解するために両国碩学が白熱した談論を展開する座談会。
201479-4

し-6-26
日韓 ソウルの友情　座談会
司馬遼太郎／田中明／渡辺吉鎔／鮮于煇／千寛宇／金聲翰
著しい近代化の中に薄れゆく伝統、簡略化される言語問題を憂い、相互理解による〝互敬のつき合い〟を提言する。日韓碩学による白熱の座談会。
201526-5

し-6-27
韃靼《だったん》疾風録（上）
司馬遼太郎
九州平戸島に漂着した韃靼公主を送って、謎多いその故国に赴く平戸武士桂庄助の前途に待ちかまえていたものは。東アジアの海陸に展開される雄大なロマン。
201771-9

し-6-28
韃靼疾風録（下）
司馬遼太郎
文明が衰退した明とそれに挑戦する女真との間に激しい攻防戦が始まった。韃靼公主アビアと平戸武士桂庄助を軸にした壮大な歴史ロマン。大佛次郎賞受賞作。
201772-6

し-6-29
微光のなかの宇宙　私の美術観
司馬遼太郎
密教美術、空海、八大山人、ゴッホ、須田国太郎、八木一夫、三岸節子、須田剋太――独自の世界形成に至る軌跡とその魅力を綴った珠玉の美術随想集。
201850-1

し-6-30
言い触らし団右衛門
司馬遼太郎
自己の能力を売りこむにはPRが大切と、売名に専念した塙団右衛門の悲喜こもごもの物語ほか、戦国豪傑を独自に描いた短篇集。〈解説〉加藤秀俊
201986-7

し-6-31
豊臣家の人々
司馬遼太郎
北ノ政所、淀殿など秀吉をめぐる多彩な人間像と栄華のあとを、研ぎすまされた史眼と躍動する筆でとらえた面白さ無類の歴史小説。〈解説〉山崎正和
202005-4

し-6-32
空海の風景（上）
司馬遼太郎
平安の巨人空海の思想と生涯、その時代風景を照射し、日本が生んだ人類普遍の天才の実像に迫る。構想十余年、司馬文学の記念碑的大作。芸術院恩賜賞受賞。
202076-4

し-6-33
空海の風景（下）
司馬遼太郎
大陸文明と日本文明の結びつきを達成した空海は哲学宗教文学教育、医療施薬、土木灌漑建築と八面六臂の活躍を続ける。その死の秘密もふくめ描く完結篇。
202077-1

し-6-34
歴史の世界から
司馬遼太郎
濃密な制作過程が生んだ、司馬文学の奥行きを堪能させるエッセイ集。日本を動かし、時代を支える人間の姿を活写しつつ、自在な発想で現代を考える。
202101-3

各書目の下段の数字はISBNコードです。978－4－12が省略してあります。

し-6-35
歴史の中の日本
司馬遼太郎
司馬文学の魅力を明かすエッセイ集。明晰な歴史観と豊かな創造力で、激動する歴史の流れと、多彩な人間像をとらえ、現代人の問題として解き明かす。
202103-7

し-6-36
風塵抄《ふうじんしょう》
司馬遼太郎
一九八六年から九一年まで、身近な話題とともに土地問題、解体したソ連の問題等、激しく動く現代世界と人間を省察。世間ばなしの中に「恒心」を語る珠玉随想集。
202111-2

し-6-37
花の館《やかた》・鬼灯《ほおずき》
司馬遼太郎
応仁の乱前夜、欲望と怨念にもだえつつ救済を求めて彷徨する人たち。足利将軍義政を軸に、この世の正義とは何かを問う「花の館」など野心的戯曲二篇。
202154-9

し-6-38
ひとびとの跫音《あしおと》（上）
司馬遼太郎
正岡子規の詩心と情趣を受け継いだひとびとの豊饒にして清々しい人生を深い共感と愛惜をこめて刻む、司馬文学の核心をなす画期的長篇。読売文学賞受賞。
202242-3

し-6-39
ひとびとの跫音（下）
司馬遼太郎
正岡家の養子忠三郎ら、人生の達人といった風韻をもつひとびとの境涯を描く。「人間が生まれて死んでゆくという情趣」を織りなす名作。〈解説〉桶谷秀昭
202243-0

し-6-40
一夜官女
司馬遼太郎
「私のつきあっている歴史の精霊たちのなかでもいちばん気サクな連中に出てもらった」（「あとがき」より）。愛らしく豪気な戦国の男女が躍動する傑作集。
202311-6

し-6-41
ある運命について
司馬遼太郎
広瀬武夫、長沖一、藤田大佐や北条早雲、高田屋嘉兵衛――人間を愛してやまない著者がその足跡を歴史の中から掘り起こす随筆集。
202440-3

し-6-42
世界のなかの日本　十六世紀まで遡って見る
司馬遼太郎
ドナルド・キーン
近松や勝海舟、夏目漱石たち江戸・明治人のことばと文学、モラルと思想、世界との関りから日本人の特質を説き、世界の一員としての日本を考えてゆく。
202510-3

し-6-43
新選組血風録
司馬遼太郎
前髪の惣三郎、沖田総司、富山弥兵衛……幕末の大動乱期、剣に生き剣に死んでいった新選組隊士一人一人の哀歓を浮彫りにする。〈解説〉綱淵謙錠
202576-9

し-6-44
古往今来
司馬遼太郎
著者居住の地からはじまり、薩摩坊津や土佐檮原などのつやのある風土と人びと——「古」と「今」を自在に往来して、よき人に接しえた至福を伝える。
202618-6

し-6-45
長安から北京へ
司馬遼太郎
万暦帝の地下宮殿で、延安往還、洛陽の穴、北京の人々……。一九七五年、文化大革命直後の中国を訪ね、その巨大な過去と現在を見すえて文明の将来を思索。
202639-1

し-6-46
日本人と日本文化〈対談〉
司馬遼太郎
ドナルド・キーン
日本文化の誕生から日本人のモラルや美意識にいたる〈双方の体温で感じとった日本文化〉を縦横に語りあいながら、世界的視野で日本人の姿を見定める。
202664-3

し-6-47
人間の集団について ベトナムから考える
司馬遼太郎
一九七三年、戦火やまない南ベトナムで、人間と人間の集団について優しいまなざしで洞察する。知的刺激にみちた第一級の思想書。〈解説〉桑原武夫
202684-1

し-6-48
土地と日本人〈対談集〉
司馬遼太郎
土地問題が日本の最大の病根であることをいちはやく見抜き、憂いつつ逝った著者が、松下幸之助、野坂昭如氏らと解決の方途を探った警世の対談集。
202712-1

し-6-49
歴史の舞台 文明のさまざま
司馬遼太郎
憧憬のユーラシアの大草原に立って、宿年の関心であった遊牧文明の地と人々、歴史を語り、中国・朝鮮・日本を地球規模で考察する雄大なエッセイ集。
202735-0

し-6-50
人間について〈対談〉
司馬遼太郎
山村　雄一
人間を愛してやまない作家と医学者がそれぞれの場から自在に語りあう脳と心、女と男、生と死、宗教と国家……。創見と知的興奮にみちた人間探究の書。
202757-2

各書目の下段の数字はISBNコードです。978－4－12が省略してあります。

し-6-51
十六の話
司馬遼太郎

二十一世紀に生きる人びとに愛と思いをこめて遺す「歴史から学んだ人間の生き方の基本的なことども」。井筒俊彦氏との対談「二十世紀末の闇と光」を収録。

202775-6

し-6-52
日本語と日本人〈対談集〉
司馬遼太郎

井上ひさし、大野晋、徳川宗賢、多田道太郎、赤尾兜子、松原正毅氏との絶妙の語り合いで、〈実にややこしい言葉〉日本語と日本文化の大きな秘密に迫る。

202794-7

し-6-53
司馬遼太郎の跫音《あしおと》
司馬遼太郎 他

司馬遼太郎――「裸眼で」読み、書き、思索した作家。人々をかぎりなく豊かにしてくれた、巨大で時空を超える、その作品世界を初めて歴史的に位置づける。

203032-9

し-6-54
日本の朝鮮文化 座談会
司馬遼太郎
上田正昭 編
金達寿

日本文化の源泉を考えるとき、長くのびる朝鮮半島の役割と文化的影響は極めて大きい。白熱の討論によって古代日本人と朝鮮人の交流を浮彫りにする。

203131-9

し-6-55
花咲ける上方武士道
司馬遼太郎

風雲急を告げる幕末、公家密偵使・少将高野則近の東海道東下り。大坂侍・百済ノ門兵衛と伊賀忍者を従えて、恋と冒険の傑作長篇。〈解説〉出久根達郎

203324-5

し-6-56
風塵抄（二）
司馬遼太郎

一九九一年から九六年二月十二日付まで、現代社会を鋭く省察。二一世紀への痛切な思いと人びとの在りようを訴える。「司馬さんの手紙」（福島靖夫）併載。

203570-6

し-6-57
日本人の内と外〈対談〉
司馬遼太郎
山崎正和

欧米はもちろん、アジアの他の国々とも異なる日本文化の独自性を歴史のなかに探り、「日本人」が国際社会で真に果たすべき役割について語り合う。

203806-6

し-6-59
司馬遼太郎 歴史歓談Ⅰ 日本人の原型を探る
司馬遼太郎 他著

出雲美人の話から空海、中世像、関ヶ原の戦いの人間模様まで。湯川秀樹、岡本太郎、森浩一、網野善彦氏らとの対談、座談で読む司馬遼太郎の日本通史。

204422-7